U0937994

本书系“云南省区域高水平大学建设”项目成果

樊忠慰诗歌评论集

FANZHONGWEI SHIGE PINGLUNJI

李 骞 主编

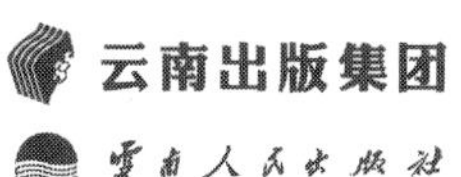

云南出版集团
云南人民出版社

图书在版编目（CIP）数据

樊忠慰诗歌评论集 / 李骞主编. -- 昆明 : 云南人民出版社, 2016.3

ISBN 978-7-222-13900-8

Ⅰ. ①樊… Ⅱ. ①李… Ⅲ. ①诗歌评论－中国－当代
Ⅳ. ①I207.22

中国版本图书馆CIP数据核字(2016)第038622号

责任编辑：文艺蓓　苏映华　刘　焰
装帧设计：云南非鸟文化传播有限公司
责任校对：徐　霞
责任印制：洪中丽

樊忠慰诗歌评论集
李骞　主编

出版　云南出版集团　云南人民出版社
发行　云南人民出版社
社址　昆明市环城西路609号
邮编　650034
网址　www.ynpph.com.cn
E-mail　ynrms@sina.com
开本　787mm×1092mm　1/16
印张　19.75
字数　260千
版次　2016年3月第1版第1次印刷
印刷　云南新华印刷二厂
书号　ISBN　978-7-222-13900-8
定价　38.00元

如有图书质量及相关问题请与我社联系
审校部电话：0871-64164626　印制科电话：0871-64191534

云南人民出版社公众微信号

盐津的蜂蜜（序）

于 坚

云南与别的省不同，昆明如果往西南飞上50分钟，那就是亚热带风景，男人女人都穿着筒裙，清秀玲珑。这里的诗人不用汉语写诗，而是口头说唱，诗人叫作赞哈。往东北方向飞50分钟，进入昭通，你就得用宽厚、雄浑、高原、深沉、荒蛮……这样的字眼。这边的汉族居多，赞哈用汉语写诗，叫作诗人。如果在云南中部的彝族地方，诗人就是部落里面的大巫师，叫作毕摩。昭通这边，一排排峡谷风生水起，就像永远拉不完的大幕，壮丽伟大，河流就是歌手，有些将来要兴风作浪、滔滔不绝，此时此地只是一些细线，清唱着。大峡谷就像一个个父亲，高原就像母亲们肥厚舒缓的乳头，化育着。有许多尚未命名的地方。有个地方叫鸡公山，我去看过，魂飞魄散，豪气苍茫，完全是一头头雄狮卧在远古，土黄色的峡谷鬃毛般地从苍天上垂下来。我命名雄狮大峡谷。有些人吓坏了，你乱说。昭通得水不宜，稻米、麦子难长，因此土豆、玉米种得多。生存不易，要在这里住下来，混出个人样，得争强斗狠。耐不住的就跑掉了，生活在别处，许多人背井离乡。近代云南历史上的风云人物，一大批都来自昭通。他们把昆明视为中原，常有逐鹿之心。文有姜亮夫，武有唐继尧、龙云。姜亮夫研究敦煌，堪称天下第一。有诗云：姜传敦煌三千里，唐镇南诏十万山。朱提自有风流史，乌蒙磅礴岂泥丸。朱提就是古昭通，曾经盛产白银，朱提银在古代曾经是银的代称。在乌蒙山区乌云滚滚的天空中，从飞机的窗口望下去，大地上确实是泥丸滚滚，只是到了地面，才看出那些泥丸其实都是高山大岭，没有些豪气、匪气是爬不上去，也下不来的。当然，这种地方也出诗人，樊忠慰是一个，他住在下面的某个山崖上，写这种诗：我爱的女人是沉默的水／我饮下冰的容颜，她就老了／所有人诽谤美好的贞洁／我却深信她白雪无瑕／爱我的女人是天上花／我躲开她的芳香，她就发话／大家都说你是精神病／我更爱你的诗歌与痴傻／我爱的女人到处有／每一个日子你都遇见她／爱我的女人在哪里／我真想叫她快跟我回家／既要她爱我还要我爱她／绿了床被，红了烛花／嫁给我嫁给我吧／太阳月亮在天空骑木马。（樊忠慰《我和女人》）

天空上看不见女人，女人站在大地的边上，背着背篓，里面塞满仅够活命的土豆，在山崖边上迎风走着，头上裹着绿头巾或者红头巾。昭通风大，尤其在冬天，每一张脸都被刮得通红，就像红日下凡。

昭通城建在千万大山中一处高山顶的坝子上，前面是四川盆地，后面是云南高原，金沙江在北方的峡谷中金光闪闪，这是昭通地区的风水宝地、米粮之川。一眼望去，颇有一马平川的感觉，这在昭通地区，是相当稀罕的了。这块地是个胖子，厚实健硕，植物肥得流油，呈现出深厚之色。多年前我去时，望着这一马平川的富饶，很是有搬过来住的冲动。

我来昭通，主要是想来看看樊忠慰。云南这么多县城，为什么独盐津值得牵挂，因为樊忠慰住在这里。在昆明遇见他几次，都没说话，或者笑笑，或者不笑。他诗写得好，与我不是一路，令我很是着迷。他看上去不像是昭通那边来的，身子瘦弱，扛不住枪。眼神飘然世外，看着你，又忽视你。他其实忽视世界，经常需要棒喝，才回过神来一下。

顺着峡谷缝缝走下去，走到底，走到只有一线天的地方，就是盐津。

盐津这地方行政上属云南，文化心理、生活方式却属四川。说话卷舌，茶馆流行。茶馆最多的是普洱镇，普洱镇在盐津下游，老街上有38家茶馆！县政协的老张统计过。古镇挂在河岸的峭壁上，临街都是黑乎乎的老屋，黑得似乎就要燃烧。黑暗的屋内，一张张白生生的脸，一个个赤裸的背，深渊中漂着的贝壳似的，正在乌烟瘴气中玩牌、品茶、聊天、嚼瓜子……似乎时代从来没有变化。旅馆外面，一个挂满肉块，铺着辣椒、烟草、茶叶、花生、土豆、鱼干、家禽、鸡蛋、红糖、小吃摊的集市，浩浩荡荡，像是与绝壁下面的河流并行的一条彩河，人类创造的河流，有人顶着纸箱子穿越人群。正是五月份，天气燠热，茶客光着上身蹲在茶馆里，同样光着上身的男人在人群里坦然而行。女人就遭殃啦，衣服一件也脱不得，满脸是汗珠，仿佛首饰都化开了。集市到处是彼此矛盾的事物，箩箩旁边是电视机，电视机里的狗被一只真狗斜瞟着。卖甘蔗的摊位隔壁是镶假牙的摊位。大家相安无事。时而蒸气滚起，刚刚出笼的肉包子令人抿唇舔舌；时而垃圾泛滥，令人反胃作呕、皱起眉头。人们视若无睹、熙熙攘攘、此起彼伏，忽然喧哗（一群人在挑选一群鸡），忽然安静（一位老妪靠着老宅的门面梳着最后几根长发），孩子们背着书包雀跃着，姑娘呆呆地看着街子外面的江水，江上有一座吊桥，人影幢幢。茶馆里的人在摆龙门阵，讲的是四川古音，很不好懂，但依稀听出来，是在说从前张司令、李营长的故事。我听着不想走，写小说的包倬不想走，研究生赵凡也不想走，干脆都脱掉衣服，光着膀子，再喝一碗。大叶子茶，一块钱一碗。

樊忠慰住的地方离这里不远，顺江而下就是。这边厢摆的是这种龙门阵，那边厢他写的是那种诗：黑豹苦难的王子 / 囚笼是宫殿　心脏是石头 / 当山羊从女人的皱纹叼起小鱼 / 你饥饿的胃翻卷鼠毛　枯草　湿土 / 你的病弱是一幕皮影戏 // 锁比利齿咬得更紧 / 脚踩到了宇宙的中心 / 不静止，也不移动 / 一团渴死的自由 / 让头颅着火，脑浆哭泣 // 眼珠里滚飞的鹰呀 / 像一粒炒爆的黑豆 / 它的翅膀是不是天空的俘虏 / 只有梦穿破栅栏 / 幽灵般遁入深林 // 嚎叫吧！诗歌 / 不幸的生命　因破碎更美 / 你看夜空那颗黯淡的星 / 会不会是黑豹的眼睛 / 在我的手中成为黄金。（《黑豹》）

是否水火不容，也不知道这些茶客看过没有，他们知不知道盐津不仅有盐巴美女（民间说，盐津出美女），还有个诗人樊忠慰？

樊忠慰穿着红色的短袖衬衣，从一个广场上飘过来，看他走路的样子就不是凡人，刚刚落地似的。苍白、孤傲，没有笑容，不语，仿佛才从诗歌住院部出院，还在药物过敏。在广场边上找了个馆子吃饭，坐在外面的路边，周围是些树。他不能喝酒，写诗那么热烈，人却呆呆的，仿佛知道自己不是凡人。

有时候他抬腿就走，顺着公路，走了 40 公里都不知道。天神、魔鬼在他耳边说着话，他一边搭讪一边走，逢山开路，遇水搭桥，就像仙人一样，对一切视若无睹，大卡车也怕他三分。身上没有身份证，走到41公里，被巡逻人员注意到，怀疑是逃犯。拿下，送回来。他就是一逃犯，一直企图逃走，他总是有一种逃亡者的表情。多年前，我忽然读到他的诗，叹了一口气，云南真是出诗人的地方。仿佛西藏人寻找转世灵童，都不知道会出现在哪里，忽然传说来了，盐津出了个樊忠慰。他确实像灵童，飘然出世，纯洁干净，眼神清澈迷离。不是迷惘，他不迷惘，他知道要怎么写下他那些超验的感受。这是一个奇迹，他握笔的时候非常清醒，准确地记下那些词。他吃饭、读书，使用电脑。

我们吃了饭，沿着盐津县的大街一直走。忠慰说，去他家坐坐，有点东西要给我。我们就跟着他去了。

樊忠慰住在临街的一栋楼房里。楼梯口有一道铁栅门。楼房前面是县城最热闹的大街，后面是成昆铁路。要么是被堵住的汽车杀猪般惨叫，要么是不可一世的火车轰隆着摧枯拉朽而过。房间简洁朴素，家具形单影只，三个房间，空着两个。客厅里摆着巨大的沙发，对于他的身躯来说，那沙发是太大了。一进屋，就有一趟火车吼着撕裂房间，然后扬长而去。巨响中，我似乎看见樊忠慰像蒙克那幅叫作《呐喊》的画里面的那个人一样捂着耳朵尖叫，其实他没有，安静得像一只猫，坐在床沿上。拉了拉垫单。一前一后两个大音箱，他的房间夹在中间，就像一盒无声地颤抖着的磁带。他的床上铺着一床席子，床前是一张桌子，摆着一台电脑，扔了几本书。他又该住在什么地方？荷尔德林也有精神问题，他在诗里写道："阿尔卑斯的夜依然清澈／浮云／凝聚着喜悦／将空谷深锁／轻嬉的山风／飘忽无定／啸傲着／一缕幽光／从冷杉垂落／倏然隐没。"但这也就是诗人荷尔德林可以日夜漫游的家乡啊。樊忠慰的诗与他的现实是分裂的，作为写诗的人与常人是分裂，作为一个在单位支取薪水的职员和他的同事是分裂的（盐津县仁慈，樊忠慰可以不上班，在家写作）。多重的分裂，他身上同时呈现着真身与假身。他就在我面前，我不知道这是现实的樊忠慰还是虚构的樊忠慰，瞻之在前，忽焉在后。在这个时代，谁不分裂！古典的心灵经验，日新月异、光怪陆离的现实。但这不是破碎，而是纺织，他有一根看不见的线。他忽然走到窗前，掀开一缝，窥望下面的大街，似乎他是置身在一处森林里。我与他的共同之处是，我也可以置身在这个世界里，什么都听不见，我常常虚构一些声音，包括为物理证明没有声音的事物想象出它们的声音，为有声世界想象它们从未有过的声音。他不是生活在被铁路和公路两大交通部门夹着的缝隙里，而是生活在他自己虚构的世界里，虚构只是对于外人而言，对于他，我们这些不速之客恐怕才是幻觉。

高山就在樊忠慰家的后面，他有时候出去爬山。火车穿过时，撬棍般地撬得山梁摇晃。他走着走着，一不小心就遇到推土机，而不是豹子。他就退下，走另一条路。

我说，我想小睡一阵。他去拿来一块毛巾，铺在他的枕头上。我即刻就睡着了。

我睡醒就告辞了。临走，忠慰说要送我点东西。

他取来，是四罐子蜂蜜。

这时火车和汽车再次包抄而过。四罐蜂蜜装在塑料袋子里，沉甸甸的，就像是虚构之物。

春天是大地绿皮肤的妈妈／青云乳鸟，彩蝶搬花／凝神的沙漠，我是哪一粒沙。

——樊忠慰

目　录

植根于本然生命的审美主义诗歌
——樊忠慰诗歌论

李　徵

一、引　言

樊忠慰，1968 年生于云南盐津县。迄今为止，他已创作诗歌 1300 余首，并有诗歌入选中学校本教材及大学语文教学。在《诗刊》《人民文学》《十月》《人民日报》《大家》《诗选刊》等报刊发表诗歌数百首。已出版的樊忠慰诗集，按照出版时间的顺序来排列，有以下五本：2001 年的《绿太阳》，2007 年的《精神病日记》，2011 年的《家园》，2012 年的《雏鸟》，2013 年的《渴死的水》。他是鲁院首届西南青年作家班学员，曾参加诗刊社第十四届青春诗会，曾获得第六届鲁迅文学奖诗歌类提名。

樊忠慰诗歌研究始于其第一本诗集《绿太阳》出版之后，也即 2001 年之后。截至今天，樊忠慰诗歌研究的历史不长。在这并不长的研究历史中，产生了数量不少的研究论文、评述文章以及一篇访谈录。对这些研究论文、评述文章以及访谈录做一个梳理，对以后的樊忠慰诗歌研究无疑具有重要作用。综观上述研究论文、评述文章以及访谈录，我们可以将它们分为两大类：第一类是樊忠慰诗歌研究，第二类是樊忠慰诗歌观念研究。

（一）樊忠慰诗歌研究概述

关于樊忠慰的诗歌研究，研究者主要从以下几个方面来切入。

1. 主题意蕴

杨梦媛和李祥合写的《樊忠慰〈家园〉解读》，对樊忠慰的家园意识做出了探究。他们认为，樊忠慰以泣血的语言、纯净的内心、善良的品性，展开“对人类文明和存在意义的深层关注和不懈追问”，以及对乡村生活与风景的描绘，构建出了一个诗歌世界。这个诗歌世界正是樊忠慰的精神家园。在他们看来，樊忠慰的精神家园主要有以下几方面的含义：美丽自然的乡村生活与风光，对亲人深沉的爱，对整个人类、宇宙的爱。冉隆中《捍卫诗歌贞操的孤独者》一文认为樊忠慰诗歌的两大主题是疾病与爱情。冉隆中谈及樊忠慰因为疾病而遭受的痛苦、孤独，以及其他人的误解、排斥、蔑视，也指出疾病一方面摧残樊忠慰的精神、身体，另一方面又催生樊忠慰的灵感、想象。这里探讨的是疾病与艺术的关系。而在爱情上，冉隆中认为樊忠慰既渴望爱情、赞颂爱情又恐惧爱情。前者容易理解，即渴望爱情带来的快乐和相伴的幸福。而后者，冉隆中认为那是由于樊忠慰深感现实中的爱情很容易被情欲取代或磨损，容易变得庸俗，容易被琐屑的日常生活所摧毁。此外，冉隆中也论述了樊忠慰的孤独，以及其孤独和疾病、爱情之间的关系。他认为樊忠慰的孤独主要因为缺乏同气相求的同道，没有爱情的滋润，疾病，不与世俗大众妥协。缺乏同道，没有爱情，这是精神上的孤独，是执着于艺术与真理者的孤独。疾病从其本源来说是肉体上的痛苦，但当这种痛苦发生在诗人或艺术家身上，必然会增加他们内心的痛苦。不与世俗大众妥协则是因为樊忠慰坚守着自己的纯洁善良，坚守着自己对诗歌与美的追求，尽管大众并不理解，乃至嘲笑及蔑视。尹宗义与崔艳合写的《孤独 · 死亡 · 灵动——评樊忠慰的诗歌意蕴》，从三个方面来探讨樊忠慰诗歌的意蕴。他们认为樊忠慰诗歌的第一个意蕴是孤独。他们认为樊忠慰孤独的原因有以下几个方面：有因疾病不被人理解的孤独，也有生活于小地方被压抑的孤独，还有诗歌艺术追求上的精神孤独，但更多的是爱情缺位的孤独。在文章中，他们以诗歌为例相对详细地分析了樊忠慰因爱情缺位而导致的孤独。而关于樊忠慰对死亡的思考，他们主要列举了《初谒悬棺》《悬棺》《红草莓》《谁来埋我》《坦白》这五首诗来分析。《初谒悬棺》中的死亡形象，是“山泉般清澈的脚步声”。死神这一幽灵，不是恐惧，而是像大自然一样亲切、自然的存在。《悬棺》中的死亡形象则是：像睡梦一样，没有疼痛，只有美好的梦境。刘廉昌的《朴拙与灵秀——昭通作家创作风格论》则对樊忠慰创作中的情爱主题做出了探究。他指出樊忠慰诗歌中的爱包括“对祖国的爱，对母亲的爱，对祖国大地的爱，对自然的爱，对恋人的爱”。

2. 创作风格

刘廉昌的《朴拙与灵秀——昭通作家创作风格论》，认为昭通深厚的传统文化、淳朴的民风，以及大气磅礴的乌蒙山、雄奇灵秀的金沙江等自然风光滋养了作家与诗人们的内心世界，使得他们的作品自然而然生成了朴拙与灵秀的风格。他认为樊忠慰的诗歌也具有这样的共通风格。邹汉明的《樊忠慰：边缘，但一个独特的存在》，认为樊忠慰的诗歌有着悲壮的格调。他指出，樊忠慰的诗歌专注于一些强力事物，如兽界的豹、虎、鹰、蒙古马，人界的猎人、大侠、西楚霸王、荆轲，阴界的女鬼、枯骨和恶魔，以及自然界的落日、冰、北方、岩石、大风等等，并认为樊忠慰通过对这些强力事物的吟咏，使得其诗在意蕴上变得异常坚硬。李骞的《强度的语言与浓缩的感情——评樊忠慰的诗集〈绿太阳〉》，认为樊忠慰的诗歌情感高度浓缩，抒情性强。夏吟的《地域与突破——昭通新诗群论》也认为樊忠慰的诗歌具有浓郁的抒情色彩。

3. 创作技巧与表现手法

吕崇龄的《樊忠慰组诗〈精神病日记〉的创作思维系统》，从灵感思维、意象思维、抽象思维、模糊思维、变形思维、象征思维、统摄思维、发散思维、求异思维、怪诞思维、比较思维共 11 种思维类型来探讨樊忠慰组诗《精神病日记》的创作思维系统，全面而深入。他认为樊忠慰是处于柏拉图所说的“迷狂状态”下展开了这一组诗歌的创作，并“以此表现自己处于灵感思维状态中的种种复杂的心理变化、飞动的意识流程、厚重的生活体验、独特的人生感悟，形成组诗瑰奇怪诞、朦胧含蓄、苍凉悲壮的审美风格”。夏吟的《地域与突破——昭通新诗群论》指出樊忠慰的诗歌想象非常丰富，认为“樊忠慰是一位诗歌想象力的天才”。泉溪的《诗歌也是一种命运——樊忠慰诗歌〈疯人自语〉阅读札记》认为樊忠慰“把古诗间的神韵和当代口语的多元和丰富性有机地结合起来，使他的诗歌更灵动、多变、生猛起来”。冉隆中的《捍卫诗歌贞操的孤独者》认为樊忠慰的诗歌语言“明白晓畅，又吊诡怪异，将最普遍的人生经验和最独特的诗人感悟极富个性地表达了出来”。他还指出，樊忠慰的诗歌语言具有童话色彩。邹汉明的《樊忠慰：边缘，但一个独特的存在》，认为樊忠慰的诗歌语言直白、简洁、明净，有着未经重重文明知识所污染的鲜活感受力，能够擦新世界的事与物，使之凸显，使大众能够看见。王世华的《诗集〈绿太阳〉的艺术特色分析》，认为樊忠慰诗歌的一个主要艺术特色是意象化。意象化其实属于一种表现手法。李骞的《强度的语言与浓缩的感情——评樊忠慰的诗集〈绿太阳〉》也认为樊忠慰诗歌具有意象化的特点，能够通过意象的组合与嫁接来形成多层次的意蕴空间。赵升奎的《意象　神韵　空灵——樊忠慰组诗〈都是为着爱〉的审美特征》，也指出意象化是樊忠慰诗歌的一个特征。他认为，在《都是为着爱》这一组诗中，“朦胧的醉眼、夜色的咖啡、燥热的喉咙、吼亮的星子、颤抖的蛙鸣、幸福的癔病……然而这一切意象统统都融汇到了‘红豆’这一中心意象之中”。这样一个由核心意象以及局部意象共同组成的意象系统，交织出了一幅富有动感、富有画面感的图画，实现了意象美。夏吟的《地域与突破——昭通新诗群论》，认为樊忠慰的诗歌是独特的，没有谁可以模仿，也指出意象化是樊忠慰诗歌的重要表现手法。任继敏与杨梦媛合写的《众人皆醒谁独醉——论樊忠慰〈精神病日记〉的反讽特色》，指出樊忠慰诗歌的另一种重要表现手法，即反讽。文章通过视点反讽与总体反讽来探讨樊忠慰《精神病日记》的反讽特色。文章将视点反讽定义为：“通过异常叙述者的独特视觉进行叙述，与人们所熟知的惯常视觉形成对照，产生反讽意义，就构成了视点反讽。”通过对诗歌文本的解读，他们认为，樊忠慰诗歌中的视点反讽构建方法有以下两种：以精神失常者的视觉表现世界；创造一个天真的主人公，或一个天真的叙述者或代言人。而总体反讽的内涵则是：把反讽提到形而上的高度与人类的现实处境和终极状况联系起来，就构成了总体反讽。

4. 诗歌与其生命活动的关系

李骞的《论云南当下的现代诗歌》认为“樊忠慰是一位用自己的生命与热血写诗的诗人，他的人生就是诗的人生，他的作品是生命本真的律动”。他认为，樊忠慰的诗歌既有瑰丽奇幻的想象，又具有深刻的智慧，使得读者在阅读过程中被震撼。此外，他认为樊忠慰专注于对自己内心细微感受以及直觉之思的捕捉，在孤独之中专注于对世界和现实的梦幻般的感觉，直至将这些感受与直觉之思炼制成丹。宋家宏的《云南的四代作家群》认为樊忠慰是一位非常纯粹的诗人。“他的诗不是只有到语言为止的形式，也没有刻意求新的技巧，他让一切故作的技巧都远离了诗，他把一切造作的语言都拒之门外。他以自己的方式走进了诗歌的本质，行云流水的诗句中跳出你惊叹的意象组合，展示其深邃的诗意，这些诗意来自诗人生命的体验。”也即是认为樊忠慰一直忠实于自己真实的生命体验，拒绝在自己的诗作中耍文字游戏，通过奇幻的想象力组接出表面不合理而又符合情感逻辑的意象，构建出广阔的文本意蕴空间。朱霄华《一个诗歌的异类——樊忠慰其人其诗》一文，认为在世界的入口处，诗人可分为两类，一类属于冥想、沉思，依靠直觉与世界达成沟通与和解，其个人性的存在与世界本身是一体的，另一类则是看见的诗人。他认为樊忠慰属于前一类。此外，他认为“樊忠慰保留了人类童年期那种不受到文明干扰的对世间万物的感应能力，而文明包围圈的逼仄空间又促使他的感应更为敏感和激烈”。邹汉明的《樊忠慰：边缘，但一个独特的存在》也认为樊忠慰具有极强的直觉感受以及原始感受能力。此外，他认为幻听、幻视、思维鸣响症对樊忠慰的创作深有影响。这些病症促使樊忠慰深入自己的灵魂世界，促使他打开自己的所有感官并让这些感官始终处于高强度的工作状态之中，去分析、去捕捉灵魂世界与外在世界的颤动。这些病症也使得樊忠慰与死亡更加接近，亲身体验了在死亡身边的感觉，对死亡有着相对较为真切的感受。

（二）樊忠慰诗歌观念研究概述

关于樊忠慰的诗歌观念研究，目前只能从一篇访谈录中了解。这篇访谈录即《樊忠慰访谈》，访问者为邹汉明。这一篇访谈录不长，但涉及的论题不少。概括而言，它主要探讨了以下的论题：①樊忠慰诗歌中的疼痛感。邹汉明认为樊忠慰的诗歌中有一种面对万物的疼痛感，并认为这种疼痛感与诗人的善良与纯洁有关。樊忠慰认同了邹汉明看法的正确性，并加以解释说，诗歌和人的疼痛，是善良与纯洁的疼痛，也可能是上帝认可的疼痛。他们所说的疼痛，大概是指诗人的承担意识，亦即发现在这个时代里人类失去了诗心，放纵自己于欲望与庸俗之中，与大自然疏离，与艺术美疏离，但又无力改变，因而感受到的悲哀与惋惜之情。②樊忠慰诗歌中的一些核心词汇。邹汉明指出樊忠慰诗歌中经常出现“少女”“美”“鱼”“豹”“太阳”等词汇，并询问樊忠慰这些词汇以及这些词汇带出的幻想是不是经常出现在他的潜意识当中。对此，樊忠慰给予了肯定的回答。邹汉明认为樊忠慰赋予这些平常的词汇深刻而新奇的内涵，樊忠慰认可了这一点，但强调他并非刻意而为。③樊忠慰的意象化表现手法。樊忠慰认为诗歌靠形象说话，这与意象派及象征派的主张基本相同。因此他认同自己属于广义的、非以时间及组织划分的意象派或者象征派。④写诗的原因。樊忠慰认为生活缺乏诗意，所以要写诗。⑤诗人应当具备的重要素质。樊忠慰认为是天赋、品德与毅力。⑥目前关心诗歌哪些方面的问题。樊忠慰回答说，语言的自然、想象和锋利。语言的自然其实也是情感的自然。情感的自然亦即不对情感加以歪曲、美化、雕琢，而是让其以本真的状态展现。想象力，即一种以意象或意象群来蕴含创作主体的内心情感与思想的能力。锋利即指诗歌语言所具有的情感与思想张力强劲。概括而言，这三者即樊忠慰诗歌的三个重要特征：一是语言的简洁与自然，二是想象力丰富，三是语言的情感与思想张力强劲。⑦诗歌风格一直变化不大以及诗歌长度比较短。樊忠慰认为自己的诗歌风格之所以一直变化不大，是因为自己追求纯洁与专一；而诗歌长度比较短则是因为自己追求语言的精练与纯净，杜绝语言的泡沫与水分。⑧诗歌中的叙事与抒情。樊忠慰认为诗歌中的叙事很正常，不可或缺。赞同抒情是诗歌至高无上的品质这一观点。⑨诗的定义。樊忠慰的观点是：真的感情，美的语言，善的品格。⑩阅读对诗歌创作的影响。樊忠慰认为阅读对诗歌创作有帮助，但不直接，更不唯一。⑪作为一种精神活动的诗歌的重要性。樊忠慰认为物质与精神是人类飞翔的两个翅膀，失去诗歌的时代是残缺与不幸的时代。

（三）选题缘由及研究思路

综观樊忠慰诗歌研究的现状，我们会发现，尽管研究者们已从修辞、表现手法、主题意蕴、诗人自身的生命活动与其诗的关系等方面对樊忠慰的诗歌做出了研究并取得了一定成果，也在访谈录中探讨了樊忠慰的大体诗歌观念。但总的来说，研究成果依然不理想。就目前而言，在樊忠慰诗歌的主题研究上，研究者们还没有详细地划出其诗歌的表现主题并进行整体研究，没有对蕴含在这些诗歌后面的精神财富、审美追求、神性追求做出深入阐释；在研究方法上，很多研究者还停留在感性的领悟上，通常以描述性的语言来组织文章，还没能以强大的哲学、美学或者其他学科的知识作为理论基础，构筑起系统而又脉络清晰的、深入透的论述体系；在诗歌艺术性的研究上，研究总结出来的樊忠慰诗歌的艺术特色，还常常被笼统地放进一些无限大的理论范畴中，没有对这些艺术特色做出更为细致、深入的探讨与辨析，故而实际上也显示不出其诗歌艺术的真正特色。

自康德首次给理性亮起了黄牌以来，许多哲学家、美学家越来越意识到肆虐的工具理性正危害着人类的生活世界，正捣毁着人类的精神生活，遂纷纷批判、抵制工具理性，呼唤审美直观，呼唤生命的真实体验，试图构筑一个诗意的栖居之地，以便守护人类的美丽梦幻、纯真人性、爱情的甜蜜与悲伤、生命的幸福与苦难体验。与工具理性相比，审美直观是一种感性能力，即直觉。它去除了所有的功利计算，排除了概念的干扰，以面对新鲜而赤裸的世界与事物，感受万事万物纯真的本性，从中收获一种单纯的喜悦、快乐。在大量阅读樊忠慰诗歌的基础上，笔者深感其诗歌与审美直观有着极为契合之处。也即是说，樊忠慰的诗歌与解决这个时代的精神危机的药方不谋而合。而这，在笔者看来，在国内尚没有多少诗人能够做到。

综上所述，本论文以樊忠慰的诗歌作为研究对象的原因如下：一是研究现状有许多不理想之处；二是樊忠慰的诗歌与解救时代精神危机的审美主义比较契合。而20世纪90年代以来，国内诗坛中，甚少诗人能够做到这一点。

在研究思路上，笔者主要以审美主义作为切入点，抓住了这个切入点并简单梳理了其发展流程之后，笔者便开始着力构建其外围：主题研究、思维方式研究、表现方式研究。最后，核心与外围组成一个紧密相关的诗歌整体。可以说，在樊忠慰诗歌研究中，本论文的理论基础、研究的切入角度、研究的体系性，都具有一定的新意。

二、植根于本然生命的审美主义

人类进入以工业、科技为基础的现代社会之后，生命状态、精神状态出现了巨大的危机，发生了种种的异化现象。而这种危机，主要源于工具理性与技术理性。海德格尔指出："技术统治之事情愈来愈快、愈来愈无所顾忌、愈来愈完满地推行于全球，取代了昔日可见的世事所约定俗成的一切。技术的统治不仅把一切存在者设立为生产过程中可创造的东西，而且通过市场把生产的产品提供出来。人的人性和物之物性，都在自身贯彻的制造范围内分化为一个在市场上可计算出来的市场价值。"这样的情况下，生命本身的能量与魅力、愿望与失望、幻梦与破碎、幸福与苦难、相知与孤独等等不是被忽略，就是被兑换成了市场价值，完全失去了本有的光辉与灿烂。刘小枫先生在《拯救与逍遥》中说："审美诗人恐惧的并不是诗，而是本然生命本身遭到扼杀中。在他们心目中，诗就是本然生命的自我救护和辩护，只有诗能扶持、颂扬、守护本然生命。"他意识到人的本然生命正被冷漠地扼杀、忽视、压制，意识到本然生命的种种体验如愿望、幸福、苦难、爱情以及这个世界的美好等等都被掩盖，沉入了茫茫的黑夜之中。

面对着工具理性横行霸道、本然生命遭受扼杀与压制的状况，哲学家、美学家等纷纷发起了对工具理性的讨伐，分析工具理性肆虐的恶果，并开出了自己的药方。"针对唯理主义的自信，康德划定了以理性逻辑为基础的思维方式的权限，认定它只能认识现象世界，根本触及不到纯粹道德和信仰的自由生活的法则。"康德首次给理性划定了界限，防止理性蜕变为工具理性与技术理性，为感性学即美学腾出了巨大的发展空间。他在继承前人学说的基础上，进一步探讨了美学的规律。他认为审美具有四个特征：它是愉悦的，但是不带任何利害关系；它是普遍的但不是概念；它具有合目的性，但无目的（无目的的合目的性）；它是主观的，却带有必然性。尽管康德并没有断然推翻唯理主义的江山，但却已经为感性、为审美主义开拓了领土。在康德的基础上，叔本华把物自体改造成了生命意志，将生命意志确立为世界本质。他认为，意志独立于时间与空间，理性以及知识都从属于它。意志是流动不居的，它是生命不可抑止的冲动与欲望，不断地寻求着满足。但当它被暂时满足了，却又会产生无聊、空虚，进而形成痛苦。故而在他看来，人生就是冲动、欲望与空虚、痛苦之间永无止境的轮回。为了摆脱这个轮回，他主张通过弃绝意志，在审美的静观中达到一种宁静的、明朗的境界。尼采总体上也赞成叔本华把生命意志作为世界的本质，但他并不像叔本华那样走上了否定生命意志的道路。他认为，生命意志本身求权力，求自身的蓬勃与超越，不会沦陷于冲动与无聊，欲望与痛苦之间的泥潭，而是像日神那样被笼罩着梦幻的光辉，或者像酒神那样从痛苦中突围后任由自身蓬勃生命力的汹涌奔流。而日神精神、酒神精神，很大程度上，即是一种审美主义。后来柏格森又将生命意志改造成了"生命冲动"或者"绵延"。他说："所谓绵延，不过是过去的连续进展，过去总是紧紧咬住未来，逐渐膨胀，直至无限。"他认为在我们的心，有着一种不断地变化与流动的冲动。而这种生命冲动，只能通过审美直观去捕捉与把握，并由此产生无可名状的欣喜与欢乐。

综上所述，自康德以来的中西方哲学家们不断地扩展着从工具理性手中夺回的感性领土，从开始时的一无所有，渐渐达到可以与工具理性分庭抗礼的地步。他们都意识到，生命的幸福与苦难，生命的悲欢离合，生命的种种情感体验，生命的爱情与孤独，生命本身的绚烂色彩与无限神秘，生命灵与肉之间的冲突与调和等等，才是人生的意义与价值，才能够使人生更为丰满与充实。感性领土上之所以能够生长出这些意义与价值，审美主义起着莫大的功劳。因此，也可以说自康德以来的中西哲学家们，面对着人类精神世界所出现的危机，不约而同开出的药方中都有审美主义。除了以上提及的哲学家，其他一些哲学家其实也有着同样的主张，如海德格尔、马尔库塞等等都主张通过文化艺术、审美来拯救人类精神世界的危机，为生命本身破除遮天蔽日的黑暗，带来诗意的光辉与绚烂。很显然，审美主义是目前应对人类精神危机的普遍主张。概括历代中西哲学家的慧见，我们会发现，审美主义有以下几个特征。

（一）以本然生命为源头

审美主义关怀人本身，关注潜意识世界的起伏动荡，关注人内心的种种情感体验，并不像极端基督徒或者极端道德主义者那样排斥、批判本然生命，并不像唯理主义者那样只重视人类的理智与知识，轻视更多地植根于本然生命的感性，而是认为人本是理性与感性共存的造物。审美主义承认人本身灵智与本然生命间的对立统一关系，并且认为本然生命包含着更深层次的本能，包含着更隐秘的感性信息。在审美主义看来，灵智产生于以肉体为载体的本然生命，它不是源头，而只是本然生命的衍生物，因此它必然有缺陷与偏颇之处。正如衍生于树根与树干的枝条，必然较为弱小。西方的唯理主义者正是走上了只重视灵智而忽视本然生命的极端之路，最终导致本然生命的荒芜与漂泊、虚无与绝望。有鉴于此，许多有识之士纷纷将眼光重新投射到本然生命上，给予它柔情的注视，给予它深情的赞扬，抚慰它曾经受到的不公平的诬蔑与鄙视。譬如尼采就这样赞扬道：“可是觉醒者和有识之士说：‘我全是肉体，其他什么也不是；灵魂不过是指肉体方面的某物而言罢了。’肉体是一个大的理性，是具有一个意义的多元，一个战争和一个和平，一群家畜和一个牧人。”他警告那些唯理主义者、极端道德主义者、极端基督徒：“感觉和精神乃是工具和玩具：在它们背后仍有其自己。这个自己也用感觉之眼探视，也以精神之耳倾听。这个自己永远在倾听和探视：它进行比较、压制、占领、破坏。它进行统治，而且是‘我’的统治者。我的弟兄，在你的思想和感觉的背后，有一个强有力的发号施令，一个未识的智者——他名叫自己。他信在你的肉体里，他是你的肉体。在你的肉体里，比在你的最高智慧里，有着更多的理性。”很显然，尼采认为人类的精神世界有着更深的源头。而这个源头其实就是以肉体为载体的本然生命，生命本能，以及潜意识世界。弗洛伊德更进一步地探索本然生命的深处，认为文学艺术的本质或起源是力比多的升华。这比尼采更为明确地将本然生命的一种生理属性定为文学艺术即审美的源头。他又将人的心理结构分为三层，即潜意识、前意识、意识，将潜意识定为人心理结构中最隐蔽的一层、最终的根源。尼采所说的“肉体”，弗洛伊德所说的“力比多”及“潜意识”，表明了这样一个事实：审美其实源于本然生命。也只有源于本然生命，审美艺术才能保留着更多的灵魂与肉体的隐秘信息，保留着更多的灵魂与肉体的呼唤与颤动；才能拥有源源不断的能量，直至本然生命的停止。

（二）非功利性

康德认为审美判断不涉及利害关系，“那规定鉴赏判断的愉悦是不带任何利害的”。康德所说的利害关系，指的是事物的存在与人的利益欲望相牵连，人无法以纯粹的目光看待事物。也就是说，人在看待事物时，并不关注它本身所具有的美感、所散发出来的魅力，而是关注它所具有的功用、带给自己的利益。假如人们这样看待事物，自然也就不再是审美判断了，“关于美的判断只要有丝毫的利害在内，就会是很偏心的，而不是纯粹的鉴赏判断了”。

审美主义主要关注的是灵魂与肉体的信息，而不是生存世界中的功名、利益。前者是个体性的、内在化的，而后者是社会性的、外在化的。审美主义要防止的正是后者干扰乃至歪曲、破坏了前者的纯粹性。当然这是一件十分困难的事。生存毕竟是表面看来公平、和平，而实质是不公平乃至残酷的竞争。为了生存与发展，利益、功名的竞争或抢夺便自然而然地成了必要之事。在这种竞争或抢夺的过程中，个体的欲望与邪恶被释放，开始在人的本然生命的广阔原野上纵横践踏、肆意破坏。个体与个体的欲望、邪恶相碰撞，必然变本加厉，导致两败俱伤或者某一方被摧毁。这种欲望、邪恶的碰撞，常常一发不可收拾，必然使得本然生命被践踏、被破坏。

与这种生存中的功利抢夺相比，审美主义恰恰相反。它致力于守护本然生命，致力于追踪本然生命的哭泣与欢笑，致力于积累本然生命的种种情感体验，致力于保存本然生命的柔情与激情。这些与生存利益没有什么瓜葛的事情，却成了它的事业。本质而言，它是个体性的、内在化的。但它也会常常将目光投向生存世界的纷扰红尘之中。尽管如此，它的目光并不会被纷扰红尘所掩盖、所污染。它犹如激光一样在其中穿越，找寻着纷扰红尘中还没有被污染的角落、没有被破坏的美丽风景。如同在硝烟滚滚的战争中，一只白鸽叼着橄榄枝在飞翔。

（三）直觉性、非概念性

康德在《判断力批判》中指出，鉴赏判断即审美是非概念、非逻辑的。审美不是根据知识与逻辑去分析事物，而是通过直觉、想象、感受力等去欣赏与体味事物。对于现象界的事物，也许理性的运思方式逻辑与推理，以及其所产生的知识，能够纵横驰骋。但对于生命深处、灵魂深处的奥秘，理性却不可能有深入的探索。那么，生命深处、灵魂深处的奥秘，究竟通过何种探照灯才能够显现？很多哲学家、美学家都认为是直觉。叔本华对直觉就十分欣赏，他认为：“直观是一切证据的最高源泉，只有直接或间接与直观为依据才有绝对的真理”。柏格森则将直觉与生命冲动联系在一起，认为通过直觉才能够捕捉生命冲动、生命意向。他说，“艺术家通过一种感应置身于对象的内部，通过一种直觉努力越过在他和模特之间的空间障碍，力图获得这种生命的意向。当然，这种美学直觉和外部知觉一样，只涉及个体。”很显然，柏格森认为直觉是一种作用于本然生命内部的能力，只有它才能够捕捉生命深处未知的奥秘。

诗人樊忠慰亦深刻地意识到人类精神世界出现的危机，并且也不约而同地主张通过审美直观亦即通过诗歌、艺术来挽救。他说：“我写诗，是因为这个世界缺乏诗意。”当人们沉入了精神黑夜，无法再以智慧与审美之光照亮宇宙、社会、人生的美好，其生命其实没有意义，不过是肉体的继续生存，不过是利益的相互争夺。有感于此，樊忠慰如同荷尔德林笔下的诗人一样，在神消失的世界里，继续走在追寻神迹的道路上，采摘这个世界的诗意并转换成文字。他希望的是，以诗歌艺术的光芒照亮人们精神世界的黑暗，带给人们审美的光芒与灵魂的滋养。这种诗歌艺术，如同刘小枫所说的：“审美直观超越功利，排除一切经验的、世俗的考虑，不为经验现实所左右；审美直观超逻辑，不是要通过工具理性的分析测试去认识客观实在，而是要返回内心，追寻诗意化的心境；审美直观超时空，阻断、中止了以客观时空的尺度去体认社会历史现实，而是根据自我内心所体验的内在时间重构出一个新的时空（心境）；审美直观超生死，通过审美直观所把握到的同一心境才真正把感性具体引出了有限性的规定。”在本论文的以下四部分中，笔者将结合诗歌文本分析，以前面两章阐释樊忠慰诗歌的艺术来源以及在此基础上生成的作品主题，后面两章分别阐释运思方式和表现方式，使之与审美主义互相对照、互相印证。

三、 植根于梦幻的樊忠慰诗歌

审美主义强调文学艺术创作应当忠诚于本然生命，以本然生命的幽暗地带、未知地带作为探索的目标。本然生命包括生理和心理两个部分。因此，也可以说审美主义植根于生命的生理世界与心理世界。在大量阅读樊忠慰的诗歌作品后，本研究者在其中发现了一种梦幻特质。这种梦幻特质并不仅仅是想象力、隐喻与象征手法等造成的结果，而是源于樊忠慰的本然生命，源于他的生理本能与心理结构。就此而言，樊忠慰的诗歌创作与审美主义有着本质上的契合。因此，可以说他的诗歌创作其实就是审美主义结出的成果。

梦作为一种现象，深深地植根于人的生理与心理。梦本身有着飞翔的倾向。它是轻盈的、飘然的，像羽毛，与人的生命存在有着一定距离。根据弗洛伊德精神分析学说，梦是人在生活中尚未实现的浮动在潜意识层的愿望。因此，它与人的生命存在又有着千丝万缕的关系。但是，我们会发现，弗洛伊德对梦的本质的界定实际上局限了梦的内涵。梦并非只是人的功利性投下的影子，它并不只是一种类似于求神拜佛式的愿望。梦其实有着更为纯粹的一面。在这一面里，它是我们对于幸福的希冀、对于美好爱情的希冀、对于诗意栖居地的希冀、对于充满爱与和平的世界的希冀。

梦既具有以上提及的种种纯粹内涵，也具有纯净、轻盈的外在形象。尼采在《悲剧的诞生》中认为，源于梦的造型艺术有着这样的状态："造型之神的那种适度的自制，那种对粗野冲动的解脱，那种充满智慧的宁静。按其来源来讲，他的眼睛必须是'太阳般发光的'；即便在流露愤怒而不满的眼神时，它也依然沐浴于美的假象的庄严中。"也就是说，梦本身有着智慧的宁静、有着眼睛里发光的希冀、有着形象的庄严与美感。

梦所意味着的对幸福的追寻、对美好爱情的希冀、对爱与和平的世界的愿望，梦所带有的形象的美感，集中地体现在樊忠慰的大量自然诗歌、童话诗歌与爱情诗歌中。

（一）樊忠慰自然诗歌中体现的梦幻

自然界的非生物如石头、河水、沙、泥土等没有生命。而植物如树、草、草莓、竹子等，人类很多时候也会对它们视而不见，当作一种无生命的风景，或者当作资源而加以利用。在这种工具化的思维模式下，非生物与植物被当作人类生存、生活所需要的资源，失去了其本身所具有的独立价值与美感。与之相反，樊忠慰以审美目光看待自然万物，并通过诗歌赋予了它们生命。他将他的梦注入了这些非生物与植物，使得它们具有形象美感，使得它们活动与飞翔起来，将幸福与美好带到天空，并洒满我们这个贫困与荒芜的世界。

在《金沙江》一诗中，他描写江面时这样写道："皮肤上黄金流淌 / 水面漂起满天阳光"，使本来无生命的江面具有生命以及色彩。在《雷》一诗中，他这样描写闪电，"闪电，天空的火柴"，使闪电有了具体的形象与色彩。《在星空》中，"孤独的天空，蝌蚪嘈杂 / 夜拖着长尾巴"，蝌蚪其实指的是星星，长尾巴则是流星，通过这样的比喻，满天的星星也就展现出了形象的动感，夜也就具有了生命，成了一个拖着流星长尾巴的动物。在《麦子》中，"麦子老了 / 镰刀就去欺负它"，将麦子拟人化，流露着一种对麦子命运的同情以及无可奈何的悲哀。在《红草莓》中，"喊我的草莓五颜六色 / 我喜爱微笑着奔跑的红草莓 / 还有背着露水的红草莓 / 羞红了身子的红草莓"，将红草莓形象地写成了一个小姑娘的样子，既天真活泼，又有着少女的羞涩与可爱。在《草》中，诗人这样形容草，"结露珠的果子 / 穿绿色的迷彩服 / 别害羞 / 开朵花给我"。此诗，将露珠想象为草结的果子，而露珠是晶莹洁白的，这样就使得草具有一种纯洁美。又将绿叶喻为绿色的迷彩服，意味着把草比拟为人，联系到后面两句，我们可以知道这人其实是少女。于是本来平常无比，以至人们视而不见的草便以可爱而纯洁的少女形象在我们面前鲜活起来。在《一棵孤单的树》中，"一棵树用叶子说话 / 啃阳光的骨头"，将树的光合作用形容成了人在用嘴巴啃骨头以给身体提供营养，可谓形象之至。而本来静默的树用叶子说话，就使它具有一种突然发生相反变化而产生的滑稽感。在《红豆》中，"红豆，一粒粒蹦跳的火

种 / 点着体内的血 / 硬化肉中的骨”，红豆朱红的颜色会给人一种视觉上的动感，因而诗人将红豆喻为蹦跳的火种。这只是表层意义。从引申层面上来看，红豆所象征的其实是爱情的力量。因而红豆不再是单纯的植物，而成了充满着生活与活力的爱情象征物。在《青草》中，“青草是爱 / 喂饱春天和羔羊”，在诗人看来，青草使春天的美更为丰富、更为饱满，呈现出更多的生机。它又是羔羊的食料，因此，青草实际上是一种爱。在这里，诗人给我们的启示，并不是弱肉强食的生物链条，而是充满了柔情的爱之链条。在《月光》中，“满地月光 / 千年难觅的针 / 意外地刺伤我的骨头 / 流出好痛的花香”，将月光比喻为针，表面看来矛盾，但实际上又和谐，因为美的力量总是强大的，能够深入并震撼人们的心灵，能够使人脱胎换骨，就像花香拂面，就像清泉流过灵魂。在这首诗里，还有诗人对美本身的感叹。诗人总在守护着美、追寻着美，但美总是脆弱的、短暂的。诗人深刻地认识到这一点并明白自己无法改变，因此在其对美的爱护与追求之中就有着一种深入骨髓的悲哀，如同灵魂被刺伤。在《自然四重奏》中，诗人的想象与梦幻更是大放异彩，“太阳是一匹红老虎”“森林是一头绿豹子”“沙漠是一只黄毛犬”“大海是一个蓝精灵”，使无生命物蜕变为生命力强劲旺盛的动物，有了具体的形象与色彩。实际上，在这首诗里，渗透着诗人内心的温柔与爱。这种温柔与爱源于诗人以审美的目光对待万物、爱护万物，与万物处于平等的位置，能够欣赏与感受同为上帝造物的万物之美。这种对万物的美丽想象闪耀着爱的光辉、闪耀着人性的美好。

很显然，樊忠慰的审美主义诗歌不以功利作为衡量自然万物价值的标准，而是专注于自然万物本身的美感以及它们与人类形成的和谐、和平、相依关系。自然万物不再是毫无形象美感的事物，不再是与我们无关的客观事物，不再是生机、活力、气势被掩盖与忽略的事物，而是在声、色、形象等方面都存在着无限美感的事物，而是生机勃发、活力盎然的事物。自然万物与人类之间的关系也发生了改变。人类通常以工具性的目光看待自然万物，视它们为可利用的资源。很显然，这是人类中心主义。人类与自然的关系是对立的、不平等的、不互通的。而在樊忠慰的自然诗歌中，人类与自然的关系是和谐的、平等的、互通的。人类与自然万物其实都是上帝的造物，贯通着许多共同的规律，乃至有着频率几乎相同的脉搏。这是人类能够与自然万物产生移情作用的基础。正如同是导体才能够传电一样，只有人类感受、领悟到自己内心的情性，把握到自己灵魂起伏的频率，才能够感受到自然万物的生长信息、内在欲求、生机、活力。在这种人类与万物信息互通、节律感应的过程中，人类与自然万物之间的亲密、和谐关系便形成了。

（二）樊忠慰童话诗歌中体现的梦幻

作家汤素兰认为："童话是作家艺术地模仿儿童思维而创作的故事，是一种动用语言来表达（儿童和作家两者）游戏心理和情感世界的艺术样式。"儿童思维从本质上来看，是产生了神话以及巫术的原始思维。因此，严格而言，童话诗人、作家运用的其实是原始思维。这种原始思维具有很强的感受性、想象性、梦幻性、游戏性等特点。当诗人、作家以这种思维创作童话作品，其作品自然会具有上述特点。这些特点反映出来的，正是诗人、作家对世界与人生的纯真的感受如惊讶、好奇、喜爱等以及由此产生的评价，如漂亮、有趣、美好等，对更美好的世界与人生的幻想与希冀。

童话是艺术家们最纯真的梦，是最纯洁的愿望。他们带着最晶莹的心对待这个世界，爱着这世界，爱着这世界上美好的事物。这个世界上所有的美好事物都是他们的财富，他们渴望把它们永远保存。在这一点上，他们有点像儿童。里尔克在论及儿童时说："世界对于他尚是个美丽的碗，里面的东西什么也掉不了。而且，他觉得一切都是他的，他所见、所感、所听到的都是他的财富。他遇到的一切都是他的。他不强迫事物搬家，它们如同一队黑黝黝的游民从他神圣的手中穿过，好似穿过一扇凯旋门。在他的爱当中，它们有一阵子变亮了，接着又暗了下来。但它们都必须穿过这爱，在爱中曾经闪亮的东西变成画面保留了下来，再也不会丢失。这画便是财富。所以孩子们才那样富有。"里尔克认为，艺术家正是从这种最独特的内在的儿童状态成长出来、成熟起来。因此，艺术家或诗人便同样懂得把感受之根深深地扎入大地、把敏感的触须伸向天空，如同蜜蜂一样把这个世界的美好与甜蜜都采回内心，并转换成艺术与诗歌。人的生命是多么短暂，并且人永远不知道死亡将在哪里把自己伏击。这个世界的美好又是那么脆弱而短暂。因此，艺术家与诗人们都怀着温柔与一种带有怜惜的爱，勤勤恳恳地采集着、保存着、转化着这个世界的美好。当然诗人与艺术家们也不是仅仅采集与转化这个世界上的美好事物。这个世界的事物本身并非完美，存在着残缺之处，因此，它们实际上有着更高的可能性。艺术家或诗人们同样能够以梦幻与想象接近事物的更高可能性，亦即纺织出更为完美的事物。

樊忠慰如同他们一样，带着一颗充满天真的梦幻与想象的童心，创作了大量既能使美好事物闪亮、流溢着色彩、散发着韵味，又呈现着单纯而真诚的愿望的童话诗歌。樊忠慰童话诗歌中的梦幻主要体现在以下几个方面：

1. 对祖国的赞美

《祖国，我的姐姐》是诗人樊忠慰对祖国的衷心赞美，他的这种赞美，是从儿童的知识程度、单纯内心、美好愿望这些方面发出的。原诗如下。

祖国，我的姐姐
我爱你，你真大
你的美丽大善良大
你的公鸡叫声大

你的海大湖泊大
你的龙大江河大
你的星星比天空大
你的我比蚂蚁大

你的春天比乳房大
你的冬天比雪花大

你的苦难比洪水大
你的思念比月饼大

你的樱桃大小米大
你的眼睛大发明大
你的蝴蝶大裙子大
你的国歌比地球大

你的九百六十万皮肤大
你的五千年大
祖国，我亲亲的姐姐
我爱你，你真大

不同于一般诗人与作家把祖国比喻为母亲，樊忠慰在这首诗中把祖国比喻为姐姐。为了孩子的成长与发展，母亲，通常意味着养育者、奉献者、无私的受难者。因此，孩子作为受恩者，对母亲的感情是尊敬与感恩、爱戴。樊忠慰这首诗是以孩子的口吻与眼光来赞赏祖国的美丽，丰富物产、广阔面积、悠久历史。因此不适宜将祖国比喻为含有“尊敬与感恩”意味的母亲，而适宜于将祖国比喻为与自己亲近而又生活经验丰富、性感美丽的姐姐。在这种赞美中，体现了他对祖国的热爱以及美好的祝愿。

2. 对人们悲惨命运的怜悯与同情

《童话》一诗中，诗人将火柴比喻为“红头发的少女”，她们正“用嘴唇撕咬黑夜”，但就在这个过程中，她们就已经去失了生命，“美得那么短暂，惊心”。因此，诗人情不自禁地流下了“灵魂的泪”，为那些“血泊里的少女”。虽然诗人是将火柴比喻为少女，但实际上，诗人真正惋惜的是少女的美丽与其悲惨的命运。《奶奶》一诗中，诗人叙写了因在旧时代出生而被缠脚的奶奶在其一生中，“命薄如一窝苦菜 / 勤劳似一匹母马”。她在临终时，“一顿比一顿少吃 / 是怕谷子咬她”。实际上，奶奶吃不下米饭，是因为她已经过于虚弱，已经被死神捏住了命脉，而不“是怕谷子咬她”。说“是怕谷子咬她”，不过是像一个儿童那样不愿承认奶奶的一生充满着重大的苦难与悲惨的命运，希望能够通过自己的幻想给奶奶悲苦的一生一个喜剧的结局。

3. 对儿童纯真天性的赞赏

《山娃》一诗，叙写的则是山村里朴实的儿童。他“小名儿与鸡鸭猫狗滚爬/不识字识得满坡草花”，能“摘几朵朦胧的星光/说几句葡萄的知心话”，开心的时候就以“嫩笋的年龄唱拔节的情歌”，饿的时候就“摘一个黄瓜，把日子咬得脆响”。一个朴实、天真无邪、无拘无束、喜好幻想的儿童，就这样形象地显现在我们面前。在《很小的孩子》中，诗人描写了一个天真活泼的孩子。他“比玫瑰动人，比水纯净”，“一会儿挂着露珠的笑”，“一会儿流着音乐的泪滴”。他“肉乎乎的小手比麻雀顽皮/在妈妈的发丛跳跃/白胖胖的脚丫/是蚂蚁眼里的大象”。因此，“蚂蚁说，我怕”。他还“与花朵草叶搭房子/与小猫小狗玩耍/用眼睛摘星星/用小脑袋编织童话”。儿童，他或她没有任何成规，想笑就笑个灿烂，想哭就哭个痛快；天性顽皮，能够把非生物或小动物都当成朋友，并与它们一直玩耍；又喜欢幻想，有着许多天真而美好的想法与愿望。在这里，诗人将儿童天真顽皮、真诚坦率的性情展露无遗。这一种展露，表明了诗人对儿童纯真天性的欣赏与守护。

4. 对儿童美好愿望的赞赏

《宇宙的孩子》，这首诗有着顾城诗歌《我是一个任性的孩子》的影子，在主题上，表现的都是欣赏与守护世界的美好、消除世界的苦难与不幸的愿望，以及对生命自由状态的推崇与追寻。在表现方式上也同样是通过想象、梦幻来构筑一个童话世界。《我是一个任性的孩子》中有许多美好的愿望：“我希望每一个时刻/都像彩色蜡笔那样美丽/我希望/能在心爱白纸上画画/画出笨拙的自由”“画下所有年轻的/没有痛苦的爱情”“我想涂去一切不幸”“让所有习惯黑暗的眼睛/都习惯光明”“画下东方民族的渴望”等。在樊忠慰的《宇宙的孩子》中，也有许多类似的美好愿望：“我给种子盖好棉被／我给月亮铺上青草／我要唱，让一条河流名扬天下”“我要发动一场世界大战／用太阳去攻打寒冷／用面包去攻打饥饿／用药品去攻打疾病／用爱情去攻打仇恨”。《春来了》一诗充满了儿童显得蛮横而实际上非常美好的愿望，以及这种愿望所透露出来的儿童的稚气。这种稚气是一种在游戏、玩耍中体现出来的真切快乐。“我和蚂蚁捉迷藏／和春天打架／我要把星星打绿／把小蝌蚪打成大青蛙”。诗人捕捉到了儿童这种美好的愿望与稚气，并以赞赏的目光、喜悦的心情将其表现出来，使我们切身地感受到了儿童的天真可爱。《鱼儿》也充满了童心天真的幻想与温柔的爱。“光屁股的鱼儿／天天喝水／它不饿吗／它的衣服／是老鼠偷走的吗”。因此，诗人觉得，“鱼儿好可怜哦，我要给它面包吃，给它衣服穿，还想给它当老师”。将鱼儿拟人化，并说它光屁股，实际上也是将鱼儿当成了儿童。如此特别地对鱼儿的描述，透露着一种顽皮。担心鱼儿喝水会饿，并要给它衣服穿、给它当老师，则表现了恳切、温柔的爱，类似母爱。

儿童的愿望虽然常常被功利化、实用化的成人忽略乃至斥责，但却是人道主义的、与自然万物和谐共处的、真诚而纯洁的。它斑斓多彩，充满了梦幻，如同彩虹一般挂在半空中，给这个世界带来美丽、带来色彩。诗人樊忠慰通过诗歌来守护着人类的童心、守护着人类心性的真诚与纯洁，尽管显得不合时宜，却是真正值得景仰的行为。

（三）樊忠慰爱情诗歌中体现的梦幻

通常而言，人们对自己所爱的对象都有理想化的倾向，会认为对象是完美无瑕的，只看到对象身心的美好，而忽略其缺陷部分。弗洛伊德在分析这个问题时认为：“我们看到，对待对象与对待我们自己的自我的方式是一样的，以至于当我们处于爱的状态时，相当的自恋力比多溢到了该对象上。甚至在许多爱的选择形式中，该对象起着代替我们自己的某种未达到的自我理想的作用，这是显而易见的。我们爱它，是因为为了我们自己的自我所努力追求的完善性，我们现在愿意以这种迂回的方式作为取得满足我们自恋的手段。”弗洛伊德把人们对爱情的理想化倾向归结为人们的自恋倾向，这自有其合理的地方。不过笔者认为，从根本上来说，人们的自恋倾向是对于完美性的追求。这一点，弗洛伊德也已提到。因此笔者认为，对完美性的追求表现在自己身上是自恋倾向；表现在爱情上，则是对爱情本身的幻想与美化、对爱情对象的幻想与美化。樊忠慰的许多爱情诗歌，印证了这一点。不过，他的爱情诗歌除了对爱情以及对爱情对象的幻想与美化，还渗透了一种苦涩与忧郁。爱情对他而言，总是处于可望而不可即的。不可即，不可得，内心的渴望便会愈加强烈。这种强烈的内心渴望，加上他本身对于完美性的追求，不断地催化、激荡着他的想象力，使得其诗歌愈加丰富、绚丽。此时，其诗歌便有着一种向上飘飞的梦幻感，有着唯美的色彩。但这种梦幻、想象又很难实现，因此其诗歌中又有着梦幻破碎后浓郁的痛苦与悲哀。综上所述，樊忠慰爱情诗歌中的梦幻主要体现在对爱情对象的幻想与美化、对爱情本身的幻想与美化以及爱情幻想破灭后的悲哀之中。

1. 对爱情对象的幻想与美化

《想你在今夜》，此诗表述的是诗人思念意中人时产生的幻想。全诗如下：

我蘸着夜色给你写诗
星星的文字吵醒你的美丽
容颜如水，月光般泻下
打湿我薄命的纸，纸的心血

为你录音录像的纸和文字
翻动你梅香的秀发飘逸
芳名含在我嘴里，比齿更白
是谁也拔不动的柔情蜜意

你看瓶里的酒像个醉汉
我喝了会醉上加醉
多少贪欲的纸人和影子
错过了爱情与幸运

我用最初的眼睛捡你的月光
我用最后的想象摸你的笑意
你可愿穿过今夜的稿纸光临我的小屋
用你的一瓣瓣红唇，吻我的思念和忧郁

在沉黑的夜晚，给意中人写诗，其实就是借诗歌的幻想来接近意中人，以此排遣难以名状的忧郁。幻想的载体——文字，如星星般闪亮，诗人就用它们去照耀意中人的美丽。在这种照耀下，意中人美丽如月光，有着纯白的色彩，弥漫着潮湿的水气，秀发飘逸，名字芬芳，使得诗人情柔意蜜，如同喝醉了酒一样。在最后一段中，诗人再次表述了自己的浓郁思念，并渴望意中人能够前来抚慰他悲苦的思念与无以名状的忧郁。在《羊写给姑娘》一诗中，诗人将自己隐喻为羊，守在牧羊女身边。诗人倾诉道，姑娘，“你天然的美”，能够“羞走花香”，让我心甘情愿地“守你的影子 / 吻你的鞋子 / 挨你的鞭子”。这也不够，为了让你永远快乐、美丽，我还会“把心挂在天上 / 照得你暖洋洋”。通过这种奇特的幻想，体现了诗人对爱情对象的夸张性赞美，对完美性爱情对象的塑造，也透露着诗人美好的愿望与温柔的爱。

2. 对爱情本身的幻想与美化

《电话情诗》这首诗无论是从题目还是从内容上分析，都大致可以确定这是一首根据与情人通电话的经验而写成的诗歌。在这次通话中，诗人感受到了甜蜜。“把你的芳名嚼出阳光 / 空气和树叶亮了”，这表明情话互通使爱情发出了灿烂的光彩，也产生了甜蜜。因此诗人才感觉，“心灵的草地躺满你的花香”。接着，诗人又感觉，“你的声音像葡萄酒”，如同“软语的精灵”“从我的耳朵偷偷溜进了心”。声音已然抵达内心，很显然，这表明诗人对情人已经有了怦然心动的感觉，有了柔情蜜意，有了浓郁的爱。因此，在这种柔情蜜意的冲击之下，诗人说，等我捉住你的软语，我“就与你结婚”。这首诗传达的是一种由爱情本身散发的魅力。爱情的温柔、甜蜜，能够使人心醉神迷，产生一种美好的、飘然的感觉，使爱情对象的声音与香味都充满了质感的梦幻感觉。《红豆》一诗则是诗人对爱情本身具有的伟大力量的幻想与赞赏。红豆是樊忠慰诗歌中经常出现的意象。这个意象的寓意，与它在传统诗歌中的寓意基本相同，即都寓意着爱情。在诗人的眼中，红豆，就像“一粒粒蹦跳的火种”，能够“点着体内的血／硬化肉中的骨”。这表明了爱情的伟大力量，即它能使相爱的人激情满怀、神采飞扬、意气勃发，更具勇气与骨气。诗人很清楚这一点，“都是因为爱，都是因为梦”。在这样炽热的爱与梦中，“我是咀嚼你的男人／把你埋在心头”，要以爱情“泥土让你生息”，要以“诗篇让你不朽”。所期盼的，是你“在多情的传说里妩媚”，“苦我，暖我，醉我”。如蹦跳的火种那样的爱情，点燃了“我”。

《当你老了》，这首诗基本可算是对叶芝同名诗歌的模仿与改写。这两首诗的情感结构是一样的，即都是先写情人已经老去，然后写自己年轻时对情人炽热、忠诚的爱，最后写自己年老了也依然爱着情人。情感结构虽相同，但并不能掩盖樊忠慰这首诗的出彩之处。相比而言，叶芝的那首诗歌没有像樊忠慰的诗歌那样充满奇特的想象，语言也相对朴实，有着外露的逻辑线。比如说，叶芝诗歌《当你老了》的第一段：

当你年老，头白了，睡意昏沉，
炉火旁打盹，请取下这部诗歌，
慢慢读，回想你过去眼神的柔和，
回想它们昔日浓重的阴影。

第一段第二句是对情人老去时行为的白描，第三、第四句则表述情人读诗歌时勾起了她年轻时的记忆。樊忠慰诗歌的第一段：

当你老了，一场大雪飘满你的长发和山风
我要在大雪中等你
你苍白的皱纹像一间苍白的茅屋
我用拄着拐杖的诗句，敲你颤巍巍的记忆

头两句并不是清汤寡水的白描，而是采用了充满动感的隐喻手法来说明情人已经老去。“大雪飘满你的长发”，不是简单的、平面的如“你的长发如同白雪”这样的明喻。“飘满”表明那是一种外来的力量，是它使得情人老去、头发变白。很显然，这种外来力量是流逝的时间。而作者奇妙地将其隐去了。后两句中，更是充满了形象性、隐喻性。皱纹如同苍白的茅屋，可谓奇喻。拄着拐杖的诗句，表现出爱的沉重。这种沉重的爱，去“敲你颤巍巍的记忆”。“敲”字十分形象，有着行为的动感。这样一来，就不是情人通过阅读诗歌才勾起记忆，而是蕴藏在诗歌里的深沉的爱主动去震撼情人了。显然，这比“梦见”这样显得虚幻不真的词语更能表现“我”对情人至老不退的爱情。

在诗歌的第二段中，两首诗都同样通过与其他追求者相比而彰显自己对情人的深沉、持久的爱。叶芝的表达似乎过于伟大。而樊忠慰的表达更恳切、真诚，“我也老了，像所有恨过你的人一样爱过你”。年轻的时候，“我想你的土豆就饿，看见你的微笑就暖和”。多么性感的诗句！尽管对情人那么爱，最终还是没有结果，“千年的遗憾啊 / 声音碰碎了石头，碰不响你的爱情”。以千年为限，无疑表明了爱情的持久与炽烈。

综上所述，我们可以大致判断出诗人樊忠慰的爱情理想。这种爱情理想中，爱情深沉、炽烈如同红豆燃烧，而且至死不渝，超越了怨恨，超越了个人的私心，达到了圆满而持久的地步。这种爱情专注于自身产生的欢乐与悲伤，专注于对爱情对象的渴慕与赞赏，专注于爱情双方精神与肉体上的相互吸引。它拒绝爱情对象之间的占有欲、利益交换、虚荣心，以及没有得到回报就产生的怨恨。

3. 爱情幻想破灭后的悲哀

《荒冢》这首诗表明：在尘世时没法得到的爱情，只能够幻想在死后获得。

我活着
没有人爱
死了
该会碰见美女的魂

隔世的美女
趁天没亮
快带上你的枯骨
跟我回家

在尘世苦苦寻觅爱情而不可得的诗人，已经感到失望乃至绝望，但不可名状的孤独与悲苦却依然不分昼夜地撕咬着内心，对爱情的渴望依然汹涌澎湃在内心。因此，诗人不得不幻想死后能够遇到阴间的美女，构筑一段美丽的爱情。但苦涩，就在尘世不可得而阴间可得的缝隙中，悄悄地钻了出来。《女鬼》与《荒冢》类似，都是幻想人与鬼之间的恋情。不同的是，在这首诗中，诗人为女鬼写诗，于是女鬼爱上了诗人。她"唤起蟋蟀来看"诗人，但诗人"竟不能像光抱住影子一样""抱住幽怨而多情的"她。为回报她的爱情，诗人决定"吻干你的残夜你的泪痕"，并询问，"你要不要我的精血/要不要我滚烫的心"。诗至此，情境阴森，鬼气弥漫，却又糅合着人鬼爱情的缠绵与哀怨，使人心中的恐怖感与悲悯感合而为一。当然女鬼非真女鬼，不过是不可得的爱情的隐喻而已。于是，幻想人与鬼之间的爱情，不过表明了对爱情痛彻心扉的渴望。

《蚊虫情诗》中，诗人"想变一只蚊虫/嗡叫在你的蚊帐/迷恋你的蚊香/更渴望你的巴掌"。通过这样的幻想，才能接近生活不可能接近，或者即使接近了也不可能给予爱情的意中人。这种萦绕不绝、剪不断理还乱的迷恋与渴望，即便是遇到了巴掌也不会退缩。于是，"我发了羊癫疯

（风）”，去“吸你苦涩的血”。但你的美丽又是如此光彩耀眼，令人情不自禁地折服与感叹，因此“我跪下”，“膝盖笑得哗啦啦”。但很大程度上，这也不过是一种单向的、无望的追求，因此只能做出这样的希望，“等我们化作灰烟 / 灵魂终将在天堂拥抱”。天堂里的相互拥抱，不过是虚幻的安慰。美好幻想与残酷现实间的巨大落差，诞生了苦涩与浓郁的悲哀。《女孩，你听我说》这首诗以处于女孩—少女—姑娘—女郎—新娘这几个生命阶段中的女孩与“我”之间的情感关系为主题。“轻盈的女孩 / 像只燕子在云里飘扬”，但可惜的是“我没有翅膀 / 摸不到你呢喃的天空”。“碧绿的少女 / 鸡冠花开在头上”，是那样美丽。这种可望而不可即的美丽，狠狠地“啄我的想念”。到最后一个阶段，“洁白的新娘”，“你的容颜让我口渴”。这也表明了美好的爱情依然可望而不可即，因此只能忍受着精神与肉体上的渴望。爱有多深，痛便会有多深。幻想有多美丽，幻想破灭时便会有同等程度乃至更深的痛苦与悲哀。

樊忠慰爱情诗歌中所体现的爱情幻想是美好的、纯粹的，没有现实利益的侵入。因而可以说，他的爱情幻想是一种理想化的、纯粹化的东西，是最高可能性的爱情。很显然，这种爱情幻想无法在现实生活中存在。尽管这种爱情无法在现实生活中存在，但诗人却从来没有放弃，依然执着、依然坚持，即使遭到他人的嘲笑、轻视。因此，这种对理想爱情的执着其实是悲剧性的。樊忠慰的爱情诗歌中，幻想破灭后浓郁、深沉的悲哀也证明了这一点。总而言之，樊忠慰爱情诗歌中的梦幻尽管不切合社会实际，但它作为一种可能性却永远值得人们去追求、去尊敬。

综合以上的分析，我们可以看到，樊忠慰审美主义诗歌中的梦幻，植根于他的本然生命， 也就是说，植根于他本人的生命本能、潜意识世界、纯粹的愿望、执着的追求。这种梦幻主要表现在他的自然诗歌、童话诗歌、爱情诗歌中。其自然诗歌中的梦幻，主要通过新鲜、奇幻的想象来刷新我们对事物的感受与看法，使得被我们熟视无睹的事物重新具有了生机、活力、质感，也就是具有了美感。其童话诗歌中的梦幻，则主要是通过捕捉儿童的灵性，用简单的、口语化的语言来表现儿童的天真、善良、顽皮，以及他们最美好的愿望。其爱情诗歌中的梦幻，主要体现在以下三个方面：

以本身有着美好形象、富有质感与生命力的事物来隐喻理想的爱情对象，对理想爱情的渴望与追求，爱情幻想破灭后的悲哀。这三种类型诗歌中的梦幻，都来源于本然生命，都没有沾染功利性的油污，也主要是通过奇幻的想象而非概念性的语言与意象来表现。故而，樊忠慰诗歌中的梦幻，其实是审美主义的体现。或者说，他的诗歌，是审美性的，属于审美主义的成果。

四、植根于醉的樊忠慰诗歌

尼采在分析非造型的音乐艺术的源起时，认为音乐艺术源起于人的另一种生理——心理本能，即醉。代表醉的神是狄奥尼索斯。尼采说："狄奥尼索斯的本质——用醉来加以类比是最能让我们理解它的。无论是通过所有原始人类和原始民族在颂歌中所讲的烈酒的影响，还是在使整个自然欣欣向荣的春天强有力的脚步声中，那种狄奥尼索斯式的激情都苏醒过来了，而在激情高涨时，主体便隐失于完全的自身遗忘状态。"也就是说，生命的巨大能量、激情，能够像酒一样使人进入一种醉态之中，遗忘周围所有的一切，甚至遗忘自己。这种巨大的能量与激情来源于贯通着自然规律的生命本身。它是顺向的、自由流淌的。此外，还有一种生命能量与激情处于受阻状态。但当它最终克服这种受阻状态时，则会显得更加气势蓬勃、力量饱满，"就像药物让人想起致使毒鸩，只有狄奥尼索斯狂热信徒的情绪中那种奇妙的混合和双重性才使我们想起了它，才使我们想到那样一种现象，即：痛苦引发快感，欢呼释放胸中悲苦。极乐中响起惊恐的叫声，或者对一种无可弥补的失落的热切哀鸣。"处于受阻状态时，痛苦、苦难、孤独、悲哀，以及其他种种不可名状的潮湿心绪，凸显于生命面前，成为障碍。但生命本身的能量与激情总在不断聚积，最终会形成洪涛并滚滚地越过所有的苦难与悲哀障碍。尽管这种能量与激情可能不再体现在现实中，而是体现在精神世界中。

樊忠慰在其诗集《绿太阳》的序言中说："写诗靠天才的想象和激情。"他又说："诗人是发光的感情细胞。"又说："建立在欢乐基础上的诗是轻浮的，有大痛大梦才会有大诗。"很显然，无论是"激情"，还是"发光的感情细胞"及"大痛大梦"，指的都是生命能量与情感的强度达到了一种激烈贲张的程度。这种生命能量与情感既可以是处于正常的奔腾状态，此时表现为强力、雄壮、奋发、昂扬等，又可以是处于受阻状态的痛苦、悲哀、孤独或受阻状态被克服的悲壮、庄严等。樊忠慰的诗歌观念，实际上与尼采所主张的审美艺术源于酒神精神有着很大的相似之处。因此，我们也可以说樊忠慰的审美主义诗歌，除了根源于梦幻之外，也根源于本然生命的醉。

（一）樊忠慰动物诗歌中的醉

樊忠慰主要选择一些本身代表着力量的动物来表现生命的醉，如金雕、鹰、老虎、豹子、奔马等等。生命的醉本身呈现一种奔腾状态，是无拘无束的，天然地要求自由，因此它不会接受任何的压迫，更不会接受奴役。这种生命的醉既是野生动物本身的力量体现，也象征着人的身体与精神所具有的能量与激情。具体而言，这种生命的醉体现在以下几个方面：

1. 动物强盛的生命力及其象征的抗争精神

《虎啸》一诗中，诗人写道"虎的啸叫从森林的落日开始 / 抵达落日的森林 / 虎啸里，石头颤抖 / 植物颤抖，动物和风的腿颤抖 / 万物颤抖"。老虎如此强盛的生命力喷涌而出，使得万物不得不感到心惊胆战，乃至五体投地。这种生命力如此强盛，又会使人不由自主地羡慕、赞叹，因为，生命力本身就是一种美、一种壮丽的景观。于是诗人感叹道："我多想去森林学一声虎啸啊 / 哪怕被虎吃掉。一无所有的诗人 / 住进虎斑斓的宫殿，得到了虎的心"。《巴比伦金雕》一诗中，巴比伦金雕拥有的强力甚至能把王权与城堡都摧毁。"巴比伦金雕，披一身栗褐色羽毛 / 剑光托起白昼 / 利爪在石柱上划下泣血的风暴 / 踩在脚下的王权和城堡 / 在冬云密布的夜，破碎如彩陶”。在如此的生命强力面前，代表着专制与奴役的王权如此脆弱不堪。《雪豹》一诗中，有这样的诗句，“雪豹，寒冷的闪电 / 不在纸上流血 / 在冰原把鲜血变成火焰”，这里映射的也许是人类猎杀雪豹的行为。奔跑如闪电的雪豹，没能逃离人类的猎杀，最后遭遇了血染冰原的命运。不在纸上流血，表明雪豹拒绝让生命屈服于压迫，拒绝自己变成人类的玩物、公园的景观。在它看来，这是一种虚假的、完全丧失了尊严与力量的生存方式。因此，它宁愿让自己滚烫的鲜血在冰原中熊熊燃烧。显然，具有强大生命力的、血染冰原的雪豹所象征的正是抗争精神。

2. 动物强盛的生命力及其象征的自由精神

《奔马》一诗中，一匹“带上夜奔驰的马”，由于处于夜的黑暗之中，所以它就用“蹄声溅起星花”来为自己照亮前路。“它撕毁陈腐和衰落 / 它比刀还快 / 砍断了时间的脚 / 割落了九个太阳”，这样一匹奔马，其速度如此之快，以至时间仿佛都已经停止流动。这一柄闪电般飞动的大刀，就连太阳都能被割下来。因此诗人“面对这血与火的魂”，不由得感觉“我只是一把灰烬”。这野生动物，如血如火，似乎已经具有了扭转乾坤、化生万物的巨大力量。“我只是一把灰烬”，是从反面衬托奔马所拥有的旺盛生命力。而奔马所象征的，其实是人应当发展壮大的超越精神、自由精神。《蒙古马》一诗并没有按照一贯的套路那样先赋后兴，具体到这首诗上，即没有先撰写蒙古马本身的强力与显现这种强力的奔腾情景，然后抒发诗人自己对这种强力的欣赏与羡慕、感叹，而是直接进入了抒情的状态——“马、蒙古马，我身体里咆哮的马 / 逐草四方，饱餐自由的马呀 / 埋了不灭的是你，灭了又生的是草地”。“我身体里咆哮的马”，表明蒙古马的生命强力与野性已经融入了诗人的体内，蒙古马所象征的自由精神也已经泛滥在诗人的每一根血管里。

3. 动物强盛的生命力及其所象征的宗教情怀

在《消逝的鹰》中，鹰“把精血给太阳 / 把利爪给闪电 / 把沉默给雷

霆 / 把呼吸给青草”。这样的鹰，已经完全超越了平常我们对鹰的评价与定位。它不再是只拥有强力，在天空中独自翱翔而显得孤傲的野生动物，不再只是凶猛的捕食者。它似乎已经成了类似于造物主那样的主体，把精血给了太阳，把利爪给了闪电，把沉默给了雷霆，把象征着生命与爱的呼吸给了青草。这位“撕碎天空的英雄”，它“抛下的酒壶灌倒了海洋”。这表明它还是一位酒神。这位酒神就像尼采笔下的酒神那样活力非凡，为人们带来了希望，使人们重新团结，因此便出现了这样的情境——“鸡鸣啄净残星的清晨 / 牛羊挤出奶水的黄昏 / 你会不会归来 / 翘盼的人们热泪盈眶”。《最初的鹰》一诗中，诗人将鹰比喻为“黑色闪电”，它“以翅膀搏击雷鸣 / 溶入夜色，如冰消于水 / 飞向晨曦，似火点燃血 / 歇踞大树 / 悲悯地凝视众生”。这时候的鹰，并不仅仅是具有强力的野生动物，它具有了一种宗教情怀，会如太阳那样飞向晨曦，会像上帝那样“悲悯地凝视众生”。同样是写鹰，《神鹰》一诗中，“神鹰是天空的钥匙 / 打开电闪雷鸣 / 还有狂风，自由的云 / 眼睛滚动着火焰 / 把白昼的阴影召唤 / 血，骨头的灯盏 / 在皮肤下闪”。这鹰确实已经神通广大，如同钥匙一样能够启动整个天空的世界。它的眼睛如同火焰，驱赶着黑暗。它身体内的血液，如同灯盏一样明亮、温暖。这样的鹰“凌驾于枪声之上”，具有了如同造物主那样的本领、那样的爱心。综上所述，诗人笔下的鹰，不仅仅具有强盛的生命力，也具有了悲悯、宏大的宗教情怀。

（二）樊忠慰景物诗歌中的醉

如同樊忠慰诗歌中的动物，他诗歌中的景物也同样具有强盛的生命力。这种生命力超越渺小的人类，如同天与地一样恒久，延伸在漫漫的历史之中。

《黄河》一诗中，“黄河是奔泻的母马，我是它的一根汗毛”。处于奔腾状态中的黄河，气势如此浩荡，力量如此撼天动地。诗人站在它身旁，不由地感受到自己力量的渺小。“躺在岸边 / 想黄河不尽的往事 / 鼓声敲

打飞翔的灵魂 / 听见的人 / 满脸都是黄河浪”，轰轰隆隆地发出巨大声响的黄河水，如同鼓声一样以其强力激荡、敲打着正在历史长河中飞翔的灵魂。于是，本身浩荡的黄河浪与诗人怀想悠悠历史而起的感叹便交织、撞击在一起，形成双重的生命强力。

《太阳》一诗中，“天空不死 / 它高高站着 / 鸟更高，啄饮大神的血浆 / 太阳上热恋的人类呀，心脏相撞”。一种天地永恒，绵延至不可知时空的苍茫感觉扑面而来。天地的生命力永不衰退，鸟与人类的生命力也是如此。太阳在天空中如同“大神的血浆”，此一场面可谓壮阔、意蕴可谓悲壮。在此场面中的太阳，实际上具有了神性，是作为终极依据的“大神”的化身。因而，鸟去啄饮太阳，人受阳光照耀，实际上也就是吸收神性或者说汲取大神的生命力。“太阳上热恋的人们呀，心脏相碰”，男女的相恋，不再戴着面具，不再扭扭捏捏，不再弄虚作假、矫情煽情，而是坦荡地以生命本身的能量与激情相互碰撞、赤诚相见。在另一首同名诗《太阳》中，诗人把太阳比喻为“英雄的头颅”，它“在天空的血泊怒吼 / 染红了永恒，凋零了时间”。这种激烈悲壮的情境激起了诗人内心同样的豪气和快意。于是，“黑暗、黑暗、黑暗 / 被我顿生的豪气 / 盈袖的剑光折断”。在《太阳颂》这首诗中，太阳同样带着强盛的生命力，它“流泻滚烫的鲜血”。与此同时，它也代表着一种拯救的力量——“别诅咒我激情的燃烧 / 别再对我挽弓搭箭 / 谁不以真诚的双臂拥抱我 / 谁就会陷入黑暗”。

（三）樊忠慰苦难题材诗歌中的醉

苦难是生命能量与激情的受阻。苦难能够直接把人从梦境中拉回到坎坷的现实世界。于是本来轻飘飘地在飞翔着的人类突然间沉重下来。原来，梦是灵魂的翅膀，它有着天然的带着灵魂飞翔的本能。它是一种向上飞升的本能。而苦难作为醉的一种形态，能够束缚住梦的翅膀，乃至折断梦的翅膀。这样一来，人类便无法再飞升，只能与大地、与生活现实紧紧地贴在一起。在此情况下，苦难或人生中种种的不如意便乘机进驻人的生命，并试图攻克生命的核心。而生命的核心就像处于太阳中心的热核反应区，能够通过原子核的聚合作用发出强大的能量与激情。在此情况下，苦难与人的生命能量、激情便展开了激烈的战斗。根据个人的生命能量与激情强弱的不同情况，战斗的结果也会不同。诚如周国平先生所言："苦难可以激发生机，也可以扼杀生机；可以磨炼意志，也可以摧垮意志；可以启迪智慧，也可以蒙蔽智慧；可以高扬人格，也可以贬抑人格——全看受苦者的素质如何。素质大致规定了一个人承受苦难的限度，在此限度内，苦难的锤炼或可助人成才，超出此则会把人击碎。"在樊忠慰的诗歌中，无论是强力型野生动物，还是拥有强大精神能量的艺术家、诗人等，在遭受巨大苦难时亦会陷入危机，身与心都风雨飘摇。尽管如此，他们还是顽强地抗争着，并最终将苦难克服，让生命力、精神能量不可阻挡地奔涌。

1. 动物苦难体验中的醉

《黑豹》描写了一只被人类囚于笼中的黑豹。它"饥饿的胃翻卷鼠毛枯草湿土"。这个"苦难的王子"，身体已经虚弱得像一幕皮影戏。但"锁比利齿咬得更紧"，表明已经没有了逃脱的机会，因此，它"不静止，也不移动"，像"一团渴死的自由"。处于如此的困境之中，它最后只能"梦穿破栅栏，幽灵般遁入深林"。诗人笔下的这只受难的黑豹，是生命的强力与激情受阻的表现。但受阻并不意味着生命就会屈服，因此诗人发出这样的声音——"嚎叫吧！诗歌 / 不幸的生命因破碎更美"。由此，我们可以发现，诗人笔下的黑豹，象征的其实是一种面对苦难而强悍不屈的精神。《虎囚》展现的也是本然生命受困的苦难体验。虎"饿得精瘦"，它"渴望咆哮"，"渴望血与火的目光"，能够锯断铁栅。但是现实的状况却是"钥匙很远 / 锁就在身边"。因此，它只能悲哀地在梦中回到它曾经以咆哮震动土地、使万兽俯首的森林。《猎枪》中，"击落了翅膀的枪声"，象征着人类的贪婪与残暴。这种贪婪与残暴把鹰视为可以食用或者可兑换为金钱的对象，或者仅仅是供其玩乐的材料，不惜将其杀害。而由鹰本身的生命能量，所象征的自由精神却不会消失，依然会由其他鹰来延续，并继续在天空飞翔，"鹰被击落之以后／天空仍旧在飞”。

2. 诗人自身苦难体验中的醉

《青年诗人遗像》有着自传的成分。在这个简略的自传里，我们可以看到这个青年诗人受挫的生命能量与激情——苦难，以及从这苦难中提炼出来的艺术的光芒。作为诗人，他“与巨人心灵沟通，与天地精魂相伴／最后听上帝吩咐／把遗像和玫瑰一起火化”。但实际上，他不过“像死去的小猫、小狗、小猪一样难看” ，而且“可怜的骨灰没有遗言”。就在这短暂的人生中，他扎进生命体验中，扎进苦难对生命的撞击现场中，要把“皮肤下的血煮骨为金”，亦即把那些苦涩的生命体验提炼成诗歌。他毕生的愿望，是与那些用“思想点亮的诗篇”一起“枕着祖国的江山同眠”。

诗人樊忠慰有着幻听的疾病，并深受折磨。幻听并不仅仅是一种身体上的病痛，也是一种精神的折磨。因此诗人在《炼狱或其他》一诗中说，“被幻听火焰焚烧的是谁／是我，还有我的灵魂”。在这种情况下，艺术有时候就成了一种对抗苦难的力量。故而诗人说：“诗歌的鱼儿，挣扎在情感的网络。”这里的情感，很大程度上指的就是苦难体验而引发的痛苦、恐惧、沮丧、绝望等。因此，诗人说：“你找到我悲戚的心灵／就懂得时间的病苦”。在苦难的持续侵略下，人心本有的种种过分的欲望逐渐被诗人抛弃，不再虚妄，不再骄奢。因为苦难的势力是强大的，人的生命是脆弱的。被笼罩在苦难的阴影下，诗人自然心感悲戚，但也因此谦卑起来、虔诚起来、纯净起来，仿佛生命的杂质、油腻与各种浮夸的欲望都已被苦难涤尽。此时，诗人开始懂得小心翼翼地去守护生命与世界的美好。艺术就是一种守护与保存生命与世界美好的事物，尽管它面临着苦难的威胁与压迫，但它依然以强硬的骨头支撑着。这就是它的胜利与骄傲。因此，诗人说“你蔑视我天真的谦卑／怎羡慕艺术的骄傲”。

误入画框，挣扎着天空的向日葵叫美术
书法是瘦骨熬出的血染黑了路

闭眼听露珠与风吵嘴叫音乐

诗歌是文字的鱼儿把星星咬住
舞蹈是月下影子发情的私语
石头碰石头的响声叫哲学

给生命留下棺材的叫死亡
给死亡留下棺材的是艺术

《艺术：信徒的低语》这首诗，大体体现了樊忠慰对各种艺术形式的看法。这些看法其实是对各种艺术形式的不同特征的呈现，而不是表明它们在本质上有多大的不同。如诗人在观照诗歌时说，“诗歌是文字的鱼儿把星星咬住”，表明诗歌是一种以文字去捕捉闪光的美与思想并且需要丰富想象力的艺术。鱼儿与星星，在它们的隐喻里，前者指的是物质层面的文字，后者指的是有着超验成分的精神世界，而这两者之间的巨大距离，只有飞翔的想象力才能够跨越。又如诗人认为“舞蹈是月下影子发情的私语”，形象地写出了人在生命能量与情感的驱动下翩翩起舞的情形，暗示了舞蹈是种以肢体的活动为特征的艺术。各种艺术虽有不同的特质，但在本质上，它们都源于生命。诗人评论书法艺术时说，“瘦骨熬出的血染黑了路”，这自然指出了书法是一种以墨水在纸上写字的艺术，但更重要的是指出艺术在某种程度上提炼于生命的苦难体验。这种浸染着生命能量与苦难体验的艺术超越了苦难、超越了死亡。因此，诗人说：“给死亡留下棺材的是艺术。”

在樊忠慰看来，县长、市长、省长、国王这些人都不过国家的不同级别的政权统治者，从地球范围内看，数也数不清。他们虽然都很富有，而且可能拥有翻手为云、覆手为雨，甚至生杀予夺的权力。但他们的统治，很多时候依靠的是暴力机制以及以暴力机制为支撑的法律机制。很显然，这不可能代表人类精神境界的开阔、壮丽，不可能代表人类思想中的光芒。因此，在《诗人与国王》这首诗中，樊忠慰认为，“诗人，这个时代金钱的贫儿”，才是真正的“精神的国王”。这并非樊忠慰对诗人的标榜，或者说对自己的标榜。就算是一种标榜，它其实也拥有强大的支撑力量。樊忠慰虽然贫穷，乃至比许多人承受着更严重的身体疾病、更沉重的精神痛苦，但他依然倔强而谦卑，依然执着于把各种生命体验提炼成释放着光芒的诗歌艺术，并坚信这样的诗歌艺术具有其诗中所说的影响力。

你的语言将成为孩子的乳汁
你的骨头将支撑民族的脊梁
铺好你的诗篇，让文字烙下真理
让感情渗透心房，把闪电留在纸上
等你消逝了一千年，人类仍在怀想

这是一个诗人的伟大志向，尽管这个志向也许很自负，也不合时宜。在这个时代，即使一个诗人创作出了真正具有思想深度与艺术美感的作品，也未必能够被世人看见，看见也未必能够认出来。在轻浮的时代里，世人的目光是短浅的，因此即使有巨人站在他们面前，他在看到的也只是这个巨人的脚趾而已。而即使在这样的时代，樊忠慰也依然坚守着自己远大的理想，致力诗歌的炼金术，致力于把自然界的壮美与人类的苦难与美好、痛苦与欢乐、亲情的沉郁、爱情的醉感等转化、提炼成美感与智慧融于一体的诗歌作品。

苦难如果过于沉重，诗人也会承受不住，也会突然间愤怒于上帝的不公、命运的残酷。《我的灵魂已走远》透露了这个信息，“着魔的我疯狗般狂吠 / 诅咒神灵，夜空和苦难”。但神灵远离尘世，常常不问世事。而命运不可测，类似于一种盲目的力量。在这样的情况下，无论是信仰，还是诅咒，都成了虚无。于是，诗人只有独自哀叹，“可怜的家伙，错过了青春与爱恋 / 文字里流浪，诗歌里安眠”。哀叹，表明诗人内心其实还是无法接受过于残酷的命运。这种命运把沉重的苦难毫无缘由地如同一座山峰一样压在他身上，完全不理睬他的任何抗议与不满、任何愤怒或悲哀。诗人不明白，为什么“我真的多年没变 / 像金子般善良而简单”，却依然得承受这样残酷的命运。但抱怨、愤怒于变化莫测、不徇私情乃至恶意弄人的命运，很显然，没有意义，没有作用。因此，诗人最终只能许下了这样自信而美好的愿望——“我如果来自天堂 / 总要回去，不管离天堂多远”。

3. 其他诗人与艺术家苦难体验中的醉

诗人由于自己生命中的苦难体验，在人所具有的共通感的作用下，与司马迁有深刻的共鸣。在《司马迁》一诗中，诗人写道，“幻觉中我被阉割 / 醒来你已站在我窗前”。苦难体验的相通，使得司马迁能把“辉煌的精神和人格 / 注入我患病的身躯 / 使我的灵魂死灰复燃”。诗人其实是在苦难的境遇之中苦苦抗争，即将被苦难碾碎、淹没之际，向历史上同样遭受巨大苦难的思想者、艺术家伸出援手，汲取其力量。诗人相信，拥有强大生命能量、精神能量的艺术家，即使命薄如纸、风吹即破，“但狂风怎能吹灭你闪光的名字！”从苦难中提炼出来的精神能量是如此巨大。它发出璀璨的光芒，永远闪耀在历史的漫长暗夜中，成为一代代诗人与艺术家的榜样与生命能量加油站。

“盲目的人 / 用手杖看世界 / 艰难和辛酸 / 脚一样跟着 / 你用二胡的呜咽充饥 / 以眼里的煤御寒”，是《阿炳》这首诗中诗人对阿炳形象的塑造。民间音乐人阿炳在晚年时有着苦难的遭遇：盲目、贫穷、病弱、饥饿。阿炳的伟大之处在于，尽管遭遇如此沉重的苦难，他依然没有熄灭精神的火焰，依然执着地以精神的火焰去点燃艺术、点燃音乐。苦难就在脚后跟着，但他就是拒绝把生命的能量、精神的能量如同骨头一样扔给它。他把它们给了艺术、给了音乐。于是他能够“用二胡的呜咽充饥 / 以眼里的煤御寒”。阿炳这种把苦难锤炼、转化为艺术的功夫，震撼了诗人，使诗人敬佩不已。恍然间，诗人感觉“你眼泉涌现的月 / 已挂上中天”。这句诗可谓绝妙。它暗指阿炳的作品《二泉映月》已经广泛传播，获得了巨大的声誉。而这种艺术的胜利却生产于苦难。阿炳的盲眼，是苦难的表现，但诗人却把阿炳的盲眼说成是眼泉，这看似矛盾而事实却不是。眼泉暗指的其实是阿炳已经将苦难转换成了艺术，转换成了如天上的月那样晶莹明亮的音乐。“已挂上中天”则指其音乐作品《二泉映月》带给了人们精神的抚慰、生命的熨帖。这也即诗人接下来所说的，“一支照亮永恒的曲子 / 照亮人心的黑暗”。

综合以上的分析，我们可以看到，樊忠慰审美主义诗歌中的醉，植根于他的本然生命，也就是说，植根于他本人的生命本能、潜意识世界、精神世界。这种醉主要体现在他的动物诗歌、景物诗歌以及苦难题材诗歌中。动物诗歌中的醉，主要体现在野生动物具有强大的生命能量以及由这种强大的生命能量所象征的抗争精神、自由精神、宗教情怀中。景物诗歌中的醉，主要体现在景物如太阳、黄河等所具有的开阔气势、壮大场面、剧烈动感等之中。苦难题材诗歌中的醉，则主要体现在以下三个方面：动物遭受苦难却以坚韧的精神面对。诗人身陷各种身体病痛，如幻听、思维鸣响、幻视以及各种精神之痛，如孤独、虚无感、爱情无望之中，却依然以强大的本然生命能量与它们搏斗，并试图将它们超越。其他诗人与艺术家的苦难体验。醉，这种来源于本然生命的能量，自由自在地爆发，没有因为功利性的考虑而被压抑，没有因为世人的不理解，即没有因为孤独就不再坚持，没有因为苦难的沉重就屈服。樊忠慰守护着他本然生命中的醉，尽管苦难重重，却依然坚持与它做不屈不挠的角力。

五、以直觉为思维方式的樊忠慰诗歌

论文的第二部分与第三部分已分别从梦与醉来分析、论述樊忠慰植根于本然生命的诗歌艺术，这是从来源上来论述他的诗歌艺术。梦与醉是人类的生理－心理本能，是生命或人性本源层面的事物。艺术与诗歌只有源于这个层面，才能获得真正的生机与审美质感，也才可能通过生命共通感去震撼与愉悦他人。但如果只有这个层面，不可能造就艺术与诗歌。这个生命的本源层面，类似于一个熔炉，但没有任何材料在其中。因此，它不可能创造出艺术与诗歌。所谓巧妇难为无米之炊。当然，它本身具有吸纳能力。这种吸纳能力主要是直觉能力。生命的本源层面运用直觉能力把宇宙、自然、人生的种种质料吸纳于自己的熔炉中，之后把种种质料直觉为认知的对象，再之后则对这些现象形成认识与情感评价，如高矮肥瘦、美好、丑陋、善良、邪恶等，最后才会形成由这些认识与情感评价，而产生的愉悦、痛苦、欢乐、悲哀、失望、绝望等等情感形态。因此，直觉构成了生命熔炉与宇宙、自然、人生之间的桥梁或枢纽。也只有通过它们，生命熔炉铸造出来的现象才成了艺术与诗歌的原料。因此，直觉作为一种思维方式，对诗歌艺术产生了不可估量的作用。直觉作为诗歌与艺术的关键运思方式，有着丰富而深刻的哲学与美学依据。

克罗齐受康德形式与质料学说的影响，赞同以时间与空间等感性直观形式加工整理质料后才能形成表象的观点，并把它改造成“直觉即表现说”。他先是区分了两种认识，“知识有两种形式：不是直觉的，就是逻辑的；不是从想象得来的，就是从理智得来的；不是关于个体的，就是关于共相的；不是关于诸个别事物的，就是关于它们中间关系的；总之，知识所产生的不是意象，就是概念。”肯定了直觉思维的独立性与对世界的认识与把握能力之后，他认为：“直觉的知识就是表现的知识。直觉是离理智作用而独立自主的；它不管后起的经验上的各种分别，不管实在与非实在，不管空间时间的形成与察觉，这些都是后起的。直觉或表象，就其为形式而言，有别于凡是被感触和忍受的东西，有别于感受的流转，有别于心理的素材；这个形式，这个掌握，就是表现。直觉是表现，而且只是表现（没有多于表现的，却也没有少于表现的）。”现象学始祖胡塞尔更是认为直觉是检验知识的最后标准，将直觉思维的能力推崇到了无以复加的地步。这三者都肯定乃至强调直觉思维的强大能力。不过，在直觉思维的运用方向上或者说作用对象上，他们的见解有着不同之处。克罗齐与胡塞尔更强调直觉思维认识世界、把握外在事物关系的作用，而柏格森更强调直觉对人的心理、人的内在生命能量与冲动的认识与把握能力。

从樊忠慰的诗歌观念中，我们也可以看到他对直觉在感知外在世界与内心世界中，以及在诗歌艺术中所起的重要作用。他说：“以隐喻、暗示、象征、玄秘、超感觉、非凡的人格力量和灵性去表现这个世界［人类社会、大自然（宏观或微观）］乃至宇宙万物，并表现其中的普遍联系和变化发展，是我的梦想。”可以看出，他的梦想就是主要通过直觉性思维去感受与表现外在世界与内心世界。在论及艺术时，他说：“艺术无所谓新旧，它在于是否发现，是否发现灵，人鬼神的灵，天地万物的灵。”也就是说，能够呈现出人鬼神、天地万物的灵性的艺术就是真正的艺术。而形式的更新、变化其实与真正的艺术没有本质上的关系。而人鬼神、天地万物的灵性很大程度上也只能由直觉思维来感受与把握。在谈到他的诗歌艺术追求时，他说：“灵动，纯净，奇幻是我的追求。”灵动、纯净、奇幻，这三者作为诗歌艺术的风格形态或者说作为诗歌呈现出来的意境、氛围，实际上也产生于诗人渊深、幽玄的潜意识以及敏锐的直觉能力。在论及诗人的时候，樊忠慰说：“诗人是发光的感情细胞，是大神的灵感。”而灵感，据朱光潜先生的看法，“灵感亦并无若何神秘，它就是直觉，就是‘想象’（imagination，原谓意象的形成），也就是禅家所谓的‘悟’。”

综上所述，我们可以知道，樊忠慰深刻认识到直觉在认识世界事物与它们彼此之间的关系中所起的作用，也认识到直觉在认识或感知他人情感世界以及自己情感世界的重要作用。正如法律上要证明他人有罪，必须提供人证、物证。下面将具体呈现樊忠慰诗歌中的直觉并做简要分析。不过，直觉不是凭空去感知与认识事物的。它也必须有自己的载体。这载体就是人的各种感觉器官以及灵感。它们负责采集、吸纳自然、社会、人生的种种现象或事件，以及自己与他人的情感世界等作为质料，然后由生命的先验能力加工处理，做出认识与情感评价，并形成由情感评价产生的各种情感形态。当这个过程完成，艺术就出现了。因此，艺术是由生命的先验能力加工处理了直觉得来的质料，并对其做出认识与情感评价而产生的事物。在樊忠慰的诗歌中，以各种感觉器官为载体的感官直觉以及灵感所感知、把握的事物或情感，不再只是单纯的现象，而是浸染了生命主体的认识与情感体验与评价的事物。

（一）各种感觉意象体现的直觉

1. 视觉意象体现的直觉

在《月亮是黑夜的匕首》一诗中，诗人写道：“月亮是黑夜的匕首 / 太阳是上帝的伤口”。从颜色来看，月亮通常而言是银白色的；从形状来看，有比喻为明镜的圆，比喻为小船的小半圆等；从性质上来看，月亮显然是柔性的、阴性的；从其象征的意蕴来看，它通常指代友情与爱情。当然，这很大程度上是就古典诗歌中的月亮形象而言的。很显然，樊忠慰对月亮的视觉感受非常独特。在他看来，月亮是黑夜的匕首。匕首自然还是银白的，这一点没有变化；匕首是长方体的、尖利的，这一点已变化；匕首是利器，是刚性的，这一点已变化。从意蕴的表层来看，匕首指的是月光，是月光使夜空不再黑暗；从深层来看，是指光明或正义驱逐了黑暗与暴力。这句诗象征的是一种驱逐黑暗而带来光明的力量，已变化。因此我们可以看到，不同于很多诗人对月亮直接的、单独的视觉观察与感受，樊忠慰是把月亮的视觉直觉与某种新的象征意蕴联系在了一起。这样必然导致其笔下的月亮形象变形。因为月亮本来的形象不可能再容纳下这新的象征意蕴。同样，“太阳是上帝的伤口”也运用了在对某事物的视觉直觉中联系其他事物以及新的象征意蕴的运思方式。太阳，就颜色上来看，有早上的蛋黄色、中午的炽白色、傍晚的血红色。“太阳是上帝的伤口”，就伤口流血来看，“伤口”自然代指太阳呈血红色。因此，在颜色上没有变化。但“伤口”前加了表语“上帝的”，这诗歌的意蕴便马上复杂起来。在基督教中，上帝是创造人与万物的万能的主、是终极拯救者、是灵魂的港湾。上帝派圣子耶稣来为人类赎罪，却被人类钉上了十字架。也就是说耶稣代上帝行使职责，但流血牺牲了。樊忠慰说“太阳是上帝的伤口”，暗指的是太阳像耶稣那样通过牺牲自己来给人类带来温暖与爱，有着宗教的拯救意味。

“偌大一颗泪 / 淹没了好多词汇”，这是《海》一诗中的诗句。此诗句，就对大海本身的描述来看，自然是视觉性的，其大意为由于大海的广阔无边、浩瀚壮观、气势雄伟等特征使得人类的词语苍白无力。但为何把大海直觉为泪呢？诗人把大海直觉为泪，其实有着更深的意蕴。泪本身意味着痛苦，因而，将大海比喻为泪，其实就是将大海比喻为人的痛苦。而人的痛苦，很多时候，语言是无法表达的。这样，本来视觉性的大海，现在就成了只能以心理去感受的痛苦。在《梦呓》一诗中，有这样的诗句“山的波浪拍打逼近的天幕”。诗人把本来静态的构成波浪线的山峰直觉成大海中起伏动荡的浪潮，这就使得山峰充满了动感与活力。在《夜色飘进小屋》中，在描述女人的皮肤时，诗人写道“你娇嫩的皮肤淌出鲜艳的汁液”。皮肤本是视觉形象，但诗人却把它直觉成了“鲜艳的汁液”，即直觉成了味觉形象，传达出了混合着爱慕与荷尔蒙的感觉。在《乞丐与少女》中，在描写少女的乳房时，诗人写道“谁微笑着晃动的前胸/藏着两罐甜蜜的药浆”。视觉性的乳房被直觉为味觉性的甜蜜药浆，形象地表现了少女的性感和魅力以及诗人对这种魅力的陶醉。在《神思》中，诗人写道：“江河长长　像一根线/穿过落日的针眼/沧海满满　像一碗酒/无人豪饮　寂寞了几亿年”。前两句诗中，把江河直觉为线，把落日直觉为针眼，瞬间即把本来毫不相干的两个事物联系起来并构成一幅奇幻的风景图。后两句中，把沧海直觉为无人豪饮的一碗酒，而酒通常意味着豪气、悲壮、寂寞，这样便把沧海的浩瀚强力以及沉郁形象地表现了出来。在《阴阳或太极》中有诗句“白天是富豪/云海埋下黄金的城堡/夜晚是穷汉/满天星子如清寒的碎银”。这四句诗，把白天里在太阳光照射下的云层直觉为黄金的城堡，把夜晚的星星直觉为清寒的碎银。这不仅仅使白天的云层与夜晚的星星更形象生动，也符合了诗歌题目《阴阳或太极》所提示的意蕴。阴阳、明暗等其实都是相反相成、合二为一的宇宙规律的体现。

2. 听觉意象体现的直觉

《电话情诗》一诗中，诗人先是这样直觉情人的声音“你的声音像葡萄酒”，然后又这样直觉“你软语的精灵/从我的耳朵偷偷溜进了心”。前者是把听觉直觉为味道，带给人滋味的醉感；后者则是把听觉直觉为视觉，使之具有了视觉的具体性、动感性。在《牵手》中，有这样的诗句，“我们的情话，把森林点亮”。森林本身由于植物众多，阳光难以倾洒，故而一般显得幽暗。诗人说，“情话把森林点亮”，即把听觉性的情话直觉为视觉性的阳光。当然，情话也不仅仅是声音，还是蕴含了柔情蜜意的声音。而阳光也不仅仅是视觉形象，还是浸透了爱的温暖。在《我死的那天》中，诗人想象了自己死时的场面，在最后一段中，有这样的诗句，“我早已取走时间和马匹/在鸡鸣里抵达天堂/枕着音乐的芳香入梦/拒绝了黑暗的衣衫，人间的苦痛”。音乐本是听觉对象，而今它却正在散发着芳香。音乐发出芳香，似乎与死亡的气氛不和谐，乃至相冲突，但联系到最后两句，一切又顺理成章。“拒绝了黑暗的衣衫，人间的苦痛”，表明的是诗人在人间已经承受了太多的苦痛。因此，他才会幻想死亡的时候能够上天堂，能够在天堂里聆听着芳香的音乐时睡去。《鼓手及其他》，这首诗的首段是这样的“手在鼓面流淌，鼓声刺痛体内的血 / 节奏是硬朗的光芒 / 温暖了远山的晨雪”。很显然，这首诗是描写诗人倾听鼓手击鼓而发出音乐时的感受。血从表面来看，指的就是血液，从深层意蕴来看，是指人的激情、勇气、原始野性等。因此“刺痛”这个词，通过把听觉转化成触觉，成功地传达了鼓声激发了诗人体内的热情、壮志、勇气这样的意蕴。诗段的后两句中，节奏成了光芒，能够温暖远山的晨雾。诗人是把听觉直觉成了既是视觉性的又是触觉性的温暖阳光。这就形象地表现出了鼓声节奏的强大感染力。在《游子》一诗中，诗人写道：“蟋蟀是惊叫的露水 / 打湿草丛 / 和亲人的眼眶”。诗句的大意为：亲人在听到蟋蟀的叫声时，想起了离家在外的游子，不禁悲从中来。诗人把蟋蟀的叫声直觉为触觉性的露水，既可以传达出蟋蟀那种在草丛中传出来的清幽叫声，又可以将其隐喻为亲人的悲伤，从而取得了一箭双雕的效果。在《三月》一诗中，诗人这样描述牧童吹笛时引发路人的感受的情景，“牧童短笛是九孔火把 / 燃烧路人的忧郁和畅想”。这两句诗，把笛声直觉为火把，是把听觉转化成视觉，但这种视觉又不是外在的、物质层面上的视觉，而是心理或灵魂层面的视觉。也就是说，“路人的忧郁和畅想”熊熊燃烧的场面其实是发生在心理层面的。在《情诗：纸上的芳名》中，诗人描述或幻想情人唱的歌带给他的感受，“我听见 / 你的歌点亮的花朵 / 香透我的白天 / 润湿我的晚上”。诗人把歌声直觉为散发着香味的花朵，又直觉为雾气。当然无论是花朵还是雾气，其实都是心理层面上的事物，即是一种柔情、爱意。

3. 其他感觉意象体现的直觉

在《雪豹》一诗中，诗人对雪豹的描写是这样的，“血液里的盐是冰川 / 温暖的皮毛像花园”。皮毛温暖，是就触觉而言。诗人把这种温暖的触觉直觉为主要是视觉性的花园，就能把皮毛既能保暖，又带着生命活力这样的特征巧妙地表现了出来。在《春天》一诗中，诗人写道："一粒蜜蜂叫起来 / 花香叫起来 / 一朵鱼叫起来 / 河流叫起来"。蜜蜂叫起来是合理的，但花香、鱼儿、河流叫起来如何合理？这正是直觉的奇特之处。"花香叫起来"，是把嗅觉直觉成了听觉，表现出花朵在春天生机勃勃的景象。"一朵鱼叫起来"，并不是真的指鱼儿叫起来，而是指春天来了，鱼儿在河流里释放自身的活力，快速、洒脱地游动。"河流叫起来"，则主要是将动感转化成听觉，使之仿佛具有了抑制不住的内在活力。在《冬天》一诗中，在形容寒冷给人们带来的感受时，诗人写道："手搓不死冷 / 脚跺不死冷"。寒冷是低温，属于人的温觉，看不见摸不着，没有具体的形象，但诗人却仿佛面临着具体实存的大敌一般，"手搓不死冷 / 脚跺不死冷"。实际上，诗人是把寒冷这种感觉直觉成了一种具有了生命的生物。这样就使得人承受寒冷时的痛苦转换成了人与强敌之间的艰苦战斗，使本来没有具体形象的寒冷通过一个富有动感的场面表现了出来。《炊烟》这首诗描写了离家在外的游子梦回村口时看到的景象。在这副景象中，有"炊烟爬上屋顶 / 与月光交谈"，有"金灿灿的稻香 / 被游子听见"……稻香被听见，是把本来属于嗅觉性的稻香直觉成了听觉对象。之所以把嗅觉对象转化成听觉对象，是因为听觉是一种更敏锐、与内心世界更为密切、所起的作用也更大的感觉。"稻香"在诗句中，实际上已等同于乡音，从而它就具有了乡愁这样的心理意蕴。

（二）灵感中体现的直觉

感官直觉通常是对外界各种各样事物的感觉。尽管在这些感觉中，也有思想与情感的成分，但这些成分毕竟并非是占主导地位的。因为感觉直觉本身负责把自然界的各种事物、社会上的各种事件印象、他人的种种外在形象等搜集，并交付人的先验心理能力去加工处理。在加工处理这些事物与印象的过程中，会形成相关的认识与情感评价，同时，人心中已形成的智慧与情感也会有可能黏附在它们身上。

除了感官直觉外，还有一种直觉，即灵感。灵感也是以人的先验心理能力为基础的。它能够直觉人们的精神世界，还能够在瞬间接收、领悟到来自“道”或“自然”，或“无”或“上帝”的讯息。因此，灵感的作用对象并非物质层面上的、外界的事物，而是精神层面中的事物、超验层面中的气息。

顾城说：“一切的真知，一切的艺术，它都是从心里长出来的，从我们未知的一个地方到人间来的，通过这个人，通过那个人，到你们中间来的；当你不断地用与你本心的感知相悖的概念干扰磨耗它时，它的生命知觉就越来越迟钝了，也就是通常所说的艺术创造力，就越来越呆滞了。”顾城所说的“从心里长出来的，从我们未知的一个地方到人间来的”，所指的其实就是以灵感去感知自己与他人的精神世界以及来自超验层面的气息。顾城那些植根于本然生命，让生命的灵性闪耀着灿烂、圣洁的光辉的诗歌与其他作品，混合着道家与禅宗思想影响的精神结构，对樊忠慰有着很大的影响。在樊忠慰的诗歌作品中，写给顾城的有《安息吧，木匠》《我和你》《木雕大师》这三首。在《安息吧，木匠》中，樊忠慰写道：“把魂附在我身上 / 让我活着，写完你的诗”。这意味着樊忠慰希望自己能够延续并创新顾城的精神薪火，探索顾城来不及探索的宇宙与人生之秘，领悟顾城来不及聆听、感悟的来自超验界的气息。当然这并非就意味着樊忠慰是顾城的影子或替身。应该说，这只表明樊忠慰与顾城在心性与精神结构上有着部分共通之处。顾城以这种心性与精神结构创造出大量的充满了生命灵性的诗歌作品，构筑了一个丰富的精神世界。因与顾城有着部分的心性共通，樊忠慰自然可以接受、吸收这个精神世界的财富，也就是说，接受其影响。但很显然，樊忠慰与顾城只是部分心性的共通，而非全部。他的其他心性，他的生命经历、体验，以及他接受的与顾城有很大不同的精神资源，必会使他的精神世界和诗歌艺术与顾城的有着很大的相异之处。

当然，在强调诗歌艺术植根于生命及其灵性、神性亦即灵感上，这种灵性、神性对超验世界地接收、感悟上，强调诗歌艺术真善美的统一即诗歌艺术应具有深厚的精神境界上，他们的见解是相同的。在论述第一点时，顾城说：“艺术是灵性的，是生命的，非艺术是模仿的、非灵性非生命的，是不得已生活的。”在论述第二点时，他说：“诗的语言来自一个看不见的地方，带给了我们一个看不见的地方的信息，就像一块陨石从天外落进来，我们觉得奇怪，但它又是真实的。”在论述第三点时，他说：“对于我，艺术和精神同义。精神的形式即艺术，艺术即精神的形式。”而樊忠慰在论述第一点时则说：“诗人是发光的感情细胞，是大神的灵感。”“诗歌是神的秘符和旨意，它大善而慈悲，安抚心灵、病苦与伤痛。诗歌给心跳输血，捂紧滚出眼眶的第一颗泪珠。”在论述第二点时则说：“艺术无所谓新旧，它在于是否发现，是否发现灵，人鬼神的灵，天地万物的灵。”“诗人不会失业，诗歌是宇宙间最耀眼的光芒。诗人是上帝的眼睛，在万物中搜索神性，诗歌是宇宙的生机之柱，植根于大山深处的泥土，折射出心灵的觉悟，诗歌为一切诗性的存在祈祷、祝福。”在论述第三点时，他说：“诗歌的建设是精神的建设，品格的建设，和平的建设，它使人成为神。”“诗是知性、灵性和智性的统一。是真善美的协调，是露水的梦呓，刀锋的疼痛，也是撕裂太阳的闪电。把世界看得真切，把自然看得美好，把人生看得透彻，高于生活的哲学和宗教，是一切诗的根基和起点，深度、温度和虔诚是一切诗的灵魂，好诗更多是靠感情的纯度，语言的强度，思想的深度，而不是靠技巧和知识。”

许多古今中外的诗人与理论家都强调诗歌艺术植根于生命及其灵性、神性。比如宋代诗歌理论家严羽认为：“大抵禅道惟在妙悟，诗疲乏亦在妙悟。”当代诗人、诗歌理论家郑敏认为：“最好的诗应当达到悟性的高峰，就好像登上塔尖，心灵有所震撼。”又说：“‘悟’是真正创作的萌发力，想象是过程和创造的行动。”当代诗人于坚认为：“妙悟并非虚妄，而是生命、感觉、经验的综合作用。生命，就是要在场，在世界中，在当下的语境中；感觉就是不能把诗歌作为一个知识的对象；经验就是阅读经验、文化教养。教养愈高，妙悟愈深，生命和感觉保证你的经验和教养不异化为知识、概念，诗歌的神秘正在于它只可妙悟，诗的创造是‘妙悟’，诗的接受也是‘妙悟’。”诗人、诗评家沈奇认为：“诗是语言的‘宗教’”，“这里的‘宗教’与神化、圣化、纯化、崇高性、理想性、神秘性同构——即‘宗教性感受’而非‘宗教’本身。”德国诗人诺瓦利斯认为：“诗的感觉颇近于神秘主义的感觉。这种感觉乃是针对那种奇特的、个人的、未知的、神秘的、需要敞开的、必要而偶然的事体。它表现不可表现的，它窥见不可见的，感觉到不可感觉的……”法国诗人波德莱尔来评论美国诗人爱伦·坡时曾说：“他不仅花费大量的气力使欢乐时刻的转瞬即逝的精灵屈服于他的意志，随意重温那些美妙的感觉、精神的饥渴和诗意的状态，这些是如此罕见如此珍贵，的确可以被视为外来的恩惠和神的拜访。”

樊忠慰的诗歌，充满了奇幻的想象，对事物形象的感受力细腻入微，能够捕捉到最微妙的感觉。而这种感觉，一般人都无法感受到。因而，在某种程度上而言，这种感觉其实就是樊忠慰灵感的产物。此外，对于人生、社会现象、人性、宇宙等的内在规律、脉搏、心跳，他也能够瞬时形成深刻、透彻、独到的看法，体现着真正的智慧。这种智慧并不是像来自于根据严密的逻辑与推理、分析与概括而得来的思想成果，而是瞬间感悟的，仿佛神送来的礼物，也即是，它们也是灵感的产物。

综合以上的分析，樊忠慰的审美主义诗歌主要是以直觉性思维去捕捉本然生命中的梦与醉，而不是通过概念、逻辑、推理。当然，樊忠慰并不认为在感受、捕捉本然生命的信息时，理性的逻辑、推理、分析、概括不重要。他只是认为，理性不能够脱离本然生命，不能够由概念产生概念、逻辑产生逻辑。因为这样会在不知不觉中构建成完整、严密却脱离实际的思想体系。他所推崇的思想、智慧是植根于本然生命的，是由综合了理性能力的直觉所捕捉到的。这种直觉，主要体现在以下两个方面：各种感官产生的直觉、灵感。各种感官直觉是外在性的、生物性的，它们捕捉到的是万物的声、色、形、相、味、质感中的微妙、细腻的部分。灵感则是内在性的、精神性的。它捕捉到的是一种贯通于人生、人性、社会现象、宇宙的客观规律或本质，而且是在瞬间领悟、感受到的，如同神所赐。

六、以意象为表现手法的樊忠慰诗歌

樊忠慰在接受邹汉明的采访时，认为诗歌是通过形象说话。他的许多诗歌确实也出现了大量的自然意象，如月光、太阳、湖泊、江河、鹰、草原、草叶、蝴蝶、草莓等等。不过意象作为一种表现手法，其美学依据何在？诗歌中的意象如何连缀成诗意、诗情之链，如何将意蕴推进？这些都是有待探讨与分析的棘手难题。

（一）意象的美学依据

关于意象的美学根源。笔者认为，意象与上一部分所探讨的直觉有着密切的关系。直觉的过程，并不仅仅是形成感知与妙悟的过程，也是一种感知、妙悟对象化的过程。也就是说，直觉而得的事物，是感觉、智慧融化于其中的形象，而不仅仅是感觉、智慧，或者单纯的物象。克罗齐说："物质与形式并不是我们的两种作为，互相对立；它们一个是在我们外面的，来侵袭我们，振动我们；另一个是在我们里面的，吸收那在外面的，把自身和它合为一体。物质，经过形式打扮和征服，就产生具体形象。"克罗齐所说的"形式"，指的是一种心灵的活动，而不是外在事物的形状与构造。其物质也并非仅仅指自然界的物质，依他的看法，未经生命先验能力或者他所说的心灵活动处理、融化、整合过的，自己或他人的情感、知识、观念也同样是物质。感官直觉与灵感直觉把自然界的物质与精神层面上的事物吸纳、接收，由克罗齐所说的形式处理后，就成了形象。这种形象，即是意象。因此，直觉的过程产生的，是意与象、情与象、感觉与象一体的意象。这种意象是活生生的、不可分割的整体，而不是可分离的什么表意之象。将直觉主义继续发展的柏格森认为，理性只能够认识客观的外界事物，而不可能认识生命内在世界，不可能把握不断地变化流动的生命冲动。这种内在的生命冲动，只能以直觉去把握。这种直觉本身又具有创造能力，能够通过产生形象来显现自己。西方意象派诗人如休姆、庞德、叶赛宁等等都深受直觉主义的影响，并将其在诗歌中不断地融合以及创新。学者付昌玲认为："柏格森的直觉主义、生命哲学全盘为意象派所接受，成为其主要的理论依据和哲学基础。意象派的许多诗学观点是以柏格森的直觉主义的生命哲学为理论基础的。意象派的大师们对柏格森的多处思想加以了接受和发展，使之成为意象派两大主流理论之一。"因而，意象派认为，直觉的过程中即会有意象产生。直觉并不单单就是感觉，它是生命的先验能力的综合体，包含着感觉、灵性、神性、智慧。因而在直觉过程中产生的意象其实蕴含着丰富的精神因子。这种因子也即庞德所说的"在一刹那的时间里表现出一个理智和情绪复合物的东西"。故而，意象派对于意象的来源的看法与艾略特等主张智性、知性写作的诗人有很大不同。意象派认为意象是从直觉中生产出来的，具有天然性，有着与人的先验能力紧紧相连的脐带，带着血液、养分、母体的气味。

而艾略特认为意象要靠诗人动用智力、知识去寻找，亦即他所说的寻找"客观对应物"。因此，在他看来，意象不过是为了表现某种观念、认知、感受而制造出来的，属于人工品。艾略特、奥登等主张智性写作的诗人由于主要是从观念、认识出发，在其写作的过程中，自然就需要逻辑推理，以便在上面运载着丰富的历史文化知识。但正因如此，使得诗歌缺乏饱满的美感汁液，缺乏触摸的质感，显得像大理石或干脆是石头那样干巴巴。国内知识分子写作阵营中，也有些诗人中此毒甚深。在创作过程中，他们先从一种对历史问题、社会现象、文化症结的观念入手，然后再以逻辑线推动修辞的前进，构织出类似论文那样的文本。在此过程中，诗歌的美感、质感纵然有，也会因与逻辑的方向不同而被丢在一边。因为诗歌的美感、质感主要来自于人内心的先验层面，是感知、妙悟、智慧合十一体的，有时候甚至是带有杂质的。而逻辑线是一种只适合知识、观念、信息穿行的轨道，很难运载类似于液体的感知、感觉、妙悟。尽管他们也会把丰富的知识、观念装进一些客观物象中以形成意象，并由逻辑线向前运输，但这些意象实际上貌合神离，如同戴上了面具，缺乏生机与质感、美感。

樊忠慰诗歌中的意象来源于生命的直觉、生命的先验层面，携带着母体的温暖，是感觉、智慧、领悟、情感的合一。因而其诗歌意象是活生生的整体，既有着强健的骨骼，又有着涌流的血液与结实的肌肉。他在诗集《绿太阳》的序言中说："诗歌是思想之上的语言，在感情里溶化，爱产生智慧，是力量的源泉。"诗歌之所以能超越思想，是因为思想是人不断地思辨、分析、总结而得来的成果，但其真理性是有限的，并不具有永恒性，而诗歌浸染着生命的先验能力。生命先验能力能够直觉不断地变化流动的物质以及精神世界，能够探索到以前尚未触及的客观规律以及精神世界的未知之处。因而，诗歌意味着更高的可能性。下面将探讨樊忠慰诗歌中的意象如何来接近这种智慧与美感的更高可能性。

（二）意象及其与意蕴链条的关系

由于意蕴的密度很大，因而樊忠慰诗歌中的意象通常隐喻性很强。它们不再是纯粹的客观物象本身，不再是那些衬托性的、渲染气氛的意象，而是饱含了意蕴之蜜而显得滋味盎然的意象。与此同时，这种意象不再是封闭性的，而是发散性的，充满了张力。它们本身是完整的意蕴链条的一部分，处于意义的上下文之间，能够推动意蕴的滚动，促使意蕴链条如同江河一样浩浩荡荡地向前奔涌。因此，这种意象虽然也饱满、丰富，但绝不是凝滞不动的，而是与上下文有着密切的关联。它们与上下文呈现为推动与被推动的关系。下面，笔者将提取其诗歌意象的两个特性，即隐喻性与张力性，来具体分析它们如推进诗歌意蕴的滚动。

1. 隐喻性

经过生命的先验能力，或者康德和克罗齐所说的形式接触，直觉过的外界物质已经融入了情感评价，已经被智慧之光穿透，因而不可能再是原来的机械、单调的事物。脱胎换骨之后，这些事物就成了散发着美感的、丰满多汁的意象。亦就是说，这些意象的隐喻性很强。人与他人精神层面的事物本身就不可见、不可捉摸，当它们经过生命的先验能力处理与浸染之后，呈现为意象时，隐喻性自然会更强。当然，意象隐喻性的强弱与诗歌创作者个人的天赋、品格的力量、思想的深度、情感的强度密切相关。意象隐喻性强并不指意蕴的故意扭曲、夸张，并不是矫情作态或者强行塞入知识、概念的砖块，而是意味着事物、情理内在脉络、肌理的呈现，事物本身的韵味、质感的呈现。里尔克说，艺术家是一种树，把根扎入大地中，“更深地向下深入到一切成熟过程的温暖之中，于是在他们身上流向果实的是另一种汁液，他们是范围更广的循环，不断有新物质加入进来”。正因为艺术家与诗人的直觉根植于生命的大地，才能够吸收大地的养分、汁液以生长出丰满多汁的意象，并最终长成艺术果实。

沉默如泥土
埋着语言的红薯
双手扎下去
可以把野草种成庄稼
阳光　他们的发须
从麦芒延伸到天上
使劳动在秋天辉煌

他们的儿子
是不会飞的鸟
从田里捡一种美德
羊在远处观望
那燃烧的高粱
叹一声
光脊上的汗淋漓如牛毛
活着　和蚂蚁一样勤劳
死去　也和蚂蚁住在一起

这首诗叫《农民》。“沉默如同泥土 / 埋着语言的红薯”这两句诗中，包括了两个相关联的隐喻，第一个隐喻是将沉默隐喻为泥土，第二个是将语言隐喻为红薯。这两个隐喻并不是简单地表现某些农民沉默寡言的特点，它们还表现了农民与土地紧密相连的那种质朴、自然而又有力量的气质。“他们的儿子 / 是不会飞的鸟 / 从田里捡一种美德”，诗人说农民的儿子是不会飞的鸟，意味的并不是他们没有能力去闯荡江湖，而是因为他们“从田里捡一种美德”。这种美德主要是指那种扎根于大地的质朴、勤劳、诚实等等。“光脊上的汗淋漓如牛毛”，隐喻的既是表层的农民劳动时汗水多，也是深层的农民的勤劳精神。

这样隐喻性强，或者更强的意象，在樊忠慰的诗歌中俯拾即是。在《大风》一诗中，大风象征着一种雄大的自然力量或者精神力量。在大风的作用下，“黑暗的是岩石 / 是神的骨骼和夜晚”，“凡·高发疯的耳朵 / 除了静，什么也听不见”。这种强大的力量也并没有忽略诗人，“大风扑灭了天空 / 捡起我着火的骨头”。着火的骨头隐喻的是一种燃烧的激情或者生命能量。大风捡起它，似乎是在检验它是否具有真正的精神能量。又如在《汉字》一诗中，有这样的诗句，“植根于祖先血脉深处的 / 是一粒粒汉字 / 咬伤了汗青，洞穿了纸 / 人类的痛苦仍没有减轻”。诗人将蕴藏着人类痛苦的汉字隐喻为某种破坏力很大的动物，能够咬伤汗青、洞穿纸。汉字本身作为诗性语言，似乎带给人们的更多是美的享受。但在诗人看来，人们的苦难其实更加深重。这种深重，即使是汉字，即使是诗歌，也不可能承载。因此并不是汉字咬伤汗青、洞穿纸，而是人们的苦难。在《北方》一诗中，诗人呈现了北方自然环境的壮阔与苍凉以及北方人旺盛的生命力、生活状态等。“北方没有把风捆起来 / 被吹出辽远 / 辽远是泥土的海洋 / 踏着洞箫的心脏与波浪 / 淹没大豆，炊烟和新娘”。“风”在这里也隐喻一种强大的自然力量，北方被它吹成了辽远的泥土海洋。而在这种壮阔环境中成长的人们，也吸收了这种强大的力量。因此，即使他们住在如同洞箫一样的洞穴里，他们的生命力量也能够如同波浪一样涌进庄稼、生活、爱情之中。“唢呐吹动花轿 / 高粱烧红脸庞 / 比雄牛强壮的小伙，父亲睾丸里生长 / 一代代倒下堆起的死亡 / 也高不过母亲的乳房”。唢呐不再只是一种发出声音的乐器，而隐喻着一种旺盛的生命力，成了澎湃的荷尔蒙，能够吹动花轿中的新娘。父亲睾丸里生长的小伙，高过死亡的母亲乳房，隐喻的都是人们旺盛的生殖力、生命力。

这无法游泳的海
只能以驼铃解渴
每一粒沙
都是渴死的水

这首诗名为《沙海》。单单从表层意思来看，这首诗可算作杰作。沙漠曾经是大海，但可悲的是，现今它却不可能再浪潮汹涌、碧波万顷，而成了干燥、炎热的遍地黄沙，只有偶然出现的驼铃声带来些许的生命气息。从深层意蕴来看，这沙海隐喻的其实是诗人、艺术家、思想者。由于使命的沉重、理想的远大，对完美性的炽热追求，目光锐利地穿透现实、人性黑暗面时的痛苦，莫测的命运降下的苦难，自身的人格与世俗的格格不入等等都会使他们陷入孤独状态中，不可避免地承受着沉重的痛苦。孤独与痛苦会不断地消耗、折磨着他们的身体与内心。如果再缺乏亲情、友情、爱情的抚慰，他们就难免成为“渴死的水”。

那夜无雨
你的眼却涨了洪水
我真是木头
竟不知把唇的小船
划过去

后来有了桥
河就干了
一种鱼
却沿我的根
游上秃枝

向风召唤
你的归期

《忘川》一诗，“你的眼却涨了洪水”，是把泪水隐喻为洪水；“唇的小船”，很显然，是把唇隐喻为小船。第一段的意蕴就是，当“你”在悲伤痛苦的时候，“我”虽然很想安慰“你”，但却没有任何可能会被认为无礼的举动。“后来有了桥 / 河就干了”，暗指的是“你”已经渡过了生活中的某些危机，已经恢复了心情。因而“你”与“我”又成了严格保持着距离的人。但是，“我”并不可能把“你”忘记，“一种鱼 / 却沿着我的根 / 游上秃枝 / 向风召唤 / 你的归期”。那种鱼，隐喻的就是“我”对“你”的爱，它在“你”流泪、遭受困难时，生长得更快，直接游到“我”的心上。从这首诗中我们可以看出，每一个局部隐喻都是环环相扣，最终成了一个整体性的大隐喻：即使是忘川，也无法把爱情夺走。

在《呼吸》一诗中，诗人写道：“人可以虚荣　但不能无耻 / 在世界名人、全球大师满天飞的峡谷 / 我本是一个写诗的病夫 / 以语言的药片浇灌生存”。语言成了药片，亦即诗歌或艺术成了一种支撑着灵魂的力量。当一个人承受着身心上的苦难，并且找不到来自他人的理解与爱，唯一能够支撑着自己的，也许就是诗歌与艺术。诗歌与艺术，能够吸收蕴藏在生命深处的能量、闪耀着生命本身的美感与光芒。当苦难愈加深重，诗歌与艺术也就更有可能吸收生命本身似乎愈加强盛的能量、愈加灿烂的美感与色彩。在此，诗歌或艺术，就成了一种拯救灵魂的力量。樊忠慰自己也说过，当他处于人生中非常艰难的时刻，唯有写诗才能支撑着他继续走下去。诗歌，是生命与精神的光穿透了苦难的黑暗。

在《无题二十八行》中，诗人以淡定从容、沉着冷静的姿态反讽了那些骄傲狂妄以及不懂得尊重他人的人。诗人写道：“气球除了自我吹嘘 / 还有什么能证明自由与高缈 / 我俗得清澈而透明 / 可养些嘲笑的石子和虾鱼”。气球隐喻着那些只懂自我吹嘘，以为自己高迈洒脱的人。这种人在自以为是之余，还通常以幻想中自己的高雅境界为标尺去贬低、嘲笑他人。诗人对此自然看得清清楚楚，故而用一种沉着而反讽的口吻说：“我俗得清澈而

透明 / 可养些嘲笑的石子和虾鱼。”

在《春天颂辞》中，樊忠慰这样描画诗人形象：“诗人这些长不大，也不会老的蝴蝶 / 用斑斓的诗句　编织童话　星空与爱情”。首句指的是诗人本身的特质，即有着一颗童心，即“长不大”；又有着足够的智慧来守护这些童心，即“也不会老”。这颗童心总是那么生机盎然，富有生命的色彩、滋味、力量等质感、美感，像“蝴蝶”。第二句则指诗人的创作，是以渗透了生命能量与情感而闪耀着美感的诗句去捕捉、表现自然、社会、人生、人性的运行规律与美好之处，追寻人类幸福的秘密，聆听神的讯息。显然，将诗人隐喻为蝴蝶，也就形象地、充分地表现出了诗人纯洁的心性以及其创作的斑斓多彩。

2. 张力性

意象的张力性指意象所承载着的意义远远地超出它们本身具有的意义，使得诗歌文本言简意赅，尽管篇幅短小，却蕴蓄了丰沛的信息、思想、感情。意象张力性的形成，有许多方式，如采用隐喻手法，将不同时空组接在一起。很多诗人的意象，尽管也具有张力性，但总是显得平面化。比如庞德的名诗《地铁车站》。

人群中这些面孔的隐现
湿漉漉的、黑黝黝的树枝上的花瓣

实际上，这首诗是把人群中的面孔隐喻成“湿漉漉的黑色枝条上的花瓣”。两者之间的关系是本体与喻体的关系，建立在彼此之间有着颜色、氛围、形状这些征象相似的基础上。因此，“湿漉漉的黑色枝条上的花瓣”这个意象实际上是闭合性的，它是对本体即“人群中这些面孔”的一种形象的阐释。它服务于本体，并没有向下发散的张力。这首诗中的本体“人群中这些面孔”在诗中担当主语，因此可以说，这种张力其实是通过隐喻主语来展示的。也就是说，尽管隐喻性意象出现在主语的后面，但它却没有延伸着诗歌的意义链条，反而局限在对主语的同位隐喻之中。如此一来，这种意象的张力性自然较小。

又比如说，马致远的《天净沙·秋思》：枯藤老树昏鸦 / 小桥流水人家 / 古道西风瘦马 / 夕阳西下 / 断肠人在天涯。我们可以看到，无论是“枯藤老树昏鸦”还是“古道西风瘦马”所渲染的都是一种苍凉、冷清、老朽的气氛，隐喻着人内心的孤独、忧郁。因此，这六个意象之间的关系是并置的，并没有形成强大的、带动诗歌意蕴向前发展的张力。

樊忠慰诗歌中的意象，很多都是密切地关联着上下文，推动着意蕴的发展。因此，它们具有强大的张力性，呈现出一种剑拔弩张的紧张气势，而不是死气沉沉、奄奄一息，如同一潭死水。这种诗歌意象的张力性的形成因素，主要有以下几个：

（1）两个意象或多个意象形成主宾关系，而不是主语与同位主语关系。这在《奔马》一诗中有着明显的体现。其全诗如下：

带上夜奔驰的马
蹄声溅起星花
我一朵也摘不到
就永远也骑不上它

它撕毁陈腐和衰落
它比刀还快
砍断了时间的脚
割落了九个太阳

它跑着，跑着
没丢一个脚趾头
而对这血与火的魂
我只是一把灰烬

奔马，我想你

我想你累得眼睛流汗
你为何抛下我
独自去了远方

在第二段中，“它撕毁陈腐和衰落”，是把奔马隐喻为一种强大的力量，把“陈腐和衰落”隐喻为一块破布，前后两者的关系是撕毁与被撕毁。这样，前后意象之间就不再是气氛、形状等方面的类似，就不再是同构的，而呈现着强大的推动性。“它比刀还快”，是把奔马再次隐喻为某种似刀但比刀还快的事物。这种事物“砍断了时间的脚 / 割落了九个太阳”。很显然，它们之间的关系是主宾关系，有着密切的关联，是主推动着宾。因此，它们不再是那种本体与喻体异质同构的意象，而是各为独立的意象，而且通常表现为前者推动着后者。

在《草原之夜》一诗中，诗人描画了草原夜晚的景色。其中有这样的诗句，“星星咬穿辽阔的夜晚 / 蓝会滴入湖的双眼 / 蒙古包挤出汁水 / 喂养奶桶下摇晃的草原”。星星通常闪耀着颤抖的白光，像画在夜空上的一个个小圆圈，远远望去，确实像个小洞。于是，诗人将星星隐喻为一种动物，咬穿了夜空。故而，星星与夜空之间就不再是毫无关系的、不再是两种无生命的事物，而成了咬与被咬这样的动感关系。“蓝会滴入湖的双眼”顺接着上文的意思，即在星星已咬穿夜空的情况下，夜空的蓝色会像液体滴落到湖泊中。此诗中，是把夜空的蓝隐喻为液体，湖泊隐喻为人的眼睛。这两个意象密切相关，呈现的也是主宾关系。

在《神思》一诗中，首两句描写太阳下山时，江河流淌的情景：“江河长长　像一根线 / 穿过落日的针眼。”江河线，落日针眼，两者俱为隐喻意象。两者之间并非异质同构关系，而是主宾关系并由主推动着宾，最终构成了一幅开阔、壮丽的黄昏景观图。在《神启》一诗中，诗人表述了自己对真善美的追求，对理想与纯洁精神世界的坚守。他说：“心灵的佛国，笔底的天堂 / 抬着我的肉身在人间奔忙。”心灵佛国、笔底天堂，这两个是并置意象，它们共同服务于后面的意象“我的肉身”。前两个意象共同隐喻着真善美或纯洁的精神世界，后面的意象则隐喻着肉身本身的以及生存本身的艰难，是前者支撑着后者的继续发展，是前者给了后者生存下去的意义与力量。诗人说："洗脸的月色，给我爱情/吐血的阳光，赐我财富"。也许在现实生活中，既没有爱情，也很贫穷。但诗歌与艺术，自然的美丽，依然是蜂蜜，依然能够带给人甜蜜。尽管，苦涩总是生活的基础。在《鼠年诗草》中，诗人写道："飞鸟——在行为上纯净天空/鲜花——在贞洁里完善道德/有人用歌吟吹散骨灰/有人用血给魂魄点灯"。飞鸟纯净天空，鲜花美丽春天，这是事物呈现了自然界的美好。在人类社会中，则有诗人与艺术家如同飞鸟和鲜花一样呈现世界的美好，守护内心的纯净与丰富，祛除内心的悲凉与虚无。歌吟吹散骨灰，血给魂魄点灯。歌吟与血隐喻的都是生命能量及由其滋养的诗歌与艺术，它们超越了死亡，照亮了精神世界的黑暗。因而，是"歌吟"与"血"这两个意象推动了"骨灰"与"魂魄"这两个意象。前后两组意象之间形成主宾关系，充满了张力。

（2）隐喻意象本身又生成隐喻意象。《花与沙》一诗描写了夜晚时的月色："月光在湖面/搓皱纹的绳索。"诗人是把湖面比喻为人面，把涟漪比喻为皱纹，进一步又把皱纹比喻成绳索。为何还要进一步把皱纹比喻成绳索？因为，已隐喻为人的月光要搓它。我们发现，就在这短短的两句间，已经隐藏了四个隐喻，而且它们之间的关系不是三个并列意象隐喻主语，而是主语生成隐喻意象后，隐喻意象本身又生成隐喻意象，并以此类推。这种复杂的关系却浓缩在非常简短的句子中，故而造成了十分强大的张力。

（3）采用全局性意象。全局性意象是相对局部性意象而言的。它本身就是一个隐喻，而且全诗围绕着它来展开。也就是说，全局性意象本身所具有的内涵，隐藏在全诗的每个字句中、意象中。很显然，全局性意象只是一个意象，所占的诗歌篇幅很小，却蕴含着非常丰富的意蕴。

坐成雕像
刻自己的血浆和思想
时间咬伤痛苦的光芒
生活的汗水打湿心房

手指会变成木头
木头会化作尘土
给僵硬的木材以生命
给凋残的鲜花以芳香

听见有人喊你
不知那人是谁
如果是自己　那叫瞬间
如果是命运　那叫永恒

在《雕刻匠》一诗中，雕刻匠就是一个全局性意象，它隐喻的是诗人或艺术家。“坐成雕像／刻自己的血浆和思想”，是指安静下来，以语言或者声音、画面来呈现自己内心的情感与思想。因此，在这两句诗中，雕刻匠为诗人或艺术家，未成形或已成形的雕像则是他们的情感与思想。两者之间是雕刻者与被雕刻物的关系。这位雕刻匠在雕刻什么？曾经的记忆，生活的艰难。“时间咬伤痛苦的光芒”，时间隐喻为某种动物，痛苦则是曾经的、如同光芒那样辐射的痛苦记忆。因此，这句诗的大意即是不断流逝的时间淡化、冲刷了曾经的痛苦记忆。这样就把时间与痛苦记忆之间的关系呈现了出来。“生活的汗水打湿心房”，生活的汗水即是艰难，心房即是灵魂。生活中的艰难使得灵魂沮丧、悲伤、失望、痛苦、彷徨等等。

由直觉捕捉到的本然生命中的梦与醉，并不是抽象的概念，并不是枯燥的意义，它们是血肉与骨骼合一的整体，既有声、色、香味的美感又渗透着深刻的智慧与思想。意象本身也是由形象及其意蕴而组成的整体。自然而然，由直觉捕捉到的本然生命的信息，适合由意象来表现。无论是克罗齐、伯格森，还是深受他们影响的庞德、艾略特等等西方的大诗人都认可了这一点。故而，意象作为樊忠慰诗歌的表现方式，有着强大的美学依据，是其审美主义诗歌的重要组成部分。樊忠慰诗歌中的意象，主要有以下两个特征：隐喻性、张力性。隐喻性主要是通过将敏锐的感受、抽象的理念与思想比喻为具体的事物来体现。而张力性则主要是通过以下三个方面来体现：两个意象或多个意象成主宾关系，而不是主语与同位主语关系；隐喻意象本身又生成隐喻意象，采用全局性意象。

七、结 语

20 世纪 90 年代以来，诗歌界创作主力逐渐形成两大阵营：知识分子写作与民间写作。知识分子写作在学习对象上更强调取学于西方，如帕斯捷尔纳克、策兰、布罗茨基之于王家新，博尔赫斯、米沃什、庞德之于西川，叶芝、里尔克、庞德之于张曙光；在学习资源上则强调应当吸收思想文化各个领域的知识，譬如哲学、宗教、美学、社会学、历史等学科上的知识，也强调应当了解并追上西方思想文化领域的最新动态，并予以及时地吸收；在创作方法上，则更强调间接的表现手法如象征、隐喻、借喻等，总体上属于意象艺术，倾向于将所要表达的思想情感暗示出来，而不是直接地展现。如果力度把握不好，则很容易造成不及物，容易悬浮在半空中，而不是植根于大地；在内容构成上，经常摄入更为丰富的思想文化知识，如宗教、历史、传统文学、艺术、神话等等方面的知识，有着以文为诗的倾向。在这样的情况下，其写作容易流于卖弄知识，以丰厚的文化知识来装点门面的嫌疑。一旦处理不好，诗歌就很有可能变成如同时下的论文，充斥着各种各样没有消化的概念与术语，充斥着古今中外的知识，如同一个仓库，却缺乏智慧之光的明亮、缺乏诗歌本应有的质感、缺乏诗歌应有的生机与灵敏。

知识分子写作有着更为自觉的承担意识，对文化历史也有着更为自觉的认识，对社会现实也有着更强烈的反思与批判意识，但因为其写作很容易陷入堆积知识与卖弄修辞技巧的毛病，使得诗歌文本并没能像理想中那样成为既具有思想穿透力，也具有审美质感的整体。由于他们的诗歌文本有充斥着硬化的概念、堆积的知识、丛生的意象等毛病，在传播的过程中，也就难以为广大的读者所理解与感受，也就难以发挥知识分子本应发挥的影响作用。因此，知识分子写作所推崇的承担责任，对社会历史现实发挥导向作用的梦想自然也常常搁浅。知识分子写作由于其创作主体的大部分还处于无法真正有效地消化知识以转化成智慧的过程，专注于修辞技巧而忽略了本真情感所具有的力量，重视理性观照的逻辑思维而轻视乃至无视灵魂本身所具有的直觉能力、超验能力。知识分子写作虽然意识到了时代精神的贫困，但在如何真正深入认识这种贫困、如何有效解决这种贫困，还有着漫长的道路要走。

民间写作在学习对象与学习资源的选择上自然有差别，但大部分亦同样来源于西方，如学习对象方面的惠特曼、金斯伯格、弗洛斯特、凯鲁亚克、盖瑞·斯耐德、洛尔卡等。不同于知识分子写作，民间写作强调写作的及物性。也就是说民间写作强调的是贴近生活中、世界里的真实体验与感受，要扎根于大地，而不是悬挂在半空中的历史文化知识。民间写作强调创作主体应当靠近自己内心的真实感受，认为写作应当是有感而发，而不是由某些观念与理论而发。既然民间写作强调的是及物性，在其创作的过程，自然也就要为了传达这种及物性而更多地采用叙事的手法。因为叙事能够构建一个具体、实在的生活场景以囊括人、物、行为、环境、感受等等。有了这个具体实在的生活场景，诗歌的及物性便有了强大的基础。因为即使诗人并没有明确地提示诗歌中具体实在的生活场景所包含的意蕴，读者基于同样的生活体验也能够理解与体会。因此，这与知识分子写作通过如象征、隐喻、借喻等间接性的、暗示性的手法来创作有着很大的区别。既然主要是以叙事来构建具体实在的生活场景，那些本身是从生活与体验中抽象出来的概念、分析总结而成的知识也就难以融入其中，因此，民间写作的文本很少出现卖弄知识、用典频繁的现象。以叙事来构建生活场景，某种程度上也决定了写作语言的口语化。因为生活场景里所包含的人、物、行为、环境等都是具象的，未经理论化与知识化的，在传达过程中，采用本身及物性很强的口语最合适。民间写作在写作的及物性这一点上，可谓贡献甚大。诗歌的及物性意味着创作主体身体与灵魂的同时在场，意味着感性体验，如感受、直觉以及理性反思的协同工作。具有这种及物性的诗歌作品，既具体丰满、富有质感、生机勃勃，又有透彻、深刻的智慧。但除了民间写作的少数主将如于坚、韩东、丁当、沈奇等，许多诗人的作品并没有真正的及物性。譬如有些诗人认为诗歌的及物性就是身体乃至下半身的在场，就是身体本身所具有的本能与欲望，就是远离知识文化，就是远离观念。毫无疑问，这误解了真正的诗歌及物性。又譬如如今已泛滥得不可收拾的口水化写作，其创作主体所理解的诗歌及物性就是日常生活中人、事、物的原样抄写，就是将日常生活处理成信息、处理成新闻报道。他们沉溺于、麻木于日常生活之中，见树不见林，完全局限了见识与视野。因此，其创作的作品也自然地既缺乏对社会现实、对历史文化、对人生与人性的穿透度，也缺乏审美的质感、艺术的美感。

综上所述，20 世纪 90 年代之后，两大诗歌阵营里真正意识到时代精神的贫困并正在以自己的力量为解决这种贫困做贡献的诗人，其实少而又少。大部分诗人本身还缺乏真正独立的人格，尚没具备深刻的智慧以支撑起反思与批判的旗帜，感性能力，如直觉力与想象力等也较低，以致其作品美感干枯、质感缺乏。

诗人樊忠慰在偏远的云南，不属于任何诗歌流派，不属于任何的诗歌阵营，远离诗坛上的纷争，远离江湖上的利益。他眼神沉静、悠远，给人一种恍如隔世的超越感，有着某种仿佛滤去了世间所有的残酷、邪恶、俗气、肤浅而焕发的一种圣洁感。外在神态如此沉静超然，但他的内在却是无比激烈：时代精神的贫困状态、社会现实的真相、历史的动脉，其实都在其思想的透视、其情感的溶解之中。面对着时代精神的贫困与疾病，他给我们带来了他的药方：审美主义。如同树有根、水有源一样，樊忠慰的审美主义诗歌根植于本然生命、忠诚于本然生命、敏感于本然生命，与现实的功利性考虑拉开了距离，拒绝因为功利而扭曲、掩盖、忽视本然生命的信息。其审美主义诗歌由于植根于本然生命的身体本能与潜意识世界、精神世界，故而思维方式必然要求是直觉性思维。因为只有直觉性思维才能够深入到人类本然生命的暗处去捕捉最细腻、最隐蔽的信息。也正因为他运用的是直觉性思维，其诗歌也就避免了因概念化、逻辑生硬、知识结块而造成的诗意缺失、干枯。克罗齐认为，直觉的过程本身就会产生形象。

当然克罗齐所说的形象还是存在于内心中的，并没有表现在外在的纸上。而将存在于内心的形象凸显在物质性的纸上的最佳方法，就是采用意象手法。因为意象本身就是形象与意蕴合一的整体，它与存在于内心的形象（可简称为心象）在结构上恰恰相同。

由上可见，樊忠慰审美主义诗歌中的诗歌根源、思维方式、表现方式其实是紧密相连的有机体。这种审美主义诗歌追寻的是诗意的栖居地、善良真诚的人性、炽热单纯的爱情；拒绝的是沉溺的功利心、脱离人类本然生命的工具理性与技术理性、建立在半空中而与本然生命相脱离的知识诗、沦陷在日常生活细节中的琐事诗。樊忠慰的这种审美主义诗歌其实是以生命哲学为基础，或者说，其诗歌在无意中与生命哲学极为契合。故而本研究者认为，樊忠慰的审美主义诗歌，既接续了穆旦的“用肉体去思考”，也接续了顾城的飞翔想象，并向之汇入了大量的社会、历史、文化题材，增强了现实感，加强了对现实的批判性。这，也许就是其诗歌的独特之处、杰出之处。

金光闪烁的诗句

——读樊忠慰诗集《绿太阳》

彭荆风

年轻诗人樊忠慰对诗歌的创作有着执着的追求，并且把这比喻为："诗歌是金丹，诗人是炼丹的人。"炼丹可不容易，古往今来多少炼丹炉如一堆堆废泥地倾覆了。太上老君那神妙的炼丹炉也只是个传说而已，但炼丹者还是络绎不绝，这当中有人想济世、自娱，也有人是以此招徕。那美妙的金丹太诱惑人了！

诗歌能否形成金丹？别人是难以把握，真正的诗人却对此毫不怀疑，这是由于他自信生活的激情与积聚的学识，能使诗情喷涌而出。但我认为：还得有炼丹人那无怨无悔的、不怕挫折的苦苦追求。贾岛式的苦吟实际是如何对自己的感受找出准确而又神奇的词语的费心费力的斟酌，这是那些自恃"才气"不假思索的口语化的"诗"所不能比拟的。前者是极力营造艺术意境，后者只是一种浅层次的宣泄！我喜欢樊忠慰的诗集《绿太阳》。从这157首短诗中可以看出，诗人是把每行每句在他心中的炼丹炉里精心营铸，也就多数闪光，能给入愉悦、思考、启示。

他的诗不长，大多在4句、8句、16句之间。诗短，诗句的精炼、概括力和思想深度就要求更强。

如那首只有4句的《沙海》：这无法游泳的海／只能以驼铃解渴／每一粒沙／都是渴死的水。

浩瀚无边大沙漠的枯燥、单调，盼望骆驼队带来生气的期盼，全在这短短的几行中表达出来了。而那首《河流》更是把自己的思考与想象力充分扩展，“两条相交的河流／像把弹弓，我使劲儿拉／鱼射向江海／鸟射向天空”……

不是巨人能这样拉、这样射？诗人却敢这样自喻，这就是想象的艺术感染力！在《山没入夜色》中诗人的想象力更是令人惊异，夜的神妙虚无是这样被他渲染的：

山没入夜色／树丢了影子／成为一堆堆干柴／没有太阳火／没有月亮水／夜这口黑锅／煮了千年／星星还是生的／鱼儿还是活的。

用黑锅来形容夜色者很多，但谁会想到用来煮星星和鱼儿呢？真是意气盎然。

而那些“攥月光出汗／松手放飞蛙鸣／把满天的思念叫乱”；“站在废墟里／人也变得苍老／牛在墙边吃草／断壁似一排坏牙／摇摇欲倒”；“炊烟爬上屋顶／与月光交谈”。这些短句，也都充满了诗情和想象力，不经过仔细观察和精心熔铸是难以写出来的！

诗人们写母爱的诗很多，但这真实与诚挚的感情又最难用简短、精炼和引人深思的词句来表达，这就是唐代诗人孟郊写母爱的《游子吟》成为千古佳唱之故。樊忠慰的《母亲》是这样写的：

穿上你做的鞋／就走向你的指端／归家的路／线一样拴着我／像苦涩的老树根／母亲　你是一棵树吗／我是你的一片叶子／秋天离去／春天又回来／踩断了你几颗针／水一样的母亲／我是你的鱼儿／游得你满面皱纹／没听你叹过一声／铁一样的母亲／鸡蛋像泪一样珍贵的岁月／你精心哺育了／我们这群小鸡。

这“游得你满面皱纹”，读了真是令人落泪，儿女们都能这样了解辛苦慈爱的母亲吗？

多年来，新诗的感染力多数难以与唐诗宋词比，一些在新诗坛活跃过的诗人，却在晚年又恢复了格律诗。有人认为新诗走不远、走不宽，是缺乏格律平仄和节奏，也有人说是缺乏哲理、意境。这涉及对那些古典传统如何继承发展，但有人又坠入了对古典在形式上的模仿，那怎能成为新诗？但新诗除了上述因素外，对意境和个性的缺乏却是它的致命伤，以致不能给人以感染，达不到所谓“灵魂的撼动”。我看新诗也得有语不惊人死不休的韧力，一句一句地熔铸。这虽然难，但却是诗人应做的！

读樊忠慰的《绿太阳》，我看到了他那炼丹士的不懈精神。他那些诗也就能如金光般闪烁了！

论樊忠慰的诗

李　森

没有花朵
眼睛是黑夜之果
冰冷的岩石是月光的帝王

天空高得像未来
山峰矮得像教堂
我是被羊吃掉的一棵野草
我是岩石上安睡的一只山羊

——《岩石》

毫无疑问，樊忠慰的诗集《绿太阳》中的一些诗作，是当今中国最好的诗作之一，因此，樊忠慰的出现，也许是当今中国诗歌在云南省孕育的一个重要事件。我下这样的结论，完全基干对他的诗歌的钦佩和 个诗人对诗的判断能力。长期以来，我们对文学特别是对诗已经失去了出于天性的纯粹的判断，这种判断即是对从来也不曾消失、永远也不会增多的诗性的亲近与认同。影响我们对一个写作者公正地做出评价的因素越来越多，在一个赝品的时代，人性中高贵和典雅的诗性几被埋葬。到处都有著名作家、著名诗人，但却没有著名作品。因为“著名”已经不需要作品了。谁占有地域的优势，谁抢夺到了社会的资源，谁就可以“著名”。因此，一个住在中心之外的优秀写作者是要打点折扣的，而一个住在专县上的诗人，就更不算回事了。一个时代心智的堕落，没有比这种现象更能说明问题。我曾经想过，如果樊忠慰住在北京，并且手上掌握着某种资源的话，那么，也许他早就名满天下了。当然，这只是一种假想，如果真是那样，他反而可能远离了诗歌。好诗第一需要的是淳朴的天性，社会油子和心灵阴暗的人是诗的敌人。大量的文学体制诗人就是这样的人，他们制造了一个时代的赝品。当然，要对赝品做出鉴定，对于一般的读者来说并非易事。这是因为文学赝品往往比其他的朋友更具有迷惑性，披着的外衣也更美丽、更吓人。比如什么主义、什么派、什么“写作”这样的外衣，是要叫小批评家们头晕眼花的。樊忠慰是云南边远县份盐津县的一位诗人，我们现在来读他的诗，看看究竟有几位著名诗人写得出来。

两条蚯蚓似的河流夹起一棵青草
羊是露珠里的月亮，在草尖吃草
一轮鸟瞰的黑太阳
把巢放进沉睡的大树
骑着绝望在天空奔跑

——《巴比伦金雕》

两条相交的河流
像把弹弓，我使劲儿拉
鱼射向江海
鸟射向天空

我握住的河流
不是时间的河流
是江海与天空的疼痛
和上帝的一些想法

——《河流》

这样的诗，显然不是时下流行的所谓“原生态描写”的口水话诗歌，相比之下，在如今的诗歌江湖中，这样的诗歌显得有些传统、有些古旧了。也许，批评家还有可能把他划为“知识分子写作”或什么“浪漫主义抒情诗”之类的说法中去。因为樊忠慰笔下的语词和物事，的确是诗歌史或者说是文学史上最常见的，一点也不神奇，一点也不“原生态”。河流、鸟、天空、露珠、太阳、月亮、上帝、灵魂等等，在他的诗歌中像他们家背后山上的草莓一样，俯拾皆是，他也不忌讳使用这些所谓传统的辞藻，这些当今“先锋”诗人们咬牙切齿的辞藻。然而，让人震惊的是，樊忠慰通过自己的诗，使这些积淀着陈腐诗意的辞藻产生了新意、获得了新生。比如上引《河流》一诗中的“河流”，传统诗性积淀的“逝者如斯啊”什么的隐喻，在诗人的心中发生了改变，新的、原生的隐喻“江海与天空的疼痛”和“上帝的一些想法”诞生了。这就是诗意的新生，是一个诗人对古老的语言能力的重新获得。这种语言能力只有真正的诗人才有。而那些小诗人，往往打着反传统、反诗的旗号，搞标新立异，甚至不惜搞语言的暴力，将诗歌痞子化，以恶俗颠覆典雅，以践踏他人的名誉抢占山头。云南盐津的樊忠慰不会搞这一套诗歌革命。他住在专县上，也没有人通知他去参加如今的诗歌革命。

樊忠慰只忠实于自己的诗才，他住得远，不知道诗歌江湖已经“城头变幻大王旗”，台面上已没有空位子可以坐上去了。不过，忠慰似乎不在乎，这是他的诗告诉我的。他的那些优秀的作品不仅清洗了语词的传统中已经味如嚼蜡的诗性的隐喻，而且，新的隐喻完全折服于诗人天长的心灵秩序，正如忠慰有自己心中的“河流”一样，他也有自己河床里的水和河底滚动的卵石。他还有自己心中层出不穷的鱼群，仿佛世界上的鱼群在他的诗诞生之前并不存在，即使存在，也还像河底的卵石一样，没有长出眼睛和尾巴。在上引的《巴比伦金雕》那段诗中，以“鸟瞰的黑太阳”为中心，樊忠慰让普通的事物进入了一种从未获得过的心灵秩序。“两条蚯蚓似的河流夹起一棵青草／羊是露珠里的月亮，在草尖吃草……”这种使每一个词都从庸常的状态下脱颖而出参与诗性建构的天分，使本真的诗从混沌的果核中破壳而出。作为读者，我证实，樊忠慰的诗已经破壳而出。

山没入夜色
树丢了影子
成为一堆堆干柴
没有太阳火
没有月亮水
夜这口黑锅
煮了千年
星星还是生的
鱼儿还是活的

——《山没入夜色》

这样的想象力使像群星一样睡醒的上帝之“诗”层出不穷，“诗”在心灵秩序与物事的新秩序的摩擦中建立自己的秩序，这是樊忠慰的诗，不是张三李四的诗。真正的诗才可遇而不可求，这样的诗才的出现全凭天意。从这个意义上讲，那些风格雷同、千篇一律的所谓诗歌不能算诗。真正的诗才是太阳之子、月亮之子、星星之子、果核之子。它们每一次擦亮、每一次破壳而出都会以自己的旋律和秩序赋予世界以神性，赋予世界以熠熠生辉的意义。真正的诗是天才的，它超越“口语”，超越“民间”，超越“知识分子”，超越“下半身”，超越一切群体意识、一切炒作。好诗与语言、物事、心灵发生关系，在三者的力量较量或亲密关系中呈现。因此，真正的好诗必然对我们看见的世界重新命名。我们还是来阅读忠慰的诗。

打湿是雨点，渴了是沙
雨点接住雨点，沙寻找沙

天空是侏儒，鸟鸣在海的眼角发芽
白云是少女，辫子上阳光开花
飞翔是自由的血，枪口受伤
鸟啊，你瞎了双眼才能看见我的翅膀

——《飞鸟》

赶着马车抱太阳
一边是河流
一边是山沟
上坡的野草舔青了泥土
浣纱女的秀足在石板上流淌

——《赶着马车抱太阳》

樊忠慰在《绿太阳》之《跋：真理或梦想》中写道："以隐喻、暗示、象征、玄秘、超感觉、非凡的人格力量和灵性去表现这个世界，［人类社会、大自然（宏观或微观）］乃至宇宙万物，并表现其中的普遍联系和变化发展，是我的梦想。也许，这种表达是苍白的虚幻，但我有血有肉有骨，必然像太阳那样逼近真理，因自燃而灿烂。"樊忠慰有自己关于诗的理想和诗歌立场，他的诗不像一般的抒情诗那么单调，那么依赖于主题和情感的宣泄，他的那些闪光的诗篇往往在修辞上是非常复杂的，当然，不是蓄意"先锋"或"现代"的那种匠气的所谓复杂。修辞的技艺与物事的神秘结构合而为一，谦逊、朴拙、宁静，显现出抒情的金属质地和智性之美。

三朵玫瑰在尖叫
一个少女用刀锋笑

美摘下美
美让美去死
我的诗和蜜蜂一起号陶

——《玫瑰与少女》

它抬起头
看见了雪山
和雪山之上的苍鹰

这一团黑暗的黄金
点亮了天空
这一座飞翔的坟墓
搬来了枪声

——《一只鸟》

一个诗歌的异类

朱霄华

在中国当代的诗歌坐标上，樊忠慰也许是最孤独的一位。2002年夏天，他在昆明远郊安宁市的一家精神病院养病，我和几个朋友去看他。他患有严重的幻听，已经从人类的世界里孤立出来了。他安置自己的那个山头十分荒凉，属于前工业时代的一处遗址，只是在经过重新平整的土地上点缀有一些植物和花草。在地理上，我一眼就发现，这基本上是一个被抛弃的地方，一个正常的人不会来到这里。我们去看他的时候，他的病已经不算严重，看来药物和环境对他的身体有帮助。他立即就认出了我们。看见了，他也不是忙着来跟人说话，而是搬来椅子、水壶和茶杯。他在每个来人面前的玻璃杯子里倒满了热水。

我是第一次见到诗人樊忠慰。在我看来，这个传说中的深陷在“地狱一季”里的疯子举止正常，他看起来什么病都没有。他的目光有如儿童。他的眼睛是我在成人世界里所看到的最为清澈的一双。我打量了一下前来看望他的几个人，发现所有人的目光都是暧昧不明而又衰老的，里面充满了饱经世俗欲望折磨所留下的那种疲惫的痕迹。我立即意识到，不是一群自以为身心都很健康的人去看一个有病的人，而是一个在各方面看来都很正常的人接待了一群病入膏肓的凡夫俗子。

我关心的是樊忠慰为什么会生病。在住进精神病院以前，他也曾经有过一个人离家出走的经历。在四川，因为从他的身上没有找到身份证，他一度被警察关进看守所。他的职业是一名中学语文教师。据我所知，在全国成千上万的中学语文教师里，热爱并写作诗歌的人不在少数。问题的关键是，你写的究竟是一种什么样的诗，是无关痛痒的风花雪月式的自娱自乐，还是把写作放置在了衡量生死的天平上？樊忠慰显然是属于后一种人，而且肯定看见和听见了一些别人没有看见和听见的东西。这是写作的宿命。在一首叫《河流》的诗中，诗人写道：我握住的河流／不是时间的河流／是江海与天空的疼痛／和上帝的一些想法。

在进入世界的入口处，诗人大抵上有两类，一类属于冥想、沉思，依靠直觉与世界达成沟通与和解，其个人性的存在与世界本身是一体的，这样的诗人如李白、兰波和茨维塔耶娃；另一类则是看见的诗人。在看见的诗人那儿，他所诉求的对象是外在于自身的个体性存在的，他必须求助于某种来自于个人智慧的方法论上的求证。美国诗人弗洛斯特、中国诗人白居易大抵上属于这一类，当代诗人于坚也应该划归这一类诗人的行列。前一类诗人是天才，后一类诗人通达后可荣升为大师。樊忠慰属于前一类诗人。在天才诗人里，强者诗人是可以单独成就一个世界的，他们对可见的世界充耳不闻，他们是另一个世界真正的国王。樊忠慰的诗歌里就经常出现“王”这个意象，比如，他的诗歌里会出现“北方没有把风捆起来”“太阳是大神的心脏”以及“我的眼睛是火焰／燃烧看见的一切／看见不朽的英雄，腐烂的岩石”这一类的句子。这表明，他有着强烈地想要经由诗歌力量成为世界之王的欲求。在这一点上，樊忠慰与 1989 年杀死自己的海子一脉相传，他们的祖先是屈原和荷尔德林。遗憾的是，这一路的诗人都太弱小、激烈，过于亲近血光、火，只要精神不要物质，结果在坚硬的世界面前不堪一击，短命、疯狂，成了这个世界的牺牲。

樊忠慰诗歌展示的仅仅是人类遥远彼岸的理想，这种理想时常被具体为家园。当全球工业化、一体化的大机器倾轧下来，诗人的命运便免不了要身首异处。所以，在樊忠慰的诗歌里，世故的读者总能一眼看出激烈的矛盾，有时诗人是强权话语的支配者，有时又为词语所奴役，换句话说，脑袋已经发育得十分庞大，但却没有身体，而且，脑袋内部的神经系统感应力极强，但承受力却不堪一击。通常，不置身于现场写作，只是为书写行为找到合法性而使合理性阙如，写作者的现世安全就是得不到保障的。“月亮是黑夜的伤口／黑夜是你的伤口／你是谁的伤口”，或“满地月光／千年难觅的针／意外地刺伤我的骨头／流出好痛的花香”。这样的句子出自樊忠慰之手。手，只是书写命令的执行者，手不重要，心才是全部，诗歌超越了纯粹的手艺、偏离了维吉尔的诗歌初始之途。

从某种意义上讲，樊忠慰的身上保留了人类童年期那种不受到文明干扰的对世间万物的感应能力，而文明包围圈的逼仄空间又促使他的感应更为敏感和激烈。这个人难以在当代书写的坐标上找到位置，他是一个活化石一类的人物，其性质可能跟蕨类比较相近。跟海子一样，他的诗歌话语出现在当今全球化语境纯属意外。就在不久前，昆明本地一个旨在奖掖地方文化人物、具有成功学意味的文化奖项找上了樊忠慰，其实这是一个天大的误会。在一大群红男绿女的时尚即景中，樊忠慰献出了他宝贵的贞操。当风雅的都市人异口同声地发出“我们的诗人！”这句矫情的感叹时，樊忠慰其实并不属于这个城市，这个城市也并不真正需要他的诗歌。

强度的感情与浓缩的语言

——评樊忠慰的诗集《绿太阳》

李　骞

《绿太阳》是青年诗人樊忠慰的诗集。这部诗集给人最大的感受就是诗歌语言的强度大，所表达的思想感情则缥缈而深刻。诗歌的语言作为一种情感密码的符号被诗人运用时，其语言的原创意义已经消失，代之而起的是诗人对表达对象的思考和感悟。由于诗歌是一种夸张和虚幻的美，因此，诗歌中的现实常常被一种想象的语言所包围，被表达对象通过语言的中介转变为虚构的夸张物，成为诗人审美观念的注释，成为诗人灵魂的感应。樊忠慰的诗歌语言之所以强大，主要在于诗人对密集意象的成功捕捉。按庞德的解释，意象是感性与理性瞬间合成的综合体，因此意象是能捉摸的感性物体、能感觉的思想。樊忠慰的诗歌不直接写自己的思想感情，而是把内心深处的想法贯注到相应的客观物体上，使之成为主观意识的力量来源，这就造成了他诗歌语言的立体强度性和诗歌内涵的超前浓缩和暗示。

诗集《绿太阳》构筑了一个虚幻的世界，与客观现实相比，诗中的世界是无限灵活的，诗人的心灵可以毫无阻碍地抵达这个虚幻世界的每一个角落。在《月亮是黑夜的匕首》中诗人这样写道："月亮是黑夜的匕首／太阳是上帝的伤口／离天堂最近的地方不是天堂／大神的泪是我。"作为物象的"月亮""太阳""天堂""大神"被语言所构成的内在世界所思考，并演化成诗人独有的精神形式。外在的意象已成为"我"心灵特有的组成因素，"月亮"与"匕首"、"太阳"与"伤口"、"大神"与"泪"原本是对立的、不可融合的，但是通过诗人强度语言的联结，两者之间的对立被诗意化地消解，诗的阅读行为进入了一个合理的幻想空间。樊忠慰在《炼丹的人——代自序》中明确宣称："诗歌是金丹，诗人是炼丹的人。""炼丹人"所要做的就是用高强度的语言打通外在世界与诗人心灵世界的障碍，摆脱主观自我意识与客体物象之间的不一致，让诗人的精神意识取代外在的物象。高强度的语言和高浓缩的情感是樊忠慰诗歌中的最大美学特质，《绿太阳》中的每一首诗中的每一行，都有着特定的符号意义，甚至每一个字都是诗歌整体情感的表述。如《红草莓》：

喊我的草莓五颜六色
我喜爱微笑着奔跑的红草莓

还有背着露水的红草莓
羞红了身子的红草莓

这么多的红草莓是一颗红草莓
那么多的我是一个我

谁忍心用爱伤害爱
用纯洁伤害纯洁

大风吹落晚霞，吹落血
吹不落我的红草莓

红草莓醉得我的手指发颤
你要什么天空，我都捧给你
红草莓，我多穷啊
为何我的皮肤是黄金的颜色

我的牙是水做的
我死了也要尝一口红草莓

路边的红草莓
我可怜的，也可怜我的红草莓

“红草莓”作为一种理想追求贯穿在全诗中，而且每一行、每一节都写出了诗人对“红草莓”的不同理解，因而作为密集意象的“红草莓”在每一节诗中又有着特殊的另一种含义。第一节“喊我的红草莓”“奔跑的红草莓”是意象的动感表述；第二节的“红草莓”则是表意的叙写；第三节的“红草莓”是渴求物我对比的成功；第四节中的“红草莓”已经被一种纯粹理念所遮蔽；第五、第六节是诗人渴望现实与“红草莓”的物我合一和对这种现实的怀疑；第七节是诗人自我主体向客体“红草莓”抵达的暗示；第八节是物我合二为一的完整表达。一首十八行的诗浓缩了这么多深刻多变的情感，自然要求诗的语言强度要坚实而具体。樊忠慰是一位不喜爱语言铺陈的诗人，《绿太阳》中的诗歌大都短小有力，但正是这些短诗向读者转述了诗学的厚度和广度。“泪比太阳大　让我在爱里成为爱 / 在沙里成为沙　消逝不留一句话”（《挽歌》）。这是对生命永恒的感性体验，用信念拯救生存的体悟。词语在樊忠慰的诗中常具有惊人的美学力度，如：“拔一棵草，疼的是心跳 / 宰一口羊，痛的是钢刀”（《恋歌》），“拔草”草不疼而拔草人的心疼，“宰羊”羊不痛而痛的是钢刀，受者和被受者的诗意颠覆，大大提高了诗歌的语言强度。“一个死去多年的人 / 他想飞”（《悬棺》），表白的肉体死而灵魂不死的人生哲学。“每一粒沙 / 都是渴死的水”（《沙海》），这是一种想象的奇迹，一种拔高了的智性联想，语言的强度作用在诗歌中得到了淋漓尽致的发挥。

理性与情感的有机结合，突出意象的多重意义，重视语言的强度感，强调情感的高度浓缩，是《绿太阳》的显著特征，也是诗人樊忠慰与众不同的写作方式。

每一粒沙，都是渴死的水

祝　勇

得到樊忠慰的诗集是我今年 9 月云南之行的主要收获。我这个被诗所冷落的人，在丝毫没有阅读期待的时候，听到了一个朋友背诵的诗句。只是些散句，并不完整，而且，也绝对不准确，但是我觉得那些句子有着尖锐的棱角，一下子就划破我的皮肤，血红的液体渗出雪白的划痕。诗歌的力量，在饮酒的夜晚，经由非诗人之口得到证明，我隐隐感觉到技巧之外，诗歌的金属核心。

如果是你，我不知道，在那个夜里，你将如何面对这样的句子——

隔世的美女
趁天没亮
快带上你的枯骨
跟我回家

——《荒冢》

后来我知道，樊忠慰有相当多的诗作述说他对爱情的焦灼与渴望，然而他永远也迈不上爱情的桥梁，只能用诗行来连接他生命中的断点。他曾因喜爱一名身背草莓的陌生女子，而遭到她家人的暴打。这一事件无疑成了一种象征，诗人似乎无法找到现实的接口。他的诗句，任何一个认识汉字的人都能看懂，然而在沙漠上，花朵却是最孤独的另类。所以他写道：“月亮是黑夜的匕首。”

这些奇特的歌声吸引我去接近那神秘的喉咙。樊忠慰，对于大多数人，应当说是一个陌生的名字。在那本名为《绿太阳》的诗集封底，我们可以知道这样的简历：“樊忠慰，1968 年 2 月生于云南盐津。1991 年 8 月以来在《诗刊》《十月》《人民文学》《星星》《诗歌报》等报刊发表作品。曾参加《诗刊》第十四届‘青春诗会’，有诗多次获奖并被译成英文。系中国诗歌学会会员，云南省作家协会会员。现在家乡某中学执教。”这段简历概括了一个年轻诗人的主要“业绩”，没有概括的部分是：他曾是一个痛苦的教师。他的学生最爱听他的课，但他却被禁止按他自己的方式去讲。孤独的诗人曾沿着横江漫游，从白天走到黑夜。他曾于午夜潜进远方的小城，被巡城的联防队员捕获，因彼此听不懂对方的语言，而且他们不相信一个没有“企图”的人会沿江行走几十里，而对诗人施以拳脚，然后将他关进牢房。简历还回避了他的现在——他因精神失常，就诊于昆明某精神病院。

“两条相交的河流／像把弹弓，我使劲儿拉／鱼射向江海／鸟射向天空”。（《河流》）这是从现实的夹缝中发出的声音。诗人常常无法与现实达成共识，在这种情况下，诗人便对时间和空间做了重新切割和安排。这种安排，无疑违背现实的规则，却符合他内心的真实。于是，诗人便因其对现实时空的对抗性和叛逆性而成了最先获得自由的人。就像纳博科夫所说的：“人类的存在仅仅决定于他和环境的分离程度。”（转引自《美国当代文学》上，第 371 页）

暂时忽略艺术尺度的衡量，这样的精神品质，我们从昌耀、食指、海子那里也曾看到。他们共同为中国诗歌提供了一条可贵的精神线索。有人说樊忠慰是第二个食指，也有人说他是第二个海子，这并不重要，重要的问题是，是否只有将诗人锁于现实的困境中，他们才能孕育出那些充满痛感的诗句？也就是说，那些撞击我们内心的诗歌的产生，是否必然与诗人地位的沦落有关？在我个人看来，答案是肯定的——如果我们把那些炫耀技巧的作品排除在诗歌范畴之外的话。贵族精神并不与华丽的客厅和优雅的沙龙有着必然联系，相反，它常常产生于泥泞的旅途和黑暗的囚笼。诗人在黑暗中培养了视觉穿透力，他们的诗歌不是描述童话而是验证信念。

诗人被置于话语中心地位时，他们的语言因其真理般的普遍性和严密性而被消解了可信度，其真诚性也颇受怀疑——就像那些放之四海皆准的语录一样，而在他们边缘化的呓语中，诗歌回到的生命的细节与精神的常识。

对于地位沦落的中国诗人而言，他们的痛楚并不仅仅来自与现实的对峙关系，从某种层面上说，他们连"对峙"的身份都在瓦解之中。他们被命运的齿轮碾压过，然后就像粉末一样消失在时间深处。所以，尽管樊忠慰的诗歌在艺术上还延续着朦胧诗的传统，但是已经不会再有北岛出现了。欧阳江河说得好："我们不必奢望像某些苏联诗人那样使自己的不幸遭遇成为这个时代的神话。记住：我们是一群词语造成的亡灵。"（欧阳江河：《站在虚构这边》，生活·读书·新知三联书店 2001 年版，第 90 页）

这是 20 世纪末和 21 世纪初（或许更久）的中国诗人必须承担的宿命。一个人在获取诗歌的同时必将失去世俗的权利。即使如此，仍有一些人，像樊忠慰，执着地走在自己选择的路上，他们在现实生活的维度之上，拆装和建造了另外一个世界。

边缘，但一个独特的存在

邹汉明

我刻骨地爱

——《包谷》

我渴，舌头却压住一条河

——《情话》

诗除了创造，别无法则……诗与生命同在

——《绿太阳·自序》

我对当代汉语诗歌的阅读有我融入了个人趣味的期待，我挑剔的口味又总是让这一期待一再落空，无论南方和北方，学院的或民间的，在官办的诗刊或民办的小报上，自 20 世纪 90 年代初以来，都在反复地折腾着那么几位一线诗人的名字，这些诗人的写作可能出现了某种成熟的迹象，但是，他们写作的方向以及即将终结在何处，我想我大抵能够看到。也就是说，今后，这些诗人写作上变化的可能性不是很大，更没有迹象表现他们在向着更高或更宽阔的境地发展。近年来这种阅读的沮丧一直左右着我。这一焦虑，反倒让我偏向于阅读那些不甚著名却真正具有创造能力的边缘性诗人，就在这些诗人身上，我看到了当代汉语诗歌写作的活力和野火般熊熊燃烧的希望。

也许樊忠慰是这群边缘性诗人中最杰出的一位，他生于云南，在一个极为偏僻的小城市里教书。他患了十年精神方面的疾病，这使他将诗歌与爱一同置于一种疾病的阴影之下，然后，他才不无悲壮地将写诗看成是“一个治病的过程”，这样一种诗歌观念必然不同于别个诗人的创作。这也使得写作成为樊忠慰日常生活中的头等大事——一件他时刻必须为之战斗的大事。很明显，诗之于樊忠慰，犹如呼吸之于生命体一般重要。由于地理位置和身份的边缘性，樊忠慰的诗歌极少诗歌知识的污染，也就是说，他没有在心思往完善技巧这一条道路上跑，没有向当代中国的一些强势诗人靠拢，没有将诗歌写作发展成为一种修辞的竞技表演。虽然身处边缘，但却固执地认为，写作本身并不存在“中心”或“边缘”问题。这位诗人一直缄默着坚持自己的方向、自己的孤独，甚至自己痛快淋漓的直白。很难想象另一位中国当代诗人会写《祖国，我的姐姐》这样的诗，樊忠慰写了，并且和谁写的都不相同。

祖国，我的姐姐
我爱你，你真大
你的美丽大善良大
你的公鸡叫声大

你的海大湖泊大
你的龙大江河大
你的星星比天空大
你的我比蚂蚁大

你的春天比乳房大
你的冬天比雪花大
你的苦难比洪水大
你的思念比月饼大

你的樱桃大小米大
你的眼睛大发明大

你的蝴蝶大裙子大
你的国歌比地球大

你的九百六十万皮肤大
你的五千年大
祖国，我亲亲的姐姐
我爱你，你真大

对这首诗歌的思想深度和云南一般明亮的语调，我是存有自己的看法的。但是，在这首诗中，樊忠慰作为一位诗人的感受力绝对是新鲜而且非常独特的。在诗歌创造中，我有时觉得新鲜的感受力反而比诗人的思想更重要。在诗人那里，思想是可疑的。诗人只要忠实于自己的感觉就能够解决问题了。我一直认为，自亚里士多德以来，思想的进步并不十分明显，在当代，人类有关自己的一些基本问题——比如爱、生、死并没有比古希腊人看得更为透彻和深刻。虽然文明像云层那样在逐渐增厚，但真正有独创性的思想并未轻易地在某一位思想者身上充分展现出来。诗人的职责也许不在于创造一种思想，而是尽可能地刷新一部分习见的事物，并让这部分事物凸现在日常生活之中，让有福看到它的人们获得他们前所未有的新鲜感受，这一点，我想樊忠慰是做到了。樊忠慰使用的语言完全是一种最通俗、最鲜活的口语，如同上面这首诗一样，他的作品都很直白，但直白得耀眼，直白之中有一种命名万物的勇气，他还在不经意之中发展了一种诗歌语言——这种语言不需要过多的修辞，却能够直达人心。这是他作为一位诗人最了不起的地方。

自 20 世纪 90 年代中叶以来，很少还有诗人会像樊忠慰那样写作，当叙事逐渐成为诗坛主流的时候，樊忠慰却固守着自己的抒情，所有诗人将诗越写越长的时候，樊忠慰却越写越短。像海子一样，樊忠慰的诗，也是一刀下去，短得统一，短得整齐，短得惊心动魄。他的抒情几乎是透明的——透明得让人落泪：“谁忍心用爱伤害爱／用纯洁伤害纯洁”；或者是：“我爱你，看不见你的时候／我最想说这话／看见了你，我又不敢说／我怕我说了这话就死去／我不怕死，只怕我死了／没有人比我更爱你。”他的短诗里有一股憋足的力在和谁较劲：“我用一生的牙咬碎你的牙”；“我咬碎牙咬碎血／咬碎夕阳下的山峰”。在他的短诗里，我总能读到这样一种恶狠狠的磨牙声，这是诗人在坚硬的对垒之中坚持着发出的声音，也是生存咬牙战胜死亡的声音。我在这样的声音里不仅能够感觉到诗人掉落在尘世里的那个身体弹射出来的力量，而且，我完全可以感受到这位诗人的灵魂已经铆足了劲——他用诗歌又一次战胜了他自己身体里的那个恶魔。于是他又变得强大起来：“比眼睛深邃的海／我走了／你蓝给谁看。”樊忠慰的短诗有时就有这种信心十足的力量，有一种诗人面对万物的虔敬、天真、豪气和傲慢。

总的说来，樊忠慰的诗歌是和他的生命活动有关的。他说他有严重的幻听、幻视。在现实生活中，他无路可逃，只好到诗歌之中聆听不断响起在自己身体里的那个命令他“飞”的声音。因此，他的诗歌首先是有声音的，不仅仅是词语推进时发出的句子的自然之声，他还拥有另外一个荒谬而奇特的声音：“一只鸟儿／总觉得有声音叫它／叫它飞”；“喊我的草莓五颜六色／我喜爱微笑着奔跑的红草莓”；“我睡着了／我的叫声是梦／没有人梦见的梦”，也许这就是上帝的声音，是上帝在帮助这位诗人完成一次又一次的写作。这样的写作状态，天才的海子以后，樊忠慰恐怕是得天独厚的、唯一的。因为一般诗人无从抓住这样的具有启示意味的声音，而这个声音对诗歌来说就是精诚所至，金石为开，但对诗人而言，这声音又充满了恐惧和非确定的因素，就好像黑衣人之于弥留之际的莫扎特一样，有一种宿命的成分，这个从诗人的身体里响起的声音最终会逼着一位诗人走向悬崖峭壁、走在一条绷紧的钢丝上。这一点让我深深地为这位远方的朋友担心。而事实上，樊忠慰在大量的短诗中，已经多次写到了死，“死”这个意象在诗集《绿太阳》里是屡见不鲜的：《挽歌》《悬棺》《荒冢》《墓志铭》《墓碑指向天国》《青年诗人遗像》《我死的那天》《召唤》，这八首诗歌都直接写到了死。在樊忠慰看来，死亡，仅仅是“生命的终极年龄”，每个生命都要在“死亡”这个词里燃烧，“留下灰烬或黄金”，也许，死在诗人的潜意识里不是一件生命的大事，它只是像一个句子的句号那样，让声音收束一下，或者只是一片大陆的尽头。但是，一个句子结束了，会有另一个句子接上来。大陆的尽头，海洋会把它展现得更广阔、更从容。作为病人的樊忠慰和作为诗人的樊忠慰是一体的，这就让他比一般的诗人更加意识到死亡的时刻存在。死，这个不及物动词时时在威胁着一个活生生的生命体。当然，在樊忠慰的全部作品中，我还看到他所专注的一些强力事物：畜界的豹、虎、鹰、蒙古马，人界的猎人、大侠、西楚霸王、荆轲，阴界的女鬼、枯骨和恶魔，以及自然界的落日、冰、北方、岩石、大风。对这些大量的强力事物的歌咏使得樊忠慰的短诗异常坚硬，充满了悲壮的格调。因此，在这样的诗人身上，死甚至是微不足道的，死被生狠狠地逼进了一条夹缝，虽然它还在不时抬头。但是，死不过是时间预置好了的一段未来。诗人所关注的也并非是肉体的死亡，而是关乎诗歌及其诗歌精神的传递“一个死去多年的人／他想飞”，这是渴望进入永恒；“我不怕死，只怕我死了／没有人更爱你”，这是爱人的傻瓜诗篇；“等我写完传世诗篇就死去／死在比睡眠更漫长的睡眠中”，这是爱诗歌、爱诗人自己神圣的职责。

在诗人樊忠慰身上，我看到写诗是一件多么悲壮的事。也许，这位诗人的单纯和善良正纠正着我们对人性的某些偏激的看法。

我相信，他（樊忠慰）的诗歌是人类文明的源头流泻下来的，是与古代希腊、印度、埃及和中国《诗经》的传统一脉相传的，我这样说是指他的诗歌质地明净、单纯，没有被人类逐步积淀起来的知识污染。同时，也是指这些诗歌的著者那一颗赤子般的心灵，这位诗人具有古代希腊少年一样美的品质。

诗歌赤子樊忠慰

——第七届王中文化奖授奖辞

李晓松

第七届王中文化奖授予一位在我们所处的这个时代实属罕见的诗歌赤子，即生活在滇东北山区以教书为业的诗人樊忠慰，以表彰他对诗歌语言原创性和诗意纯粹性的坚强捍卫，以及他在诗歌写作中所表现出的非凡灵性和卓越想象力。

在文学艺术不断世俗化和商品化的今天。当一些平面的语言技巧在炒作中日渐占取上风的时候，当一些卖弄风骚的小资情调在流行中被热情地消费着的时候，当一些小聪明、小感觉在传播中被津津乐道的时候，当一些仅凭着写作的习惯写出来的东西也居然受到莫名追捧的时候，樊忠慰出现了，他以最本真的诗性从中国云南边远山区一隅站出来，面对这个衣着入时讲究、自我包装的年代，完全就是一个赤身裸体的异类。他让人瞠目结舌、让人不知所措、让人为之失语。因而他在获得本届王中文化奖之前，是没有得到应得的热烈掌声和喝彩的。

20 世纪 90 年代，汉语诗歌在经历了前一个 10 年初期的朦胧诗集群蜕变和中后期以流派、主义为依托的群体性崛起后，已逐渐演化为一种以个体性写作为基本单位的裂变状态。但在意识形态权力话语和商品权力话语的共同拒斥下，汉语诗歌又不断地被边缘化，成为被时代巨浪打向浅滩的无根浮萍。经由 90 年代中期兴起的后现代主义文化思潮的助推，大批先锋诗人开始了精神性的逃逸，从心灵的乌托邦坠回到生存的当下性，从诗意的栖居转向语言的游戏，从神性的把握撤回身体写作。尽管先锋诗人们各有各的文字操作策略，但遗憾的是，汉语先锋诗歌还是与主流意识形态的传统诗歌一同在逆向性的整体流变中完成了一次世纪末的世俗化大汇合，并与我们所处的这个以竞争化、目标化、功利化、技术化、数字化和同质化为全部文化表征的排斥诗意和灵性的时代的风尚形成了合流。这不得不让人惋叹，在我们这个有着深厚诗歌传统的汉语国度，诗性正在我们使用着的汉语（包括被直接写成诗歌的那部分汉语）中丧失着。

然而，在这样的时代大背景下，依然有人不谙世事地坚持着最本真的诗性追索，坚持着对文化思潮的不屑一顾。樊忠慰的出现就是一个例证。他的诗歌就中国当代先锋诗的晦暗不明和主流意识形态传统诗的苍白无色而言，无疑是一道拯救的亮光。这道光，既源自一种神性的启示，也源自一种处子般纯洁的诗歌情愫。尽管它显得有些微弱，但它汇同那些为数不多也同样微弱的同源之光，为我们照亮了本真诗性的古老殿堂。

樊忠慰说："我写诗，是由于无知，我想表达，我想表达，所以我更无知，也更痛苦。""无知"是樊忠慰拒绝融入混浊潮流的坚固堤坝，也是他代表人类说出的一句最诚恳的话；"我想表达"则是樊忠慰把诗付诸语言的基本出发点，同时又是他对诗歌与生命本体之间关系的最本质的认识。因无知而表达，因表达而痛苦，这就是一个真正的诗人的精神生活。他这样无知着："我对花说／你开吧／花就开了。"他这样表达着："这无法游泳的海／只能以驼铃解渴／每一粒沙／都是渴死的水。"他这样痛苦着："我渴，舌头却压住一条河。"他是这样理解的："艺术无所谓新旧，它在于是否发现，是否发现灵，人鬼神的灵，天地万物的灵。"由此，他超脱在我们的时间历程和空间际遇之外，他的诗歌也因此不具有文化概念上的先锋性，甚至不具有符合当代生活场景表达的话语特征。对当下生存，樊忠慰完全是一个不在场者。但他那些阳光一样明亮的诗句，那些闪耀着神赐灵光的想象，那些针芒一样有穿透力的生命激情，那些单纯、朴素而又热烈、灿烂的意蕴，那种清朗无华的精神品格，那种深切的爱、痛、忧伤和悲悯，那种剔出了时尚和尘嚣的纯洁——对于每一个有过诗性体验的人，都无疑是一道注入心灵的彩虹，而对于汉语诗歌在当代的诗意追寻，也无疑是一种烛灯燃泪的昭示。

在我们生活着的这个以消解、平面化、妥协和游戏化为主要特征的现代化社会里，樊忠慰是一个用生命的寂寞和孤单保卫着诗歌贞操的斗士。

樊忠慰：用生命寂寞保卫文化贞操

张文凌

谁都没想到，今年的“王中文化奖”颁发给了一个在云南滇东北山区坚持写诗的年轻人樊忠慰。尽管十多年来，他只出版过一本诗集《绿太阳》。

但评委会仍然坚持认为，樊忠慰是“我们所处的这个时代实属罕见的诗歌赤子”，把这个奖颁给他，是为了“表彰他对诗歌语言原创性和诗意纯粹性的坚强捍卫，以及他在诗歌写作中所表现出的非凡灵性和卓越想象力”。

11 月 1 日，瘦弱、腼腆、剪一个娃娃头的樊忠慰在昆明接受了这个奖。36 岁的他成为“王中文化奖”设奖 7 年来最年轻的一位获奖者。

王中文化奖是云南省唯一一个由个人设立的民间文化出版奖，每年授奖一人，奖金一万元，评奖对象为居住在云南、有广泛影响力的文化人。设奖人王中是一位律师。这个以独立著称的民间文化奖设立 7 年来，因为获奖者杰出的才华和非凡的创造，使这一奖项有了高度和分量。它不仅给获奖者带来了越来越大的民间影响力，而且也成为云南省一年一度最重要的民间文化活动之一。

“王中文化奖”首届获得者、被视为中国第三代诗歌主要代表诗人的于坚说：“这个奖是感觉性的，是对文化人的民间感觉。一个人的独立精神和在民间的影响力不可量化，只能感受。”显然，今年樊忠慰的获奖，就再次体现了“王中文化奖”对这种感受的体现。

从 1991 年起，樊忠慰的诗开始不断刊发在《诗刊》《星星》《十月》《人民文学》等国内大型刊物上，仅《诗刊》一家这些年来就为他发表了五十余首，网络上也在流传他的诗。这在写诗的人群中是少见的，而且诗人生活的小县城还那样偏僻、闭塞。许多人到樊忠慰的家乡盐津，除了带特产苦丁茶外，还要带上一本樊忠慰的诗。他成了盐津的一张文化名片。有评论家认为，“樊忠慰在云南诗坛乃至中国诗坛都是一个特殊的存在”。

在同龄人中，樊忠慰的经历与众不同。樊忠慰是云南昭通盐津县人。1990 年毕业于昭通师专，后一直在盐津一中任历史教师。1991 年夏天，樊忠慰突然出现幻听、思维鸣响等症状，经诊断，他患上了精神病。但樊忠慰不愿接受这个现实。由于身体不适，樊忠慰已病休多年，这倒给了他充裕的时间写诗、读书。他说：“十多年的疾病累及父母和亲友，让我惭愧和自卑。但诗拯救了我。”

樊忠慰的好朋友、云南作家雷平阳说：“樊忠慰有过被别人出卖和误解的经历，但他不是一个痛不欲生的人，他的痛苦并不想让别人看到，他不需要用他的苦难去打动别人。”

写诗逐渐治愈了樊忠慰的病。他说：“我孤独地在盐津写诗，写诗是我治病的过程，缓解了我精神与现实、生理与心理的矛盾，以及焦虑和冲突。作为一个没有被精神病摧毁的爱诗者，我会坚持下去。”樊忠慰独行于故乡的山水天地间，近于喃喃自语地与自然和山外的世界对话，追求着情感的真实。《诗刊》副主编李小雨说：“读樊忠慰的诗，我总感到是对生命本质提升的极致，有一种向上飞的力量。那种与世隔绝的孤独使他沉于幻想，而饥饿和疾苦又给他带来身心的创伤，使他更能清楚地触摸到生命的颤动。”

2001 年，樊忠慰的诗集《绿太阳》由云南人民出版社出版后，在全国引起的反响出人意料，有评论认为它是“中国近年来诗歌创作的顶峰之作”。

2004 年 1 月，樊忠慰因《绿太阳》获得云南省政府文学奖二等奖。云南作家潘灵说：“就凭那句‘每一粒沙，都是渴死的水’，他就该获奖。他写诗就像炼丹，去掉了所有的杂质。他的诗是生命之骨炼成的丹。”

11 月 1 日，在“王中文化奖”颁奖会上，人们争着用各种方言朗诵樊忠慰的诗。人们根本没有想到的是，这个极度内向的年轻诗人，竟然当众大声地说出：“我多么希望有一个姑娘，心甘情愿地嫁给我，让我不再孤单和慌张。”

显然，樊忠慰是清醒的。他说：“诗歌换不来金钱和权力，也换不来爱情和女人。但它能唤醒情感，滋养精神，挖掘思想，昭示真理。诗歌使人谦卑而精明，也使人骄傲而愚蠢。”

人们认为，“对于当下的生存，樊忠慰仿佛完全是不在场”。他游离了我们的时代，他的诗歌因此不具有文化概念上的先锋性。但是，“那些针芒一样有穿透力的生命激情，那种剔出了时尚和尘器的纯洁，对于每一个有过诗性体验的人，无疑是一道注入心灵的彩虹”。“在文学艺术不断世俗化和商业化的今天，当一些平面的语言技巧在炒作中日渐占上风的时候，樊忠慰是一个用生命的寂寞和孤单保卫着诗歌贞操的斗士。”

渴望与飞翔

宋家宏

一

“每一粒沙／都是渴死的水”（《沙海》），我第一次读到这首诗，不，是听到这首诗的最后两句，我就惊叹起来，并且记住了，相信今后也永远不会忘记。

这是樊忠慰的诗。大约是 1991 年，傅泽刚给我读了这首《沙海》的最后两句。之后，不断听到朋友们传诵他的诗句，常常令人惊叹不已。

转眼间十年过去了，我们从樊忠慰发表的大量诗作中选出了 158 首为他编一本诗集。这些诗有相当一部分发表在有影响的大刊物上，如《诗刊》《十月》《星星》《诗歌报》等，仅《诗刊》一家这些年来就发表过他的五十余首诗，这不能不说是一个奇迹。网络上在流传他的诗，学生们也在笔记本上抄他的诗。

樊忠慰写诗已有十多年的历史，他写过多少诗呢？没有人知道，他自己也说不清楚。那 年盐津发大水，他的宿舍被淹了，横江水卷走了他的九本诗！尽管樊忠慰说起这事很平静：“那些都是过去写的，写得不好，没什么。”我们却深感遗憾。《沙海》也是写得很早的一首诗，它发表出来了，洪水无法把它彻底带走。

在文学创作中，数量永远不能说明问题，樊忠慰令人惊叹的当然不是他创作的数量。有行家说樊忠慰是“诗坛的凡・高”，也许我们还不习惯于把一个我们太熟悉的人和大师的名字并列在一起，但他的诗让人揪心的痛，让人眼睛潮湿、让人回味无穷却是不容回避的事实。

樊忠慰是从20世纪80年代中期开始写诗的，朦胧诗及其之后的诗人都对他产生过影响，然而，他的诗似乎又不属于任何一种潮流，不同审美趣味的人都会不约而同地表现出对他诗作的喜爱。很传统的诗评家曾对他的作品给予高度评价，很先锋的诗人也十分难得地对他表示赞赏。他不属于任何浪潮，而任何时代的人都可以读他的诗。

我们在一些古代的苦吟诗人那里可以发现许多与樊忠慰的相似性，但他不去吟风弄月地炼字炼意，却去深深体会生命中的许多个瞬间。他的诗不是只有到语言为止的形式，也没有刻意求新的技巧，他让一切故作的技巧都远离了诗，他把一切造作的语言都拒之门外。他以自己的方式走进了诗歌的本质，行云流水的诗句中跳出你惊叹的意象组合，展示其深邃的诗意，这些诗意来自诗人生命的体验。他不是用文字来写诗，而是用灵魂来写诗。这些诗不适合拆开来“分析”，正如樊忠慰所言：“不要肢解感情，不要肢解诗歌。”这是用泣血的心灵写出来的作品，也只有用心灵去感悟与整体地把握。

他的诗是血液和灵魂凝结的晶体，是生命之骨炼成的丹。

二

“每一粒沙／都是渴死的水”，只有到深山峡谷走过的人才能理解其中灵魂的焦灼与渴望、体会其中深藏的悲剧意味。

樊忠慰生长在滇东北大峡谷中的盐津城，小城筑在峡谷中，下面是滔滔翻滚的横江水，两岸是笔立的峭壁。新修的内昆铁路从盐津县城通过时，竟然找不到可以铺轨的平地，只好从县城下面打穿隧道，成为一条县城“地铁”。住在城中，推开窗子，对岸高耸入云的吊钟崖迎面扑来，压得人喘不过气。

樊忠慰常常坐在江边的巨石上，一整天一整天地听凭江水从他脚下流过。翻卷的横江水来自上游的关河，往下几十里注入金沙江，随金沙江汇入长江，奔向太平洋。水行千里，日夜奔流，樊忠慰只能久居一地！逼仄的大峡谷把他不安宁的灵魂挤压得腾飞起来，他渴望飞翔、渴望飞离大峡谷。

“两条相交的河流／像把弹弓，我使劲儿拉／鱼射向江海／鸟射向天空”（《河流》），当诗人把鱼射向江海、鸟射向天空时，谁又能把诗人送出大峡谷，飞向大海、飞向天空？他的灵魂早已随着横江水飞到了太平洋，他的身躯却仍然只能面对高耸入云的峭壁。

峭壁上有僰人的悬棺。悬棺是千古之谜，人们在猜测，古代僰人是怎样把悬棺送上笔立千仞的峭壁之上的？樊忠慰在悬棺一诗中，开篇即言：“一个死去多年的人／他想飞”，想飞的岂止是僰人，更是今天的诗人樊忠慰，然而，他们都没能飞出峡谷。“我咬碎牙咬碎血／咬碎夕阳下的山峰／如果那个想飞的人／从开遍野菊的小路上回来／一切都会永恒／一切都会绝望”。几千年了，小路上野菊烂漫，僰人还是绝望地停留在峭壁之上。

长长的流水，瘦瘦的天空，两岸峭壁高耸入云，樊忠慰被深锁其间，他不安的灵魂一刻也没有停止过对更广阔的天空的追求、对自由的渴望。《黑豹》一诗中，他把黑豹称为“苦难的王子”，“囚笼是宫殿　心脏是石头”，他的灵魂已与这个苦难的王子，这个囚笼中的黑豹融为一体，“锁比利齿咬得更紧／脚踩到了宇宙的中心／不静止　也不移动／一团渴死的自由／让头颅着火，脑浆哭泣”。

年轻的诗人经常告诉他的父亲：“我的头痛，头痛！”头颅着火，脑浆哭泣，是他生命中最真实也是最痛苦的体验。年复一年，他仍然只能仰望那瘦瘦的天空，他看到了翻飞的鹰，也许鹰是自由的，不，“眼珠里滚飞的鹰呀／像一粒炒爆的黑豆／它的翅膀不也是天空的俘虏”。一切以物质载体存在的生命都难逃被锁住、被束缚、被俘虏的命运。“只有梦穿破栅栏／幽灵般遁入深林”。然而，深林不也是更大的栅栏吗？身体被锁住，梦境也有限，幸亏还有诗！他把一切都交给了诗，只有诗能寄托他的渴望，只有诗能完成他的梦想，“嚎叫吧！诗歌／不幸的生命　因破碎更美／你看夜空那颗黯淡的星／会不会是黑豹的眼睛／在我的手中成为黄金”。

滇东北大峡谷挤出了一个不屈的诗人，长空托自由，流水寄诗魂……

三

“每一粒沙／都是渴死的水”，孤独的诗人有一颗善良的心，他渴望人与人之间能相互理解与尊重，这又是何等之难！

樊忠慰如果也像别人一样生活，他就不会“头颅着火，脑浆哭泣”，千百年来峡谷中数不清的生灵不也都这样过来了吗？他太敏感，太多思。不敏感又怎能成为诗人？

诗人早慧。樊忠慰出生在1968年，睁开眼睛看世界时，小县城中正在不断地游行、批斗、捆打……两岁时，他的父亲，一位热爱唐诗宋词的老中医教儿子认字：“1是扁担，2是鸭子……”幼小的樊忠慰抬起已带忧伤的双眼望着他的父亲说：“2是跪着的人……”二十多年后，老中医说起此事，仍然忍不住辛酸的泪水，泣不成声。

这就是樊忠慰的童年经验。他对峡谷中生存环境的叛逆心理，他对自由的渴望，他对一切美好事物的渴望都可以在这里找到最初的源头。

创伤性的童年经验使他对外部世界长期处于一种焦虑状态，他把自己的一切都托付给了诗。峡谷中的小县城却不是安放一个优秀诗魂的最佳所在，这里注定不会有几个人能理解他的诗，也不会有几个人能与他谈诗。他与世界的焦虑状态更趋紧张了。

在诗歌与文学之外，他不是一个优秀的人才。樊忠慰毕业于一所师专的历史专业，他理应去当一名历史教师。他当不好历史教师，理解他诗的人都能明白他为什么不可能当好一名历史教师。生活中需要种种人情世故，樊忠慰也不会懂得它们。很多时候，孤独的诗人给人狂放的感觉。“比眼睛深邃的海／我走了／你蓝给谁看”（《海》），这是诗歌中的好句子，生活中如此狂放则注定要碰壁。

岂止是碰壁，肉体和精神的折磨曾多次降临到樊忠慰的头上。

他沉迷在诗中，在这个深山峡谷中，他只能将诗句埋藏在心底，与自己交流。长期聆听自我内心的声音，使他混淆了幻想与现实的界限，他在幻想中听到了诗情的召唤，孤独的诗人沿着横江漫游，从白天走到黑夜……他来到了另一个小县城的领地，巡夜的联防队员把这位夜游者抓进了派出所。他们彼此都听不懂对方的语言。诗人从诗情中挣脱出来，他用人们熟知的语言解释了自己的行为，穿制服的人还是不相信一个人没有罪恶的目的为什么要沿江行走几十里？这不是谎言是什么？谎言背后一定有阴谋，阴谋背后是犯罪，就这样简单。再说了，单调而无聊的生活中，消遣一个无助的人不也可以解困解乏，刺激起一点乐趣吗？问不出他们所需要的话，于是，他们暴打了诗人，然后把他扔进了囚牢。他能怎样！他仍然只有诗，这是他唯一的方式。樊忠慰写下了《虎囚》："囚笼醒着／虎没敢睡死／饱餐游人的身影／饿得精瘦∥渴望咆哮／渴望血与火的目光／锯断铁栅的威严∥又梦见森林／钥匙很远／锁就在身边。"岩石冰冷，人的心很多时候比岩石更冰冷；流水无情，人的心很多时候比流水更无情。诗人樊忠慰面临的不仅是深山峡谷的封锁，更是比峡谷更深的人心的隔膜。

四

"每一粒沙／都是渴死的水"，诗人干涸的心田渴望人间真情的滋润。

熟悉樊忠慰的人说：人世间，樊忠慰最爱的有三样，一是诗歌，二是孩子，三是美女。诗歌是他安放灵魂的唯一所在，另外的是童贞与爱情。他说："诗人在诗中追赶真理、太阳和少女，我不知道我要去哪儿？"

年轻的诗人没有结婚，当然也没有孩子，但他爱孩子，因为他的心也单纯得像一个孩子。面对孩子，他的目光会变得出奇地柔和。他在《很小的孩子》一诗中写道："孩子，浑身散发特殊香味的孩子／很小很小的孩子／比玫瑰动人，比水纯净//让我抱起你牙牙的语言／让我抱起你，亲你苹果的脸蛋／一会儿挂着露珠的笑／一会儿流着音乐的泪滴……／生命多么纯真无瑕／还有多少孩子／躲在妈妈的肚子里／不想长大"。

在这充满了太多的暴力、阴谋与罪恶的人世间，樊忠慰从很小很小的孩子脸上看到了他渴望的人类本该如此的纯真与善良，看到了生命应该如此的美，他在孩子中找到了他同类的人。然而，孩子长大了，他们就会被环境所污染，他们不想长大。

樊忠慰没有爱情，他渴望爱情，在抒写真情的诗中，他写得最好的是爱情诗。"我活着／没有人爱／死了／该会碰见美女的魂//隔世的美女／趁天还没亮／快带上你的枯骨／跟我回家"。名为《荒冢》的这首诗写得太"酷"，其中的无奈与忧伤令人心悸，更多的时候樊忠慰在诗中表达的是令人感伤的梦想，是火热的激情。尽管外部世界常给予他冰冷的面孔，但他不是有了爱情而是想起爱情内心就温暖如春。"我爱你，看不见你的时候／我最想说这话／看见了你，我又不敢说／我怕我说了这话就死去／我不怕死，只怕我死了／没有人比我更爱你"。这首诗已经在网上、在大中学生的笔记本上广为流传，流传的过程中，很多时候没有了原作者樊忠慰的名字，有人以为是情人动心的创作，也有人以为是翻译来的名家之作。

《红草莓》背后则是一个令人伤心的故事。樊忠慰在小城的街上遇见一个驾车的女孩，女孩的车上挂了一串红红的草莓，他怦然心动，苦苦寻觅，终于找到女孩的家，他朗诵他的诗句，却遭到女孩的哥哥粗暴的侮辱。诗人很单纯、很天真，他常常忘了他所处的生活环境。然而，《红草莓》是如此动人："喊我的红草莓五颜六色／我喜爱微笑着奔跑的红草莓……谁忍心用爱伤害爱／用纯洁伤害纯洁//大风吹落晚霞，吹落血／吹不落我的红草莓//红草莓醉得我的手指发颤／你要什么天空，我都捧给你／红草莓，我多穷啊／为何我的皮肤是黄金的颜色//我的牙是水做的／我死了也想尝一口红草莓……"

樊忠慰至今也没有从梦中醒来，我多么希望他像我们一样生活得毫无梦想、生活得世俗无比，然而，醒过来的他还会是一个优秀的诗人吗？

五

我们几位朋友到一个郊区医院看望樊忠慰。樊忠慰很高兴，他从屋里搬出一箱可口可乐让我们喝。我又一次在他面前感到惭愧，走得匆忙，竟然没有想起给他带一点水果之类的东西。我们只给他带来了诗。其实，诗人樊忠慰在诗歌之外，还有许多许多需要……

又有一次，我们和樊忠慰一起在饭店吃饭，因为菜点得多了一些，临走时正在犹豫：剩下的菜带不带走，樊忠慰则非常干脆："带走！乡下还有好多人吃不饱肚子呢。"一句话说得我们连连点头，打了包带走桌上的剩菜。樊忠慰来自最基层的民间并且至今仍然生活在民间，他的心里有他天天目睹的百姓。读一读他的《吃烂桔的母亲》《农民》等，你就会发现，他的心地多么善良而宽广。

本文就要结束时，恰好樊忠慰打来电话，告诉我，他本月 24 日要出院回盐津老家了。我为他的康复而高兴，又难免担忧：他又要回到大峡谷中去了，他会怎么样呢？

现在，很多人都在关心着樊忠慰，他比过去幸运多了。我在心里祝福他：健康，写出好诗来！

捍卫诗歌贞操的孤独者

冉隆中

十年前，云南山地的一个文学青年为沈从文去到湘西凤凰踏访。他发现那里穿城而过的沅水、沿岸而筑的吊脚楼，与自己的家乡惊人地相似。

如果说有不同，那只是命名的区别。他家乡的河流叫横江，横江岸边的县城叫盐津，盐津的文化名人叫樊忠慰。

“我为沈从文先生而来凤凰，以后必定有人为樊忠慰到盐津。”这个文学青年离开凤凰时，恶狠狠地发出咒语般的一句预言。

樊忠慰是谁？盐津又在哪里？基本无人知晓。十年过去了，预言无法兑现，连当初那个预言制造者也早已经远离文学而去。而樊忠慰，还在原点。盐津——云南昭通一个边远小县，依然守望着逝者如斯的横江、抬头可及的吊钟山，遗世独立。

十年后，仿佛是为了应验那句早被人遗忘的预言，我来到盐津。我正是为樊忠慰而来。

盐津，望文生义，就知道，它最早应该是一个商盐渡口。盐津有两面，它的A面是腊肉、麻将、美女，B面是民间蕴含着的丰富文化。随便一条街，满街店铺的匾牌一律是龙飞凤舞的各体书法；随便找一街邻访谈，他都能跟你“之乎者也”地说古论今。弥散在盐津大地的民间文化，如无处不在的水，满目皆是，但你要是想打捞起来单说，却难。那就说说盐津民间文化中最有代表性的文学吧。不用猜，你知道我要说的是樊忠慰。是的，诗人樊忠慰，正是盐津文学最具代表者，他又被称作盐津的一张名片。

说到盐津和盐津文学，就不能不先说一说昭通。盐津是昭通的浓缩，昭通当然就是盐津的放大。昭通处滇、川、黔三省夹缝，作为云南的属地，其民风近贵州，而文化却与四川同源流。说到昭通人，总让我无来由地想起一句古语：“穷且益坚，不坠青云之志。”那里曾经盛产的土匪英雄、文人讼客，正是古往今来昭通人书写青云之志的不同结果。就说那里的文人吧——昭通文人，在当下，足以撑起云南文学的大半壁江山。就在写作本文的几天前，云南省作协负责人与我闲聊时，顺便向我征询新一届鲁院高研班推荐人选，话音未落却又补了一句——昭通人这次暂不考虑。看官千万别认为这是对昭通人的文学歧视。恰恰相反，那是一省文学组织者从全省文学生态需要平衡发展的战略高度考虑的无奈选择。昭通文学的强大，随便可以举出无数例证：在云南省作协签约作家中，昭通作家从来都占了大半名额；云南作协现有几个副主席，昭通籍的就有三人——而这些，还都是平衡压缩后的结果。一度时间，“昭通作家群”几乎成了云南文学的代名词，甚至于在中国作协的年度工作报告中也会提上一笔。昭通遍地文学，“文满为患”，昭通作家也就自然而然地流往昆明或者更远的地方。在今天的昆明，几乎所有文学据点中，都有昭通人在把守。在此情形下，有人想让昭通文学强势悠着点，让昭通文人为云南别的地区文人留一点地盘，或者也在情理之中。但是操作起来却几乎不可能。我的同事雷平阳，在主持《滇池》文学月刊每期重点栏目时，经常因为多次发表昭通人的作品而被人诟病。雷平阳一脸委屈地跟我说，他也不想老发昭通乡党的东西，可是掰着指头算一算，够资格、够重点分量的作家作品，在别处有这么多、这么好吗？还真没有。我突发奇想，如果召开世界缪斯大会，如果给云南诗人三席名额，如果让我来分配，我会给谁？不需要思考，我提出的名单一定是：于坚、雷平阳、樊忠慰——请看，这名单中，有两人就来自昭通，而且，居然都属于昭通盐津！（雷平阳早年正是从盐津走出来的。当然，这个假设肯定会很得罪人，因为云南诗人实在是太多，有名望、有影响的诗人也实在太多，比如老诗人晓雪，女诗人海男，少数民族诗人哥布、鲁若迪基等等。那就再分别召开老缪斯大会、女缪斯大会、多族别缪斯大会吧！）

话题还是回到盐津吧。在盐津，我四处寻访，却没能见到诗人樊忠慰。

陪同的盐津文联蒋主席告诉我，没人找他时，你可能在随便一个街角就看见他的身影；有人专门为见他而来时，他却可能如神龙不见首尾，要找他还真难。蒋说起一件往事，一次他和樊诗人同去参加一个会，那会议中间有表彰诗人樊忠慰的某个程序。到宣读时，樊忠慰却没了踪影。急得一会场的人都去找，直到会议结束了，诗人才被找到，他如同罗丹的雕塑“思想者”，端坐于江边一巨石上，看横江东流，一坐，就是一天。听着蒋的述说，我也忍不住多看了几眼那滔滔不绝的横江，樊忠慰的诗句就浮现在我眼前：“两条相交的河流／像把弹弓，我使劲儿拉／鱼射向江海／鸟射向天空∥我握住的河流／不是时间的河流／是江海与天空的疼痛／和上帝的一些想法”（《河流》）。江河湖海，成就了多少先贤圣哲的不朽名篇呢？从屈原，到孔子……直到海子，难以计数。经常来江边枯坐的樊忠慰，面对江水，他又会有些什么想法呢？我不得而知。但他的很多诗行取譬大胆、用词瑰丽、想象奇特，或许与他如先哲般经常面江冥思不无关系吧。

没见到盐津名士，我们就去看盐津名胜，当地最大的名胜就是豆沙关了。这条自秦汉为中原入滇开辟的古驿道鬼斧神工、惊心动魄。在豆沙关隘眺望隔江石壁上的悬棺，想起的又是樊忠慰的诗句：“一个死去多年的人／他想飞／他在岩石堆起的天空／咀嚼盐粒和木头／像所有的梦睡在一起／他不知道自己死了多久∥我没去过这地方／我不想去，去了，也看不见／看不见时间打败的英雄／流水带走的美人／大风吹散的文字∥我咬碎牙咬碎血／咬碎夕阳下的山峰／如果那个想飞的人／从开遍野菊的小路上回来∥一切都会永恒／一切都会绝望”（《悬棺》）。于我而言，有此诗，任何对悬棺的解读就成多余。僰人悬棺立于千仞绝壁，绝壁之下是一江激流，哦，那是金属般涌动的金沙江！我忆起另一个昭通诗人孙世祥（已故）曾经也吟诵过这条江——“从我们年轻时看见大江／它就在金属的槽道里自如地飞翔／穿越了榕树的故国垂下万千秀发／才在我们的额头把崇高的意义悬挂……”这是孙世祥《大江》中的残诗片段，在无数场合，被昭通作家们反复吟哦，以至于我也能触景成诵。那么，樊忠慰眼里的金沙江又是怎样一番情形呢？“天空和大地／是你的两片翅膀／我从喉咙里呼出金子／飞翔啊，金沙江∥皮肤上黄金流淌／水面漂起满天阳光／皮肤下的血／灼红玫瑰与心脏//母亲临盆了／婴儿的啼哭是一寸绿草／所有的母亲取出皱纹／缝补同一件衣裳／剖开水，是水／剖开沙，是沙／剖开金子，还是金子／我说不出一句话//有人在江边渴死／有人把最后一滴泪／抛给激流，远走他乡／有人用黄金的头颅／把命运染成金黄//每个人都在流淌／每个人都是金沙江／无论卑污，圣洁／一切人生都会被带走／带到一个永恒的地方”。(《金沙江》) 现实的昭通还无比穷困，但是在这些昭通诗人眼里，流经故土的金沙江，都闪耀着金属的光泽，都高扬着理想的旗帜，都寄托着他们的梦和飞翔的激情。在盐津，见不到樊忠慰的真身，却又无处不见樊忠慰的诗痕。樊忠慰，你这张盐津的名片，夹进哪一本书的册页里去了呢？

从盐津归来，一有闲暇，我就反复翻读樊忠慰的两本诗集——《绿太阳》和《精神病日记》。这是两本薄薄的诗集，全部是短诗，全部是抒情诗。前者出版于 2001 年，后者结集在 2007 年。对于一个从 20 世纪 80 年代就开始写诗的诗人而言，这实在算不得高产。如果按时下的诗歌趋势——诗人动辄成百上千行，体量庞大地以诗叙事——樊忠慰或者要算很不合时宜的诗人。樊忠慰不为诗歌时尚所动，心无旁骛地固守着他抒情短诗的一亩三分地。好在诗的好坏从来不以长短论，也不以抒情还是叙事论。云南诗人雷平阳的《祭父帖》，长而叙事，是催人泪下的好诗；另一个云南诗人于坚的《哀滇池》，长而抒情，也是撼人心魄的好诗。樊忠慰的抒情短诗好不好呢？

我爱你，看不见你的时候
我最想说这话
看见了你，我又不敢说
我怕我说了这话就死去
我不怕死，只怕我死了
没有人比我更爱你

——《我爱你》

我活着
没有人爱
死了
该会碰见美女的魂

隔世的美女
趁天没亮
快带上你的枯骨
跟我回家

——《荒冢》

以上是从他的《绿太阳》里随便摘抄的诗行。这些诗大都写于10年至20年前，语言纯粹、灵动，诗思奇幻、飞扬，基本被人们认为是诗人对爱情的幻想和呼唤。在我看来，樊忠慰在本质上更接近一个童话诗人。比起那些装天真的童话写作者，樊忠慰是真天真。在《绿太阳》中，有一首曾经被很多人朗诵和传抄的诗——《祖国，我的姐姐》，他这样写道：

“祖国，我的姐姐／我爱你，你真大／你的美丽大善良大／你的公鸡叫声大∥你的海大湖泊大／你的龙大江河大／你的星星比天空大／你的我比蚂蚁大∥你的春天比乳房大／你的冬天比雪花大／你的苦难比洪水大／你的思念比月饼大∥你的樱桃大小米大／你的眼睛大发明大／你的蝴蝶大裙子大／你的国歌比地球大∥你的九百六十万皮肤大／你的五千年大／祖国，我亲亲的姐姐／我爱你，你真大……”这难道不是一首童话诗吗？人们为什么喜欢这样的诗歌？就因为从来没有人这样干净利落、没有杂质地来比赋过祖国，他的每一个比喻都新鲜、大胆，每一个抒情都简单、直白，然而正是这天真、热烈、自然、稚拙的抒写，却最能抵达人心，让人过目难忘。可以说，这首诗，是所有关于祖国的颂诗中最可爱、最好玩，也最新奇、明快而动人的作品之一。

记得于坚说过，他自己30年前的诗和30年后的诗，其实并无变化。

而 30 年后的诗能够获奖，30 年前的却不能，对于这个问题，于坚说，不是我写作进步了，而是时代变了。樊忠慰赞同于坚的说法，但是他又对我说，他前后的诗风还是有变化的——在他看来，他后来的诗，因其忧患意识，预言色彩与时空穿透，对世界的认知更具深度和批判力。

但是在我看来，他不是一个靠“深度”取胜的诗人。他就是一个简单、纯粹、透明、可爱的，有几分迂执的童话诗人。他的诗集，正是我们期待已久的那一种。在看够了那许多喜欢用大词、大语气写大时代、大情感的“大”诗歌，或者各式各样矫揉造作的“小”诗歌后，樊忠慰，这个“骑匹蚂蚁去流浪”的天真少年，他那些稚拙的歌吟，更让人珍视和欣赏。说实话，樊忠慰这些可爱的诗句，如果我有兴趣摘抄，可以抄下厚厚一本。因为在他的诗集中，这样的诗句比比皆是。练习写作的中学生会把它们抄在作文里，恋爱中的青年男女会把它们录入手机段子中，而云南一些作家也以能背诵樊忠慰的某些诗篇引为光荣。手抄、口传、网络成为樊忠慰诗歌传播的基本形式。从以上摘录的樊忠慰部分诗歌，可以看出，樊诗还有一个特点：它不需要任何专家（也包括我这样的评论人）去“赏析”，因为它基本是明白如话的（当然也是充满令人震颤的诗意的）。正因为它明白晓畅，又吊诡怪异，将最普遍的人生经验和最独特的诗人感悟极富个性地表达了出来，樊忠慰的诗句才会不胫而走，才会在民间有大量“粉丝”。当然樊忠慰也在一定程度上得到了文坛的认可和诗界的接纳。从他写诗至今，已经在报刊上发表了数量惊人的诗作，仅《诗刊》一家，这些年里就发表过他的 97 首诗，这个数字，我不敢说这在云南是最多的一人，至少也是排列靠前的一人。这不能不说是一个奇迹。

樊忠慰几乎是在不知不觉中，就登上了一座诗歌山头。诗歌因其流派林立而山头众多，樊诗，算是其中一座吧——至少在云南是如此。只是他所登临的这一座山头上空寂无人，他茕茕孑立、形只影单，不知道自己身在何处。无爱、有病，当然，还有诗——这三者构成樊忠慰生活互为关联的三个维度。可以说它们互为因果、纠缠不休。我读樊忠慰的诗，从开始到现在，感觉好像主要集中在两大主题上：疾病与爱情。而这两个主题，是可以穿越地理和族群、时间和时代的。

樊忠慰从来不讳言自己有病，他的疾病来自幻听，幻听到极致就会出现抑郁、狂躁和错乱。然而樊忠慰却是一个有很强定力的人。他以写诗与疾病抗争，虽然诗歌一面在疗救自己，一面又将他引向更加黑暗的深渊。疾病肯定摧残樊忠慰的精神、身体，好像又催生樊忠慰的灵感、想象。说到疾病，樊忠慰这样对我说："从1991年夏生病至今已有近二十年，这个患病的过程真像是在沙海里跋涉，健康者无从理解这种痛苦，歧视、误解与偏见在所难免。我很理解那些因病而不幸自杀的诗人，海子、戈麦、徐迟、昌耀，他们的命运也许是人类终极命运的缩影，我理解他们，但我永远不会选择自杀。我信奉宁为瓦全、不为玉碎的人，留得青山在，不愁没柴烧。幻听，思维鸣响，时而抑郁时而狂躁的病症，令人在失控的状态下丢人出丑，即使伤痛到流泪淌血的地步，我也不忘坚定地暗示自己，要挺住，一定要活出健康和诗歌，直到幻听的诅咒和嘲笑消失，至少要活到罪恶的幻听与我一起消失。想想未来，我也该有更重要的事，恋爱、结婚，让我的沙海淌出清泉和爱我的姑娘。……在别人看来，我的诗写得轻松，其实，写诗的人活得不轻松。"然而活得不轻松的樊忠慰，即便在病魔折磨的情况下，也没有放弃写他钟情的诗歌。他的很多写幻听的诗行，非凡人所能为。诗人的桂冠和凡人的快乐，好像在他这里天生的不兼容。这是他作为诗人的幸与作为人的不幸。

当然，樊忠慰的诗，最容易被人记住的，肯定是他那些与爱情相关的诗行。云南有民歌：田想水想得心焦，水想田想得心跳。樊忠慰就是那干裂枯焦的田。越是无爱，越是渴望爱情的滋养——就像那"每一粒沙都是渴死的水"一样。在我看来，樊忠慰诗歌的大部分，甚至全部，都可以当作是爱情诗来读。一般说来，人们认为，那是樊忠慰写得最好的诗歌。樊忠慰的爱情诗，不仅写出了普遍的经验，更写出了一般人们无法抵达的部分——那恰恰是一个绝望者对爱情令人心碎的理解和令人心悸的抒情。只活在想象中的童话般的爱情，使樊忠慰的爱情诗篇特别的干净、纯粹，读着让人心疼。在那些抒情的段落背后，据说，也有过某些写实的原型做支撑。然而传说却让那些故事发生变形，直到变成对诗人的无端羞辱，逼得温文尔雅的诗人曾在诗歌里发出国骂，"那些养婊子的和婊子养的，兴高采烈地诋毁一个诗人”。爱情只活在诗人的纸上，而樊忠慰自己，其实是不想要这样的爱情的。记得早在 2002 年“王中文化奖”颁奖会上，人们争着用各种方言朗诵获奖者樊忠慰的诗。人们根本没有想到的是，樊忠慰竟然当众大声地说出：“我多么希望有一个姑娘，心甘情愿地嫁给我，让我不再孤单和慌张。”又 8 年过去了，樊忠慰还是依然“孤独和慌张”，已经到达人生第 42 个年头的他，至今仍没进入爱情和婚姻的殿堂。他对我说：“我的诗多么儿女情长，我惭愧，害过模糊的单相思，恋爱都没谈过。”“一个老光棍，靠文字制造感情已不能温暖自己，我需要一个姑娘，一个好姑娘，但似乎比登天还难。”

他甚至在接受采访时也不忘记捎带自己的“征婚广告”——“亲爱的姑娘，如果有谣言，请不要相信，如果好奇，请不要喧哗，如果恐惧，请不要害怕。带上你花朵的容貌，冰雪的贞操，像爱上一个衰老的儿童，嫁给我吧！嫁给一个健康的疯子，一个智慧的先知，一个写诗的傻瓜。”

然而，樊忠慰却是一个好龙的叶公、一个爱情恐惧症患者。在诗里，他想象中看到的爱情和婚姻真相却是——“情侣在做爱／精子和卵子扑向对方／欲望变成婚恋／少女变成婆娘”。樊忠慰对爱情和婚姻其实是充满恐惧和绝望的。当然樊忠慰也知道“没有爱写爱是无病呻吟／没有死写死是虚伪造作／爱情渺小如蚂蚁／死亡真实如大象”（《坦白》），也曾经担心，自己的疾病使自己无力对爱情和爱人负责。在爱情问题上，樊忠慰就是这样矛盾纠缠而无力自拔。樊忠慰认为，没有爱才去写爱、才会写爱，有病才以写诗与疾病抗争。又说，他要感谢疾病、感谢孤独。他好像明白所有的道理。而所有的道理被他叠加在一起，却变成满地鸡毛、一团乱麻。他为无爱而绝唱，在绝唱中幻化为白马王子和诗歌王子。“花的声音剥开鸟语／石头的声音滴下流水／我幻听多年的声音／命运让我独享精神磨砺。”多年来，樊忠慰被病痛折磨，从某种程度上说，也被爱他和他爱的诗歌之神所折磨，他恐怕是承受着最大的孤独和寂寞的诗人。

孤独和寂寞在摧毁着他的肉身，却又在“成全”着他虚幻的名节：疾病和痛苦在蹂躏着他的心灵，却又让他成为一个无可替代的诗人。樊忠慰，一个孤独的写作者！在看似文化遍地的故乡，他没有一个真正的可以同气相求的同道。他用诗歌为地方也为自己赢得过清名和桂冠，却收获不到一个姑娘真实的芳心。命运之神让他成为这个时代里最优秀的诗人之一，他却必须做一个在无边的黑暗中去肩扛孤独寂寞闸门的人。

有人追问：他为什么孤独？答案是：因为他有病。也有人进一步追问：他病从何来？别人包括他自己能想到的答案是：曾经遭遇的暴力和不公，以及他为诗歌的苦吟苦读。但是在我看来，这些仅仅是原因的一部分。他的孤独更多来自于，外不能跟社会妥协，内不能跟心灵和解。妥协与和解，正是个人和社会之间融通和谐的必经之途。然而樊忠慰却完全不谙此道。作为一个地方诗人，在他的诗里，没有一句诗是为地方而写。在他看来：“为何非要写某个地方不可？为何非要赞美不可？爱与恨有时是伟大的情感，有时也不过是某种情绪的宣泄，文字有时不过是游戏而已。”他宁可保持一种跟外部社会的紧张关系，也不选择媾和。尽管他也知道，“这时代，谁还会真的在乎一个诗人？真的诗人几乎等同于牺牲。但诗人必须在乎自己。”与他共时的别的山头的诗人，基本不这样看。他们知道一味迂执的持守只能是一种玉石俱毁，这样的结果，于诗无益，于人无益，那又何必呢？他们将持守和妥协艺术地转圆，比如高调地宣扬持守的信条又悄悄地适当与某些世俗妥协，或者干脆直接宣称“像上帝一样思考，像市民一样生活”，这样的结果，显然会诗意得多。他们当然也知道孤独于艺术而言，并不是那么坏的东西。所以他们也会去寻找人神共居的寺庙，寻求喧嚣浮华以外的孤独，也适可而止地品尝或者消费孤独。这时的孤独就会是诗意的。这样的孤独也会有助于他们去书写更有成就的诗歌和人生。而如果让孤独像潮水般淹没日常生活，那样的孤独就会毫无美感和幸福可言，就会变为流行歌曲所唱的：孤独是可耻的！这是一个要求你必须首先懂得做生活大师才可能做艺术大师的时代，不懂得这样的辩证法，就只能做一块孤独的石头，被时代遗忘。幼稚的樊忠慰，他有时也是矛盾的，也想改变自己的命运。2010 年 2 月，他致信给我说：“作为一个底层诗人，谁不想去昆明安居，去鲁院求学？但我这人愚顽不化，诗写得也不咋的，年少气盛时，以为西方某文学大奖在等我，也曾给文化部门写信，希望能改变环境，觉得他们帮助我理所当然，文化部门不关心小文人关心谁。有些人主动讲要如何帮我，出书，调动等等，结果却是，连县文联也调不进去，在盐津一中，也被扣除绩效工资，文化生态如此，我对此早已淡漠。”

其实想帮樊忠慰的人还是大有人在。比如他说到的出书，2001年他出版的第一本书《绿太阳》，就是由时任云南人民出版社社长的作家胡廷武亲自帮助，派当时的两位手下——也是昭通作家的编辑，去到樊忠慰的家乡，为他整理出版了第一本诗集。而“绿太阳”的名字，正是胡廷武为他取的。这本诗集让盐津以外的人们认识了樊忠慰，并获得了官方的云南省政府文学奖，民间的“王中文化奖”。他的第二本诗集《精神病日记》依然得到了当地文化部门资助。不曾想，就在写作本文时，这本诗集报送参加新一届云南省政府文学奖评选，却发现所使用的“作家出版社”书号是“假”的，而无缘进入评奖序列。近年来“假书号”事件在底层文坛层出不穷。仅云南，就有被评上“全国少数民族文学骏马奖”而后又被举报“假书号”，差点被取消获奖资格的。也许是为了吸取教训，云南在组织评奖时，竟然将所有报送参评作品全部先行做“书号”验证——结果发现，仅散文诗歌类作品，就有百分之三十左右是使用的“假书号”！“书号”既然可以成为商品买卖，当然就会有真假之乱。这是另外一个层面的问题，这里且不说它。蒙此不幸的樊忠慰对自己的作品未能评奖有些遗憾，但也没有做出太强烈的反应。他只是问我：他有些不明白评奖是奖给书号，还是作品？在他看来，若真是云南本土作家的优秀作品，即使是打印稿也可评奖，获奖后再由出版社推出，不也是可以的吗？

相对于出书这种比较简单的问题，一个人的工作调动可能要复杂得多。据我所知，对于樊忠慰的工作调动，确实就不止一次地惊动过许多人。但是在樊忠慰“身体有疾”的事实面前，任何调动的承诺往往是一块画饼。樊忠慰的困境让人想起另一个诗人食指。食指在精神病院栖居了大半生后，终于走出困境，走进了正常人的生活。如今食指身边有爱他的女人，而他的诗，也成了当代诗歌史上里程碑一样的某种标高。有喜欢樊忠慰诗歌者，甚至认为樊诗远好于食指那些“相信明天”的浪漫抒情。因此认为樊忠慰理该有跟食指一样的地位和幸福。当然这是一个没有任何可比性的问题。唯一可比的是，食指生活在北京，而且早已经有大名；樊忠慰生活在盐津，这个人名和地名，对于大多数人而言，实在是太陌生。食指是不可以复制的。食指的昨天能够成为樊忠慰的明天吗？

孤独者抵御喧嚣世界的最好办法，就是孤独本身。要想走进一个孤独者的内心世界，就像一个孤独者要想走进他日思夜想的花容月貌的姑娘一样困难。在樊忠慰面前，有无数个怪圈。对这些走不出的怪圈，他有自己的认识。他对我说："孤独并非我独有，每个个体者都是孤独的。我的孤独来自环境，也来自个人，根本在于疾病。没有人能代替我或者替我死去，没有人能代替我生病或吃药。灯红酒绿，喧嚣繁华的浮世并非真相。我一直在思索生命的本质和意义，及其这表象背后的根源，但不得而知。孤独感袭来，我就唱歌，阅读，踢球，或参加同事组织的郊游。我有时自然真实得有些滑稽。幻听的存在，让我听见了你们听不见的赞美或诅咒，思维鸣响的病症，会剥夺我思想的自由，让我迷惘而绝望。毫无疑问，它们若非来自我生病的大脑，就是来自另一个世界。发病初，我难以适应，为摆脱其干扰控制，我多次外逃，险些饿死异乡，并被巡警拘禁和殴打。多年来，我一直服药，断续地上班，我不可能以一个健康者的心态和视觉去看待生活和世界。有时我又觉得我比药品还要健康。也许我一生最好的去处是精神病院，但我对诗歌有幻想，对爱情有美梦，对未来有忧虑，这使我善良得愚蠢，幸福得忧伤，悲观得坚强。我其实是一个怀疑语言的人，却痴迷诗歌，真是矛盾。由于我天性疏懒，散淡，又不善交际，愈使我返照心灵的幻听的痛苦，让我像一只长尾巴的猴混入人群，自己不自在，也让别人不自在。如果说我与环境不协调，那也不过与诗歌在当今现实的尴尬处境相似。病苦常使我万念俱灰，想世间事物，有时觉得，关于诗歌，伟大与不伟大也不过一句空话。"

对一个诗人的赞美，在樊忠慰看来，或者也是空话吧。但是，如果空话说得诚恳而动听，包括诗人樊忠慰自己，我相信还是爱听的。听听这些声音吧——

诗人于坚说："因为有了樊忠慰，在云南，我不再寂寞。"

诗人雷平阳说："樊忠慰有过被别人出卖和误解的经历。但他不是一个痛不欲生的人，他的痛苦并不想让别人看到，他不需要用他的苦难去打动别人。”

《诗刊》副主编李小雨说：“读樊忠慰的诗，我总感到是对生命本质提升的极致，有一种向上飞的力量。那种与世隔绝的孤独使他耽于幻想，而饥饿和疾苦又给他带来身心的创伤，使他更能清楚地触摸到生命的颤力。”

有一段为樊忠慰而写的颁奖词，是这样评价他的：“樊忠慰是我们所处的这个时代实属罕见的诗歌赤子，在文学艺术不断世俗化和商业化的今天，当一些平面的语言技巧在炒作中日渐占上风的时候，樊忠慰是一个用生命的寂寞和孤单保卫着诗歌贞操的斗士。”

孤独、卑微的诗人樊忠慰这样看自己：“我只是一个诗歌爱好者，外面那些评价太高了，我目前还在为怎样写出好诗而发愁。”

把跑丢的海还给盐：青年诗人樊忠慰和他的诗

海　遥

白马　飘逸的马
渴了饮水　饿了吃草
埋在土里比玉石还白
把王子埋在马背上

马背上的王子
一具不朽的白骨
死了仍在跑
长出马腿奔跑

把跑丢的海还给盐
把跑丢的皮肤还给我
嘶鸣的草原
摊开手掌

——《白马》

这首只有12行的《白马》，就是年仅29岁的青年诗人樊忠慰自己的精神写照。

樊忠慰，一个普普通通的云南山里孩子，盐津一中的历史教师，昭通师专历史系的毕业生，至今甚至没有过一次一般意义上的恋爱和婚姻。樊忠慰的脚步，最远走到过本省的昆明，去到过邻省的宜宾。樊忠慰甚至没有读过太多的书：对他而言，更多的生活是沉默和漫游。在昭通师专念书时，樊忠慰长时间端坐在学生宿舍的顶棚上，目不转睛地凝视着高原无比鲜明的太阳，整夜整夜地穿行在城郊的荒野长草之间。他把这种习惯带到了盐津，那是高原峡谷中一个美丽的山城，县城正对着巍巍的吊钟岩，俯瞰着滔滔的关河水，房子都一式地长出了脚，站在水中。樊忠慰就那样年复一年、日复一日地漫游在山间水畔，漫游在古老的悬棺、石门关、五尺道、袁滋摩崖之中，写下像《悬棺》那样的诗句："一个死去多年的人／他想飞／他在岩石堆起的天空／咀嚼盐粒和木头／……／我没去过这地方／我不想去，去了，也看不见／看不见时间打败的英雄／流水带走的美人／大风吹散的文字……"昭通的诗人、作家圈子和一些真正关心樊忠慰的人知道他是一个能够写诗的人，而且有相当的才华，但他们中间几乎没人知道：樊忠慰是一个真正意义上的诗人。

真正用心、用情去了解过樊忠慰的人肯定会同意这样的说法：他是一个真正的诗人——我不知道如何表达这里的意思——我的意思是说诗就是樊忠慰的生命本身，而不是一种才华或特长，更不是一种爱好和活得更好、更风光、更有面子的手段。诗，作为一种生活方式，与樊忠慰如此神秘地融合在一起，我们不知道这是怎么回事，甚至连樊忠慰自己也不知道这是怎么回事，如果你问到他诸如什么时候、是什么原因使他爱上了诗歌创作这样的问题，他一定会张口结舌，完全无从说起。

有时樊忠慰甚至不承认自己是在"写"诗。1997 年 6 月，中国著名作家赴滇东北扶贫访问团来到盐津，在晓雪老师的热情推荐下，李瑛等著名诗人、作家有意要见一见这个可以说是创造了中国诗坛奇迹的年轻人。老、中、青三代诗人站在盐津县陈旧的会堂前像一家人一样轻松地交谈着。面对这个 29 岁的大孩子，老诗人们显得十分和蔼、慈祥。他们为贫困的高原群峰之上还有这样一个优秀的中国诗人感到由衷的高兴。晓雪老师深情地说起樊忠慰发表在 1997 年第一期《诗刊》上的诗作《祖国，我的姐姐》："祖国，我的姐姐……／你的美丽大善良大／你的公鸡叫声大……"

这时的樊忠慰，用一种让人不可思议的认真态度说道：“这首诗不是我写出来的，而是我们家院子里那只大公鸡写出来的。中国是一只大公鸡，云南是一只小公鸡，我们家院子里的那只大公鸡，它天天喔喔地叫着，喊我起床……”

赤子，中国人创造了这个词汇，就是预见到中国总会出现樊忠慰这样的人。他在诗作《宇宙的孩子》中唱道：“我是宇宙的孩子／骑着幻想的小鸟／满脑子贪玩的星星／像一群蜜蜂／吵得我迷路了／……／我学鸟叫／我相信鸟能听懂／因为我善良//我对花说／你开吧／花就开了／我对蚂蚁说／你出来呀／它们就来了／笑嘻嘻地喊我爸爸……”

如果我们同样以一颗赤子之心来理解樊忠慰，就不难理解这个偏居滇东北一隅的大孩子给中国诗坛创造的奇迹：1991年以来，樊忠慰已经在《诗刊》上发表了四十多首诗作，在《诗歌报》《星星诗刊》等著名诗歌刊物上发表了一百多首诗，并有像《巴比伦金雕》这样的诗作被翻译成英文，介绍到二十多个国家和地区。

樊忠慰爱孩子是出了名的，见到好看而友善的孩子，他总会情不自禁地伸出手去摸摸孩子的头，和孩子说上几句话；到朋友家里，他最乐意做的事情是带小孩子。奇怪的是，孩子，哪怕是很“认生”的小孩子，都十分喜欢他，乐意和他一起玩。对此，樊忠慰的解释是：“也许我是真的爱孩子，孩子也能感应到我的感情吧。”

事实上樊忠慰是个很内向的人，碰上不熟或没有共同语言的人，他总是长时间的沉默着。他不抽烟、不喝酒、不喝茶，他静静地坐在一个毫不引人注目的角落里，默默地听人家说活，从不试图引起人们的重视和注意。然而更为奇怪的是，凡是与他真正有过交往、有过交流的人都喜欢他，他不在的时候人们会情不自禁地谈到他，这表明大家深深地想念着他。也许樊忠慰正是那种以自己独特而清洁的生活方式照亮和暗暗谴责着我们世俗地生活着的人，这不就是诗歌这种古老的抒情方式试图唤醒和感动我们的力量吗？

在这样一个星光如画的夜晚，我坐在这里遥想我的朋友樊忠慰，心中泛起一种十分沉重的温情。我想起朋友们的妻子，她们在说起樊忠慰、说到“诗人”这两个字的时候，总有一种泪光盈盈的感觉。我想说的是，每一个真正的女人，都会为这样的人感到疼痛、感到美丽、感到生命的凄美和壮美。真正了解樊忠慰的人都爱他，都真诚地想念着他，樊忠慰是个好人，那些谦称自己不懂诗的女人们这样真诚地说。

樊忠慰深爱着他的“红草莓”，爱让樊忠慰感到了温暖的伤痛。他说：“我渴望伤害，像个暴君，也像个孩子／你最好把我送进监狱，或者幼儿园／我会平静，我会枕着你的体香和霞光睡去／直到你的奶水养大我的羔羊／把春天赶遍草原，把白云赶上天堂……”（《当你老了》）他在暗夜里深情地呼喊着他的“红草莓”：“谁忍心用爱伤害爱／用纯洁伤害纯洁//大风吹落晚霞，吹落血／吹不落我的红草莓//红草莓醉得我的手指发颤／你要什么天空，我都捧给你／红草莓，我多穷啊／为何我的皮肤是黄金的颜色／我的牙是水做的／我死了也想尝一口红草莓……”（《红草莓》）他爱得那么深沉、那样投入、那样接纳一切：“我记得你眼里滚动的委屈／唇的娇羞、顽皮／我爱你脚跟的疤，像我受伤的初恋／令人怜惜／我想你的土豆就饿／看见你的微笑就暖和……”（《当你老了》）

爱人就意味着爱整个世界，这样的人最能感受到“人”这个字的分量、最能深入到“人”这个字的核心。当中国的一群知识分子在那里喋喋不休地谈论着人文精神、终极关怀之类的字眼时，樊忠慰坐在他的小屋里写诗，在他诗歌探险的欢乐英雄之路上和“人”神秘地浑然一体。此刻，樊忠慰就是他笔下当之无愧的黑豹、就是当之无愧的苦难的王子。当他喊出“天空不死／它高高地站着／鸟更高，啄饮火神的血浆／太阳上热恋的人类啊，心脏相撞……”（《太阳》）的时候，我们看到这个叫樊忠慰的小个子诗人实实在在就是他笔下的“黄金的草垛”和“相撞的光芒”！我们在感受到强烈的文字冲击力的同时，更感受到了一种炽烈的生命冲击力！

樊忠慰，作为一个真正的诗人，是我们这个时代、我们这个世界的精神财宝。在这个诗歌精神大踏步后退的时代，我们的诗歌最需要的就是樊忠慰这种对所谓的“圈子”、所谓的“玩诗”、所谓的“操作”和“炒作”完全无知的诗性赤子，凭着生命的痛楚大声地呼喊出“把跑丢的海还给盐／把跑丢的皮肤还给我”。我们应该大声地感激波德莱尔、兰波、海子、骆一禾、樊忠慰这样的人，感激他们完全无意识地承受了世俗意义上的苦难，给我们带来了精神意义上的圣餐。我们深谢这些遵循着生命原初的冲动走在精神之路的人类赤子照亮了我们的灵魂。

听吧，樊忠慰，一个小个子云南山里人，正在代表所有真正的中国诗人，发出预言——

嚎叫吧！诗歌
不幸的生命　因破碎更美
你看夜空那颗黯淡的星
会不会是黑豹的眼睛
在我的手中成为黄金

——《黑豹》

宇宙的孩子

黄桂元

想想你们的后代要读我的诗
我就原谅了你们

——《祷告》

一、寂 寞

曾写过诗。那是一段大学时代的青涩往事，肯定与荷尔蒙的旺盛分泌关系密切。记得一位如今已是高校“硕士生导师”的同学，当年每每以“大老粗”自称，一次，他拿起我新写的一首诗，捧到鼻子尖儿做醍醐灌顶状：“本人终于闹明白了，啥叫诗？敢情就是写在纸上，一半有字，一半没字啊！”这句调侃在南开中文系七七级同窗中迅速传播，大家乐不可支，认定这是目前所能见到的羞煞一切文学教科书的最精辟、最另类的“诗歌定义”，至今仍被津津乐道。

后来知难却步，诗思枯萎是个原因，还与自身的性格弱点有关。比如我在热闹场合就常常会不知所措。大约是寂寞难耐吧，2010 年夏秋时节，我接连两次参加了名流荟萃的大型沙龙活动，一次是伊蕾、柏坚的诗歌朗诵会，另一次是欢迎远道而来的云南诗人于坚。都是晚上，地点在天津“五大道”上一座有百年历史的西式洋楼。星月朦胧，庭院清冷，甬道悄然，楼身掩映在树影里，颇显出几分迷离。踏上石阶，推开一道暗门，里面却灯光迸射、嘉宾穿梭、人头攒动。

印象最深的是第二次沙龙活动。那晚，刚结束了欧洲诗歌之旅的于坚快意融融地从北京专程来津，本地诗界人物几乎倾巢而出，女士眉眼生辉，男士神采灵动。于坚个子不高，身板敦实，光头耀眼。在相机们的闪烁中，他闲庭信步，来到现场，像是个庞然大物，众多翘首者则似乎矮小了许多。他听力欠佳，一只耳朵里塞着隐秘的助听器，这使得他回答问题的神情格外专注。谁说诗歌已是弃儿？我置身其间，恍若隔世。但我清楚，这绝不是诗人命运的全部。

若论30年来的中国诗歌状况，于坚的影响毋庸置疑。而我关注于坚，还由于他的一句话：“因为有了樊忠慰，在云南，我不再寂寞。”寂寞的感觉源于个体生命，不具有公共性，也不可分享，但诗人之间的高山流水毕竟令人感动。于坚也许有过寂寞，却已成历史，且不管它。我感兴趣的是，远在云南的樊忠慰，会不会因为有了于坚，而“不再寂寞”？

如今滇东山地流传着一个还很年轻的故事，未经岁月的剥蚀和风化，却早早地成了“掌故”。十年前，昭通盐津曾有一位热血文学青年，风尘仆仆专程拜谒心中的文学圣地湘西凤凰城，他面对着穿城而过的沱江，想到了流经自己家乡的横江，想到了家乡的樊忠慰，不禁激情放言：“我为沈从文先生而来凤凰，以后必定有人为樊忠慰到盐津！”十年逝水，滔滔东流，樊忠慰隐匿在自己空空荡荡的影子里依然寂寞，无人造访。那个激情放言也被当成了一个“段子”，供当地文人们茶余饭后消遣解闷，而“段子”的始作俑者更是早已弃文学而去。

樊忠慰显然已经习惯了寂寞。据说他常常枯坐在横江边的巨石上，瞩望滚滚江水从脚下流过。于是有了《河流》一诗。

两条相交的河流
像把弹弓，我使劲儿拉
鱼射向江海

鸟射向天空

我握住的河流
不是时间的河流
是江海与大空的疼痛
和上帝的一些想法

上帝的想法无从揣测，诗人的心理同样难以捉摸。只有亘古时间游走在河流，穿行于天空，归入绵绵永恒。诗句精短、简劲，却想象吊诡、质地透明，从中可以感受时光深处的无边寂寞。寂寞不是含在嘴里的口香糖，随时都会被吐出来。往昔的浮华日子，我曾以寂寞自许，其实那些刻意的、做作的寂寞，那些被语词装饰过的、生怕被人忽略的寂寞，不过是无聊而已。

我见到太多的诗人，尽兴于都市时尚，热衷于标新立异，已经逐步丧失了对大自然山水的感受能力，更有个别诗人以搞怪为能事，偏要在黄河里撒泡尿，来凸显自己的后现代面目。寂寞对于他们，简直就是不可理喻。

寂寞保鲜了樊忠慰的天真和质朴，也开发了他奇幻的想象力："我是宇宙的孩子／骑着幻想的小鸟／满脑子贪玩的星星／像一群蜜蜂／吵得我迷路了∥我不知这是什么地方／我给种子盖好棉被／我给月亮铺上青草／我要唱，让一条河流名扬天下／我要把炊烟扎上茅草房。"（《宇宙的孩子》）这个满脑子幻想的孩子，游离了我们这个世界的生活现场，自顾自做着自己喜欢的事情，在寂寞的童话里活得情趣盎然、别有滋味。却为什么，"当我用歌喉走回童年与故乡／摇篮与坟墓都在流浪……"宇宙的孩子怎么又会如此忧伤?

去年深秋，一个出差的机会使我踏上了云南之旅。一路，我还在想着如何找到樊忠慰，到昆明后却改了主意。钱钟书主张品尝了鸡蛋，未必要见下蛋的那只鸡，我决定不去惊扰樊忠慰。当寂寞成为一种生存常态，还是不要去破坏它的私密性吧。寂寞不需要别人的窥视，即使那理由是如何冠冕堂皇。

回津不久，意外地收到了樊忠慰寄自盐津的邮件。这要感谢当地朋友的帮忙。这是一包厚厚的特快专递，除了装进两本正式出版的诗集《绿太阳》《精神病日记》，还有三册诗人很少示人的大开本自印诗集《春天的木桶》《遨游时光》和《低处的光亮》，以及一页手写的作者简介。

想象樊忠慰在那个偏远的盐津县城一路走着，进入邮局，在单子上一字一字填写陌生的地址和姓名，然后封包、称重、付资……我竟有些受宠若惊，只觉得邮件在手里的分量很沉、很沉，我只是一个远方的有些好奇的“窥探者”，值得他付出如此不设防的信任吗？

二、时　宜

徜徉在樊忠慰的诗世界，成了我此生最为复杂、莫名的阅读经历之一。我甚至庆幸，不曾谋面，对于保持一种纯粹的阅读感觉，未必就是缺憾呢。那是一片属于诗的羁旅天涯。一段日子，我的睡眠忽然成了问题。夜里躺在床上，脑子里影影绰绰，耳畔响起他的诗句，“比眼睛深邃的海／我走了／你蓝给谁看”。于是全无睡意，索性起身上网“百度”。

盐津，顾名思义，最早是一个商盐渡口或交通要道，镶嵌在沟壑纵横的滇东北大峡谷中，脚下是滚滚横江，两岸有如刀削斧砍过的笔直峭壁，自古就是中原入滇的要道，素有“滇川门户”之称。樊忠慰生于斯、长于斯，盐津给了他对于这个世界的太多感受。

1989 年，樊忠慰从昭通师专历史系毕业，分到盐津一中教书。他刚刚 21 岁，身子瘦小、衣着随意，最惹眼的还是那个齐眉短发、酷似锅盖的“娃娃头”，说是刚从乡村招的少年民工，估计没人怀疑，怎么看都不像是以解惑、授业为天职的老师。只是当他转过身来，你会惊讶于他那两道异于常人的目光，清澈似泉、纯净如童，没有任何杂质。

第一课是“原始社会”。樊忠慰找来一大堆与神话、传说相关的书籍做参考，相信自己能为孩子们输送更多货真价实的“营养”。经过充分备课，他踌躇满志地站上了讲台。课才讲到一半，学生们就纷纷反映：老师，你讲的东西，书上没有！面对一双双怀疑的眼睛，他愣住了。茫然、沮丧、羞愧，好像自己居心不良。他意识到问题不在孩子，是自己的教学观念出了偏差，应试教育的根本，并不在于为学生输送多少知识“营养”，考试成绩才是硬道理，否则就是误人子弟。他长叹一声，收拾起了那些没用的想法。他知道自己以后所能做的，除了适应，别无选择。心空落落的，还有些寒冷，忽然就有了写诗的冲动。他发现诗的诠释空间大得惊人，而语词的光芒完全可以射穿历史的一切暗角。新体验告诉他，对学生讲历史课需要中规中矩、不越雷池，写诗则可以天马行空、自由驰骋。

时间不可倒流，历史无法重复，他就用诗来还原、凝固，或重塑。于是，他眼里的“太阳”，变成了“英雄的头颅／在天空的血泊怒吼／染红了永恒／凋零了时间”。瀑布的形象更是古灵精怪：“一片舌头悬在半空／滔滔不绝／水花细碎如牙／啃噬着无言的石壁。”写诗的过程让他沉迷、沉醉。独拥诗意之神，所有那些没经历的时光、没去过的地方，他都可以任意流连，使之云蒸霞蔚、风情万种。雪域高原在他的想象中，历尽了岁月沧桑，“大地的经幡卷起秋风／湖泊的天空揉碎云朵／谁把膝盖跪成漫长的道路／谁让头颅装满漏风的思想……”（《西藏》）。他把目光投向北国草原，望见的是“牧人的炊烟使草原空旷／从天空的口袋翻出黑夜／手指像五行冰冷的月光／轻轻敲打着毡房//露水像哭泣的盲人／在草丛摸索……从佳人凋零的芳颜／看见帝王的江山从马背跌下”（《遥望草原》）。他甚至想象自己已经置身于草原，“拔一棵草，疼的是心跳／宰一只羊，痛的是钢刀//马鞭抽碎的歌谣在云彩里飘／小溪是草原的汗／草原是大地的衣料”（《恋歌》）。没有洪亮歌喉、高亢旋律，读者的心却被他针芒般的诗句一次次刺痛了。

世上的诗人大致有两种命运：一类，以显赫的声誉确立了鹤立鸡群的贵族身份，头戴桂冠，怀抱鲜花，以炯炯目光和睿智微笑，接受来自各方的崇拜；另一类，因不合时宜而寂寞潦倒，身处边缘，形影相吊，还常常被世俗视为精神疾病患者，甚至是疯子。樊忠慰属于后者。“阳光的森林被黑夜砍伐，一只飞鸟教疯人写诗”，不经意间他便成了世俗眼中的异类。他仰天而叹：“哦，祖国，我给你诗歌／你给我什么？”（《病中吟》）事实上，他的确写过类似于宏大主题的抒情诗，比如《祖国，我的姐姐》，完全算得上是一首神工鬼斧般的稀世之作。

祖国，我的姐姐
我爱你，你真大
你的美丽大善良大
你的公鸡叫声大

你的海大湖泊大
你的龙大江河大
你的星星比天空大
你的我比蚂蚁大

你的春天比乳房大
你的冬天比雪花大
你的苦难比洪水大
你的思念比月饼大

你的樱桃大小米大
你的眼睛大发明大
你的蝴蝶大裙子大
你的国歌比地球大

你的九百六十万皮肤大
你的五千年大
祖国，我亲亲的姐姐
我爱你，你真大

把祖国比喻为“姐姐”，实属异想天开，而诸如“你的星星比天空大”“你的我比蚂蚁大”“你的春天比乳房大”“你的冬天比雪花大”“你的苦难比洪水大”“你的思念比月饼大”之类，更是剑走偏锋、神来之笔。一种强劲的内在张力贯穿诗的始终。读下去，童趣丛生，妖娆盎然，余香满口，皆为全新的诗性体验。原创性，永远是诗歌存在的理由，更是诗歌的生命构成要素。这固然属于老生常谈，真正做到又谈何容易！这种突破边界的书写，对于平庸之辈往往难于上青天，对樊忠慰却稀松平常。他写诗，就是要有所破、有所立。即使是面对人们习惯于仰视、跪拜的祖国，他也不会因循模式，亦步亦趋。

他摒弃那一类东方旭日呀、千年文明呀、伟大母亲呀，或长江长城、黄山黄河呀的公共意象和套路比喻，而直呼“我的姐姐”，以最通俗、最朴素，也最鲜活、最妩媚的口语形式出现，完成了石破天惊般的诗意建构。这首诗看上去直白，进入的却是无比恢宏的主题制作，它值得辉煌、白得刺目，自有一种驱纵万物、俯瞰天下的语词风度。我由此不得不承认，艺术的免疫和创新，永远只青睐少数诗歌天才。

另一首《断章》，仅仅四句，诗的意象选择更是惊世骇俗：“我深爱自己童贞的睾丸／像祖国热爱着台湾和海南／让我们根须相握／握住血脉统一的大树。”对那些大而无当、干巴枯燥的抒情诗，樊忠慰一向保持着警惕。抵御高调大词的诱惑，无论经济大词、政治大词、文化大词，还是哲学大词、伦理大词、美学大词，都不可能取代诗人独一无二的灵魂切入。

樊忠慰却注定难合时宜。多少年来，他一直都在为肉身，也为精神归属寻找自己的家园。那家园却若即若离、似隐似现，如同一个喜欢恶作剧的少女，顾盼生辉、嫣然百媚，诱惑他、捉弄他，还要葬送他。但他不相信这是一种命定。

三、疾　病

樊忠慰是个“病人”，这个结论无须求证，他自己供认不讳。只是在他看来，这世界其实病得更重。

他的病史已逾二十年。1991 年，他教书刚刚两年，就开始被疾病折磨得苦不堪言。这种“幻听”的病状说出来难以置信，常常是他心里想什么，便会听见完全相同的声音在耳边回响，蹊跷的是，那些回响与他内心的想法同步呼应，好似魔鬼吵闹，还夹杂着对他的诋毁、污蔑，甚至谩骂，而且没完没了，“地球已足够喧闹 / 可它比我的耳朵安静”[《病中吟（二）》]。

怕家人担心，他开始外出躲避。在四川，因没带身份证，他曾受到盘查，还被关进看守所。病情不见好转，躲避也不是办法，他就去医院问诊，医生说这是精神分裂症中的一种——“思维鸣响”症。这个很诗意的诊断结论是他乐于接受的，思维在脑子里独自鸣响，不就是天马行空的神仙境界吗？可是一回到现实生活，“思维鸣想”症给他带来的痛苦和麻烦，却非一般人所能想象。每每发作时，他都要奔到野外旷地拼命狂吼，以抵御幻听的纠缠。

一个深夜，他一路狂走之后，在郊外的小镇上停下了。他认出前方亮着灯的地方是派出所，就一直走了进去。房间没人，他退到门口等待。许久，来了三名穿便衣的年轻男子，警觉地问他，站在这里干什么？他说找警察。对方说，我们就是。他不相信，执意要对方出示“证件”。三个男子认为他在无理取闹，上去动手就打，还把他关了一夜。第二天被放出来，他找到派出的所长，指着满脸伤痕要“讨个说法”，对方怀疑他的精神是否正常，未予理睬。这件事激怒了当中医的父亲，樊父带着儿子几次去派出所理论，没有结果。无奈之下，樊父向法庭递了一纸诉状，声言不要一分钱，只要求对方道歉。法院一审宣判结果，樊家父子胜诉，对方不服，上诉至昭通中院，二审维持原判。几经周折，派出所领导终于带着几名打人者来到樊家，向父子俩当面道了歉。

父亲要樊忠慰吸取教训："在外面，不要跟别人说你有病。"他却管不住自己的嘴，结果知道他有病的人越来越多。病情严重时，他也住过几次医院。最后一次住院是在 2001 年，那是位于昆明安宁的一家精神病院，院区孤零零地建在山上，远离闹市，环境肃然，花草寥寥，荒凉如遗址。探视过他的朋友感叹，他比以前更木讷，只有眼睛依然透亮，似有"圣愚"之才目。

樊忠慰的病情好转，便从安宁回到盐津，从此深居简出，再也没给学生上过课。而在坊间的传说中，他的病被描述成了洪水猛兽。疾病是什么？病理学、社会学和心理学都有各自的解释。按照生命系统论的观点，构成人的疾病并非单一因素。疾病意味着人的身体内部机制出现紊乱，当属生命过程的生物病理现象，却也与患病者的内在精神有着深刻的渊源关系，就像卡夫卡在写给女友米莲娜的信中说的："我的精神有病，肺病只不过是精神病的衍射。"我可以随手开列出一串名单为之证实，比如尼采、陀思妥耶夫斯基、克尔凯郭尔、卡夫卡、荷尔德林、凡·高、伍尔夫、茨维塔耶娃、郁达夫等等，他们的疾病史往往与其精神史融为一体，难以剥离，这时候，疾病便成为一种隐喻，衍生出了更为复杂的文化意义。或许过上若干年，在上述名单后面，说不定会出现"樊忠慰"三个字，亦未可知。

尼采是这类"病人"的典型。他活了 56 年，事实上，他的生命应该结束于 45 岁，后面的 11 年是在非清醒状态中度过的。尼采的世界四分五裂，浑身染病，更兼"四分之三的失明"，却自称为"新世纪的早生儿"。他固执地倡导"超人"哲学，不赞成扶助弱者，对于跌倒的人，尼采认为应该再推他一下，而不要伸手拉他，因为靠别人搀扶，即使站起来，也会再次倒下。他一直为自己"天性的完全纷乱而受苦"，长年处于无职业、无家室、无友伴的孤独漂泊之中。尼采的超越性在于，把疾病痛苦和物质匮乏当作一生的"事业"，并宣告："我的时代还没有到来。有的人死后方生。"

陀思妥耶夫斯基是世界文坛的一位"大师"级病人。他被癫痫病困扰了足足 30 年，说起来真够令人揪心，那个"恶魔"随时可以发作，使得他常常会在书桌前、马路边、与人谈话中，甚至在睡梦时轰然倒地，口吐白沫、抽搐痉挛、意识模糊，他被摔得浑身是血，那一瞬间的感觉像是地狱在向他招手，但陀思妥耶夫斯基很顽强，“从来不像贝多芬抱怨自己失聪，拜伦抱怨自己跛足，卢梭抱怨自己的膀胱疾病”（茨威格语），而是从疾病中不断吸收灵感，找到神秘的临界之美。

另一个“著名”病人是卡夫卡。他从不否认，在很大程度上他参与了疾患的自我致病过程，强调“病人自己创造了自己的病，他就是该疾病的原因，我们用不着从别处寻找原因”。卡夫卡很早就接受了尼采的影响，两人的境遇也极为相似，他只活到41岁，至死仍是单身，自称“先辈、婚姻、后代，对我来说太遥远了”。与尼采不同的是，卡夫卡肯于示弱，曾说过：“在巴尔扎克的手杖柄上写着：我在粉碎一切障碍。在我的手杖柄上却写着：一切障碍都在粉碎我。”然而，正是这位生活中的“弱者”，却成了现代文学中的巨人。

樊忠慰多次在诗中表达过对于尼采的认同。他年逾不惑、孑然一身，只有诗陪伴他流浪在日子与日子之间。这个事实使他悲怆，“从脑袋取出疾病，精神远游 / 从天空摘下小鸟，枪口哭泣 / 时间倒流，浪子将回到子宫 / 把精虫还给沮丧的父亲”（《酒神醉了》）。而更多时候，他和尼采一样自信，幻想着“当人类抵达永恒我的文字将在末日复活”。有朋友认为他的病因是源于对诗的痴迷，他不这么看，认为没有诗，自己一定会在疾病中万劫不复。对疾病他从不遮掩，以“病人”“疯人”“精神病患者”自称，坚持“诗歌低头，向疾病致敬”。

置身于世俗生活，孤独其实比疾病更难对付。孤独是一个荒芜的避难所，使得许多貌似强大的入侵者彻底沦陷。樊忠慰却不肯就范。他的眼前飘着酒神的长长影子，手握诗歌之矛，用精神的强光拨开孤独之雾，穿过语词暗礁，直抵患病的灵魂，一次次试图完成自我救赎。他并没有刻意追赶那个影子，更不想模仿和复制，却无法停下跋涉的脚步，只有踉踉跄跄地走下去。

大醉之中的吟唱，谁能听懂那冰凉刺骨的旋律？

四、呓　语

2004 年 10 月的一天，第七届“王中文化奖”颁奖仪式在昆明新纪元大酒店举行。两百多位来宾到场祝贺，樊忠慰成了唯一的主角。

我想借此篇幅，对一个地处边远、堪称“另类”的民间文化奖项表达自己的遥远敬意。时下中国，大奖小奖可谓五花八门、名目繁多，“王中文化奖”却以卓尔不群的独异品质令人称道。该奖设立于 1998 年，评奖对象为居住在云南的文化人，每年奖一人，奖金一万元，是唯一由个人出资的云南民间文化奖。这或许算不得什么，关键是它的评奖方式：即每届奖项最终花落谁手，皆由王中本人从专家咨询组提供的诸多推荐者中一锤定音。评奖章程还规定，颁奖人不做特别指认，而由获奖者自己选择。王中承认这种评奖方式会有风险，却一意孤行：“我不平衡任何关系，所有责任由我个人承担。”如此我行我素，难免会有人说三道四，质疑该奖的设立动机和权威性，认为只有具全国知名度的人士才有资格设奖，而王中不过是一名普通律师，在昆明的律师事务也仅为中等规模，“表达对那些为人类精神生活开拓出新天地的文化人的敬意和感激”，显然不自量力，甚至是不知天高地厚。王中很清楚自己的尴尬处境，姿态遂放得越来越低。最初几届颁奖，他都会做简短发言，但第四届以后便保持沉默。他的解释是：“获奖人的学问越来越高，我的发言只会显得轻率、鲁莽。”他还表示：“这样一个奖很难给文化人带来荣耀，相反，是获奖者本身给文化奖带来了荣耀。”尽管如此，该奖的民间影响还是在逐年递增，于坚就是一位力挺者，认为“这种颁奖是感觉性的，对文化人的民间感觉。一个人的独立精神和在民间的影响力不可能量化，只能感受。王中的标准就是这种感受的体现”。于坚是第一届该奖得主，对樊忠慰的惺惺相惜，或渊源于此。

颁奖会上，评委会代表称樊忠慰是“我们所处的这个时代实属罕见的诗歌赤子”，把奖颁给他，是为了“表彰他对诗歌语言原创性和诗意纯粹性的坚强捍卫，以及他在诗歌写作中所表现出的非凡灵性和卓越想象力”。一向腼腆、内向的樊忠慰随之发表获奖感言，没说几句，他居然话题突转，表情痴痴："我多么希望有一个姑娘，心甘情愿地嫁给我，让我不再孤单和慌张！"台下静了片刻，掌声如潮水涌动。接下来，人们争相上台，用各种方言朗诵他的诗。反响最大的是《我爱你》，在座者无人不晓。

我爱你，看不见你的时候
我最想说这话
看见了你，我又不敢说
我怕我说了这话就死去
我不怕死，只怕我死了
没有人比我更爱你

这首诗曾发表在《诗刊》，很快就受到关注。诗人、剧作家邹静之更是交口称赞，并在许多场合引用、讲解。此诗虽短，却有着无与伦比的爱情浓度和纯度，连同它的朴素、忠诚、无邪、忘我，使之达到了一种美的极致。我相信这首诗是他借着酒力，让浑身血液变得滚烫之后写出来的。樊忠慰俨然一位"情圣"，但这是错觉，诗中的爱情对象——"你"，纯属子虚乌有，所有的剖白也就成了梦中呓语，"情"之不存，"圣"者何在？樊忠慰执意守护着内心的圣土——仅仅为了被他虚拟、美化的梦中恋人。但她不肯现身，总是有负于他的期待，"我本是一个写诗的病夫／以语言的药片浇灌生存//渴望发动一场爱情战争／被一个美丽姑娘俘虏／可我找不到敌人／婚姻就找不到家"（《呼吸》）。事实真的很残酷，在他43载的人生岁月里，与异性的感情交往居然为零。那令人昏迷、畅醉、舒爽的身体记忆，对于他还是空白，或者说，性爱从没有打开过他的身体。

当他独坐岸石、瞩望横江的时候，就没有过心仪女子肯与他相偎相伴？以如此鹤立鸡群的诗才，就不曾有过文学女青年对他表示爱慕？一个傍晚，我打电话过去。这个单身汉正在家里洗胡萝卜准备晚餐，他停下手里的活儿，回答了我的贸然提问："是这样的。"他承认自己从未品尝过爱的滋味，虽不止一次也曾耳热心跳，但也只是单相思。感情的行囊空空如也，他只有无奈叹息，"花香让我的感官奢侈／我穷得只剩售不出的真情"。

爱情欠下了债务，他却用诗回报。在没有爱的日子，他携着语词跋涉在诗的柏拉图之旅。“漫天的阳光丝绸／裹住你娇美的身子／头发上的夜亮了／眼眶里的星绿了／我用诗句搭起房子／等你来住／鸟很肥／天空很瘦／你要来呀／把爱情带来／我雀斑的脸长满小麦／等你来做成面包／细嚼草香的羊尝了一口／也懂得什么叫幸福”（《情话》）。他拒绝爱情的蛮荒，他要把伊甸园的寓言搬到诗里。

一切不过是镜花水月。如同吸食了大麻，短暂的迷幻过后，等待他的必然是更长久、更无望的深渊徘徊。一次次被爱情激怒，他也会走向另一个极端，发泄着呓语般的诅咒，“有人风一样快乐／有人雨一样悲伤／猎人在打猎／野兽被迫逃离家乡//情侣在做爱／精虫和卵子扑向对方／欲望变成婚恋／少女变成婆娘……”（《幻觉或真实》）这样的诅咒，拖着心痛和绝望的尾音。

五、小　径

美国诗人弗罗斯特写过著名诗篇《未选择的路》，里面有这样的句子：“一片树林里分出两条路——而我选择了人迹更少的一条，从此决定了我一生的道路。”这是尼采式的选择，明知不可为而为之。而绝大多数人的选择，基本遵循的是快乐原则——趋利避害，天经地义。

樊忠慰没有随波逐流，而是把自己的背影投在了一条小径上，一条野草丛生、人迹罕至的寂寞小径，也是一条通向神秘梦园的蜿蜒小径。他站在小径的幽暗处喃喃自语：“不出诗人、英雄、艺术家的土地是原始部落，出了连起码的尊重都没有，是野兽之帮？”于是我们抬起头极目远望，扑入视野的是新世纪的科技浪潮，是“全球化”背景中的盛世繁华，连天接地、绚烂夺目，熙熙攘攘、人声鼎沸。

这些年，我没少追随滚滚红尘，一路喧哗地旅游在天南地北的许多现代化城市，触目都是高架桥、快速路、步行街、别墅群、摩天大厦、购物超市、巨型广告屏……楼群逼仄、光线晦暗，汽车拥堵、交通瘫痪，市声嘈杂、人满为患，古籍翻新、新景做旧，所有的城市大同小异，所有的时尚似曾相识，所有的欲望翩翩起舞，那些流淌着乡村往事的田野风景，日渐陌生、遥远、模糊。

樊忠慰却仍然执迷不悟，写出一首首诗呼唤那些遥远的乡村记忆。中国人活得往往过于现实，宁肯成为物质动物，也要与无用的浪漫神性保持距离。樊忠慰在诗中一次次说“不”，即使描写日常风景，他也在强调神，而不是形。这位浪漫主义的赤子更崇尚神性，更接近精灵，更具有宗教诚意。他诗里的风景源于田野、乡间和村落，是自然的，也是人文的，有如意蕴凝重、境界深远的经典油画，“落日像一个临终的眼神／被沉默的山覆盖”。（《杂记》）日常景色则杂糅着水墨与工笔，人间烟火袅袅，“几捆干柴，半筐猪草，一把弯镰／割痛少年的夏天／没有人娶走流水／没有人嫁给青山//千年了，放牛娃竹笛横吹／暖了村姑和夜晚／大风刮过多情的山冈／狗吠瘦了红豆的家园”（《家园》）。乡村更有永远牵挂自己的母亲，“线是长长的路／从母亲额头抽出／她剪不断的游子／看见针眼里的故乡”（《针》）。另一些短句如见血的匕首，令人惊心动魄：“这无法游泳的海／只能以驼铃解渴／每一粒沙／都是渴死的水。”（《沙海》）他用奇幻诡谲的想象为大自然注入了神性的灵动，并使之生机勃勃。

诺贝尔文学奖获得者、俄裔美籍诗人布罗茨基谈到俄罗斯诗人曼德尔施塔姆的时候，曾用过一个特有概念：“精神自治。”他的解释是，“当一个人创建了自己的世界，他便成了一个异体，将面对袭向他的多种法则：万有引力、压迫、抵制和消失。曼德尔施塔姆的世界大得足以招来这一切袭击……他的世界是高度自治的，难以被兼并。”这个事实说明，世上有一类品质卓异的诗人，天生就不隶属于任何合唱队，他的独唱声音寂寞、孤单、低沉、无人喝彩，甚至无人理睬，道理很简单，他的听众常常不是自己同时代的人。

有太多派头很足、名头很响的诗人，都喜欢昭告于天下的芸芸众生，自己是在为“大多数人”写作，这个理由很动人，也很诱人，樊忠慰却期待属于自己的读者，是“无限的少数人”。诗永远属于小众精英，大面积的民众普及是难以想象的。俄罗斯黄金时代、白银时代的精英诗人，一向拥有“纪念碑”式的超级自信。普希金这样宣称：“我的心灵将越过我的骨灰，在庄严的七弦琴上逃过腐烂。魂在珍贵的诗歌当中。”巴拉丁斯基坚信自己：“我的一个遥远的后代，会在我的诗中发现这一存在……我将在后代中寻觅读者。”曼德尔施塔姆则把自己的诗比喻为航海者密封在漂流瓶里的一封信，虽无确切地址，却一定会遇到潜在的未来接受者。樊忠慰的信念则是，“我的写作是为了寻梦／也给绝望的疾病争光……如果我们没有后人／诗歌，你要替我活着”（《2007.7.25》）。这位中国云南盐津的后世诗人，居然可以跨越时空，无师自通，与之冥冥心会，实在令人惊叹。

樊忠慰曾经憧憬，“让我用诗歌洗净骨头／抛下悲欢，在你的落日里长眠／永不醒来，就不再孤单”。他也确实在诗里多次表达过对死亡的敬意。在他看来，死亡仅仅意味着生命的终极年龄，而且天堂可以补偿人间的失落，不值得悲伤。他牵挂的其实是诗人如何涅槃。而我关心的是，樊忠慰的孤独背影还能在那条小径晃动多久？还是用他的诗句回答吧，“我比一棵草更低，我比我的时间更远”。

诗歌也是一种命运

——樊忠慰诗歌《疯人自语》阅读札记

泉　溪

在云南本土，甚至在中国诗坛上，樊忠慰都是一位不可或缺的重要诗人。在我们这样一个有着诗歌传统的国度，读到精妙巧绝伦的诗篇是一件幸福而美妙的事情。自20世纪90年代初期开始，我陆续读到他在《诗刊》《人民文学》等全国重要刊物上发表的诗歌。一个诗人的作品能在读者中产生宽泛的阅读情结，那就验证了他诗歌写作的深远价值。也怪我孤陋寡闻，起初我甚至不知道樊忠慰就生活在云南边地，生活在云南昭通一个叫盐津的小县城，寂寞地教书、阅读和写作。我当时并不知道，在他的小县城脚下，一条叫横江的河流日复一日地流淌着。

想必那河流也是寂寞的，在峡谷间，那是一段白色的时光。后来在省城昆明的几次会议上终于见到了樊忠慰，见到了这位孩子般纯真的诗人。你一定要相信，见到樊忠慰一定会被震撼的，那是一种来自灵魂深处的震撼。你只要在他面前坐下来，面对他清澈、深邃的目光，你就会安静下来，俗世中种种烦嚣一一散去，不在眼前。读樊忠慰的诗歌，我们仿佛回到了人类的童年时期，世界是明亮的、开阔的、温柔的，是可以听、可以看，可以细细抚摸的。这就是诗人创造出的美好王国。

樊忠慰的诗歌是清醒而警觉的。我不知道诗人为什么取一个与诗意背离的题目。他的诗歌紧凑而灵动，每一句都给你产生一种不可多得的暗示。在这样一个浮躁的世界里，写出这样的诗歌足以震醒人们的眼睛。樊忠慰的任何一首诗，可以整体认读，也可以拆开读，都不影响直指人心的诗意传达。

谁让时间浓缩成一滴
一滴星光、在黑夜干涸
一滴海水、咬死盐
一滴风沙、吹灭敦煌的诗篇
——《末日幻觉》

更让人无法想象的是，他的诗句饱满、力量十足，三言两语就强悍地征服了你，意境开阔辽远，动静结合，虚实相间。“一滴海水、咬死盐”这样的诗句，上苍只会垂青樊忠慰这样的诗人，庸常的诗人即便想破额头也写不出来。“你是不是那个告别新娘／匆匆赶考的文弱书生／看见树叶和诗句飘满千年前／灯火凋零的长安”（《末日幻觉》）。读到这样的文字是一种福分，一种优雅的享受，是一种时空交替、古今互动的天地大美。

有人曾这样评价樊忠慰，说他是云南边地上一位用灵魂写诗的人。我认同这个观点。他在《天堂门前》中如是说——

我的遗容被蚂蚁仰望
我的呼吸被微风品尝
我的血液汇成江河
扑灭晚霞的天堂

写的虽是灵魂，却不空泛，不故弄玄虚，我们依然可以看到一只具体的蚂蚁、一阵微风、一片霞光……霞光中传来的几声狗吠，这个世界就和谐了，不孤单了。因为连蚂蚁也会仰望、微风也懂品尝，血脉相握，生生不息。他的许多诗句如同梦呓，却不失真情和理性，“你想你到人间一趟／爱情和仇恨有重量／浑然一体的婴儿呀／啼哭和眼泪有重量”，这种句子，简直就是神的旨意。爱情、仇恨、道德等等是社会意义上的重量，啼哭、眼泪、鲜血有重量，是小的重量，是不动声色的重量，却往往敲打着人类生命的疼痛。我读过许多诗人的作品，同样写生死、写悲苦，却很难读到诗人博大的内心世界和深深的悲悯情怀。在樊忠慰的诗歌里，我读到了血泪相融的灵光闪现，这样的句子甚至只有蘸着眼泪才能写成。

生活在这样一个诗歌传统的国度里，我们的教育无不渗透着唐诗宋词的基因。我们的许多诗人都是从那里一路走过来的，他们都和李白、白居易、杜甫、辛弃疾等神交会面过。当然，也有其间的一些诗人，他们远离了中国的传统文化和文明，他们所写的诗已远离诗的神性，远离了那种可以烛照人类心灵的光芒。樊忠慰在中国诗坛的横空出世，像一道闪电，擦亮了人们的眼睛，我们可以看到唐朝的风雨、宋代的江山、元朝的美人、清朝的城邦……他把诗歌做到了极致，这在当下同样绝无仅有，他把古诗词的神韵和当代口语的多元和丰富性有机地结合起来，使他的诗歌更灵动、多变、生猛起来。他的诗歌是可以唱和的，我在昆明和他一起开会的时候，他就曾在晚会上亲自演唱，那是他给自己的诗歌谱曲后演唱的，这样别出心裁的“诗”与“歌”自然赢得了掌声和鲜花，我亲眼看见。在《幻觉或真实》中，这样的句子比比皆是：“有人风一样快乐／有人雨一样悲伤／猎人在打猎／野兽被迫逃离家乡”，这是描摹自然生态的诗歌；“情侣在做爱／精虫和卵子扑向对方／欲望变成婚恋／少女变成婆娘”，这是摹写社会情态的诗歌，这样的句子，我相信只要读过的人都会过目不忘。我当时读到这一句的时候，大吃一惊，生活中的常识都被他写成了诗歌，再让更多的人回到常识中学习，这就是诗歌的教化作用。或者换言之，我们是在读一部当代社会的小说，是当代生活的“清明上河图”。诗人还有更精辟的句子：“人类的神性诞生／艺术和真理诞生／有人借身体跳舞／有人用灵魂点灯”，毋庸置疑，在人类艺术史上，为人类文明做出过巨大贡献的大师们都是用灵魂点灯的，简直数不胜数。

我固执地认为，优秀的诗歌是要具备这些要素的：诗句能营造出独特氛围，语词丰富多变，音节优美和谐，空间开阔辽远，意象纷繁多姿，优秀的诗歌更应该像一位风姿绰约的女子，是要让人忍不住回头望几回的。看得出，樊忠慰是深谙此道的，已经出神入化了。

在樊忠慰创造的诗歌江山上，我拾到那么多诗歌美玉、珍珠。我想把它们一一展示给人们，又怕有所遗漏。“大地滚动鲜花，天空抹下云彩／草原的牧鞭抖落一地牛羊”（《诉说》），仅仅一句“草原的牧鞭抖落一地牛羊”就要叫许多庸常的诗人绝望，以一个小动作、小细节写活了一个开阔的大场面，有气魄、有力量。什么叫震撼？这就是。

保持一种独立的姿势对于一个诗人来说是十分重要的，所以读过樊忠慰诗歌的人都说，他的出现是诗坛的一道奇异景观，他用诗歌找回了尊严，更让诗歌呈现了人类灵魂的光芒和良善！

智者的静观

——读樊忠慰的诗

大　副

写下这个题目，也许会导致我错误地先入为主，若是这样，我只好从错误和偏执进入樊诗中。

对于艺术的理解，不仅只是一种熟悉，有时甚至是一种陌生，陌生是理解深入的契机和突破口，正是这样的“陌生”，樊忠慰的诗歌才使我走进了一个与自己完全异同的语言世界。以至今天，我才从他诗里惊奇地发现和理解了他当初就读昭通师专时穿行于图书馆、阅览室之间的沉默寡言，面对真正的艺术，并以心进入。诗人往往是无言以对的，在感觉、性格、气质的融合分解中寻找自己，每个诗人都是按自己的方式和选择进入和发展诗歌的。显然，忠慰衷情过20世纪80年代初期的诗歌、吸吮过朦胧诗的乳汁，他朦胧型的抒情气质和结构方式没有引起过我太大的兴趣，倒是他那独特的、奇绝的想象唤起过我的悸动，如在他的《水》里是这样写的，“把河醉得弯弯曲曲／连夜空也醉倒了∥水声醒着／养育我体内的河流／擦亮月光和流淌”。同样是水，在《静观》里，诗人这样写道：“伫立河边／看水／水的眼睛／是我的倒影。”绝对会有人说他的诗是压缩饼干，这说对了一半，他的每一首诗的构思和形成，是高度凝练的结果，超级精巧和出奇干净的语言所释放出的空间却是宽阔透明的，斟词酌句地合拢语言又在合拢的语言背后放泄语言，雕琢？谨慎？但不得不承认，这是属于智者的诗。

而对于他，朦胧诗仅仅是个驿站，在那里他将自己延伸和发展了，并构建了自己的语言秩序，他已完全从朦胧诗那种沉重的社会感和参与意识以及那种宏伟的气魄中转化、蜕变，涉入冷静的个体生命体验。在短节奏的口语式的凝练语言里，不难看出受了第三代诗人的影响，他的诗里，隐喻的成分减少了，从这方面讲，他更接近一种“转喻”的诗歌，不知这种判断对否？我是这样理解的。

读他的诗，我总觉得有个幻影独坐于生命之河畔、沙漠之尽头纵观苍茫环宇、感慨人生，“鱼不在水中／石头一动不动//我一动不动／影子就老了／风也老了／去了好久的水／可能已流到天上”《静观》。对于诗，破译和注解都是徒劳的，而这首诗传达给了我一种深深的孤独和失落感，这样冷调子的诗在他作品里随处可见，“月牙儿缺了／用星星去补／心缺了／用眺望去补吗//一挥手便成永恒／（忠贞凝固了时间）／高处不胜寒／行船翘首／流水涓涓//石化的爱／真的能够复活吗／如果情人回来”(《神女峰》)。在这个世界上，诗人是最孤独的人之一，正是这种体验，才产生了古今中外许多脍炙人口的诗歌。樊忠慰在这种体验中，更像一个深刻的哲人，把诗情融于哲理之中。

在诗意盎然的大千世界里，樊忠慰往往是从某一点、某一处找到诗意的，在以点带面的写作过程中，把诗意扩展、深化，这是最容易失去语言机能的方式。当然，这里有个如何把握的问题，我始终认为，正因为如此，忠慰的诗才以其独特并存于林林众诗之中。

不疼不痒，就此打住，也许这些文字是多余的并为时过早，但作为诗友，以诚交谈却是必要的。

诗人樊忠慰

陈孝宁

少时读诗，总把诗人想得神秘兮兮，以为都是不食人间烟火、羽扇纶巾的名士，待到自己的朋友、同事、学生中写诗的多了起来，方恍然悟到，原来诗人也是人，酒色财气、七情六欲，与常人一般无异。怪不得有人说，时下目前，朝窗外扔颗石子，打到的都是诗人。全国写诗的恐怕不下几千万，每年出的诗集达数千种。听说编辑部的废诗稿都要用箩筐往外抬，在此情况下，要得到编辑的由衷青睐和发自内心的赞叹，真是难于上青天了。然而，盐津的樊忠慰就是这样一位。

1993年5月，全国最权威的《诗刊》在“诗海觅珠”一栏发了他的《短诗一束》。编辑在卷首语中特别把他向全国读者介绍，说他的诗“语近情遥，言简意深，诗味较浓，值得仔细品味一番”。诗后的“读稿人语”又加以推崇。认为短诗是“大情绪锻造出的高质量、高密度的晶体”，在他的诗中能感觉到“朴实的机智”和“单纯的新奇”。

樊忠慰的诗，究竟好在什么地方呢？

我们先看他的《海》：“偌大一颗泪／淹没了好多词汇／还想把天空／带上哪儿。”起笔不凡，堪为写海的绝唱，历史上，讴歌过大海的人太多了：庄子、曹操、郭沫若、普希金、拜伦、海明威……但樊忠慰却极有个性和特色。他用简单明了、含蕴极深的一个意象，代替了若干铺陈的词汇，以“少少许胜多多许”。在他这个站在乌蒙山之巅的人看来，海不过是一颗“泪”，一颗浓聚着生命的历史、地球的沧桑、人类的苦难的泪。

在这亘古不息、深沉壮美的大海面前，人类一切顶礼膜拜的词汇都被“淹没了”。海是伟大的、壮阔的，人在大海面前像微尘般的渺小，但是离开了生命主体的人，海的伟大、壮阔也就不存在了。在诗人比天空、比海洋更宽广的心灵世界中，海只不过是“一颗泪”，是一颗从诗人的心中酿出的，熔铸着无限眷念，难了痴情、刻骨相思的泪。“比眼睛深邃的海／我走了／你蓝给谁看”，迷惘中有执着，忧伤中有自信，在深沉的宇宙感中，蕴含着多义的哲理。

《牧羊女》则写得举重若轻：“洁白的姑娘／花朵嫁给了春天／你为何不嫁给我。”诗人想猜透姑娘的心事，甚至想猜透被牧的羊的心事：“我和羊擦肩而过／不知羊在想什么／也不知你为谁唱歌。”也许是这个世界有太多的隔膜，诗人才写道：“不要酒／不要忧愁／请给我一只耳朵。”他要用这只超感官的耳朵，去谛听这个世界的秘密，去缩短人心与人心之间的距离。

《冬天》写冷：“不见飞鸟／只有冷雪花般铺天盖地／一层层剥去衣衫／手搓不死冷／脚跺不熄冷。”冷得彻骨、冷得凄凉、冷得寒心，但是有了情、有了爱、有了理解、有了友谊，这世界和人间便有了温暖和光明：“朋友们围上火炉／烤往事下酒”，在情感的升华中，终于迸出了“冬天　请把手伸来／让我们握出火星”的妙语，诗人“与物为春”了。

我总觉得，他看世界的眼光是很独特的，他笔下的想象，能发现常人所未见，从而造成耐人寻味的意境，把平平常常的情和事写得奇崛、精当。如《昭通当代诗选》选载的《圆明园》：“残阳／挂上秃枝／开许多花／那是鸟／在我的眼前晃动／像一个朝代掉不下的泪。”《树》：“雨来了／河在天上飞／树影在风中摇曳／如哭泣的桨声。”《夜空》：“攥月光出汗／松手　放飞蛙鸣／把海天的思念叫乱。”这些句子，完全是用心血锤炼而成。在意境的经营和诗眼的推敲上，不难看出传统对他的影响。

在中国的诗人之林中，樊忠慰是一棵扎根于乌蒙山的树，他在这云遮雾绕的山上，保持着冷静的头脑、单纯的心、明亮的眼睛，静静地看世界，默默地体味人生。他使我想到了他笔下的《树》：“根来自泥土／而神话来自根／寸步不移的一辈子／便走过所有夜与昼／冬与春。”

樊忠慰是昭通师专政史系毕业生，诗却写得如此本色，难道真如严羽《沧浪诗话》所言“夫诗有别材，非关书也；诗有别趣，非关理也”吗？

樊忠慰是昭通师专政史系毕业生，诗却写得如此本色，难道真如严羽《沧浪诗话》所言“夫诗有别材，非关书也；诗有别趣，非关理也”吗？

披荔带萝长爪郎

——谈樊忠慰的诗歌创作

刘廉昌

樊忠慰是受《诗刊》青睐的一位年轻诗人，从1991年到1999年每年都有作品在《诗刊》上发表，《十月》《星星》和《边疆文学》也常发表他的诗作。

1999年，一个静谧的春夜，我和樊忠慰躲在滇东北大峡谷的一个小旅馆中促膝长谈。不太明亮的台灯灯光把我俩的影子映在墙上，使我们能够看得见自己的动态。斗室弥漫着幽微的茶香，窗外时断时续地传来关河流水的哗哗声和春风吹拂的声音。樊忠慰质朴的脸因激动而显得红扑扑的，他时而兴奋地昂起头来，时而思如泉涌，语言中的标点符号已经被完全抹去；时而骤然中断谈话，热情的目光投向窗外的夜空。我一边听他长谈，一边翻阅他从1991年到1998年发表在《诗刊》《十月》和《星星》等刊物上的作品，忽然间，一个意象在我的脑海里跳出来："披荔带萝长爪郎"，是的，他是"长爪郎"，而且是"披荔带萝"的"长爪郎"。这就是诗人樊忠慰和他的诗给我留下的印象。

"长爪"是唐代诗人李贺的别号，大概是因其手较长的缘故，据传，李贺每次出行都要将一只口袋挂在毛驴脖子上，每有所感写下稿子则投入囊中，旅途投宿或回到家中再取出整理。其母见之曰："是儿必呕尽心血乃止。"李贺的诗歌想象奇诡，色彩浓烈，充满了浪漫主义气息。其代表作如《李凭弹箜篌》《雁门太守行》正体现了这种风格。樊忠慰对诗歌的痴迷及其诗作那奇特怪异的想象正酷似李贺。樊诗在奇诡的想象中寄托着他超越世俗的情感和情趣，弥漫着对山野峡谷奇花异草的奇异美追求。屈原的《九歌·山鬼》一诗中的第二句是“披薜荔兮带女萝”，意为山中女神身披薜荔（香草）又以女萝（一种蔓生植物）为带，以示其高洁不凡。樊忠慰诗歌中的许多意象与《山鬼》有共同的意趣，所以我称他为“披荔带萝长爪郎”，但樊忠慰的诗歌并不是复古，更不只是在意象的外表特征上模仿古人，而是深深地打上了时代烙印。试做如下剖析。

一、以奇诡的想象构筑瑰怪的意象

从题材上来看，樊忠慰的诗歌既有爱国的激情、怀古的幽思、思乡思亲的情绪，也有对大自然的深情眷顾以及对自然和人生奥秘的哲理思考，还有许多诗篇抒发了诗人力图实现其对现实生活范围的突破以达到对人与自然的无拘无束的追寻而不可得的矛盾心情。

樊忠慰诗歌的一个极为重要的特点是：以奇诡的、野性的想象构筑奇伟瑰怪的艺术意象来表达自己对生活的感受，质朴与狂放相结合，轻灵与凝重相对照，平淡与深邃相表里，这些特点相糅合构成他的诗歌独有的艺术风格。

古往今来，几乎所有的诗人，都对浩瀚的丰富多彩的大自然怀着深深的爱，同时又由它引出无限的遐想，从而留下优美的诗篇。樊忠慰也以他奇特的联想去与自然亲昵。如短诗《海》：“偌大一颗泪／淹没了好多词汇／还想把天空／带去哪儿//静静的海／养鱼为生／飘忽的海鸥／撩起几多悠远的怀想//海水并不一味的苦／如果只是苦／海也就太平淡//比眼睛还深邃的海／我走了／你蓝给谁看。”初读这首诗，你会以为诗人写的就是大海给他的感受；细想，你才会发现，诗人是以海为意象来写他对广袤无垠的自然和丰富的生活的感受。以泪来喻海，以极小喻极大，真是十分奇特。面对生活，充满追求、苦痛与泪水，真是连词汇都显得贫乏了。然而尽管如此，人们却在为着它虚幻的海阔天空的理想而不懈地追求。“静静的海，养鱼为生”以质朴的语言写了海的沉静与丰厚。“飘忽的海鸥，撩起了几多悠远的怀想”又写了动感与想象。最末一段，诗人狂放地把海据为己有，豪迈地喊出“我走了，你蓝给谁看”，用反衬的方法表达自己对海、对自然、对生活深沉的爱。这首诗是质朴与狂放相结合的代表，这首小诗表达的是个大情绪，即人对自然与生活的宏观思考。

《诗刊》编辑邹静之先生评得好：“短诗并不因其短而偏小，短诗很多是个大情绪锻造出的高质量高密度的晶体。”

《红草莓》一诗却又有所不同：“喊我的草莓五颜六色／我喜爱微笑着奔跑的红草莓∥还有背着露水的红草莓／羞红了身子的红草莓……大风吹落晚霞，吹落血／吹不落我的红草莓∥红草莓醉得我的手指发颤／你要什么天空，我都捧给你。……我的牙是水做的／我死了也想尝一口红草莓。”这首诗的想象同样是奇特的，色彩也是浓艳的，但整个意象却给人以轻灵流动之感。这首诗，我以为是把诗歌和诗人融为一体来描写，抒写诗人在诗绪袭来时的强烈感觉，也就是写灵感袭来时的感觉：诗人的眼前是五彩缤纷、生机勃勃、活蹦乱跳的意象，诗人因情绪的亢奋而手指发颤，诗人强烈的情感与想象融为一体，异常的热烈而奇特。

《虎啸》这首诗的意象又与前两首不同：“当高贵的天空敞开心灵／一缕光芒穿越时间的陷阱／虎从啸叫里吐出金子／骨头上站起的穷人们／掏出了眼睛／而对永恒的自然，谁在破坏／濒临绝境的虎喝下海水／星星在胃里闪烁，消耗的是黑夜／谁的沉默覆盖了死亡∥让狮子和晚霞浑身血腥。”这首诗中虎啸的意象不仅是奇诡的，而且是悲壮与凝重的。“虎啸”自然是取其象征意味。象征什么？是诗人，或是所有的奋斗拼搏者，或是有史以来穷人们艰苦卓绝的斗争？都可以由你去想象而产生一种震撼人心的张力。

樊忠慰诗歌的语言并不是一味的奇诡，有时又很平淡，平淡得近于笨拙，但是这些平淡而笨拙的语言构筑的意象并不浅薄，它们或则表达深挚的感情，或则表达对于生活的深入思考，蕴藏着丰富的意味。《牧羊女》这样写道："洁白的姑娘／花朵嫁给了春天／你为何不嫁给我//我和羊擦肩而过／不知羊在想什么／也不知你为谁歌唱//不要酒／不要忧愁／请给我一只耳朵。"这首诗的语言就很平淡，没有词语的故意雕琢，没有奇特意象的精心营造，但它却是耐人寻味的。《诗刊》邹静之先生评这首诗说："没有词语的复杂经营和沉重的姿态，但我们往往会在这淳朴中读出一些意味，感受到更贴近自然的新鲜。"这首诗的构思也许源于我国西部民歌《在那遥远的地方》，歌中有这样的句子："我愿做一只小羊，跟在她身旁。我愿她拿着细细的皮鞭，不断轻轻打在我身上。"然而诗人想做一只羊也不可得，所以说"和羊擦肩而过"，诗人感到，做她的羊也是很幸福的，但不知羊体会到了没有，所以说"不知羊在想些什么"。把极热烈的情绪隐藏在平淡的诗句中，活画出诗人相思之苦。

《农民》一诗这样写道："沉默如泥土／埋着语言的红薯／双手扎下去／可以把野草种成庄稼／阳光　他们的发须／从麦芒延伸到天上／使劳动在秋天辉煌//他们的儿子／是不会飞的鸟／从田里捡一种美德／羊在远处观望／那燃烧的高粱//叹一声／光脊上的汗淋漓如牛毛／活着　和蚂蚁一样勤劳／死去　也和蚂蚁住在一起。"这首诗的语言大多数是平实的，是对农民劳动生活的真实写照，但不是写现象而是写精神，是对农民生存状态和精神状态的概括与慨叹。农民质朴而坚毅的品格、创造性的劳动、对美好生活的憧憬，以及繁重的终身不息的劳动和悲怆的命运都在这首诗中得到了表现。

《诗刊》是这样评论樊忠慰的：樊忠慰，这位远在云南边地的诗人，他的诗也被编辑称为"野麦子"一类。它们热烈得粗糙，奇诡得有时不近人情，但却有鲜活的血液在膨胀、有朴素得近乎白描的口语在流动，他们野性的民间的生命在中国这块土地上是如此旺盛。这是对樊忠的诗歌创作热情而中肯的评价与称赞。

二、用浓烈的情感表现时代的情绪

情感性是诗歌的首要特征。樊忠慰的诗以其浓烈的情感震撼读者的心灵，他所构筑的那些野性的奇诡的意象如果不是植根在对现实生活的强烈的深挚的感受之中，那么那些意象也就不过是巫师祭起的纸人纸马了。正是因为有了对现实生活的深切感受，有了发自内心深处的深挚情感，才使得他创造的意象具有强烈的生命力和感染力，他借鉴了象征主义的表现方法，把深挚的情感和时代的情绪寄寓在奇诡的意象之中，使其达到统一，充分显示出自己的创作特色。

樊忠慰的诗并不完全是西方现代派的象征主义。因为西方现代派的象征主义"认为人自身和周围世界都是神秘的，不可把握的。神秘是世界的属性"，他们又认为"美并不存在于这个世界中，而只存在于这之外的另一个更真实的世界里"。而樊忠慰的诗歌充分蕴含着对现实世界美的肯定，如在《祖国，我的姐姐》一诗中充分地肯定了祖国的美丽、善良、博大，在《圆明园》中表达了祖国将永远屹立、不会倒下的坚定信念。他歌唱黄河、金沙江、三峡，在这些诗篇中既有对祖国河山、对大自然的热情高歌，也引发出对历史的认真思考。所以，他不是西方现代派的神秘主义和虚无主义者，他只是借鉴了象征主义的表现手法，通过象征、隐喻、联想、暗示以及语言的音响效果等去创造深远的诗境，而不是直接地描写简单的比喻。他的诗深沉、含蓄，有朦胧意味，但并不神秘。如《梦见》这样写道："梦见一碗烈酒／和最后一只老虎的怒吼//梦见被洗劫的豹子／钻出晚霞的伤口//梦见绿玉米／女人的尖叫和水／星星点燃绝望的骨头//梦见罂粟开花／老鼠咀嚼宝石／黄金剥光人类的衣服／……"这首诗虽然意象是光怪陆离的，但其内涵不难觉察，它是社会转型时期许多怪现象的反映，是诗人看到许多美好的事物被击碎而发自内心的慨叹与呐喊。

他的诗也不乏受祖国古典诗歌的影响而产生的意境，但却注入了现代情绪。如《夜空》和《月光》都是写思念母亲、思念家乡的。《夜光》："攥月光出汗／松手　放飞蛙鸣／把满天的思念叫乱//我数不清／哪一根指头／才是回家的路／什么时候／远方的妈妈／为我把泪花／轻轻摘下。”这首诗显然有李白《静夜思》的痕迹，但却比《静夜思》的情绪更为热烈和浮躁。《月光》中有这样的句子：“……满地月光／千年难觅的针／意外地刺伤我的骨头／流出好痛的花香。”也是这种情绪的表现。在《春天》一诗中，他那种矛盾的心态表现得更为突出，一开头就伤感于一种美产生于另一种美的破坏：“春天是绿色的河流／河中的肉是桃花的骨头//桃花的骨头捣碎了红烛／伤心的雪山摘下盖头。”接着诗人的情绪热烈起来：“一只昆虫背上是青草／一个少年鞍下是马匹//一粒蜜蜂叫起来／花香叫起来//一朵鱼叫起来／河流叫起来//叫一个人留下／一朵花留下。”真有百鸟欢歌、万物复苏的感觉，然而在末尾两句情绪又低落了：“春天的叫声里／时间消逝。”这正是现代诗人充满矛盾心态的写照，这首诗也有“夜来风雨声，花落知多少”的爱春、惜春情绪，却又比古人更为矛盾、复杂。

有些诗表现诗人渴望飞越、渴望冲决一切藩篱，而现实却不允许逾越的这一矛盾心态。如《一只鸟》：“它抬起头／看见了雪山／和雪山上的苍鹰//这一团黑暗的黄金／点亮了天空／这座飞翔的坟墓／搬来了枪声／……它不知道喊它的是天空／它不知道自己的翅膀／高于一切自由和暴力。”又如《岩石》：“……天空高得像未来／山峰矮得像教堂／我是被羊吃掉的一棵草／我是岩石上安睡的一只山羊。”这是诗人心灵信息的传达。这些极为矛盾的意象和情绪，正是由于个人的想象力无限而生活的圈子却极为有限的矛盾形成的。这里蕴含着萨特的存在主义“个人难于超越自我”“物质环境对人的压抑”这些意念。

从这些例子中我们可以看出：樊忠慰的诗既受到中国古典诗歌的影响，又更多地接受了现代诗歌的影响，但他植根于现实生活不依傍别人，刻意创作属于自己的诗歌。他把极为丰富热烈的感情、充满矛盾的精神意念，情绪和潜意识中的各种信息，借用象征主义的手法表现出来，这就是他的诗歌创作获得成功的秘诀，也是他的诗作的又一重要特点。

樊忠慰组诗《精神病日记》的创作思维系统

吕崇龄

昭通著名诗人樊忠慰新作组诗《精神病日记》，共收录诗歌20首，从不同的角度、方向和层面反映了诗人创作思维的丰富多样性。

文学天才的资质总是令人好奇、引人思索、叫人费解的。樊忠慰为何将自己的组诗取名《精神病日记》呢？原来，早在古希腊时代，天才就被认为与“迷狂”有关。柏拉图把创作区分为技艺和迷狂。他认为，技艺在描绘形象时只具有次要的意义，在创作中重要的是“迷狂”。它“是由诗神凭附而来的。它凭附到一个温柔贞洁的心灵，感发它，引它到兴高采烈、神飞色舞的境界，流露于各种诗歌若是没有这种涛神的迷狂，无论谁去敲诗歌的门，他和他的作品都永远站在诗歌的门外，尽管他自己妄想单凭诗的艺术就可以成为一个诗人，他的神志清醒的诗遇到迷狂的诗就黯然无光了”。照柏拉图的看法，对于诗歌创作来说，特殊的状态——迷狂，具有决定意义。伟大的诗歌珍品不是靠技艺而是靠诗人进入类似疯狂的状态中，诗人同神结合在一起，或者神仿佛潜入人的灵魂并暗示给他诗歌的思想和形象，而且无论是对象的选择，还是诗歌类型的选择，都不依靠创作者本人。这种观点显然带有浓厚的原始宗教的迷信色彩，是信仰诗神的唯心主义的产物。但如果按照辩证唯物主义的认识论来理解，剥去“诗神凭附”的迷信外衣，柏拉图所描绘的“诗神的迷狂”正是诗人创作过程中出现的一种灵感思维状态。这时的诗人往往感情激动、不能自持、浮想联翩、文思泉涌，创造力高度发挥，全神贯注，进入忘我境地，很好地完成了诗作，获得创造的喜悦，甚至狂喜。没有灵感所带来的审美情感的高度迷狂，诗人就不可能进入物我两忘的境地，就不可能产生光彩动人的诗篇。柏拉图第一个提出了有关创作灵感的问题，这正是柏拉图文艺思想的闪光点和积极因素，但后来的直觉主义的派别，源于柏拉图的“灵感迷狂说”的理论，则把创作活动理解成人的不正常状态——迷狂的表现，用一种病态生理学的观点来看待创作过程和创作者。他们认为文艺创作是人的神智失常的表现，文艺天才是精神病患者。意大利心理学家伦勃罗佐认为，一切天才的人都是精神病患者或者是癫痫患者。德国哲学家叔本华断言，天才的个性显露的是接近于疯子的缺点、激动和热情，天才和疯狂之间有一些使它们互相接近，甚至彼此转换的方面。此外，谢林试图证明天才经常转为疯狂的精神失常。著名的心理学家狄里特把想象的最高表现形式同疯狂同等看待。法国精神病理学家然纳把创作过程的本质解释成心理的自动作用和意识分裂。德国神经病理学家麦比乌斯强调天才的天资的病态本性。他曾描写了尼采、歌德、卢梭的病态传记。奥地利精神病专家阿德勒确信天才是变性的，而创作过程是人的缺少价值的一种补偿，就其本质而言是神经官能症。这些唯心主义观点在实践上都是反对艺术中的现实主义的。他们虽然立足于对创作本质、创作过程和创作主体的深入研究，但由于研究角度的狭隘和研究方法的单一，往往以少总多、以偏概全、以特殊代普遍，得出的结论是偏颇而局限的，并不能科学而全面地解释艺术创作的本质、过程和主体。但其中涉及的创作灵感的突发性、强制性和迷狂性问题，创作直觉和无意识的问题，创作心理和创作意识的复杂性问题等，都有一定的合理性和积极性。正是居于这种合理的积极性，诗人樊忠慰将自己在灵感状态下创作的组诗冠名为“精神病日记”，而且在诗中声称“诗歌／一种精神疾病／需要用灵魂去拯救”（《岁末32行》），以此表现自己处于灵感思维状态中的种种复杂的心理变化、飞动的意识流程、厚重的生活体验、独特的人生感悟，形成组诗瑰奇怪诞、朦胧含蓄、苍凉悲壮的审美风格。同时，这样命名组诗，也是对自己创作精神活动状态的认同和赞许，是对那些不理解诗人创作心理活动的人们的一种调侃和揶揄。

当然，樊忠慰的组诗《精神病日记》，不仅仅含着灵感思维，也包含着其他不同类型的思维形态，如意象思维、抽象思维、模糊思维、变形思维、象征思维、统摄思维、发散思维、求异思维、怪诞思维、比较思维等。它们或自成系统，或互成系统，渗透交融于组诗中，形成组诗语言的多能性，如形象性、抽象性、清晰性、模糊性、新奇性、怪异性、哲理性、变体性、交叉性等，给读者带来了丰富多彩的审美享受，并使读者从语言形式中洞悉到诗人异彩纷呈的创作思维系统，感受到诗人巨大的思维潜能。

其一，《精神病日记》是诗人灵感思维催生的产儿。灵感是一种因偶然机遇而疑窦顿开、思路贯通、创造获得意外成功的顿悟性的思维活动，是一种思维过程中的优化形式。在组诗中，诗人“用灵感洗净身体／有一种光芒的感觉”（《想》）来描述自己在灵感来潮时的精神状态。灵感犹如一道清流，洗涤着诗人富有创造活力的视觉、听觉、肤觉、味觉和嗅觉等外部感觉器官，继而流经大脑皮层的投射区域产生兴奋中心而喷涌出来，像一道电光石火照亮了诗人思维的屏幕，使“诗哲在思想的海浪寻觅”（《想》），“用意念交流智慧的神灵／无论多远，闭嘴幻听互相的情感”（《时间丢了》）。这是诗人对客观事物认识的某种特异闪光，是诗人对自在之物的一种顿悟性的思维活动。而且灵感犹如自然灵气，飘忽而来，不期而至，但却是诗人长期艰苦劳动积累的结果。“灵感与汗水浸润的文字／渗透心血与魂魄”（《独语或对话》），“我咀嚼菜蔬与孤独／长自己灵感的血肉”（《信笔》），“我的肉体天空一样高渺，蓝光般吸取自然的灵感”（《星子满天》）。诗人吃着粗茶淡饭，守着创作的孤独，海纳百川般吸取着大自然的灵气，积累培育生长着灵感的躯体。而且，诗人对灵感思维的三大特性也进行了形象的描述。他惊叹灵感突如其来、稍纵即逝的突发性：“灵感复活，闪电的马车，拉走一群吵闹的鬼魂”（《幻与真》），“灵感的文字一夜苍老，人是易碎的岩石与茅草”（《在人间》）。他讴歌灵感的迷狂性：“发疯的脑细胞滋养灵感……留下神的智慧，鸟的哀鸣，病的诗章”（《也许，我看见》），“精神套上诗的镣铐／泣血的思维鸣叫／幻听让我疯狂而绝望／挣扎的灵魂逼视高高的天堂”（《一个我，另一个我》）。诗人在灵感状态中激情澎湃而不能自持，就像发疯发狂一样。灵感来临，仿佛有一种强大的压力向诗人袭来，强迫作家非马上把诗写出来不可，甚至达到废寝忘食、颠倒时空、混淆视听的地步，这就是灵感的强制性。“时间丢了，时钟在神的意念里走／我感知的几个世界复苏／一个文字里赶路的人／累坏了诗歌的脚”（《时间丢了》）。灵感这个驱使作家劳作不息的精灵，总是欲念旺盛、精力充沛，它激发诗人的创造力高度发挥到了极致。“我敬畏神赐的自然与想象／灵感溅飞鸟鸣和花香”，“诗人生养的哑巴孩子／时间和心血最好的纪念”（《自白》），“泥土属于我／天空属于我／童年的幻想属于我／河里的水草、鱼虾和石头／都是我的儿女”（《伟人也被地球喂养》）。诗人成了世界的主宰、造物的上帝。灵感不但成为诗人樊忠慰的一种特殊的心理状态、精神现象，而且是他所具备的一种创造性的思维形式。它为诗歌的诞生注入了催产剂，让躁动于诗人脑海中的艺术胎儿瞬间跃然纸上。

其二，《精神病日记》是诗人意象思维凝固的结晶。意象本是诗人主观的情意和客观的外景相融合而成的图景：它是诗歌创作构思的核心。诗人在艺术构思时，在意念的指引下，积极主动地把头脑中的表象重新排列组合，创造出能表现诗人创作意图的新意象来。这种创造思维即称之为意象思维。它对意境的创造具有十分重要的意义。

它常常通过意象连缀、意象示现、意象并列等方式，创造出意象丰富、意蕴深远的诗歌意境来。如《水晶头颅》中，诗人通过意象连缀的方式，把自我形象塑造得崇高伟大、激昂辉煌。“诗人发芽，破土而出／头戴桂冠，脚踩黄铜／披一身干净的黄泥，吐一地黄澄澄的稻谷∥饮长风落日，大漠孤烟／激情如焚，灼痛天堂的泪珠／鸟啊，我失去了翅膀／请在我的嗓子里飞翔”，诗人把现实生活中各不相干、彼此独立的形象，按讴歌自我的意念指向连缀在一起，组合成一幅雄伟壮观的自画像。诗人成了与天地自然同形同性的神祇。

在《酒神醉了》中，诗人通过意象示现的方式，托喻取形，把诗歌创作时的艰辛劳动场景描绘得活灵活现。“皮肤渗火，滚下盐粒／纸上文字潮湿而忧郁／幽灵点灯，一盏盏绿／坟堆的蛐蛐叫枯了回忆。”闷热的夏夜，诗人坐在窗前写作，进入激情状态，全身滚烫，汗流满面。稿纸被滴落的汗水浸湿。看着窗外闪烁不定的萤火，听着蛐蛐声声不息的鸣叫，诗人苦思冥想、搜索枯肠，把忧郁的情怀倾诉于字里行间。用生动形象的文字来刻画形容、描摹情态、状物写意，做逼真的使读者如同亲历其境的描写，创造出一种“状难写之景如在目前，含不尽之意见于言外”（梅尧臣语，引自艺术境界）。

又如《谁会在乎》这首诗，全部采用了意象并列的方式，将许多不同时空的意象并置在一起，形成丰富的意象系列，最大限度地增强了意象密度，使意象群鲜明突出、意蕴丰厚。同时，形成诗句连贯的强劲力度，气势雄健，不可遏止。“谁会在乎一朵熄灭的火苗／谁会在乎一件破烂的衣裳／谁会在乎一个饥饿的肚子／谁会在乎一个乞讨的儿郎……”四种不同性质的意象并列在一起，生出互相关联的新质新义来，共同组成了乞丐艰辛生活的场景，向世人展示弱势群体的悲惨命运及所遭到的漠视和冷遇。这节诗像一组并列式的蒙太奇镜头，使听觉意象、味觉意象、视觉意象、触觉意象互相交织重叠，产生了极强的艺术效果，较完美地表现了诗人同情怜悯弱者、憎恶世态冷漠的感情。

其三，《精神病日记》是诗人抽象思维概括的结果。抽象思维是一种运用相应的概念、定义、原理等抽象的语言形态，通过判断、推理的逻辑方式阐述论证客观事物最基本的特征的思维形式。抽象思维有合理与悖理两种类型。抽象思维的悖理方式称为逆向思维。它是一种将人们通常的思考习惯颠倒过来的思维方式，力求摆脱常规思维的束缚，发掘与常识相悖的事物，作为创新的基础。

在《日记》中，诗人写道：“连垃圾都有人捡的年代／诗人找不到老婆／由于我并非垃圾／可能永远找不到老婆。”诗人以悖理的方式，发掘出与常识性相悖的现象——“诗人找不到老婆”，并用推理的逻辑方式，对自我价值和爱人价值进行了判断，“我并非垃圾”，爱人也并非捡垃圾的婆娘，常言知音难求、知己难寻，所以，我“可能永远找不到老婆”。

“既然找不到老婆／就要找个好老婆”（《自白》），只有等待着知音的出现了。又如《记梦或其他》，诗人呼告：“上帝啊，男女并不平等／为何女性有处女膜／而男性只有包皮／当男性被污蔑，如何证实清白//医生拥有处女修复技术／男女不平等更加不平等／关于贞操，女性不必证明／而男性无法证明。”诗人以逆向思维方式，一反站在女性立场要求男女平等的传统观念和流行见解，而是站在男性的立场上来谴责男女不公平。这种将人们习以为常的思维方式颠倒过来的逆向思维，极富辩证法性能，它是诗人创新思维的有机组成部分，是诗歌新奇意象诞生的母体。

其四，《精神病日记》是诗人模糊思维培育的奇花。模糊思维是一种运用客观事物的模糊信息，实行模糊控制，进行模糊认识，做出模糊表达的思维方式。模糊思维的模糊性常常来源于客体事物的模糊性，因而它对客观事物的把握不用定量分析来完成，对客体的描绘也不用显像来实现，而是兼有形象与抽象的双重特性，具有更多的游离性、变异性和朦胧性。如《奶奶的坟》中写道：“奶奶的土坟塌陷在这个夏天／坟堆里发现一坨蜂窝状的物件／多年前，看蛋的巫师告诉母亲／老坟里有东西∥哪里的老坟，什么东西？巫师看不清／若说家的烦乱，我的病狂皆源于此／似乎是迷信，愚昧又可怜……”直到全诗结束时，奶奶坟里的这坨蜂窝状的物件究竟是什么东西，诗人始终没有说明。这就以意象的模糊性造成了诗歌意境的模糊性，给人以朦胧美和神秘感，引人遐想，耐人寻味。这是模糊思维的效果。又如《纪念》一诗，纪念什么，题目并未明示。我们只能从朦胧含蓄的诗句中，找到从中透露出来的几星模糊的信息。“复仇的神鹰要扑灭你的天空和国度／饮尽落日的血白银的血樱花的血／你罪孽的山峰低垂、海水陷落／你的富有与繁华像一条肥硕的蚕茧。”

“我等你的文字低下谦卑的头颅／向它的祖先鞠躬和谢罪，除非你掏出忏悔的心／翻找几节唐朝的骨头／细听南京的惨绝人寰……”至此，我们方能领悟诗歌原来是纪念南京大屠杀死难者的，但通篇都未提及“日本”两字，对于日本国的过去、现在和未来，诗人的认识自有其模糊之处，不便明说，加上政治的因素，只能用委婉曲折、蕴藉含蓄的笔触，创造出意象朦胧、意蕴模糊的诗歌意境，发人深省、引人深思。

其五，《精神病日记》也是诗人变形思维创造的成果。变形思维是一种对现实生活物象进行变形处理的艺术思维方式。它不是机械地照搬生活物象创造意象，而是在理性的指导下，根据创作的需要，以主观折射的夸张方式，打破客观现实生活的局限来创造新颖独特的变形意象，营造出怪诞神奇的意境，使诗歌产生诡奇的艺术魅力。诗人在艺术思维过程中？以自己的主导地位和能动作用来反映或表现客观的社会生活现象时，自身的知觉、表象、情感、想象、理解等心理活动方式也必然融入其中，这些心理因素都是促成变形思维开展活动的重要基因！按此可分为意象变形、想象变形、知觉变形等等。如《表达》中，“以文字为食的我，风寒为衣，泪水泡大的海，盐巴为骨，鱼儿叼起草叶！用香雪洗澡，没有爱情的人变形为金刚。”诗人把文字变形为食物，风寒变形为衣裳，泪水变形为大海，盐巴变形为骨骼，人变形为金刚，以此来表达自己创作生涯的苦涩和艰辛、坚忍和执着，这是意象的变形。这种高度夸张变形的意象，是诗人创作心态的真实流露。

想象变形是诗人最常用的一种变形思维方式。如《针尖上的海》中的诗句，“那一夜，人类尚未诞生／我和心在天堂光线上狂奔／凄凉月光溅湿上帝的甘露／难忍寂寞的主宰，创造万物”，诗人变形为与上帝同在的不死的天神，以此表现诗人在宇宙时空中存在的永恒和价值的永恒。

知觉变形包括错觉、联觉和幻觉等。错觉是由于某种原因引起的对客观事物的不正确的知觉。如《记梦或其他》的第一节，“一场洪水卷起稻草与白骨／河流仿佛一锅汤药／煮烂多少石头与生命／鱼的命，灯的命，灵的命”。诗人利用对视觉、听觉的错觉的描写，突出地表现了洪水暴发时汹涌奔腾、肆虐大地、毁灭一切的情景，混浊的河水变形为一锅药汤，这是错觉变形。

联觉是多种感觉器官、感觉印象的相互转化和联通。在《幽灵穿过幻听的耳朵》中，诗人写道：“蟋蟀，几粒尖叫的露水／头枕坟堆间的草丛睡着／蝉鸣蜕下树叶的衣裳／一点一滴缝洗着月光。”在这里，诗人在情感的起伏波动下，艺术知觉突破了对事物一般经验的感受，使视觉、听觉、触觉等感觉到的印象发生了相互转化和沟通，于是露水有了声音，蝉鸣有了动作，月光有了形体，这是联觉变形。

幻觉是各种感觉器官在情绪的影响下出现的虚假感觉。如《独语或对话》的第一节，“我又一次神游天堂门前／为何肥胖的天使枯瘦如柴／莫非人世的苦难与浮华／使他的灵魂变沉，肉体轻飘”。诗人神思凝注、飞越九霄，眼前出现了天堂和神使的幻象。天使因人世的苦难沉重而忧虑过度，肥胖的身躯变形为干枯的柴草。这是幻觉变形。

总之，组诗运用变形思维，故意背离客观自然的常规常态，夸大对象的某一因素，用畸形来代替沿袭的常形，给人以突出的异乎寻常的感觉。它往往以虚构的怪诞意象，超现实的离奇想象，变异的艺术知觉等，表现独特的生活内容，产生光怪陆离的神奇效果，具有浓郁的怪诞美感。

其六，《精神病日记》是诗人象征思维熔铸的宝鼎。象征思维是用某种具体感性的事物暗示另一种抽象性事物的思维方式。它能创造出形态各异的象征意象，借以表达深邃丰富的象征意蕴：最大限度地满足诗人象征表现活动的心理需求。诗人的头脑具有多种意识潜能，这些意识具有一种外射的倾向，时时都在寻找表现的对象，对象一旦找到，诗人就有可能与它建立起某种象征联系，并通过象征思维和对象进行信息交换，以满足这些意识的需要。同时，又把这些意识融入对象中，创造出象征意象，在作品中表现出来。如《也许，我看见》：“恐怖主义从地球喉咙咯血／一朵受伤的鸡冠，几瓣生死的桃花／战争如无辜的绞刑架／高悬霸权头颅，种族旗号//黑猫的火苗吹动灰鼠的尖叫／一支阿拉伯火柴哧哧地笑／巴比伦蚂蚁塞满雄狮的牙缝／坦克的大树摧毁独裁的杂草。”“咯血”象征恐怖主义是人类的一种社会疾病，常发生于地球的要害部位，无辜受害者的鲜血如“鸡冠”“桃花”自有其哀艳动人之处；“战争”是霸权主义者、种族主义者手中玩弄的政治工具，是屠杀大批无辜人民的巨大“绞刑架”，是更大的恐怖主义；“霸权头颅”“种族旗号”分别象征超级大国推行的强权政治和种族政策；“黑猫的火苗”象征美英发动的入侵伊拉克战争；“灰鼠的尖叫”象征伊拉克人民的恐惧和呻吟；“阿拉伯火柴”象征遍地战火燃烧、硝烟弥漫的伊拉克国土；“巴比伦蚂蚁”象征贫弱的伊拉克人民；“雄狮”象征强大的美英联军；“坦克的大树”象征美英强大的军事力量；“独裁的杂草”象征萨达姆政权的倾覆。诗人运用象征思维，以象征比喻的手法，表明了自己对伊拉克战争的态度和立场，认为伊拉克战争是美英“以疾病为自己医治健康”的愚蠢行为。诗人以重大的军事史实入诗，从人本主义的角度加以剖析，寄寓了当今世界人民对于现代战争的普遍认知和感受，这就是无论什么样的战争，对于手无寸铁的善良人民来说，都是极大的恐怖活动。“灰鼠”和“蚂蚁”的遭遇，正是处于战火中无辜人民的境况，其意象也就成为人们反战心理的象征。

其七，《精神病日记》是诗人统摄思维贯穿起来的一串明珠。统摄思维常指从全局的观点出发把握事物的整体性和一致性的思维方式。诗人在组诗的创造中，运用统摄思维，以主题为统帅，通过概括集中的手段，摄取了最能表现主题的相关事物，如红线串珠般地把它们连贯在一起，营造出寓变化于统一中的诗歌意境，使其具有较强的整体性和一致性。从整组诗歌来看，它鲜明突出地反映或表现了诗人创作构思时复杂的精神活动过程，感知的丰富、理解的深入、想象的驰骋、情感的起伏、意象的营造、意境的建构、思维的活跃、语言的锤炼等，各种思维方式、表达方式和心理潜能相互交融渗透、和谐运动，较完整而一致地体观出了诗人独有的“精神病”特征。

就单一的一首诗来看，统摄思维的运动轨迹也清晰可见。如《骗局》一诗，“当冰冷的心与滚烫的唇相拥／爱情是骗局／当你的爱没有嫁给我／婚姻是骗局//当医生治不好一个咳嗽／处方是骗局／当教师动辄侮骂学生／教材是骗局……”全诗在“生活处处有骗局”的主题统摄下，开列出了种种骗局的表现形式，有掌声骗局、金钱骗局、人权骗局、审判骗局、服务骗局、贞操骗局，以及上述的爱情骗局、婚姻骗局、医疗骗局、教育骗局等等，即使诗歌意蕴融会贯通、浑然一体，又使诗歌结构具有多角度、多层次、多侧向的特点，充分体现了诗人统摄思维的整体性和严密性。

其八，《精神病日记》是诗人发散思维蒸馏的佳酿。发散思维是一种思路开阔、思维活跃、浮想联翩的思维方式，常常围绕着某一确定的创作目标，并以此为中心辐射地发散开去，联想出种种与之相关的事物，从不同的方向、角度和层次上进行思考，创造出意象丰富、意蕴复杂的诗歌意境。如《侏儒国》一诗，“我是侏儒国的王子／迷恋故国草木、溶溶月色／当星光垂下黑夜的秀发／少女明眸走动珠宝与冰雪//我是侏儒国的诗人／赞叹母语窃取黄金的芳心／惊奇花朵生养众多儿女／羡慕蚂蚁住进针眼的洞穴……”全诗由“我”是侏儒国的公民这一中心点发散开来，进而联想到“我”是王子、是诗人、是猎手、是病夫、是亡灵，从而把诗人在平民世界不同的生活场景、情感状态、兴趣爱好、创作体验、理想愿望展示出来，创造出一个阅历丰富的抒情主人公形象，让读者对诗人有了更深入的了解和认识。

其九，《精神病日记》是诗人求异思维种植的异草。求异思维是对同一事物做出特殊的新发现，获得新见解，力求不苟同他人也不重复于自己的具有独创性的思维方式。诗人熟练地驾驭求异思维，在组诗中对同一事物进行多方面的思考，运用同物新写的技法，同中求异，创造出毫不彼此雷同的新奇意象，建构诗歌奇妙的意境，产生新奇的审美效果，如对“月亮”意象的描写便不断地翻新出奇：“月光把茶叶泡燃，灼痛满天星光。”（《表达》）

月光是一壶滚烫的开水；“凄凉月光溅湿上帝的甘露”（《针尖上的海》），月光成了寒冷的瀑流；“蝉鸣蜕下树叶的衣裳／一点一滴缝洗着月光”（《幽灵穿过幻听的耳朵》），月光成了被缝洗着的白练；“月光融入冰窖与骨灰”（《也许，我看见》），月光成了融化的冰雪；“人们把太阳叫父亲／把月光叫新娘”（《信笔》），月光成了纯洁的新娘；“沙漠里贪杯的酒鬼／抱湖饮尽天上月光”（《一个我，另一个我》），月光成了解渴的湖水；“每夜升起的月亮，永远是同一个狂吠的月亮”（《诗》），月亮成了狂吠的天狗；“那醉吹洞箫的人是谁／饮半盏明月，吐一捧星天”（《涅槃》），明月成了美酒佳酿；“太阳为何要发光／月色为何要发寒／一个凉、一个热／像世上苦命人的心肠”（《一条河流悄悄远逝》），月亮又成了苦命人的心肠。诗人以明月意象抒发其思想感情、展示其生活境遇、体现其性格情操、表现其理想追求。他每一次描写月亮都毫不重复、出新出奇，体现了高超的艺术独创精神。

其十，《精神病日记》是诗人怪诞思维绽放的异彩。怪诞思维是一种与众不同的奇特的思维方式。它以现实中怪异事物为表现对象，采用大胆夸张、虚拟想象等出其不意的艺术手法，塑造出不同凡响，甚至荒诞不经的艺术形象，产生光怪陆离的神奇效果，让人惊叹不已。如《针尖上的海》中，“飞鸟是上帝的精虫／孕育思想的天空与浮云／针尖上的海，一滴落日／沉沦人类，大地上自鸣得意的虫子”。上帝的形象是多么神奇怪诞、高大伟岸！飞鸟是他的精虫，大海是他缝衣时沾在针尖上的一粒水珠，夕阳是他抖落的水滴，人类是他瞧不起眼的虫子。祂的形象如此奇特，但诗人自我的形象更加令人目瞪口呆。“满天星子像大神的细胞／在谁的脑海里璀璨／我的肉体天空一样高渺／蓝光般吸取自然的灵感”（《星子满天》），“我吞下地球，我在我的肚子里号叫”（《表达》），“我用意念召唤泰山的虎虫／也用谜语破译地震的灵感”（《自白》），“鸟啊，我失去了翅膀／请在我的嗓子里飞翔”（《水晶头颅》），诗人写景拟人，通过景物描写幻化出巨人形象。这形象比上帝的形象还更加怪诞神奇，他空灵缥缈、有影无形、以宇宙为家、与自然同体、神力无比、智慧无穷，更能引人奇思异想。

其十一，《精神病记》是诗人比较思维闪现的一束光芒。比较是一种确定事物异同关系的思维方式。它把两种或多种事物并置在一起，从它们的相互关系中去比较，以确定其相似与差别的地方和程度。人们借助比较仔细辨别各种事物，深入认识丰富多彩的大千世界，并把它们营造成优美的诗歌意境，在诗中表现出来。如《灵魂像一束光芒》中，“那颗黄星是汉朝在闪／一边和亲、一边追逐狼烟／民间流淌茅屋和汗水／皇家砖瓦独好儒学经典//那颗红星托起唐朝的丰满／柳枝打水，长安一片艳阳天／仗剑的哥哥抱起出浴的花朵／酒碗里的诗篇醉了千年宫殿……”诗人把汉朝、唐朝、元朝三个朝代并置在一起进行了比较，指出其各自的历史特点、文治武功、社会作用：创造出具有汉代的典雅、唐代的绮丽、元代的豪放的艺术风格的诗歌意境来，使人获得多重美感的享受。“比较”是诗歌创作中最富于表现力、运用得最广泛的艺术思维方式。它使诗歌意象鲜明、光彩动人、情韵无穷。

综上所述十一种创造性的思维方式，只不过是诗人樊忠慰在创作组诗《精神病日记》时整个创作思维系统的冰山一角，是诗人整个创造心理汪洋大海中的几叶扁舟，是诗人大脑功能的一个狭小层面。诗人的创作思维活动远非如此，是极其复杂、深奥、神秘的。要彻底揭开作家大脑黑箱的思维密码，还有待于科学的进一步发展。

诗集《绿太阳》艺术特色分析

王世华

自 20 世纪 80 年代到 90 年代，昭通文学经历了为“塑造人的美好灵魂”的服务意识到现实主义自由创作的转变。昭通拥有一批热爱文学的底层作家，他们勤勤恳恳地耕耘在这片具有历史厚重感的土壤上，以极其敏锐的眼光洞察并记录着当地人们的生活状况及自己对生活、对生命的意义、对历史进程的思索。他们形成了自己独特的创作风格，其风格成熟的标志是第三届和第五届鲁迅文学奖的获得者夏天敏和雷平阳。他们把目光投射到边贫地区，以生动的笔触写底层人们的真实情况，而对知识渴求的触角却伸到全国各个地方。樊忠慰也是这样一位很有代表性的作家。

2001 年，昭通作家樊忠慰的诗集《绿太阳》由云南人民出版社出版后，在全国引起了重大的反响，有评论认为它是“中国近年来诗歌创作的顶峰之作”。

《诗刊》副主编李小雨说：“读樊忠慰的诗，我总感到是对生命本质提升的极致，有一种向上飞的力量。那种与世隔绝的孤独使他沉于幻想，而饥饿和疾苦又给他带来身心的创伤，使他能更清楚地触摸到生命的颤力。”其诗集《绿太阳》融入了对诗歌意象本质、意象艺术和意象构建方面的高度浓缩。

一、诗集《绿太阳》中表现出来的象征性意象

象征主义是西方诗歌由浪漫主义转向现代主义的一个重要标志，从广义说，现代主义的基本精神在很大程度上是象征主义的。在 20 世纪初象征主义作为一种思潮被新文学的倡导者们大量引进。茅盾指出："表象主义（即象征主义）是承写实之后到新浪漫的一个过程，所以不得不先提倡。"象征主义的诗歌是不能离开意象的创造的。在诗集《绿太阳》中，作者借朦胧神秘的意象暗示或者表现其内心世界的真实的诗歌有很多。如：……我是风。少女，快跑／我的黑云想遮住你唇边的红霞／你花香的呼吸要落入我枕边的魔爪／／我用脚下的路做鞋带捆绑你的命运／让你在我残暴的爱里消逝／像一句被人提起又忘记，破碎的话（《少女与恶魔》）。

诗人在这首诗中构造的意象有"风""少女""黑云""唇""红霞""花香""魔爪""路""命运""爱"。在这些意象里，有具象的"风""少女""黑云""唇""红霞""花香"，抽象、朦胧的"魔爪""路""命运""爱"。诗人将这些意象进行糅合，构成了一幅幅蒙胧的意境，表现出诗人内心的惶惑、迷离与孤独。再如："……水死了／留下冰的骨头／或者升入天堂……"（《水》）

"水""冰"是具象的客观的物质，诗人在这里加上了"死""骨头""天堂"这些抽象的意象之后，产生了一个整体上较为迷离和神秘的意境。这是诗人的想象力与现实世界结合的产物，也是诗人内心的一种诉求。黑格尔认为："象征一般是直接呈现于感性关照的一种现成的外在事物，对这种外在事物并不直接就它本身来看，而是就它所暗示的一种较为广泛较为普通的意义来看。"樊忠慰的一部分诗就是把现象上升为意义的理解。

总之，象征化的意象艺术选择与创作实践已经较为鲜明地显示了它的重要意义。它在与中国的诗歌感物化意象抒情传统的融合中，扩展了中国诗歌意象的内涵，提升了诗歌意象的审美表现力。

二、意象本质观在《绿太阳》中的体现

意象就概念而言，经历了一个演化发展的过程：诗论家从早期的具象理解到主观创意的强调，再到多层次思考的现实主义意象观。意与象具有二元性，即强调意象的物性（客观性），同时又强调意象的主体性与客体性的相融性。在主观选择的独特客观意象中，体验出主、客体短暂相融时产生的新奇感。在阅读樊诗时，这样瞬间产生的新奇与独特感受是随处都有的。

这无法游泳的海
只能以驼铃解渴

每一粒沙
都是渴死的水

——《沙海》

前两句设置一幅荒芜寂寥的广阔画面：在茫茫沙漠中，诗人举目眺望，看见的是漫漫黄沙，干涸的，没有水，没有生命的迹象，唯一能慰藉自己的是驼铃声。于是诗人将目光移近俯察，看见的是一粒粒细小的沙子，他感悟到了这些沙子是渴死的水。

这是诗人自己对生活的又一种预设，把内心的孤寂赤裸裸地放在了生活的沙海中，把内在的意向诉之于外在，正如余光中先生所言："诗人内在之意诉之于外在之象，读者再根据这外在之象试图还原为诗人当初的内在之意。"（《论创作》）

但是在诗歌创作中如何由实景向幻象提升呢？这是困扰很多诗人创作的难点。闻一多先生强调了两点：第一是沉淀，第二是想象。因为沉淀可以遗忘那些"琐碎的枝节"而提取"情绪的轮廓"，想象可以丰富"情绪轮廓"的内涵。

……

当高贵的天空敞开心灵

一缕光芒穿越时间的陷阱

虎从啸叫里吐出金子

骨头上站起的穷人们

掏出了眼睛

……

星星在胃里闪烁，消耗的是黑夜

谁的沉默覆盖了死亡

——《虎啸》

把太阳破云而出想象为天空敞开的心灵和虎的叫声里吐出的金子，只有樊忠慰这样的诗人才有的情怀吧。然而这还不算，“星星在胃里闪烁，消耗的是黑夜”，这又是多么大气酣畅的胸襟啊！“一缕光芒穿越时间的陷阱”则把大家司空见惯的东西写得富有了故事情节、有了波澜、有了起伏。在这样简短的句子里能感悟到一颗孤寂的心中理性深沉而又浪漫的想法。这里给我们勾勒了一个故事的轮廓。

“骨头上站起的穷人们，掏出了眼睛”，一是因为光芒的出现使他们有了盼头，看到了希望。但他们是贫穷的，眼眶的深陷是生活的艰辛的写照。这里透露出诗人对下层人民的悲悯情怀。整首诗中有一种大气，又有一种悲痛。这是诗人心里的写照，也是诗人心的轮廓，同时也是诗人生命意象的人生体悟。

三、《绿太阳》中意象的构建

朱光潜是真正对“意象”这一诗学范畴进行学理分析的，其著作系统地探讨了诗学问题，他从“诗的境界”的角度去论述了情趣与意象的关系。在《诗论》中，情趣简称“情”，意象简称“景”。“一首诗，如果不能令人做一个独立自足的意象看，那还有芜杂凑塞或空虚的毛病，不能算是好诗。”即诗不仅要有意象（景），还要与意象有一种完整的和谐统一，从而达到一种情趣与意象的契合。

在《绿太阳》中，对诗歌意象的构建是极为典型的。如诗《星空》写道：

“孤独的天空，蝌蚪嘈杂／夜拖着长尾巴∥雨声如丝／树上的板栗哭泣／星星相撞，鱼发光……”这首诗作者是如何将意象构建交织在一起达到一种整体意境的呢？上句意象“天空”“蝌蚪”“夜”“尾巴”，将夜的来临与蝌蚪的尾巴相联系，富有极强的想象性，在读者的大脑中首先印在意象中的是蝌蚪，接着是夜的渐渐来临，把这个过程描绘得很微妙。下句中“雨声”“板栗”“星星”“鱼”“光”作为意象，用拟人、夸张和比喻的手法将各个意象组合建构了起来，在整体上有了一种和谐、神秘的意境。你会看出诗人意境构建的高妙之处，有很多地方是要慢慢回味才能体会得到的。

任何一位成功的诗人都是立足于底层现实生活，并且以其敏锐的心洞察生活的点点滴滴。因为他们深知，诗歌的源泉来自生活、来自平常现象的深刻感受。

更主要的是他们能将“直观感相的摹写，活跃生命的传达和最高灵境的启示”相结合，把景融于情，借景来抒发其情，在象征意象、意象本质观和意象构建中达到一种整体充分的运用。《绿太阳》的作者就是这样一位成功的诗人。

触摸人生和万物的灵魂：论樊忠慰的诗歌

范婷婷

在云南乃至中国当代诗坛的版图上，樊忠慰都是一道独特的风景。他卓尔不群地默默屹立在那里，坚忍而心甘情愿的坚守着诗歌的圣坛。他坚信诗歌是人类最后的童话、最初的预言，是天真的沉醉、崇高的昭示。诗歌就是樊忠慰的宗教，是樊忠慰的治病良药、救命稻草。樊忠慰曾有过长达十几年的精神病史，有着严重的“幻听”，甚至曾经有一段时间还在医院度过。也许有人会问：精神病和诗人能联系在一起吗？一个精神病患者能写出好诗吗？这病莫不是装的吧？樊忠慰就是在这样的怀疑之雾、流言之网中，自强不息地用诗歌制服了病魔、成就了自己。 他在诗集《精神病日记》的《诗人自语》中曾说：“现在我感谢疾病，它让我懂得什么是健康。感谢诗，让我触摸了众多诗人的灵魂和感情，它使我渴望找到一种美好、独特的汉语方式，才不虚度此生。”在当前这样一个“拜物”教的年代，这样一个“诗人养活诗歌”的年代，樊忠慰对诗歌的坚守本身仿佛就像是一个神话，这神话之光照耀着我们，照耀着在现代生活的跑马场中迷失自我的人们。樊忠慰在诗集《绿太阳》的《跋：真理或梦想》中写道：“我写诗，是由于无知，我想表达，所以我更无知，也更痛苦。”樊忠慰虽然一直住在盐津这个偏远小城，但是这并没有妨碍他在自己诗歌的国度里自由飞翔。他诗歌的内容丰富多彩，人类社会、大自然乃至宇宙万物都在他的笔下表达着、倾诉着。所幸有了樊忠慰的诗歌，让我们这些“久在樊笼里”的迷路者又多了一次聆听来自自然和上帝神启的机会，多了一份“触摸人生和万物的灵魂”的幸运。

一、聊斋诗人

樊忠慰让人印象最深的表达是关于他自己生活的表达，他以诗歌为矛和自己战斗着，拯救着自我、完善着自我。在樊忠慰的《绿太阳》这本诗集中，情诗占了很大一部分，且大多写得十分精彩，几乎首首都是精品，虽然艺术形式不同，但这种情形和清代杰出小说家蒲松龄十分相似。蒲松龄家境贫寒、一生潦倒，从 28 岁起离开妻儿，长期在外或做童蒙师，或代抄文稿，以养家糊口，直至 71 岁时才回到家中，其间长达几十年都过着“久以鹤梅当妻子，且将家舍做邮亭”的孤寂生活。这样夫妻长期分居、缺乏女性滋润的生活对蒲松龄的创作有着很大的影响。弗洛伊德的精神分析学认为，艺术本身就是一种补偿手段，作家的创作就是去寻找作为满足其内在欲求的替代物。在现实生活中，个体生命穷厄困顿的生活遭遇作用于心灵，导致内心的激荡不平和心理的严重失衡，甚至激起巨大的痛苦。由此人们渴望一种补偿或泄导的途径，以某种需要的满足来降低、缓解甚至消除这种失衡、缺憾或痛苦。蒲松龄终其一生的呕心沥血之作《聊斋志异》给人印象最深的就是花妖狐鬼和穷苦书生之间的爱情故事模式：家境贫穷、科举落第、极度落魄的书生，荒山野寺夜读时，总有善良可爱的美丽少女飘然而至，从而使书生无论在生理还是心理上都得到补偿。显然，“书生”故事模式中创造的情爱乌托邦正体现出蒲松龄的创作补偿心态。

樊忠慰现今已经四十多岁了，由于疾病和世俗等种种原因，至今仍是孤身一人，还没有体验过爱情生活和性爱的美好，于是他在诗歌中表达自己对爱情和性爱的渴望和幻想，从而在心理上得到一种假想的满足。也许正因为如此，他的情诗才那样的缠绵悱恻、扣人心弦。樊忠慰情诗的主人公都是“你”，这个“你”是诗人假想中的情人。在诗人丰富的想象中，这情人是《聊斋志异》中出现的“女鬼”，而诗人和《聊斋志异》中的书生一样，非但不惧怕，反而引为知己，在一篇直接以《女鬼》命名的诗中写道：“我在荒冢为你写诗 / 你就偷偷爱上了我 / 让我梦见你纤秀的脚 / 当我想你的香艳你的冷 / 你唤起蟋蟀来看我 / 可我竟不能像光抱住影子一样 / 抱住幽怨而多情的你”，诗人对女鬼无限痴情、无限怜惜，“我要吻干你的残夜你的泪痕 / 我该如何保护你 / 你的往事，还有你腐烂的红纱巾”，为了荒冢中的女鬼，诗人甚至甘愿付出自己的生命：“你要不要我的精血 / 要不要我滚烫的心 / 我要你复活，开花，哪怕我去死 / 隔世的新娘，你让我耗尽了青春”，这样缠绵情深的诗句仿佛是对《聊斋志异》中人鬼恋情的现代演绎与讴歌。本诗万般柔情中夹杂着甘愿奉献的决绝，又因为是向“惨遭枯骨蹂躏”的女鬼表达爱意，使诗歌呈现出一种难以言说的复杂的审美感受。隔着遥远的时空，樊忠慰和蒲松龄这两位情种，都以自己超凡的天才谱写了穿越时空的爱恋。在另一首诗《荒冢》中，樊忠慰更是爱得绝望而大胆，“我活着 / 没有人爱 / 死了 / 该会碰见美女的魂 // 隔世的美女 / 趁天没亮 / 快带上你的枯骨 / 跟我回家”。樊忠慰真可称得上是位“聊斋诗人”了。

在夜深人静的夜晚，这位聊斋诗人“蘸着夜色给你写诗”，写《想你在今夜》，想象“我用最初的眼睛捡你的月光 / 我用最后的想象摸你的笑意 / 你可愿穿过今夜的稿纸光临我的小屋 / 用你的一瓣瓣红唇，吻我的思念和忧郁”；诗人从不避讳对女人的渴望，“今夜，我又做不正经的梦了 / 你们想笑就笑吧 / 爱我的人是不笑的 / 他们的眼里噙着泪花”（《女人》）；诗人甚至在打电话的时候仿佛也在和情人倾诉衷肠：“你软语的精灵 / 从我的耳朵偷偷溜进了心 / 你替我唤她出来 / 等我捉住她，就与你结婚”；即使无法与曾经喜爱的“你”相识相恋，诗人仍旧怀着善意和痴情想象“你”读了我的诗作，“时常惦记我，而幸福了一辈子”。樊忠慰一定是读过爱尔兰伟大诗人叶芝脍炙人口的名篇《当你老了》，同样的题目，樊忠慰也写了一首，显然，写这样的同题诗是需要勇气和才情的，这既表达了对叶芝的敬意，又有同行切磋、提升自我诗技的“雄心”，虽然从思想和意境上略逊一筹，但诸如“当你老了，一场大雪把时间吹远 / 梦会冻醒，但我还是要在雪地里等你 / 找你，呼唤你的名字 / 直到你再也不会出现 / 直到大雪把我覆盖，直到我忘了一切”这样的诗句还是让人过目难忘。樊忠慰的诗歌中最广为流传的还是这首《我爱你》：“我爱你，看不见你的时候／我最想说这话／看见了你，我又不敢说／我怕我说了这话就死去／我不怕死，只怕我死了／没有人比我更爱你。” 本诗直白而情深，短短的几句诗行把爱与死的抉择、表达与隐藏的矛盾和倾诉与担忧的深情完美地融合在了一起。这首诗通俗易懂，但并不简单俗气。写情诗最忌讳的是有滥情、做作之嫌，而本诗并没有使用复杂的艺术手法、繁复的诗意点缀，却达到了抒写情诗的最高境界。

在《绿太阳》这本诗集中，诗人呼唤着情人的到来，忧郁而情深。而在2007年出版的诗集《精神病日记》中，虽然也有以《情诗》为题的诗，但少了几分美丽和深情，多了几分无奈与怨愤。樊忠慰仍旧渴望着爱情的滋润，“饮水和恋爱，吃饭和婚育／人间的大事，神圣而又本能／我需要一张干净的纸／在上面抒写爱情”（《诞生或活着》），“人的思想是氧气和神旨／我憎恶下贱的情欲／嘴巴馋涎异性的芳唇／惭愧我尚未成为真正的男人”（《人生像一场游戏》），诗人甚至埋怨“莫非上帝喜欢偷窥人类做爱／让结婚的人那么幸福／你的公道何在，仁义何在／庸才们无耻地嘲笑我的孤单//幻觉告诉我，如果失去童贞／我很快会死，十多年了／我秘而不宣地拒绝性爱／压抑疯狂的情欲，喷发奇异的诗篇”（《童贞》），他时常问自己“连垃圾都有人捡的时代／诗人找不到老婆／由于我并非垃圾／可能永远找不到老婆”（《日记》），于是樊忠慰陷入了不可自拔的矛盾之中“我渴望幸福又放弃幸福／我寻觅爱情又放弃爱情”（《时间丢了》），“我矮小而丑陋的样子／遭女人讨厌／我谦卑而善良的灵魂／上帝会喜欢”（《峡谷：一地碎银或沙粒》），从这些诗句中，我们可以看出樊忠慰陷入了爱与不爱的尴尬境地，诗人用诗句和自己辩论着、思考着爱情和婚姻的本质和意义。而在诗人最新出版的诗集《家园》中所表达的爱情则是“我要寻找一个有灵魂的侣伴／疼她、爱她，娶她为妻／活着用肉体交流情感／死了用灵魂抚慰灵魂”，诗人对爱情的表达既没有了《绿太阳》中“聊斋”似的略带“阴气”的狂想，也没有了《精神病日记》中的孤怨，而是变得如红豆般深沉蕴藉，“我是咀嚼你的男人／把你埋在心头／泥土让你生息／诗篇让你不朽∥你是我咀嚼的女人／在多情的传说里妩媚／化作千年相思泪／苦我，暖我，醉我”（《红豆》），“咀嚼”一词用得饶有韵味，男女的情感却是像彼此的咀嚼，经得起岁月沧桑咀嚼的爱情才是真爱。

樊忠慰至今没有找到属于自己的爱情，难道诗人在获取诗歌的同时必须以失去世俗最普通的幸福为代价吗？ 这是诗人的不幸，却是诗歌的幸运。

二、“新月”诗人

樊忠慰说过人类是一群没长大的孩子，其实，作为人类的一员，樊忠慰又何尝不是一个没长大的孩子呢？诗人很多时候都像一个没长大的孩子，把他们的孩提时代带给了读者和世界。印度伟大诗人泰戈尔的《新月集》描绘了孩童天真烂漫的“新月世界”，但“它并不是一部写给儿童读的诗歌集，乃是一部叙述儿童心理的最好诗歌集”。“我们只要一翻开它来，便立刻如得到两只有魔术的翅膀，可以使自己从现实的苦闷的境地里，飞翔到美静天真的儿童国里去。”《绿太阳》这本诗集中的很多诗篇和泰戈尔的《新月集》有着共同的特质。樊忠慰惋惜纯真无邪的童年的逝去，想象“蚂蚁和我堆童年”，“童年和蚂蚁堆得真大／像一座宫殿　泥巴的宫殿／我在宫殿外吹口哨／喊它的国王／童年和蚂蚁堆得真高／像一棵树　泥巴的树／我在树下纳凉／想娶它的公主／……童年和蚂蚁堆得真累／我淌汗　呵气／蚂蚁说　大雨来了　大风起了／那些宫殿　那些树／要倒下的样了／让我好可怜”（《蚂蚁和我堆童年》）。“童年”这个抽象的词和“蚂蚁”这个具象的小动物放在一起，使整首诗有一种奇异的美学效果，诗人把“宫殿”“国王”“公主”“泥巴”“口哨”和“蚂蚁”等在“我”的“童年”世界中存在过的事物用新奇的方式展现了出来。那“泥巴”的宫殿、高大的树、固执的国王和美丽的公主仿佛都呈现在了读者面前。当“我”终于无奈地长大后，“那些宫殿”“那些树”倒下了，“蚂蚁和我堆的童年”倒下了，诗人深深地怀念稚嫩天真的儿童时代。已近“不惑之年”的诗人面对“那些宫殿”和“树”的残骸，黯然神伤，觉得失去了童年的“宫殿”和“树”的自己真的“好可怜”，因为诗人知道“童年是水中鱼早已游走／我捉住是仅仅是水草和涟漪”（《印象》）。而我们这些自以为成熟的成年人——樊忠慰眼中没有长大的孩子，在生活的泥沼里读到这些童真的诗句，或多或少地会想起一些“童年和蚂蚁”的故事，早已蒙尘的心或许会感受到如清水洗尘般的明净。

对童年的“新月世界”如此依依不舍，时时回望的樊忠慰一定和泰戈尔一样，在人生的远足中没有丢失可贵的童心。《宇宙的孩子》就是一首童心盎然的作品。“我是宇宙的孩子／骑着幻想的小鸟／满脑子贪玩的星星／像一群蜜蜂／吵得我迷路了”，“我”迷路了，但是依然不慌不忙，“我不知这是什么地方／我给种子盖好棉被／我给月亮铺上青草／我要唱，让一条河流名扬天下／我要把炊烟扎上茅草房”，我像大自然中的小王子一样，依然细心地照顾着“种子”“月亮”，让“炊烟”乖乖地待在“茅草房”上面，彗星呀、鸟呀、花呀、蚂蚁呀都来找我玩耍，“那颗飞来的彗星／像妈妈喊我……我对花说／你开吧／花就开了∥我对蚂蚁说／你出来呀／它们就来了／笑嘻嘻地喊我爸爸”，“我”还因为长不出尾巴而害羞，“那些伤我的人／看见了我的血／问我为什么不哭／把我逗笑了∥他们不知道／我要发动一场世界大战／用太阳去攻打寒冷／用面包去攻打饥饿／用药品去攻打疾病／用爱情去攻打仇恨……”“宇宙的孩子”从不因为受到别人的伤害而去伤害别人，而是“以德报怨”，想让世界变得更加美好。这样的诗歌不以思想深刻取胜，而是以它的美丽、纯净和善良的童心让人过目难忘，在《绿太阳》这本诗集中，这样的诗句比比皆是，樊忠慰真可以称得上是当代诗坛的“新月”诗人了。

在樊忠慰童真的世界里，自然界的万物和人类一样是有灵魂的，“也许，上帝是大自然的花朵，神是大自然”。樊忠慰可能受到过“泛神论”的影响，但更有可能的是诗人在对自然和人类世界的观察和思考中获得的一种感性的崇尚神性的诗学。樊忠慰认为：“诗人是上帝的眼睛，在万物中搜索神性，诗歌是宇宙的生命之柱，置身于大山深处的泥土，折射出心灵的觉悟，诗歌为一切诗性的存在祈祷、祝福。”对具有“神性”的诗性追寻是樊忠慰的诗歌追求，也是一切优秀诗人的共同追求。“法国著名文论家伊沃纳·杜布莱西斯说过这样的话：在憧憬着永恒存在的诗人眼中，人所生活的这个世界既卑微又荒芜。诗人要开辟一条新的道路，以旁观者的身份察看生活。但是，只有在丰富了人的观念，在丰富了人对自身以及他为其一部分的世界的认识时，这种身份才有意义。杜布莱西斯的说法是深刻而辩证的。他不是仅强调诗人对虚无生存的拒绝，也不是简单地吁求诗人放弃乌托邦精神而混同流俗；他是在表述一个整体包容后超越的写作姿态。通俗些说就是：诗人要站得更高看得更远，既有对神圣事物的瞩望、追慕，又要对置身其中的生存现实——人的状况——有足够理解。这种出而不离、入而不合的姿态，会使诗纯正高贵又不乏人类本真生命的活力。”诗人、诗评家陈超对伊沃纳·杜布莱西斯这段话的理解是极有见地的，而每一位优秀的诗人对此肯定会有自己个性化的展现和诠释。樊忠慰诗歌所追求的既有“置身于大山深处的泥土”的气息和“心灵觉悟”的“神性”的诗歌品质正体现了陈超所说的“这种出而不离、入而不合的姿态”，这种“神性”的姿态在他的诗歌中不仅仅体现在上文所论述的对“新月”世界的建构中，而且还体现在对自然、自由、苦难、亲情和家园等“母题”的深层理解之中，限于篇幅，本文只对自然、自由和苦难的“母题”进行简单的表述。

在樊忠慰的诗歌中，“神性”体现在自然万物的普遍联系和变化之中。《恋歌》这个诗题，乍看之下应当是写男女之间的恋爱的赞歌，但本首诗的内容却完全和恋情无关，而是作者用令人惊叹的联想展现了草原上包括动物和植物在内的，生命繁衍的内在联系即天地万物之间生生不息、循环联系的“恋爱之歌”：“蹄声飞溅，马尾卷起的烟尘 / 是不灭的羊群 / 羊群像野花在草丛跑 / 跑着跑着落了草 // 拔一棵草，疼的是心跳 / 宰一口养，痛的是钢刀 // 马鞭抽碎的歌谣在云彩里飘 / 小溪是草原的汗 / 草原是大地的衣料。”诗人用的意象诸如“蹄声”“马尾”“羊群”“野花”“草丛”“钢刀”“马鞭”“云彩”“小溪”等等都是草原上司空见惯的，但把这些常见的事物在短短的九句诗行中一气呵成地连缀成篇，除了需要深厚的诗歌语言功底和丰富的联想外，最为关键的还是诗人“在万物中寻找神性”的思想基础。“水声远去／我用眼睛听／用心看／直到自己长出尾巴”（《鱼幻》）。孰是庄周？孰是蝴蝶？孰是鱼？孰是诗人，“在这种浑融之中，不是物具有人的特点，而是人具有物的特点；不是人幻化物，而是物为人‘塑形’。这样的诗歌深深唤醒了我们……自然不再是人的陪衬，它与人一同发出了本原生命的辉光。”

自由是诗人用上帝的眼睛寻找到的另一类“神性”，诗人赞扬了自然界中的动物如虎、豹、马、鹰、鸟等追求自由和野性的天性和生命的尊严。其中，诗篇《黑豹》是其代表作，“黑豹　苦难的王子／囚禁是宫殿　心脏是石头……你的病弱是一幕皮影戏”，黑豹虽然被囚禁在囚笼里，饥肠辘辘，但它并不病弱，而是守着自我的尊严，向往着“神性”的自由，“锁比利齿咬得更紧／脚踩到了宇宙的中心／不静止　也不移动／一团渴死的自由／让头颅着火，脑浆哭泣”，在现实中，黑豹无法拥有像鹰一样的自由，“只有梦穿破栅栏／幽灵般遁入深林……”自由是黑豹梦寐以求的“黄金”，因为对自由“不移动”的坚持，黑豹虽然历经苦难、经历“破碎”，但仍保持着王子高贵的尊严，“铁笼里的自由／换不了我身上一枚钱币”（《纸上的豹》）。其实，本诗不仅在写黑豹对囚禁的反抗、对自由的向往，也是樊忠慰对诗歌“神性”写作坚守的夫子之道，在他看来，在当今的中国，诗歌写作正如笼中的黑豹一样在自由和“破碎”的苦难中保留着自己高贵的“神性”，诗人樊忠慰一直坚信着并坚守着这份“神性”，正如王中文化奖颁奖词所说：“樊忠慰是我们所处的这个时代实属罕见的诗歌赤子，在文学艺术不断世俗化和商业化的今天，当一些平面的语言技巧在炒作中日渐占上风的时候，樊忠慰是一个用生命的寂寞和孤单保卫着诗歌贞操的斗士。”

苦难是人类社会的永恒主题，批评家李建军在《文学因何而伟大》一文中写道：文学必须面对的“迫切问题”，是人的生存境况。真正的作家把文学当作讨论生活的一种方式。他关心、同情弱者和不幸的人们。他把写作当作帮助人们摆脱苦难、获得拯救的伟大伦理行为。樊忠慰的诗歌中不乏对于苦难的表述，如《吃烂桔的母亲》，“疑心走进了名画／一个老女人／从垃圾桶里／捡取几只烂桔／有滋有味／咀嚼着生活的贫穷和酸辛”，本诗的第一段描述用的是“现在时”，作者寥寥几笔确实给人以“走进了名画”的错觉，时光仿佛停留在了这个老女人的身上。接下来诗人关切地自问：“她的家呢”，只这一问题构成了诗歌的第二段，诗人是在自问，同时也开始了和读者的交流，激起了读者对老女人的关切和怜悯。诗歌的第三段前六句用的是“过去式”，“她少女的容颜／还在五十年前笑吗／她出嫁的爆竹／还在耳边响吗／爱过她的人／还活着吗”，面对她现在的苦难人生，诗人没有写是天灾还是人祸让她沦落到这般田地，反而关心的是她这一生是否笑过、爱过、幸福过， 这样的写法反而加重了老女人现在的苦难，控诉了命运对人无情的蹂躏。最后，“我哭了／苦难人生／你比诗更震撼灵魂”，读完此诗，读者仿佛也和老女人一样经历了苦难而漫长的一生，疲倦而震撼，诗人从老女人苦难的人生中发现了命运无情的“神性”。但是，在樊忠慰的诗集中，这样的诗歌并不多见，尤其是在《精神病日记》这部诗集中，诗人似乎正处于焦灼混乱的心理状态，大部分的诗作都是在处理“我”与现实世界与诗歌的关系，不过这倒是符合诗人对这本诗集的定位即是一本写给自己的日记，是对自我情绪和思想的宣泄与思考。樊忠慰曾说过现在越写越少了，很怕重复自己，不重复却又是很难做到的。也许，樊忠慰是应该放宽自己的世界，到更加广阔的天地里去触摸人生和万物的灵魂，使自己的“新月世界”更加丰富多彩。

三、天才诗人

云南著名诗人傅泽刚在为《昭通师专 30 年校园文学作品集》所作的序言中认为：“雷平阳是诗才，樊忠慰是天才，孙世祥是怪才。”写诗是天才的事业，樊忠慰刚开始诗歌创作的时候就已经达到了很高的水准，“这无法游泳的海／只能以驼铃解渴／每一粒沙／都是渴死的水”（《沙海》），樊忠慰不鸣则已、一鸣惊人，这首《沙海》几乎成了樊忠慰的诗歌“名片”。读此诗，我们佩服诗人“炼丹”的功力，更惊奇于他超拔奇诡的想象力。“艺术的存在就是为了使人恢复对生活的感知，为了让人感觉到事物，使石头具有石头的质地。艺术的目的是引起对事物的感受，而不是提供识别事物的知识。艺术的技法是使事物‘不熟悉’，使形式变得困难，加大感知的难度和长度，因为感知过程本身就是审美目的，必须把它延长。”樊忠慰的许多诗歌都具有这种“石头的质地”，在他诗歌的世界里，我们熟知的世界被赋予了生机勃勃的生命力和自然的灵性。诗人如一位技艺高超的魔术师，在自己的世界里展现着令人瞠目结舌的表演，他可以“让眼睛爬上芭蕉树／看看野兽发芽　星空爆炸”，“让冰川飞翔　大海跪下”（《挽歌》），“两条相交的河流”在诗人看来“像把弹弓”，“我使劲儿拉／鱼射向江海／鸟射向天空”（《河流》），而“石头是黑夜的羊群／踩着星光的水声入睡”(《石头是黑夜的羊群》)，“水在发芽／鱼在生根”(《感觉》)，“花香凋谢，月光吹拂”（《天葬》），“鸡鸣扯出长长的炊烟”（《鸡鸣扯出长长的炊烟》），“露水像哭泣的盲人／在草丛摸索／什么也没找到／反把自己丢了”（《遥望草原》）……这些诗句让我们走进了樊忠慰天马行空的诗歌王国，在这个王国里，被习以为常的事物让过分“自动化”的我们仿佛来到了一个陌生的异域国度，重新感受了世界的新奇和美好，渐渐恢复了早已“僵化”的知觉。诗歌是语言的翅膀，总是想“旁逸斜出”规范语言，仿佛一个永远不安分的“精灵”。诗人们通过自己个性化的创作、挖掘丰富了语言的潜能和极限，这样的努力是没有终点因而也是其乐无穷的。二十多年来，樊忠慰如勤劳的农民一般，“沉默如泥土／埋着语言的红薯／”（《农民》），在自己诗歌语言的“田地” 里播种着、耕耘着，因而也获得了劳动的辉煌。樊忠慰自己比较得意，也是备受批评家和读者称赞的一首诗是《祖国，我的姐姐》。

祖国，我的姐姐
我爱你，你真大
你的美丽大善良大

你的公鸡叫声大

你的海大湖泊大
你的龙大江河大
你的星星比天空大
你的我比蚂蚁大

你的春天比乳房大
你的冬天比雪花大
你的苦难比洪水大
你的思念比月饼大

你的樱桃大小米大
你的眼睛大发明大
你的蝴蝶大裙子大
你的国歌比地球大

你的九百六十万皮肤大
你的五千年大
祖国，我亲亲的姐姐
我爱你，你真大

这是一首“奇异”的诗歌，像一位天外来客般孤零零地矗立在无数首太过“成熟”和庸俗的赞美祖国的诗歌中，显得那样的卓尔不群，让人既惊奇又感叹。“大”在《现代汉语词典》中的解释有：1. 在体积、面积、数量、力量、强度等方面超过通常的情况或超过所比较的对象：大山 | 大城市 | 风比昨天大 | 年纪大 | 今天的太阳真大；2. 副词，表示程度深：大不一样 | 真相大白 | 大吃一惊；3. 大小的程度：你的孩子多大了？ | 那间房子有这间两个大；4. 排行第一的：老大 | 大哥 | 大女儿等十二种意义。本

诗中“我爱你，你真大”“你的公鸡叫声大”“你的海大湖泊大”等显然是“大”的第一或第三种意义的应用，是完全符合现代汉语语法规则的，但如“你的美丽大善良大”“你的春天比乳房大……你的思念比月饼大”“你的国歌比地球大”和“你的九百六十万皮肤大 / 你的五千年大”等诗句虽然也运用了上文所列的“大”的第一或第三种意义，但是从现代汉语语法规则来衡量却是不恰当的。樊忠慰显然大胆地“无视”了“大”字规范的解释和语法应用，使“大”获得了自己个性化的意义，这样的“大”是樊忠慰式的“大”，它吸取了樊忠慰的风骨和神韵。这样的“大”带了一点稚气和傻气，像是一个孩童对“祖国，我的姐姐”的撒娇表白，但又带了点小大人的严肃认真的神情和斩钉截铁的语气，流露出对“祖国，我的姐姐”纯洁、真挚、深厚的爱慕和依恋。 这首诗感情浓郁，但诗人却用充满童趣、明媚清澈的语言表达之，创造出了一种全新的审美效果。正如穆卡若夫斯基在《标准语言与诗歌语言》一文中认为的那样：“正是对标准语言规范进行有系统的违背，才有可能对语言进行诗意运用，没有这种可能，也就没有诗。”樊忠慰的这首诗正是“诗歌语言”挣脱“标准语言”之“重”轻盈飞翔的例证。

《诗刊》副主编李小雨说：“读樊忠慰的诗，我总感到是对生命本质提升的极致，有一种向上飞的力量。”樊忠慰不仅使语言具有了“飞升”的灵性，也使自己获得了“吾将上下而求索”的神力。在《精神病日记》中诗人的灵魂常常“出走”，神游天上人间，到了天堂门前，上帝看到“肥胖的天使枯瘦如柴”时心中暗想：“莫非人世的苦难与浮华 / 使他的灵魂变沉，肉体轻飘”（《独语或对话》），于是和诗人展开了关于诗人自身、诗歌及生命的对话。显然，樊忠慰是在效仿自己欣赏的诗人屈原和李白（或是也受到《浮士德》等外国诗歌的影响也未可知）。古典诗歌仿佛一座大山一样横在现当代每一位诗人面前，是绕过这座大山重新寻找异域新的天地？还是在吸收外国诗学理论的同时，在这座宝库里寻找有益的营养，形成有民族特点的诗歌脉络？在现当代文学史上，诗人们都有他们自己选择的自由和理由， 其实，这座大山是不可逃避的，就算走出了它的土地，也走不出它的阴影和气息。樊忠慰从创作之初就天然地接受了古典诗歌的润泽，他从屈原和李白那里吸收了创作的灵感和气魄，从王维和陶渊明等田园诗人那里学习了古典的意境和审美的心态以及看世界的角度，特别是在新出版的诗集《家园》中，对古典诗歌语言、题材等方面的借鉴和有意识的化用更是十分明显。

樊忠慰在《水晶头颅》中说道："诗人是天堂爆炸前／上帝和神灵仓皇逃窜时／遗落在人间的种子和灵感／注定辉煌，注定苦难"，樊忠慰对自己和诗歌结合的命运似乎早已了然于胸，他的生活却是充满了苦难，使他成为"与病魔搏杀，错过爱情和末日的人"（《我和你》）。但它的诗歌是"辉煌"的，而樊忠慰却认为自己只是一个诗歌爱好者，外面那些评价太高了，就当鞭策与鼓励，他一直只是为怎样写出好诗而发愁，从这样高贵的谦逊中我们看到了樊忠慰在以后的诗歌创作中必将有更大的"辉煌"。

飞翔的心
——读樊忠慰诗集《绿太阳》

聂　勒

我向来比较喜欢精短又明亮的诗。樊忠慰灵动、明亮而又跳动的诗句让人回味无尽。读他的诗，那些雄峻苍茫的大峡谷，总是恍惚于我的面前；那些孤独而又高傲的飞翔，总是那么无忧无虑地延续着；那些浅唱着小桥流水的民韵，总是那么源源不断；那些扯不清剪不断的爱，总是那么情真意切。

你听，“这无法游泳的海／只能以驼铃解渴／每一粒沙／都是渴死的水”。只有真正生活在大山峡谷里的诗人，才有这样的体味、这样的感受，才能领略其中深层的含义。每天，诗人在聆听着来自大自然的声音，那些奔流、那些飞翔就自然地流入他的笔端，直奔他的诗歌中去，从而有“两条相交的河流／像把弹弓，我使劲儿拉／鱼射向大海／鸟射向天空”的辽阔，从而有“树上的空巢／装着鸟鸣”和“鹰被击落以后／天空仍旧在飞”这样的哲语。

诗人从来就不怕孤独，因为诗人需要孤独，只有在沉寂的时空里，诗人才能在平静似水中倾听心跳，才能感受到翻江倒海般灵魂的腾越，才能享受着生存下来的意义，才能顿悟激荡着的思想的浪花。

爱，是诗歌表达的永恒主题。他在《圆明园》一诗中写道：“你倒下了／你的骨头还站着／你不会倒下／下面站着我们”，表达了亿万炎黄子孙的心声。“奶奶临终前／一顿比一顿少吃／是怕谷子咬她”的质朴，丝丝缕缕透出一种别样的情深，读着读着，一时让人透不过气来。诗人对爱的倾诉，炽烈、清纯、秀美，可以说达到了至善至美的境地。

诗人以丰富的想象、澎湃的激情和鲜明的个性确立了自己在诗坛的地位。读他的诗，你会发现，他的视野开阔，自由无羁，感情奔放，语言精练，注重人性中最本质的东西，用美好的思想去开掘灵魂的土地，用美去摄住读者的心灵，用真情去抒时代之音，这就是真正的诗人。樊忠慰无愧于他的母土、无愧于他的时代、无愧于当代诗坛。

孤独存在中的“家园”建构
——樊忠慰《家园》解读

杨碧薇

相对于前两部诗集《绿太阳》《精神病日记》而言，樊忠慰的第三部个人诗集《家园》，抹除了不少的质问与疑问，代之以更多的肯定与回答；削去了不少的冲突与对抗，代之以更多的缓和与顺应；弱化了不少的奇崛与瑰丽，代之以更多的平实和质朴。而同时，他仍然在以严肃、赤忱的态度，不断追问生命本质及人生价值，试图找寻、建立并皈依精神的家园。

在当代诗坛中，樊忠慰并不能简单地归附于某个流派，反之，也没有任何流派能够将樊忠慰的诗歌做出准确的定义。他的创作在很大程度上是自我对话的结果。与大城市里的诗人不同，樊忠慰长期生活在相对封闭的滇东北小城盐津，在规避了城市文明侵扰与世俗纷争的同时，贫困落后的环境中人的生存境遇、个体精神的苦闷与孤独、反复无常的精神病的折磨等新的问题，却带给他更为严峻的考验。在多重压力的挤压下，他的诗歌表现出与当代诗歌的背离：并不直接指涉社会与生活层面的话题，转而书写人类精神的困境、人生的终极归属。这种写作策略，使得他的诗歌具有高度抽象性，并且无时无刻不与这样一个命题相缠绕：人的精神家园。

“樊忠慰诗歌展示的仅仅是人类遥远彼岸的理想，这种理想时常被具体化为家园。”诗集《家园》，便是这一理想的集中阐释。而“生命”与“时间”作为两个核心的概念，贯穿文本始终，共同支撑了诗人理想中的“家园”建构。

一、神与死亡谱系之下的人类生命

在樊忠慰的诗歌中，多次出现“神灵”“神”“上帝”这样的语词：“相信神灵，就没有末日”（《洞悉》）、“神能看清人的思想”（《羔羊》）、“我拒绝了上帝的黄金”（《金与银》）等等。与之相对应的，还有“天堂”“魔鬼”等概念。承认未知世界的存在，承认高于人类的看不见的力量，是樊忠慰在思考“人”的问题时所铺设的基调。他并不是一位严格意义上的宗教徒，却拥有一种泛神论的情怀，相信世界有神灵，人类的一举一动是在神灵的笼罩与注视下发生。然而，在这个普遍怀疑神的存在的时代，诗人对神的能力也持有谨慎的反思，虽然他不像尼采一样绝望地宣布“上帝死了”，但是也说道：“上帝啊，你公平而又不道德”（《癞蛤蟆》）。在敬畏神的同时，他也更加强调人类的主观性：人类如何生活，很大程度上取决于自身。这种观念，使得他笔下的“天堂”与“人间”存在明显的断裂。一方面，他从不将人间和天堂之间画上等号，更不承认俗世的欢乐可以代替天堂的崇高，对他而言，天堂永远是一片高高在上的、值得敬仰与等候的乐土，“人间的美丑善恶，终将被上帝的口袋收藏”（《草莓》）；另一方面，因为“天堂”与“人间”的断裂，人生注定是残缺的，“神把生命赐给人类，不料人类比神更残缺”（《母亲》），残缺与断裂使人类的存在获得了意义的缝隙，这就是人类生命的基本面貌。

除了神之外，樊忠慰还对死亡极其敏锐，“死亡”是他诗歌的常客，“死亡像燃烧的庄稼，散落在山冈”（《母亲走了》），“我相信死亡会像野草般复活”（《哀思》），“死亡来了，一切速度消逝”（《洞悉》）。在他的诗歌里，“死亡”已经超越了意象层面，上升到了意义层面。

不可否认，死亡与人的生存之间，存在着紧张的关系，两者必然是非此即彼。诗人深知死亡无法抗拒，它具有伟大的权柄，“智慧也无法拒绝死亡”（《鸡鸣扯出长长的炊烟》），“死神，我厌恶的仇敌”（《星与人》），“死亡，泡软了伟大的真理”（《咏史》）。然而，在《家园》中，他已能以更加超脱的眼光去看待死亡，死亡固然是生命的终结，但对于“向死而生”

的诗人来说，死亡并不能对他的存在构成有效的威胁，因为死亡让生命完整。经历了与死亡的尖锐对抗之后，诗人能以一颗平常心，去顺应生命的规律，因为“爱恨都太浪费时光”（《蓝宝石》）。所以，《家园》中的死亡书写，呈现出一种奇特的沉静，似乎《绿太阳》《精神病日记》时期面对死亡的那颗激烈冲突着的心灵消失了，取而代之的是包容的审视、超然的关照：“人间聚散无定，祸福难料，生死无常”（《母亲》）。但谁能否定这种平静的表层之下曾有过波澜壮阔的洪流，谁又能否定他冷静的叙述依然“有一种向上的力量”？没有人能够解决死亡的问题，樊忠慰的死亡书写，并未给“死亡”的性质做出明确的定性，也未给生死的命题找到合理的解释，他只是用诗歌表述了个人视野中的死亡世界，并且相信“有一种语言高于人生，高于死亡”（《千年后的阳光》），在这个层面上，他关上了虚无主义的大门，就像尼采一样，坚定地认为诗歌等艺术是能够与死亡相对抗的，“艺术乃是针对虚无主义的别具一格的反运动”。艺术能让人生获得持久的意义，“艺术和诗歌奔跑，美奔跑”（《身体里的海在奔跑》），“我写诗，为了证明我活着”（《独角兽》）。

人类的生命，便是神与死亡之间的艰难存在。“那种与世隔绝的孤独使他沉于幻想，而饥饿和疾苦又给他带来身心的创伤，使他更能清醒地触摸到生命的颤力。”樊忠慰一直致力于对人类存在的思考。某种程度来说，“他游离了我们的时代”，“对于当下的生存，樊忠慰仿佛完全是不在场”，但正因如此，他直接进入了更为终极的思索中。天赐的洞悉力，使他总是能深入人世冷暖的深层隙罅，他的诗歌具有存在主义层面上的可解读性。

在樊忠慰笔下，相对于神而言，人是被创造物。人是渺小的、残缺的，“人啊，你的阴影注定了你的黑暗／你的善良成全了你的罪恶”（《天葬》）。人很脆弱，对于神只能仰望；人又很无知，庸庸碌碌地活着，浪费生命，辜负了神的期待；人还有罪恶，“人性恶”毁坏了人类自我升华的可能性。

在宇宙当中，“人类”是孤独的群体，“人”又是孤独的个体，“人是些飘不进天堂的种子／注定饮尽尘埃、苦难与忧伤”（《感悟》），可我是人，渺小的人，欲望的人（《看见》）。人活在神与死亡的双重钳制之中，这是樊忠慰在思考“人”的问题时的一个出发点。在孤独的存在中，人势必想要寻找自己的“家园”，这家园也许在天堂，也许在其他的未知世界，也许就在人间，无论如何，它具有普世价值，能成为人类精神的共同归属。由此，“家园”建构获得了意义上的支撑与普遍有效的合法性。

二、无法战胜的时间

对时间的无力感时常浮动在樊忠慰的诗歌中。通过文本细读可发现，诗人的潜意识里认为，人类最大的敌人并不是高高在上的神，也不是结束肉体生命的死亡，而是时间。唯有时间战无不胜，它能将万事万物都打败，它才是最高的权柄。

对“时间”的体认，首先源自于诗人对自己个体生命的感悟。樊忠慰的诗歌有一种明显的内倾性，在他的诗歌里，很多结论式的判断，并不是与他人交流的结果，而是与自己对话的结果。当他的精神遭到严峻的考验时，外力并不能有效地引导他走出困境，真正的精神解脱的力量，来源于自己。在这种时候，他感觉到“时间的阶梯，幽灵与狗吠点灯”（《诗草》），感觉到“撕裂饥寒交迫的时间”（《田子坊情话》），要摆脱困境的折磨，就必须主动调动自我。这种独特的个体生命体验，使他的诗歌超越了描写日常生活琐事的层面，直接思考形而上的问题的维度，虽有内倾性质，却具有内扩的无限张力。

其次，对“时间”的体认还与诗人所身处的环境密切相关。长期生活在滇东北小城里，“生。在关河边饮水／死。在坟堆里安睡”（《盐津》），这里的岩石、悬棺、金沙江等给了他无尽的遥想，引发了他无限的思索，而因为身边缺乏对话的人，他时常处在孤独的状态之中，“我多么痛苦而孤寂”（《寻觅》），正因如此，他有充分的时间思考人生、命运、时间本身。他将时间与大自然进行类比，“时间，风一样呼吸／岩石，病一样迷惘”（《草莓》），在高山峡谷的环境里，他感觉到人的渺小与时间的浩大。他的诗“已从社会、历史和道德、伦理等领域逸出，进入生命和文化层面”。

樊忠慰对时间的认识，大致可归结为几点：一是时间不可抗拒，无法摧毁，二是事物在时间中呈现出“去意义化”的状态，三是时间带来的虚无感。

时间带有一种不可抗拒的强力意志，“强力意志本质上是一种创造和毁灭”，万物在时间中诞生，又在时间中消亡。“时间啊，大地的主宰”（《草原》），“时间的力量从皱纹剥出骷髅”（《时间》）。时间高于自然与人生，它的权力无法推翻。人类对它的抵抗注定是无效的，而在天地间，人类又是唯一具有智慧能力的生物，人类就像是孤独的斗士，为了拒绝孤独，试图以自由意志击败时间，所有的努力均告失败。反之，在注定失败的与时间对抗的过程中，人类又更加感觉到孤独。诗人承认时间的不可抗拒，心怀无奈与唱叹。

任何事物的存在，在时间的长河里都呈现出“去意义化”的状态。时间能消融事物的意义，甚至使之变得毫无价值。连“土地”都在时间中消逝，“一切都会消逝／我怀疑土地的永恒”（《草莓》），“有什么比时间年轻　比黄金朴素”（《法国·拉科斯洞窟壁画》）。作为唯一能意识到这种消逝与“去意义化”的生物，人类在时间面前更觉清醒与孤独。而作为比常人更为敏感的诗人，面对时间，更是难免要痛苦。

时间的强力意志，集中体现在它所带来的虚无感上。时间使人老去，也许还需要一个过程。而虚无将人摧毁，却极有可能是顷刻间的事。时间的恐怖在于它的无情，“时间的屠刀下／一切都是暧昧，忧愤和麻木”（《牛年的眼睛》），“时间仿佛天堂和神灵／把地球挂在心上，又把人类遗忘”（《天葬》），它轻易将人类抛弃、将生命带走，还消磨了一切事物存在的价值，使万物变得虚无。

面对时间的虚无，人类必须要摆脱痛苦。既然对抗时间、消除虚无已经变得不可能，那么唯一的途径，就是建造精神的家园，从中获得相对的存在价值。所以，诗人才呼唤“家园”、渴求“家园”，并以诗歌作为建造“家园”的材料，尝试为人类寻找一个最终的归宿。

三、家园建构的意义

整本《家园》所致力于解决的问题，不过是解释建立“家园”的合法性与必然性，“他们努力地使他们的诗歌深沉而生动地摇曳出对人的命运、对自身、对人性的诗性思考。这些通往哲学的抒情和美妙构想，都被安置在一个更宽广的文化、历史框架里”。而对于如何建立家园，这一具体的过程，诗人并未给出完整的解答，对此而言，他本身就是一个孤独的困惑者。《家园》的意义，在当下来说，也许就是展示人类孤独的生存困境，揭示人在生命与时间中所经受的双重压力，在这个物欲横流的时代，呼吁人进行自我内心的精神建造。

当然，在孤独地建造“家园”的过程中，诗人并不盲目地乐观。作为一个有着多年诗歌写作经验的写作者，樊忠慰在《家园》中保留了严肃的写作态度，他依然拒绝媚俗的讴歌，将深沉的忧患意识转换到了独特的诗歌体验之中。他的“家园”建构也只是个人的尝试，代表的是写作者的私人立场，同时也因契合了当下的人类精神困境，在新时期语境中找到了发言的位置。他“不乐观”的态度，正是对社会、人类的责任感的体现，出发点则是在孤独中小心翼翼地保存着的真诚。

孵化天空，聆听阳光嫩绿的叫声

——评樊忠慰诗集《雏鸟》

尹宗义

一只雏鸟，“把季节分开　取出春天／把花朵分开　取出爱／／孵化雏鸟的天空／像一只啄破的蛋壳／裂开阳光嫩绿的叫声”（《雏鸟》）。在艺术的空间里，雏鸟自由地翱翔，寻找春天，寻找温暖，寻找美丽；在现实的生活中，雏鸟孤独地飞翔，努力追求爱，寻找幸福的脚步；在理想的世界里，雏鸟展翅高飞，啄破思想的蛋壳，聆听阳光嫩绿的叫声。这一只雏鸟，从诗人的世界里，飞进了每一个读者的心中，将爱的天空孵化，明净了星光，澄澈了太阳。

诗歌中的抒情主人公常常是诗人自己。诗人对自我的回归和守护，从而在诗人的审美观照和描绘的某些意象中，投射着诗人自身独特情感的影子。于是，诗歌就像一面明亮的镜子，既照射出生活，也透视了自我。或隐或显，诗中都存在着一个突出的自我形象。

“自我溶解越是充分，创作的作品也就越是成熟也越是有价值。”每一首诗，就是一个舞台。诗人或自己亲自上台起舞，或隐藏于幕后编导，但诗人的自我形象都会跃然于纸。

樊忠慰的形象首先被误认为是个患者形象。1991 年，他经常出现幻听，身体不适。他试图用高歌来冲淡幻听，却被人们误会，说他疯了。虽然说诗人在艺术层面超越了世俗，到了更崇高的精神空间自由翱翔，但他也有飞累的时候，总要回到现实世界，做一个普通的人。于是，一些世俗的观点无形中就变成利箭，刺伤诗人的心。

面对别人的误会，面对那些坏话，诗人很不解："你不是我　怎么知道我是谁。"（《蝼蚁》）他不喜欢别人对他妄加猜测，特别是以一种不好的心理去臆想。他声明："我只是病人，并非毒药。"（《无题二十八行》）有时，诗人更是郁闷，甚至很生气。他在《金币郁闷》中说："我拔断他的牙齿，撕碎灵魂纷扬。"在《随笔与感悟》中，他还在愤怒："让那些诋毁和流言见鬼去吧。"

更多的时候，诗人是宽容的："那些用笔诋毁我的人／我不切断他的手／那些用嘴污蔑我的人／我不割断他的舌头。"（《呼吸》）但是，诗人的"苦难太深，对幸福已经麻木／泪水看不见我的悲悯／诅咒听不懂我的心灵／剥下伤疤与血痕，我是大众的笑柄"［《病中吟（二）》］。于是，他希望"把疯癫送给倒霉的谁／换上个健康的头颅"，但他又坚信"自己是自己，我还是我"，"若有佛的轮回／来世的自己　并非今生的我／在病狂而绝望的日子／珍惜我的前世梦想"。［《病中吟（二）》］诗人在诗中，似乎在不断确定自己的生存状态，认为自己是"病夫""疯子"。他说："与病魔厮杀的我／终会像影子般倒下。"［《疯子》］他在《疯丐》中还这样写道："她癫狂地唠叨　诡秘地微笑。"坦然面对现实，是一种真诚，是一种勇气，也是一种豁达。

面对自己的幻听与臆想，诗人在《金币郁闷》中这样描绘："右耳嗡嗡一声接撞响／不知是苍蝇或蜜蜂，想偷我的幻听与臆想。"诗人采用移情手法，将自己的幻听与臆想写得那么唯美，好像在一个春天，鲜花齐放，幻听与臆想也在齐放。本应忙着赏春的苍蝇或蜜蜂，却试图偷诗人的幻听与臆想。诗人在此流露出他人妄想介入他的疾病和郁闷。在此诗中，诗人还以描绘梦境来表现自己的幻听与臆想状态："梦见一群人朗诵我的爱情诗句／我也加入了欢呼的行列，没有观众发笑／我在舞台上旁若无人地撒尿／似乎昭示我多年病狂的羞耻。"梦是自由的回归，诗歌是自我的追求，而幻听与臆想，在艺术空间里是对自由的追求。在舞台上，能旁若无人地撒尿，是一种疯狂，也是一种自由的体现，但诗人有现实的顾虑，认为这是昭示自己多年病狂的羞耻。在自由与羞耻间徘徊，诗人更加郁闷。

一方面，诗人痛苦于疾病给他带来身体的不适，心理所受到的干扰。在《呼吸》中，他埋怨："神呐　我是你制造的缺憾／你的奇迹是我的磨难。"为了驱赶疾病，"把自己弄成一个大巫师／驱赶缠身的污鬼与邪灵／中药西药　针灸和我／疾苦像呼吸没有减弱"。另一方面，疾病又是艺术的幽灵。在幻听与臆想的世界里，诗人寻找到一个艺术的、精神的、思想的空间，自由遨游，大胆想象。情感更纯粹、澄澈，思想更深刻、独到，诗歌更独特、唯美。他曾在诗集《绿太阳》的自序中说："幽灵的观念产生灵感，鬼的诞生是死亡的复活。"生死顿悟，便是艺术灵感的火花。他还说："诗歌在生死之内。"这就是从幽灵中产生诗歌灵感，在死亡复活中诞生诗歌。"文学作品越伟大，它就越具有幽灵性。"德里达在《马克思的幽灵》一书中说："依据定义，一部杰作如同一个幽灵，时刻都处在运动之中。"杰作是"一部天才的作品，或者说似乎完全是设计自身的幽灵性产品。"因为在文学作品中，幽灵是一种精神，表现幽灵，就是对我们人的思考。"幽灵"既处于"人类感觉之外又位于人类感觉之内"，是"对人的否定或动摇"。透过疾病，感受到生死，看到幽灵，便与神灵交流、与艺术碰撞。诗人既认识了自我，又让灵魂得到澄澈。 诗拯救了他，写诗的过程是他治病的过程，可以缓解他精神与现实、生理与心理的矛盾，以及焦虑和冲突。在《蝼蚁》一诗中，他说："不写诗　我会枯竭／太阳的呼唤　穿透我病苦而多愁的灵肉"，他还说："我本是一个写诗的病夫／以语言的药片浇灌生存。"（《呼吸》）在诗歌的世界里，我们看到了一位健康的、纯粹的人。庄周化蝶，樊忠慰化诗。

樊忠慰诗歌的灵动与纯净

尹宗义

诗人樊忠慰“独行于故乡的山水天地间，近于喃喃自语地与自然和山外的世界对话，追求着情感的真实”。《诗刊》副主编李小雨说：“读樊忠慰的诗，我总感到是对生命本质提升的极致，有一种向上飞的力量。那种与世隔绝的孤独使他沉于幻想，而饥饿和疾苦又给他带来身心的创伤，使他更能清楚地触摸到生命的颤动。”有评论认为：“对于当下的生存，樊忠慰仿佛完全是不在场。”他游离于现实生活之外，他“那些针芒一样有穿透力的生命激情，那种剔出了时尚和尘嚣的纯洁，对于每一个有过诗性体验的人，无疑是一道注入心灵的彩虹”。“在文学艺术不断世俗化和商业化的今天，当一些平面的语言技巧在炒作中日渐占上风的时候，樊忠慰是一个用生命的寂寞和孤单保卫着诗歌贞操的斗士。”

他的这种诗歌风格，应该就是他在《炼丹的人——代自序》中说的“灵动，纯净，奇幻是我的追求”。他主张的“灵动”“纯净”“奇幻”，可以理解为诗歌是“神赐的空气、食物和语言，它进入身体又从身体出来，不断地沟通和交换，成为世界”，应该是“诗的技巧在于不要刻意”，应该是“诗歌是人类最后的童话，最初的预言，是天真的沉醉，崇高的昭示”。从形式看，他主张“短诗比长诗高明”，短诗更能“灵动”的表情达意。“神话是最有力度的诗篇。”“现代诗需要神话，才能触摸生命的本源。”这一点表现了他诗歌的奇幻一面。

云南诗人朱霄华说樊忠慰的眼睛是成人世界里最清澈的一双。而云南诗人泉溪说樊忠慰是“孩子般真纯的诗人”。他清澈、深邃的目光会让人安静下来，俗世的种种烦嚣一一散去，世界变得明亮、开阔、温柔。他远离尘世，游离时代，游离社会，看似不在场，却写出了最真实的在场诗篇。另外，“只活在想象中的童话般的爱情，使樊忠慰的爱情诗篇特别地干净纯粹，读着让人心疼”。

《家园》中说：“乡情醉了溪水和田园／蛙鸣叫颤茅屋的星天／当阳光点燃大地／石头和游子也温暖。”诗人所描绘的故乡，是那样的充满温情，乡情可以陶醉溪水和田园，田里蛙的鸣叫可以让茅屋的星天也激动起来，阳光温暖的不仅是石头，还有游子孤独的心。身处这样一个乡村，自然会感觉到那份纯净、清澈，世俗的烦恼都会统统抛在脑后。

“这无法游泳的海／只能以骆铃解渴／每一粒沙／都是渴死的水”（《沙海》）。

写得很灵动、很有才华，有想象。“比眼睛深邃的海／我走了／你蓝给谁看”。（《海》）让读者看到了诗人最纯净、最深邃的目光。“谁让时间浓缩成一滴／一滴星光、在黑夜干涸／一滴海水、咬死盐／一滴风沙、吹灭敦煌的诗篇。”（《末日幻觉》）“干涸”“咬死”“吹灭”，都饱受着伤悲，但忧郁的气质并不能掩盖诗人的灵气，独特的想象，让他的诗歌飞跃了现实，有了一种远离尘世之感觉。

同样，“一腔血扑灭天空／一捧沙垒起敦煌／风吹落日，黄沙洗脸／细碎马蹄踩乱野花”（《水从峡谷走过》）。真可谓同出一辙、一脉相承。再如，“花的声音剥开鸟语／石头的声音滴下流水／我幻听多年的声音／命运让我独享的精神磨砺”（《那颗星》）。其中“花的声音剥开鸟语”，写得唯美而灵动，所蕴含的情感又是那样的纯净，一尘不染，并且独特的想象，使得他的诗歌具有了奇幻之感。

王中文化奖评委会曾这样评价：“樊忠慰是我们所处的这个时代实属罕见的诗歌赤子，在文学艺术不断世俗化和商业化的今天，当一些平面的语言技巧在炒作中日渐占上风的时候，樊忠慰是一个用生命的寂寞和孤单保卫着诗歌贞操的斗士。”总之，拜读樊忠慰的诗歌，会为之忧郁起来，但心灵却变得宁静、纯净。诗人保卫诗歌的贞操，是孤独的、寂寞的，甚至是痛苦的，但呈现给读者的，是一片最蔚蓝、最纯洁、最唯美、最灵动的天空。飞过的天堂鸟，留下了永远不会消退的飞行痕迹，这种纯粹的飞行，一直延伸到读者的心里，永远飞行下去。

樊忠慰：太阳的孩子，上帝的眼睛

楔　子

读我的诗吧，愿你感动，为它的灵性……
拯救人类的人谁能拯救
有苦难而辉煌的诗篇为证

——《墓志铭》

阅读樊忠慰的诗集《绿太阳》和《家园》时，我曾突发奇想，这个童心未泯的赤子，这个宣称“诗人是上帝的眼睛”的太阳之子，假如他贸然出现在《皇帝的新衣》庆典游行现场，他会发出怎样令天下瞬间安静的声音？且让我模仿他诗歌的口吻。

趾高气扬的玩偶穿着一件长满皱纹和枯草的肉衣
皇帝的江山谎言滔滔伤痕累累，贞洁的少女流下羞耻的泪和血

一、天才·虎啸

在这个伪天才、假大师走红吃香的时代，放眼这个物质主义和消费文

化泛滥，“身体”狂欢与信仰迷茫的社会大转型时期，我还是要固执地说出我真实的意见：樊忠慰是今日诗坛难得一见的天才诗人（至少是半个。如他所说，天才是半个诗人，另外半个是生活，是生命历程）。他的诗歌清丽、干净而纯粹，是那种丝毫未染现代都市邪气与市井尘俗、独具民谣韵味和传统乡土气息的抒情诗。

明人张潮云：古今至文，皆血泪所成；西哲尼采说：“一切文学，余爱以血书者。”樊忠慰认为：“诗，（是）语言泣血的奇迹。”在艺术实践上，他确实是以虔诚的圣徒姿态，用“灵动、纯净、奇幻”的语言，倾注泪水、心血和灵魂的书写来追求他梦中的缪斯。遗憾的是，这位勤奋的天才诗人虽然写出了大量优秀的作品，但就其诗歌的精神力量和美学成就的影响而言，他迄今好像还未实现任何一个诗人都渴望的梦想：写出一首足以笑傲当代、可望流传千载，堪称伟大的诗歌。这是他作为天才诗人的局限。天才固然可以挥笔如剑、泼墨为云、凌空高蹈、追日逐月，令我辈凡人惊叹，但由于天才昙花一现的及时消费特性，以及有花无果不堪风雨考验的后天不足，故殊难攀临伟大的艺术巅峰。他在创作过程中对宇宙精神和人类生存困境虽有所探索和感悟（《吃烂桔的母亲》《农民》《星与人》《即景与杂说》《宇宙的孩子》《对话》《诗篇》），可惜浅尝辄止，如彗星一闪，远不及他对童话或民谣的兴趣，其诗之语言惊艳炫目、情感饱满醇正自然无须置喙，然而，尽管他知道“在宇宙里最快的不是光，是思想。信仰是相对的，思想才是绝对的”，这个誓言“不放弃思想”的诗人，恰恰在诗歌的思想深度和精神硬度方面还颇欠挖掘与淬炼。他沉醉于自我冥想的诗国，“在诗中追赶真理、太阳和少女”，因为“我不知我要去哪儿”，所以他迄今非但未能追上梦幻里闪烁着生命本原之光的“绿太阳”，也完全可能在现实的“家园”中与心仪的少女失之交臂。“绕过大师。像绕过大理石的宫殿 / 听江边的粽子背诵楚辞 / 看遥远的月光诵读唐诗”，愚以为，炼丹者樊忠慰目前仍然没有跨过“命运的栅栏”——“诗是文字音乐的建筑，是弱者的避难所”，他难道宁愿像蚂蚁一样流连于那弹丸似的“温馨的童话”世界，以诗遁世，此生就做一个偏安一隅的行吟诗人？

“命运不朽 / 血碰血　骨头碰骨头 / 苦难在天才脚下发抖”（《命运》）。

"我多想去森林里学一声虎啸啊 / 哪怕被虎吃掉。一无所有的诗人 / 住进虎斑斓的宫殿，得到了虎的心"（《虎啸》）。愤怒出诗人，苦难未必出天才，但天才肯定是苦难的产儿。天才诗人绝对是苦难的别名与象征。天才的使命，就是要扼住命运的咽喉，战胜人间的一切苦难，"拨动田园和暴风雨 / 把人类悲怆的命运浓缩"（《贝多芬》）。相信"有大痛大梦才会有大诗"的樊忠慰，已然体验了大痛大梦，但他何时才能发出令人颤抖而欢欣鼓舞的虎啸之声呢？现在，我只能在繁星点灯或秋雨缠绵的孤寂长夜里，倾听他内心深处那低沉、哀婉的浅吟轻唱，如空谷足音，如空山鸣泉，如旷野中的鹤唳……

二、语言·修辞

蒋勋说：当语言不具有沟通性时，语言才开始有沟通的可能。此语庶几道破了樊忠慰诗歌语言的独特魅力。在樊忠慰的诗学理念里，"诗歌是本能的语言"，文字是神性的呈现、是上帝的意愿："当文字具备神性，水珠汇成江海，人山变成石林，米化作星辰，小鸟孵出鸡蛋，一切存在都是偶然的必然，必然的偶然。"（《绿太阳·跋：真理或梦想》）

哈曼说，诗歌是人类的母语。樊忠慰坦承，"仿佛纸上的宫殿娶下新娘 / 离开母语。我会更加孤独和卑微"。他岂能离开诗歌、停止言语？"有一种语言高于人生，高于死亡"（《千年后的阳光》）。这个用诗歌呼吸、言说的太阳之子，他一直以来都以堂·吉诃德式的执着向语言的极限挑战，试图以"诗的悲哀的绝望"来缓解或消除"人的绝望的悲哀"（《太阳墓地》）。

公正地说，樊忠慰对语言有着惊人而高妙的冶炼和应用。他在语言的天空中腾云驾雾、呼风唤雨，遣词造句得心应手如鬼使神差，其诗语言瑰丽、机灵而不失天然本色，语势奔泻跌宕生姿如银河飘落、似清泉出山。

乍读其诗，恍惚时如闻梦呓，清晰处似听神启，有瞬间过电的阅读快感（如果能打动人心就更完美了）。他擅用通感、夸张、明喻、隐喻、转喻、幻喻、拟人和象征、比兴等诸多修辞手法，——修辞的华美浑如刀锋上的月光，冷艳明亮而生动，其中运用得炉火纯青的粘连修辞大法与意识流笔法，几乎使任何事物都能顺理成章地融入他的诗歌河流中。他驾驭诗歌的技法，如书法中的狂草，如屋漏痕，如水墨画的留白，如戏剧里的画外音，如电影的蒙太奇，具有变幻莫测、雾里看花的神秘美感，在那奇特而丰饶的想象力驱使下，其诗语言呈现出浓郁的魔幻气息，那些看似普通然而极富弹性的词语在诗句里得以复活并焕发出无限生机，有的已然超越了原词固有的意义，在特定的语境中，一些词语发出了尖锐、无情的冷笑，另一些词语则露出了温情脉脉的忧伤。囿于篇幅，此处仅随手采撷几行以窥一斑。

这无法游泳的海
只能以驼铃解渴
每一粒沙
都是渴死的水

——《沙海》

雾是山的蚊帐
夜是鬼的衣衫

萤火虫睡了
取下灯盏

在荒旷的野外唱歌
蟋蟀说，有花朵壮胆

我闻到野草挤落的花香

美人，哪一丛乱草遮住了你的容颜
骨头上的花朵谢了
刀锋下的头颅开了

坟是黑暗中的黑暗
血是灯盏中的灯盏
我碰上我前世的亡灵
目睹我来生大理石上的脸

那些死去的人，活着的人
他们比白天更爱我

我幸福的歌点着了磷火
和黎明前打鸣的鸡冠

——《夜歌》

提着鱼和灯笼奔跑的大海
打开人类的心胸
咬紧的闪电是我破碎的牙
堕落的雷是谁不想说的话

我的身上有一个人
露珠到流星是他的爱情
美人在花开之前凋谢
艳骨长出云朵和香草

——《狂风》

英雄比虎血更冷
美人比鼠肉更香吗

土地呵 谁撤动秋天捉住彩蝶
谁让晚霞渗入你怒吼的伤疤

你摘下头颅 摘下自己的头颅
像把玩一只小飞鸟
玩够了 放飞它 它能飞多远
谁将告诉我 谁能永久留下

——《土地》

我看见鲜花像羔羊
在屠刀的草地生长
我梦见雪峰斩落月色
沐浴彩蝶的忧伤

美短暂，像露水撞击春光
珍珠项链挂上桃花的脖子
谁微笑着晃动的前胸
藏着两罐甜蜜的药浆

——《乞丐与少女》

喉咙里饥渴的云朵
像撒尿的雨点在叫喊……
阳光和飞鸟站着天空
月色婀娜在草丛打盹

——《脸庞是游子的衣衫》

月光射进树林
斑驳的影子是静
点亮宿鸟的鸣唱

树叶坠下的爱冷若冰霜

——《光是太阳的羽翅》

月光真吵，吵醒了冰雪
花脱下香气，鱼脱下流水
我穿不上你，你脱不下我

——《相思》

单就语言的绚丽多姿和句式之新颖独步而论，有谁会认为这些诗歌不是美得令人“黯然销魂”呢？对大多数读者来说，读到如此令人心生欢喜的华美诗句，尽管不是很明白诗人要表达的意思，但又有谁会计较呢！他言说的方式和技巧已足以让吾辈倾倒矣。“红草莓喊我”——我确信能听到它甜蜜的水灵灵的呢喃，“皮肤上尖叫的鲜血”，我也有可能清晰地听到那痛苦的呻吟。“千年后的阳光吹开我的诗章”——恕我眼拙，我看不见阳光如何“吹开”。（我注意到，樊忠慰诗歌里经常冒出这个“吹”字，用得极为怪异，不知是否与昭通方言有关？）“掬起少女的芳香”勉强可以做到，“脱下石头的羽毛”却让我束手无策，而“蚂蚁发芽，露珠吐绿”，“鸣叫的露水飞翔”则让我目瞪口呆。我无意从语文的角度来审视文学作品，但在此我还是忍不住要提醒樊忠慰一句：写作，创新言说方式或自铸新词都是难能可贵、值得鼓励的，核心是要做到文从字顺、勿悖常识。

三、诗艺·炫技

写诗作文各有其道，方法得当自然各臻其妙。愚笨如在下，写文章或洋洋洒洒千言万语，归根结底也只是为了抛出我最想表达的、最能打动人心震撼灵魂的几句话，譬如万绿丛中一点红，绿意虽浓不嫌其繁芜沉重，那烈焰似的夺目之红虽少亦不显其孤寒轻薄。樊忠慰的诗，原本可以在今日之诗界开疆拓土、大红大紫，或于诗江湖中毫无悬念地巍然自立一派，只可惜他激情奔腾、汪洋恣肆，一路狂飙总如脱缰野马，或因炫技之习，有时刻意堆词叠句，故作惊人之语，难免泥沙俱下，遂有画蛇添足之憾、鱼目混珠之嫌，甚至故弄玄虚之异。我研讨其诗时，总会浮生如是感觉：仿佛妙玉之雪泉煎新茶，初饮清香沁人、酣畅淋漓，恍若腋下生风，颇觉过瘾，饮罢却发现杯底浮着一叶不明何物的野味；又如小葱炒豆腐，碧玉雪璧冰清玉洁，色香味俱佳，正嚼得津津有味时，忽感牙齿疑似碎石之类硌了一下，岂不扫兴乎？他的诗歌，仅看一句或一节，你或许知道他想表达什么。分开来看（不是肢解），几乎每一句都算得上闪亮的明珠，连着读下来，却令人神思恍惚、晕头转向，有时竟不知其意欲何为，根本无法揣测他想告诉我们什么。他的一些诗作，随意抽掉其中一节，基本不会影响总体的诗义，任意增加两节，亦不会影响其旨趣。我据此猜想，以其天纵之才和书写方式，倘能将丰富的生命体验和当代深刻的美学思考自觉地熔铸于恒久的诗歌修炼中，假以时日，他完全可能写出一部规模宏大、气势磅礴的乡土或命运史诗。然而，他好像只喜欢做一个玄秘的预言者，他不负责解说诗中三昧。作为一个迷恋语言艺术的诗人，他诗情激越、思维跳脱，神笔横扫、言语飘忽，天马行空、飞鸿踏雪，天上地下、神出鬼没，飞沙走石、雷鸣电闪，风雨交加、阴晴圆缺，高山流水、形断意连……上一句还是闪电的鹰，下一行也许就是沉默的石头；这一节还曲径通幽、不知何往，下一节早已山穷水尽、烟雨空蒙。恕我愚钝，我无法想象他下一行会冲出什么美得令人眩晕的怪句，也不知道他何时准备为这匹狂奔的诗歌野马收缰：蓦然回首，那徘徊于灯火阑珊处的魅影却不知是秋水伊人还是花妖艳鬼！我只能说一声——眼见得万千杂色的鲜花，开满了这棵生机勃勃的诗歌之树！

对此绮丽奇幻的诗歌之树，我的另一个感觉是，樊诗宜吟诵。曾国藩在《咸丰八年七月二十一日谕纪泽》信中曾说：《四书》《诗经》《左传》诸经，《昭明文选》，李杜韩苏之诗，韩欧曾王之文，非高声朗诵则不能得其雄伟之概，非密咏恬吟则不能探其深远之韵。而樊忠慰的诗，尤其是那些颇具童话意味和民谣风格的短诗，我宁愿将它们归为抒情歌谣——非宛转之咏唱不能感受其绵柔纤秀之美，非声情并茂之吟诵不能体会其灵气飘逸。

四、主题·死亡

史铁生曾质问一位诗人：你连死的问题都没想过，你写什么诗呀！

人生是一部玄奥而迷人的天书，死亡则是一部最伟大的悲剧。对于生命起源的天问、茫然，面对死亡的畏惧、痛苦，乃世间一切正常人都无法回避的重大问题，亦是华语诗学悲剧精神之源头。显然，樊忠慰是思考过生死问题的，“死亡”是其诗歌酷爱的主题，也是其诗歌最引人注目的标签。他对“死亡”的关切，起初也许只是出于人类普遍心理学意义上的真实悲悯，具有人所共通的生命敬畏和死亡疼痛之美学意味，是对人生必须严肃面对的终极问题的哲思。这是无可非议的。让人匪夷所思的，是他不仅反复将目光投向“死亡”这一无法消解的悲情事实，而且把死亡之毒酒当作诗歌的兴奋剂，兴致勃勃、毫无节制地将死亡的焦虑、死亡的暗示和死亡的阴影，以大量意象群落植入诗中，几乎到了触目皆死、有思必死、无诗不死的恐怖境地！（让我稍感快慰的是，同样写死亡事件，他哀悼母亲的四首诗歌却写得宁静平和、情思缠绵、哀婉动人。）姑容我臆断，这无疑是典型的“死亡强迫症”，是一种关于死亡崇拜的极端妄想。单就死亡的敏感而言，樊忠慰与多愁多病的唐代鬼才诗人李贺有着惊人的相似！说实话，读到类似李贺“鬼灯如漆点松林”之类阴沉的诗歌，譬如与妖冶的女鬼对坐，无论对方如何的惊艳销魂，但毕竟难以让胆小如我的书生萌生恋爱亲近之意。品读樊忠慰那些星光迷离、磷火闪烁的诗章，我有时竟生读聊斋异想，读到情深处，只觉后背发凉。打个不恰当的比方，鄙人是瘾君子，见香烟无不欣然品吸，而当某天友人送了两条外壳上印有骷髅之类极端可怖图案的外国香烟给我享用时，尽管那香烟颇为昂贵，我也不禁心生厌恶，顿时失去了吞云吐雾的兴趣。诗歌的终极旨归是至爱与大美，是真切温暖的至仁大善。应当警惕的是，樊忠慰对死亡的习惯性书写，会将他带入更为孤独而荒凉的精神世界。我隐约感觉，他写诗似乎只是为了证明自己还活着，——幸运而痛苦地活着。但活着好像也只是为了不断观察、积累、抒写死亡的经验和现实人生的无意义。

他的《青年诗人遗像》，也许就是诗人的悲情自画像。他居然过早地、不无浪漫地想象到“我死的那天”，将会“在鸡鸣里抵达天堂 / 枕着音乐的芳香入梦 / 拒绝了黑暗的衣衫，人间的痛苦”。他甚至在《夜遇荒冢》时，向孤魂野鬼倾诉心曲，坦言人生如梦，人鬼之距阴阳之隔，“只为我还在做梦 / 而你的梦已做完”。但是他晓得，“有一天我终将告别人间 / 与灵的世界握手言欢”（《鸡鸣扯出长长的炊烟》）。死亡之于樊忠慰而言，或许正如威尔斯所说，仿佛一位亲切而严厉的乳娘，他一写诗就会听到她的呼唤。因为死亡意识被一再地强化，甚至美化，对所谓死亡的恐惧也就不复存在矣。他虽不喜欢这位乳娘，但也不讨厌她吓人的鬼影。

死亡是一门伟大的艺术。关注死亡本身没有错，也不算稀奇。《古诗十九首》关于人生命运的悲凉咏叹迄今仍不绝于耳。如何看待死亡，中外杰出的诗人们都深沉地表达过悲欣交集的意见，不同民族的圣哲们都已给出了各自的答案。谢有顺感叹：“人生的结局，有时和花草树木并无不同，望远皆悲，可我们却往往忽视了今日的欢乐，过早地被悲伤劫持了。”（《有一种美是有颜色的》）鄙人以为，为避免被过早地被悲伤劫持，也为了避免欲望或死亡的伤害，跛足道人那面“风月宝鉴”是有必要偶尔看看的，但如果习惯性地紧盯着正面或背面看，那后果可能都不容乐观。

五、命运·表情

樊忠慰曾借《父亲的梦》解说自己的命运：也许我一生都在追求虚妄的东西 / 诗歌、真理、友谊、爱情 / 也许在病魔面前，我永远只是个孩子 / 谬误的幻听与诅咒，我不会低头屈膝。——倘如其所言，他所追求的一切绝非虚妄，反而是那些确实存在、我们毕生都在追求，但难以言表的人间“大美”！

“我孤身一人来到这世上／走过地狱，炼狱和天堂／受上帝的启示和恩宠／让我和文字把征服世界当作梦想”（《渴望英雄》）。“为了祖国的美人和诗篇／我忍受疾病与孤独”（《牵手》）。眼见得这诗人雄心万丈，何等慷慨！殊不料英雄气短、儿女情长，梦想最终止于梦想，渴望成为文化英雄的诗人更渴望爱情，征服世界的宝剑最终成了玫瑰的哀叹：我用文字修筑不朽的宫殿／灵感，思想和童贞住里面／有许多忙碌的人来来去去／却从没女人看它一眼（《寻觅》）。对于以诗为灵魂伴侣的樊忠慰来说，这不仅是爱情不遇的悲伤，也是知音难觅的凄怆：“幻听别人怀抱花朵的细语／幻听亡灵的丧钟徘徊人间／我错过幸福像美酒掺水／病苦的磨砺，叩问信仰与饥寒”。为此，以诗歌的名义，他不断重复着美丽而真诚的“呓语或独白”，在无边的孤寂中期待“一个可以对话的人”。

性格决定命运。也许，樊忠慰毕生都走不出他自己的命运：他潜藏于黄昏的某个角落（他像一个跟上帝玩捉迷藏的孩子），不动声色地冷眼旁观这喧嚣尘世间的一切，风吹、草动是诗，月升、日落是诗，露水、尘埃是诗，鱼儿、飞鸟是诗，蚂蚁、大象是诗……天地玄黄，宇宙洪荒，一切都在他的想象中飞翔为诗，他只是随口说出意念中的想法。这个善于聆察，对音景尤其敏感的诗人，他冷峻的眼神早已将一切看穿、看透、看冷：“时间的屠刀下／一切都是暧昧，忧愤和麻木。”（《牛年的眼睛》）他因此自怜、自叹、自勉：热爱自己的命运／做好一只蚂蚁 ／这是上帝赐我的小小奇迹（《蚂蚁》）。

“秋坟鬼唱鲍家诗，恨血千年土中碧。”一如命运多舛的诗人李贺，擅长于冷抒情的樊忠慰的诗歌表情总体上是冷艳的（部分童话诗和少数抒情短诗的气象则是难得一见的春光明媚、清新可人），其诗歌命运注定是孤独而寂寞的。如上所述，他的诗歌里弥漫着一种阴郁而诡秘的气息：触目惊心的骷髅和游荡的孤魂、寂寥的荒冢和凄迷的女鬼、悲怆的命运与人生的不完美，在其诗中反复被呈现或被揭示。他像一个好奇而顽皮的孩子，在光天化日之下屡屡掀开死亡沉重的幕布，让我们看见人生的另类真相：花香凋谢，月光吹拂 / 累累白骨呈现生命的本色 / 肉体腐烂了千年 / 灵魂依然残破（《天葬》）。虽知“诗人为赞美而生”，但樊忠慰却喜欢以冷峻的目光追逐或注视那些令人毛骨悚然，甚至是极丑陋的事物。正如“乳房”作为意象频繁出现在海子的诗里一样，“坟墓”形状的乳房这一意象同样出没在樊忠慰的诗歌中。以诗歌皇帝自命的海子的诗意之乳房是鲜活、灵动、美妙的，是出于对生命温暖的眷恋和礼赞，樊忠慰诗意的乳房则是冰凉、僵硬的，是对生命衰老、荒凉的绝望哀叹：少女乳房　春天的坟 / 埋下短命的痴情郎（《歌谣》）。纠结于《人鬼之间》，即或《神思》这样惬意的时刻，他也躲不过死神的诱惑：人走着走着迷了路 / 怎么都进了坟墓。难怪他会有如此骇人的听觉（幻听）：蟋蟀在草丛叫 / 叫谁的乳名 / 听着　听着 / 不觉眼睛喝饱了露水（《篝火与蟋蟀》）。

六、救赎·批判

凡·高遗言：悲伤将永恒。在深刻同情凡·高的樊忠慰的潜意识里，不唯悲伤如流，强烈的幻灭感和死亡意识更是无处不在，无物可遁：死亡泡软了伟大的真理。他对生死有着过于清醒的认知：尚未降生的人 / 我已看清你的命运与归途 / 所以我有先知的悲哀 / 灵感的警钟碰响肉体的丧钟（《时间》）。他起初还怀着宗教理想，还相信：一个人死了，活在众生的身体里（《印象》），转而失望又否定：人是些飘不进天堂的种子 / 注定饮尽尘埃、苦难与忧伤（《感悟》）。他以赞赏的口吻写道：站在悬棺下 / 我是一只耳朵 / 聆听到死神 / 山泉般清澈的脚步声（《初谒悬棺》）。他认为活着不过是死亡的另类形式而已：“一只鸟儿 / 总觉得有声音叫它 / 叫它飞”，飞翔的欲望固然“高于一切自由和暴力”，可悲的是，死亡是必然的：“这一团黑暗的黄金 / 点亮了天空 / 这一座飞翔的坟墓 / 搬来了枪声。”（《一只鸟》）。

活着就进行着消亡 / 整个过程诗人看见 / 看见这一切，他不说出，他多么悲伤（《红桔》）。这个向小情人委婉倾诉衷肠的诗人虽是全知者，却不是全能者，他面对“消亡”也束手无策。他感叹人生平淡如水，平凡者的人生默默无闻、无足轻重：“水的滋味在于 / 喝了一辈子 / 就跟没喝过一样 / 如同许多人来到这个世界又 / 消逝 / 仿佛从没有来过这个世界上。”（《水》）

“最美丽的诗歌是最绝望的诗歌。有些不朽的篇章是纯粹的眼泪。”（缪塞语）樊忠慰的诗歌总体上就是“绝望之眼泪”——这眼泪虽然澄澈如秋水、明月般美丽，但因为绝望而让人感觉寒意彻骨。如果我的判断不属于偏见，窃以为，诗歌对他来说，是唯美的悲剧，是对死亡的唯一安慰，惜乎未能上升到“死亡美学”的高度。“崇拜死亡，在呼吸间颠覆生命 / 君王也不懂它的长相、性别、着装 / 僵冷的美，绝望的力”（《诗草》），诗人固然知道“生的价值，在于文明的繁衍与不朽 / 死的意义，一滴腐烂的血汗 / 冶炼泥土，稻谷与诗行”，但这貌似伟大而空洞的价值观于生命个体（更不用说人类）而言，基本上毫无教益和正面影响。他知道：以骷髅和鲜花为食的人 / 是时间和泥土 / 拯救人类的不是神灵 / 是正直和善良延续的生命（《光是太阳的翅膀》）。因此，他希望以“悲凉的文字”来实现自我救赎、自我升华。然而，让我深感惋惜的是，由于他的自负（有时则是自卑）、自恋和自我放逐，他始终沉浸于一己想象的童话天地里、陶然忘情于华丽的文字游戏中，遂使原本可贵的救赎意愿、崇高的使命感和担当意识失去了应有的力量和意义，至少显得力不从心。令我深感困惑且不安的是，作为缪斯的宠儿，他本身是无辜的，也没有任何神灵要惩罚他，可他为何却心甘情愿地像西绪福斯那样，执意在诗歌的山坡上推动死亡这块冰冷的黑色巨石。

樊忠慰诗歌营造的氛围，总让我想到存在主义所谓的“阴性心情”（不安、忧郁），亦即海德格尔所说的“人类最根本的处境”。相对于令很多小资情调或自以为小清新一类的人叹赏而陶醉的甜蜜的忧伤，他的忧郁是苦涩的，对于平淡人生而言一如他偏爱的一个意象——雪白的盐，虽然无毒，但太咸了就让人无法接受了。我感觉他内心里堆积的愤怒、不安与失望太多了，发而为诗，自然就成了诗歌背景上浓郁的灰色、冷色，甚至黑色，看着让人倍感压抑而沉重。就算他偶尔露出玫瑰花似的微笑，那你也须提防玫瑰花间那些尖锐的刺。

刘再复在《罪与文学：灵魂的对话与小说的深度》一文中指出："没有苦难的人与上帝无缘。苦难是领悟上帝的必要条件，也是获得救赎的唯一途径，假如没有重重的人生苦难，救赎就显得毫无意义。"自觉肩荷苦难且胸怀神灵意识的樊忠慰一直深信"诗人是上帝的眼睛，在万物中搜索神性"，可他却以孩子般的天真稚气，像台湾诗人痖弦一样践行了另一种使命——诗人的全部工作在于"搜索不幸"：樊氏没有搜索到他为之魂牵梦萦的"神性"，他只清晰地看到了人类的终极命运（或部分不幸），仅限于看到——而没有持续进行深刻反思不幸的因缘。痖弦则不仅搜索到了人类的"不幸"，而且发现了不幸的根源与深渊，进而揭示了人性的善恶并接近了神性。恕我刻薄，由于批判精神的匮乏，樊忠慰只是以异常的敏锐固执地引领我们去接近那分不可避免的苦难，让我们自己去感受或面对无处不在的死神（谁能躲开一捧骷髅或骨灰）。他似乎不太关心人类的大命运（尤其是活在当下的时代命运），他只爱他的缪斯——他的诗歌新娘，他那无所不能的上帝：诗歌给了我虚妄的永恒 / 这也许是错误。一个接近真理的错误（《太阳墓地》）。读樊忠慰的诗，我总会想起海子的一句诗：姐姐，今夜我不关心人类，我只想你（《日记》）。我为此扼腕叹息，这个基本上只习惯于以第一人称写诗的天才，这个一手高举着骷髅玩具，一手掌控星星和蟋蟀的诗人，他仿佛生活在真空中，游离于现实世界之外——他只在意"我"而非"我们"，他对我们这个时代正在发生的一切重大事件和生活真相，尤其是当代人复杂多元的思想及丰富的精神文化生活毫无兴趣。他似乎不想带给我们温暖、希望和灿烂，他如此忧郁而近于冷漠。所幸，他的诗歌品质，他的真诚还是感动了我们——作为诗人，这是他应得的最高荣誉。舍此，我们还有必要强求他什么呢？

偶尔在月光下的雪地上独自走一会，是诗意，是浪漫，是风雅，但如此痴迷地长久徘徊，只怕身体吃不消。樊忠慰已经在雪地上走了多年，我想奉劝他一句：哥哥呀，是该走向春天的时候了！

七、审美·爱情

“青年诗人必须崇拜美”。樊忠慰对美有着深沉而复杂的感情，对美或美的事物极其敏感，既充满热爱，又心怀仇恨：月光的少女像破碎的云片 / 以可怜的眼神乞求我放下摧残 / 哦，我是冬天的狼嚎，我喜欢狼嚎的冬天 / 片片少女被残忍地赶上雪山 // 当少女们在绝望的阳光下以泪洗面 / 我的小鸟要强迫她们开出雪莲 / 你看那么多的美跪拜在我脚下 / 你看那么多的美在我眼底腐烂。在《魔鬼的屠刀》一诗中，我们看到：一个可怕而凶悍的恶魔，他挥舞着屠刀，以美的暴力摧残美！

在樊忠慰的美学词典里，美是原罪，美意味着危机，美一直面临着可怕的伤害威胁：“美摘下美 / 美让美去死 / 我的诗和蜜蜂一起号啕”（《玫瑰与少女》）。他发现：“美会诞生丑，丑也会孕育美 / 生死之间，人是思维的露，轮回的泪 / 也是一节草茎的闪电”（《残简》）。雪和花朵 / 似乎是一种伤害（《蝴蝶》）。所谓的大美，来自另一种美的消亡，或谓脱胎于另一种美：“我的歌吟走进多少无助而焦灼的心灵 / 少女与鸽子在岩画低语：美复活了，枪口熄灭。”（《歌》）

这个“视美为恶”的诗人，他的审美态度尖锐、无情近于刻薄。他在《诗篇》中劈头就甩出一个惊雷：“太完美本身即缺憾。”在《黑豹》一诗里，他痛快地大喊：“嚎叫吧！诗歌 / 不幸的生命　因破碎更美！”不可否认，他诗歌里吟唱的大自然以及人间万物皆有大美的特质，他所钟爱的诗歌和他所仰望的思想星空也确实闪烁着美的光芒。然而，因为这个从白宫总统梦中醒来的东半球布衣（《棉絮的人生》）总会无端地受其死亡情结的强烈干扰，他的审美观自然亦难免受到负面刺激。因而，美在樊氏的眼中总有残缺，反映在诗歌里，是决绝、悲愤、惨烈的玉碎情怀，这美便如黑布上的血脉或细碎的红花，看上去不是很美。本文仅以其爱情审美意识为例做简要论述。

“春天在少女脸颊害羞／喉咙掏出歌谣，美酒吹动嘴唇／人间有一种剧毒的病菌／或者叫作火焰，或者叫作爱情”（《火焰或爱情》）。平心而论，樊忠慰的爱情诗是其诗集中最为迷人的瑰丽奇葩，也是读者的最爱。爱情是人心激荡之美，爱情诗是情思涌动的美，但这令人神往的人性之美在樊诗里却让人不敢恭维，譬如高傲落寞的美人让人敬而远之，总让人感觉不爽，欲爱不能。又譬如夜空下荒野中明灭的流萤，“时光的猫眼流动刺骨的冰寒”，看得久了，还真令人心生凉意。即使是《童话》那样精美的短诗，也因为血腥味太重而让人感觉残酷无情。

“我渴，舌头却压住一条河／我的马儿跑出的草原就是个远／那远打在高高的山，空旷的天／那远打在颤抖的心上／你和我的爱情，都一样痛吗”（《情话》）。樊忠慰的情诗可谓语言大胆、炽烈奔放，但内心里却奔涌着羞涩与恐惧，欲望之痛与相思之苦交织，有时感觉甜蜜、喜悦如坐春风意恋情迷：“你的美貌打败时间／在我多情的诗句里安息／你念我像冰块／我想你像八月”（《情诗》）；有时则顾盼自雄、自作多情，自以为是君临天下，红颜舍我其谁：我写诗，是因为天下有许多女人爱我，而人类的另一半会因此恨我；我不怕一个女人不爱我／女人就从此抛弃我／我担心一个女人爱我／女人都会爱上我（《渴望英雄》）。隔世的美女／趁天没亮／快带上你的枯骨／跟我回家（《荒冢》）。可怜的是，春风得意马失蹄，欲折花时百花残——“你娇嫩的皮肤淌出鲜艳的汁液／我咬碎音乐的骨头，吐出圣洁的牡丹／／你的花朵饱含红日的露水／我的阳光穿破你纯情的火焰”，即或让人销魂、心旌摇曳的爱情盛宴，最后亦难免阴风忽起，吹灭燃烧的红烛：你将在我的怀里安然死去／像温柔的梦跌进恶魔的睡眠（《夜色飘进小屋》）。甚矣，卿既希望“让遗憾的岁月去赞叹／让惊喜的人生无悔无怨”，高潮时分又何苦凭空多此一恶魔乎！

八、抱负·期待

樊忠慰的诗学主张允称清晰明澈、高标独帜。他认为："人是诗中之诗，人通过万物发光"；他宣扬："天地之间，诗为贵，人为轻，众生平等。/以隐喻、暗示、象征、玄秘、超感觉、非凡的人格力量和灵性去表现这个世界，〔人类社会、大自然（宏观或微观）〕乃至宇宙万物，并表现其中的普遍联系和变化发展，是我的梦想。"窃以为，"诗为贵"作为诗人之追求是必需的，但不宜轻言"人为轻"，毕竟，如他所说，"人是诗中之诗"，——作诗须先做人，且要做一个有灵气的人（人之灵为语、言、文、字），才有可能以诗言志，借诗成人之美，进而通过万物发光。顺便说一句，诗歌诚然是语言的最高艺术和精神圣殿中的瑰宝，但也仅止于艺术和瑰宝而已。过分强调诗的地位，甚至将诗的作用神话，似乎于现实的人生和创作均无益。诗歌，说到底，不过是美好人生的附丽罢了，明乎此，方可做大诗人，方为真懂诗者。

樊忠慰曾在诗中对误读自己的批评者表示不屑：自诩看透我文字雕虫的人/像老树的寒鸦吹奏嚣张/没读懂精神高度、梦想质量/道德力量与岁月沧桑。他同时表白，他写诗只是为证明自己活着，他只是用自己的才华与兽性"向罪恶世界复仇"（《独角兽》）。因为世界在他眼中是如此的混乱不堪（尽管他很少关注这个波澜壮阔的时代和这个风云际会的世界）：东亚泥土洗净樱花的骷髅/西亚落日抹去沙漠的宫殿/猪头政治雄起睾丸的核弹/宗教阳痿。信仰梦遗。一幕幕反人类的祸乱（《即景与杂说》）；亚丁湾海水起狼烟/索马里危机在长叹/乱纷纷非洲东海岸/几滴血折射暴力世界（《索马里海盗》）。这难道不是诗人的复仇吗？诗歌虽然挡不住一辆坦克，但诗歌可以在坦克上写下和平的愿望、要求和梦想：我爱每滴水的分子每朵花的香气/每个人的爱情/我要唱歌给她听//我要和她结婚/生两个孩子/一个叫纯真，一个叫和平（《星球之爱》）。

海明威在《午后之死》中说过：最美妙的是活下来把你的作品完成。显然，清醒地活着，本身就是一首最绚丽的生命赞美诗。相信自己的诗可以触摸人生和万物灵魂、一心想拯救人类的樊忠慰在诗中心平气和地说：等我写完传世诗篇就死去／我的死比睡眠更漫长（《召唤》）。要想实现这个抱负，无疑要承受诸多苦难，必然要付出太多心血。“文字是令人痛心的梦／让现实的睡眠出血”，哀平生事业之苦楚与不幸，他最大的愿望是：“渴望生命的皮毛消逝后／有一行骨头的诗留下”（《人鬼之间》）。而诗歌事业带给他最后的安慰是：“文字挣脱生病的肉体／挤破我的骨骼与精神／泄露心灵荒唐的秘密／我爱上了自己，残忍而嚣张”（《隐瞒》）。为此，他以罕见的大气与豁达笑曰：“莫说诗人清贫寂苦／大众的命运也相差不远／……别渴求虚妄的永恒／活过会死去，梦过便醒来／人生的短暂是不朽的错／江山与爱情，也不过是闪烁的油灯一盏”。“我要像氧气般博大而悲悯／滋养水的天堂，青草的自由和人间善良”（《选择》）。他毫不掩饰自己对诗歌的膜拜之情：“油灯一盏，照见诗歌的高贵”“只有诗歌是人类价值的结晶”。基于对诗歌的无限热爱与迷信，他有时则在《神迹》之类的诗草中大发诳语、大说痴言、大讲神话，大做诗人的白日梦：祖国，我的姐姐／我爱你，你真大／你的美丽大善良大／你的公鸡叫声大（《祖国，我的姐姐》）；地球啊，你就是我的祖国／人类的历史就是我的辛酸／当所有的水淌出双眸／所有土地都使我热爱（《献诗》）；我的后代将缔造一个星球大国／以正义为旗帜，以崇高作兵器／驾着真善美的飞船，穿行茫茫太空／直到天堂降临人间，美梦赐予幸福（《棉絮的人生》）！

樊忠慰的诗歌无疑是典型的“纯文学”。他的诗歌之旅和诗歌精神中，有顾城“用黑眼睛寻找光明”的信念（《我和你》），有海子这个“发疯的天才／留下钢轨上血腥的诗句”的壮烈情怀（《太阳墓地》），有里尔克徘徊于囚笼中的豹影雄心，还有济慈称颂的夜莺那凄婉的哀歌——最终则幻化为他荆棘鸟般的喋血绝唱。在那个全民皆诗人的时代，伊沙扬言要饿死诗人；在这个诅咒诗歌已经死亡或必将死亡的时代，樊忠慰则在《宣言》中呐喊，诗人要像最初的黄金一样活着，“但不要写诗／饿死这个时代”！

作家张炜曾在上海某次书展上感叹，“这是一个稍微谈点儿善良、谈点儿理想就被嘲笑的时代”。我则坚信，在这个消费文化勃兴的所谓新财富时代，诗歌，仍是我们最后的宗教；诗人，仍是“未来时代的英雄”（理查德·罗蒂语）。章子怡在电影《一代宗师》里有句台词说，习武之人有三个阶段：见自己、见天地、见众生。作文者又何尝能绕开这三个阶段呢。优秀的诗人须聆听自己灵魂的声音，跟随自己心灵的呼唤，去追寻自己最初的梦想。同时，他应当胸怀天下、情系众生，努力去实践中国文人士大夫的最大抱负："为天地立心，为生民立命，为往圣继绝学，为万世开太平"（张载"横渠四句教"）。

樊忠慰曾以"宇宙的孩子"自命，在我看来，他是地道的自然之子，他诗笔下那些天真无邪、散发着童真气息的童谣、童话诗，才是人类永恒的希望；那些蚂蚁、星星、蜜蜂、飞鸟、游鱼、青草和野花，永远是人类善良、纯真的美好象征。樊氏的诗中固然已可以清晰地"见自己"，坦率地说——但还不能清醒明白地"见天地""见众生"，至少见得还不多。就其行世的两部诗集而言，《绿太阳》生机盎然的童话（或寓言）趣味，《家园》厚重朴素的大地情怀，两者都有深广的书写空间和独特的美学价值。前者是仰望星空的童心言说："那颗飞来的彗星／像妈妈喊我／我听见了／我的影子在石头上发光／我看见我了"（《宇宙的孩子》），"月光渗入骨髓／血点亮灯盏　开满我的心／空气是神旨　诗歌是爱情／让我们　黑白分明／让我们制造我们　让我们成为我们"（《乌鸦与月亮》）；后者则是扎根大地的忧思："匆匆的过客是谁／仗剑走过流水、衰草和秒针／留下枯骨、尘埃与皱纹／找到家乡的人已没家乡／找不到家乡的人满面灰尘"（《北方》），"面对故土　我低下谦卑的头颅／有人变成坟墓　洗净泥巴的衣裳／一盏油灯　扑灭夜和忧伤／整个星空也抵不上它的光芒"（《乡村十六行》），"我哭了／苦难人生／你比诗更震撼灵魂"（《吃烂桔的母亲》）。向死而生，克服死亡消极和偏激情绪，因为"真实和美并没有死亡，作为人类的终极关怀，它们是语言这位流浪者在永无抛锚的航途中吟唱的童谣，温暖而灿烂"（韩少功《夜行者梦语》）——回归现实，拥抱时代，满怀热情地重建幸福生活，重建美好人生，重建伟大的诗歌精神，继续提升精神的高度和梦想的质量，这才是太阳之子、上帝之眼的樊忠慰诗歌创作前行的方向和归宿。

本然生命之诗

——论樊忠慰的诗

蔡　丽

一、神的眷顾、神的惩罚

樊忠慰，1968年2月生于云南盐津，创作诗歌逾千首。在《诗刊》《十月》《人民文学》《人民日报》《大家》《星星》《诗潮》《作品》《滇池》《扬子江》等报纸杂志发表诗作，出版诗集《绿太阳》《精神病日记》《家园》《雏鸟》。曾获云南民间王中文化奖、云南省政府奖、云南省文联德艺双馨奖、《诗刊》提名奖、《星星》诗赛将、云南日报文学奖、边疆文学奖。入围2014年度鲁迅文学奖诗歌前十名。高黎贡文学节主席，云南文化精品工程入选奖，作品入围2013年滇版十大好书榜。

打动我的当然不是这段履历。从2009年以来，我一直陆续阅读樊忠慰的诗歌，时有所感，却一直慎重于下笔作评。这种慎重，首先来自于诗人自身的生命特质，也来自于目前诗歌界对他的忽视——我希望能用清晰的、令人信服的论证来说明樊忠慰诗歌的价值尺度。应该说，樊忠慰是一个具有天才秉性而又直面生命缺陷的诗人。当今世上，诗人大约有三种：一为文化型，这种诗人天赋才情并不出众，年轻时候的诗歌多趋向平淡，然而自身热爱诗歌而又能勤勉有加，在长期的揣摩学习中不断提高自己的技术和眼界，同时，阅历和学识的增长又扩大了其心胸、境界，反过来哺育诗歌的文化内蕴，如余光中、王家新等；一为才情型，这类诗人往往才华横溢，感情充沛淋漓，个性鲜明突出，具有超越常人的诗性语言感受力，诗歌往往具备相当的美和创新的追求，浸透诗人的性情，如黑大春、西渡等；一为天才型，这类诗人具备天生的艺术气质，他们是用生命写诗，命运往往为诗所寄，也为诗所困。他们的诗歌光芒四射，仿佛来自天外，他们感受一个孤独、痛苦的天堂与地狱交织的世界，并最终因神的过于恩宠而遭受神的残酷惩罚。这样的诗人多半不见容于世俗。

来自大山深处盐津小城的诗人樊忠慰，属于第三类。这可以从三方面来论说。其一，人与自然大地的亲密沟通。但凡一个天才的诗人往往由其生存的本源孕育诗歌。樊忠慰生长于大山，他的诗歌里包孕了一个大山之子与整个周遭天地物事之间的共感共存、共消长共浸透的合一关系。我没有用天人合一这一古老的生存范畴来界定他，是因为中国传统的天人合一，其基础是人的生命与山川草木的共长共存共灵性，其高处是人从人世的退隐，往归于自然大化的永恒。这里存在人从自然来，进入人世，而后又超脱人世返归自然的过程。如陶渊明的归田园。樊忠慰没有一个入人世然后再出的过程，他固着于那个基础，和星月草木共歇涨，是一个自然精灵的形态。他大部分写得很好的诗歌，往往都是一个精灵对自然的发现和嬉戏，体现了人生长于天地自然间的纯粹生命特征。

其二，从直感来看，往往归于个体之思。天才型的诗人往往被自身生命的独特性牢牢束缚，许多人往往得益于自身的天才而取得耀目的成就，同时也被这生命的独特性所伤害，所隔离于凡人。一个天才型的诗人，最无法挣扎拒绝的，就是自身生命的诱惑。一个固着于自身生命内部意志的诗人，他的诗歌往往凝于自我、寡涉世态。在樊忠慰的诗歌中，我们看到，大多数时候，他端溺于自我与山野的交流感化，以及自我内心世界的挣扎歌吟，其中意象之诡秘幽微、艳美残酷，诗人描摹细致、感念深刻。而其余人情俗事等诸般集体性、社会性的生活领域，诗人都是泛泛关涉，极少细致幽微的刻画。耿耿于个体生命与周遭世界之间的沟通互现，穿梭于自我的感与思之间，基本不进入理性的意识分析层次。樊忠慰诗歌的这些特征确实表明，他属于天才一路。

其三，诗歌无来由而自然完美，诗人活在一个自我自足的王国。天才型诗人的诗歌基本都没有因果逻辑，尤其没有因，且往往有令人瞠目结舌的神来之笔。天才型的诗歌不知从哪里来，呈现突然的炫目和完美，令人敬仰乃至畏惧。从天上降临的感念仿佛神的光照临肉身，转化为语言和韵律，复归于诗人灵与思的震颤。樊忠慰的诗歌，一个普遍共识的印象是，诗歌多杂，有很强的重复性，但突然的一些句子，让人目瞪口呆、浑身颤抖，就跟见了鬼一样。另外，我们注意到，樊忠慰的诗歌呈现出极浓的超现实梦幻和童话意境。诗人畅游于一个天外的、光辉流转的世界，这个世界一切的生命都超脱于常情，一切生命又都呈现为理想的亲切、光明和和谐，它甚至都不是此世的桃花源，而只能是梦幻、不可思议的神迹。尤其是，相当一部分天才型人物同时具备自身生命致命的欠缺。他享受神的眷顾，也同时承担神的责罚，他自身无力选择。樊忠慰身上是有这种欠缺的。尤其是，他精神病态中的分裂性、死亡和罪恶感、阴影和黑暗的袭击等等，往往深沉伫立于他诗歌那天真、美灿、童话般的意境背后，共同构成一个孤独的、极美极难的荒诞痛苦的生命意象世界。

总的说来，这是一个活在人的社会之外的大地者，喃喃自语者，困于自身无解无救的孤独者的诗人。他的诗歌，是被神眷顾而同时被神折磨的诗歌。

二、野百合和红罂粟、泥与鹰

樊忠慰面对自然万物往往具有无障碍沟通的对等目光，包括面对人生和生命诸般形而上精神界面的主题，他可以在各种质的物之间轻松无间地进行切换。表面上看似乎是隐喻和象征的高度完美技巧，其实质恰恰不在于技术，而在于一种生存的本质体验和本在思维。他就是这么活的。他的目光就是这么看的。他就是这么感觉的。这在相当程度上造就了他的诗歌的“拟人”特征和神异氛围。一切都可以是朋友般伴随左右，他是可以做到把一切“物”请到眼前亲切对话、请到家里亲切生活的。打破了世界的所属法则、高下法则、内外法则、主次法则、形神法则，也就把生命和人生的诸般感悟回归到自然万物本身、回归到了精神生命本身。他的诗歌往往就在非常纯粹的自然质地上，在大地的广阔性和山川星月的永恒性包容中，呈现出人为大地的生命物，自然的一分子的存在性和和谐性。一切都是对话的、沟通的、情意融融的。各生命体之间是穿梭的、流荡的，共同欢欣活跃于宇宙天空的。如《草叶上的村庄》：

草叶上的村庄
黄桷树下摇晃
风来时
它像要飘向远方

太阳抖落一身金子
把玉米和民谣埋在心上
村庄的火
一半红土，一半秋高粱

山路和弯扁担挑起夜色
水桶的绿星星碰响叮当
……

然而，这种宁静、唯美和和谐并不时时都在，在一个纯粹朴实的自然面前守候的，恰恰是一个时而安静温柔如绵羊，时而暴烈疯狂如狮子的诗人。精神上的疾患带来的是诗人内心的躁动和妄想的习惯。一种如火般疯狂燃烧的欲望在蓬勃的、想象的驱动下膨大了自我，也重构了朴质的人间的泥土。他的诗歌中常有鹰的形象和英雄般高亢的激情理想。这带给诗歌非常高调的气质。早年诗歌被人诟病的道德的纯洁性也与此有关。纯朴的自然之子的生命特性于一个被命运所控制的生命的高亢悲剧性融合，生命能量的喷发往往和诗情的喷涌、想象的奇绝熔炼一炉。诗歌是生命和自然意象如电光般炫目时的烙印。一首《黑豹》，就是他对生命、对诗歌的宣言。

嚎叫吧！诗歌
不幸的生命　因破碎更美
你看夜空那颗黯淡的星
会不会是黑豹的眼睛
在我的手中成为黄金

从这首诗中，我们可以读到里尔克《笼中豹》那种内在的孤独和狂野的精神气质。樊忠慰是一个对生命的脉动非常敏感、对人生的痛苦和欢乐高度熔炼而只能酒醉、只能中毒的诗人，他的诗歌从不会刻意去炼字造句，而以其对生命、对血液和灵魂的锐利提炼，呈现出命运高度欢欣与痛苦交织的辉光，如《关于死亡》：

一切都会倒下
除了天空和你
天空在海里沐浴
你去哪里

我在坟墓寻找
棺材里有你的面具
灵魂抱住歌唱
乱草摇曳大地

喝水时
会不会哽你在喉咙
走路时
会不会踩你的足迹

也许有一天
你会扼杀我的存在
腐烂岩石与肉体
灿烂爱情与诗句

生命，血一般在体内绽放
溢出第一朵
是睡眠与心跳
最后一朵死亡的火苗，天堂的呼吸

人生多少理想执着、曲折徘徊、沧桑苦涩、空茫凄楚的滋味，都在这“我”与“你”的走走停停、天真世故中随岁月涌现又消逝。由于对生命的高度敏感，使他成为一个精神高度紧张激烈的诗人，他的诗集《精神病日记》即是源于他的精神病体验（他曾被诊断为精神病，并在云南昆明住院治疗）。在精神清醒与癫狂的交界地带，在一个颠覆与涌现星乱错杂的时刻，一个原初的、孕育生也孕育死、孕育嚎叫也孕育沉默、孕育黑暗也孕育辉煌的独异世界，行走着一个如泥土般质朴、如山花般纯真的诗人。现实界面的人生感受往往和那个独异世界的身体行为残酷纠缠，敏感多思的自我往往结交那个独异世界的神秘仙幻风景，而人生与精神的苦闷痛苦又给诸般风景添上风雨声，添上尖利与血色。他的诗歌总是美得窒息，同时残忍得窒息。

身体里的海在奔跑
泡着阳光，血奔跑
凝成冰山，盐奔跑
身体里的海，像心跳一样奔跑

身体里的海在奔跑
黑夜的头发奔跑，亚洲奔跑
皮肤下的骨头奔跑

身体里的海，像火柴一样奔跑

……

这就是樊忠慰的诗歌带给我们的那个高度熔炼瑰丽的、美得凶狠残酷、温柔中潜伏无数窒息的境界。他的诗歌大多为抒情诗，却少有一般抒情诗的轻松优美的调子，他的诗歌恰恰是不调色而色调最重、不渲染而精神内涵最复杂的风格。读他的诗歌往往越读精神承载越重，精神的潜伏处活动越冲突激烈，诗歌的信息量往往在咀嚼之间不断喷涌爆炸，而迫使你“看见”生命在潜伏和沉默中蕴含的非同寻常的意境。

三、幻境、童话和隐雷声

樊忠慰是一个纯粹、感性、诚挚的诗人。他的诗歌基本排斥知识和理性，他从来不去植入任何文化，即便是地方性的历史人文。他的自然之歌，是属于自然精灵的山野吟唱。诗人是那大地的精灵，与山石月光嬉游，生命和情感舞蹈其中，血液和呼吸幻化变异其中，其瑰丽天真的想象营造出童话、神话般的意境，呈现出既是孩子又是天神，既是原始初民的山野，又是超现实幻境的诗境。如《夜的树》：

树是大地的手指
天空挂在珠宝的树上
落叶是谁的指甲

晃动脸庞的白月亮
天上的花朵滚下来
静夜在煮沸的铁锅里响

星星是种子的颜色
为什么长不大
一捧篝火把黎明砍伐

值得注意的是，一个大地精灵对大地的感知，其纯粹性不在于爱的单一性表现，其纯粹性恰恰在于一种共生共长、共依存共呼吸的关系。在樊忠慰的诗歌中，童话的、超现实的幻境固然有其唯美的特征，但更有其一种遥远的、生命原始性特征。生命的原始性往往具备对爱与死、灿烂与灰寂、欢欣与痛苦以及这两极的中间难以描摹状态的包容度。樊忠慰的诗歌恰恰具备这种包容度。因此，读他的诗歌，读着往往同时感受着纯洁的愉悦和死亡的疼痛。熏染于孩童般的天真无邪，同时又遭受着生命脆弱伤害的战栗，它们有时甚至是痛苦情感的蒸馏。

樊忠慰一直没有找到一个心仪的女子，将她牵入自己的生活。爱情的苦闷长期伴随着他。这苦闷无边无际蔓延，酝酿成诗的醉酒。情感的渴望似火焰般烧灼："夜晚是燃烧的黑暗 / 镜子是破碎的光阴 / 饮下渴死的月牙泉 / 掬一捧心跳和眼睛。"一种宁静的、纯粹的痛苦使诗歌都仿佛疼痛无比，有时是灰寂和冰冷中的固念，变形了、变异了之后，它仍然被诗人的纯粹和痴爱所执着，疼痛中的爱孕育出一丝温暖，如微光闪烁。

大雪纷飞，我是大雪的牧人
我拥有一切又注定清贫一生
那只小鸟是我的马匹
我要乘着它追上天国的黄金

她说你看百年后的大雪遮住了我的容颜
你要等。也许我真的该等
等她的酒像水哭泣，等她的泪像酒醉人
等她的雪花和我的根依偎在一起

总的说来，这是一个以生命和灵魂来写诗的人，一个获得神的恩赐而同时饱受神性折磨的诗人。生命的完美性和欠缺性燃烧于他的诗歌，铺展开一个绚烂、瑰丽，不乏痛楚尖叫的奇异世界，我们为其中光辉灿烂的诗句所惊惧，我们同时为纯粹诚挚的痛苦所蜇疼。这是降临于人间而又高悬于神殿的诗，同时在天上和在深渊的诗。它令我们钦羡痴狂，也令我们畏惧胆战。如果说诗人与他的诗歌，是一种无可抗拒的命运，那我们遭遇这样的诗歌，也是一份无从说理的缘分。

樊忠慰诗集《家园》解读

杨梦媛　李　祥

当代诗歌创作的竞技场上，不论是诗坛上兴起的朦胧诗潮、先锋诗派，或是以宣扬“民本思想”为基础的低诗歌，还是发展迅速的网络诗歌。当今的诗坛可谓是群星闪烁、各领风骚。在各种流派竞相争艳的诗歌浪潮中，昭通诗人樊忠慰却是其中的特立独行者，从他的诗歌创作开始，诗人从不跟风于某一诗歌流派，始终坚持自己个性化的诗歌创作，诗人已出版的诗集《绿太阳》《精神病日记》都在全国获得了出人意料的反响和如潮的赞誉。人们评价他的诗“是血液和灵魂凝结的晶体，是生命之骨炼成的丹。他的诗不是只有到语言为止的形式，也没有可以求新的技巧，他让一切故作的技巧都远离了诗，他把一切造作的语言都拒之门外。然而他的诗似乎又不属于任何一种潮流，不同审美趣味的人都会不约而同地表现出对他的诗作的喜爱。很传统的诗评家曾对他的作品给予高度评价，很先锋的诗人也十分难得地对他表示赞赏。他不属于任何浪潮，而任何时代的人都可以读他的诗”。

诗人一直生活在云南边远贫瘠的小县城——盐津，由于所处地理位置的偏远，以及诗人自身患有的精神分裂症中的“思维鸣响症”造就了诗人在诗坛上边缘者的身份。诗人无奈而悲壮地把写诗看作是治病的过程，生活中诗歌对于诗人来说犹如呼吸之于生命同样重要。“诗歌是他生命的支撑，很难想象，如果没有诗歌，不知忠慰怎么过下去。”身处世俗社会中的诗人内心的痛苦、迷茫、挣扎以及诗人力图在喧嚣、繁华、纷乱的世界中寻找一片心灵的净土和精神的家园，汇成了诗人写诗的源泉和动力，凝结成了诗人的新诗集《家园》。本文就诗集《家园》所传达出的诗人在诗歌创作中一直寻觅、追求、奋斗的精神家园进行解读，以此探讨樊忠慰在诗歌创作中所蕴含的精神特质。

一、诗，语言泣血的奇迹

樊忠慰自己曾说："诗除了创造，别无法则……诗歌与生命同在。"（《绿太阳》自序）"诗歌是我的生命稻草。"这是一个把诗歌创作等同于自己生命的诗人。在生活中樊忠慰无疑是一个纯粹质朴的人，"正因为做人的纯粹本质影响了他诗歌创作的纯粹性、干净感"。樊忠慰的诗歌有一种执着的勇气和力量。"路通向目的／并不意味着目的／意味着不停地走／即使无路可走了／也要走出一条路"，《路》直白如话的语言，道出了诗人坚定而执着的追求，正如诗人所写"文字是令人痛心的梦／让现实的睡眠出血／渴望生命的皮毛消逝后／有一行骨头的诗留下"（《人鬼之间》），"诗，语言泣血的奇迹"（《命运的栅栏》）。在今天这个物欲横流、精神迷茫的时代，诗歌对许多人来说是可有可无的，诗人的存在犹显孤独和悲壮。有人曾问诗人在这个时代里应具备哪些品质？樊忠慰认为精神的建设和尊严的捍卫极为重要。诗人坚守诗歌阵地，力求通过咏唱的诗句，顽强地表达对诗歌及其命运的憧憬和期待。"他们努力地使他们的诗歌深沉而生动地摇曳出对人的命运、对自身、对人性的诗性思考。这些通往哲学的抒情和美妙构想，都被安置在一个更宽广的文化、历史框架里，因此，其间也埋藏着我们的日常生活所迷失的富于'野性'魅力的燃烧的激情。这就不免使诗歌写作的激情保有了一种特别庄重感和尊严感。而这种庄重感和尊严感就是诗歌在现时代存在的一种不竭的力量。"《身体里的海在奔跑》："身体里的海在奔跑／泡着阳光，血奔跑……身体里的海在奔跑／站起的天空奔跑，思想奔跑／艺术和诗歌奔跑，美奔跑／身体里的海，像灵魂一样奔跑。”

沸腾的热血、痛苦的追求、不灭的信念中升腾出来的诗意具有哲学的沉思，冲击着读者的视觉和神经，透视出对现存世界的深层表述。

二、洗净铅华，回到诗歌本身

樊忠慰在生活中是一个善良、简单、质朴的人，他拒绝欺骗和虚伪。他的诗歌力图回到生活本身，回到诗歌本身、他的诗歌充满了对人类文明和存在意义的深层关注和不懈追问，是对人类生存境地的深切关怀。《鸡鸣扯出长长的炊烟》《悲哀的心跳》《星与人》《发现》《对话》展开了世界与现实、过去与未来、生命与灵魂的对话，从而审视人类的生存现象和世俗感受。表现出对人类经验的深层律动，从而“上升为对人类的大悲悯和终极关怀，对人类生存境遇的洞穿，抵达人类共同的精神境地”。“借助书写对象完成对现实、历史和人的命运等问题的思考感悟，道出时代精神内伤的疼痛和灵魂的反思，从而放射出诗意的光芒。”

诗人认为：“在诗歌中，过去和未来就是现在。”他的《扬州，扬州》《咏史》《残简》《命运的栅栏》给人一种穿透历史的画面，感悟生命的凋零，人生无奈的绝望。他的诗歌具有一种朴素的力量，隐含着人类生活的本质和独特的人性理解，理趣丰盈深邃，极具哲理性。他的《西藏》和诗人海子的《西藏》具有相同的精神特质，“一块祈祷的石头／站起辽阔的边疆”（樊忠慰）；“西藏，一块孤独的石头坐满整个天空”（海子）。在这儿，诗人把自己遁入整个天地间，感悟历史的脚步、聆听历史的声音。洞开了事物和心灵的深层，实现了语言与生命的同构。“诗人对世界的体验是以心象的形态出现在诗中并呈现给读者的心象依然是一种意象，但这类意象的旨意已从社会、历史和道德、伦理等领域溢出，进入生命和文化层面。”

三、建构诗歌的精神家园

对于诗歌樊忠慰一直痴心不改，坚守诗歌，把它视作灵魂栖息的净土、抵制世俗社会的精神家园。他的新诗集以“家园”命名，似乎蕴含了诗人对现实的家园，即自己生长的故土及亲人深深的热爱和眷念，同时也寄寓了诗人一直苦苦追寻的精神的家园。“乡情醉了溪水和田园／蛙鸣叫颤茅屋的星天……我是个路人／抱不住你颤抖的鸡鸣和花香”。诗人用清新自然的画笔勾勒出一幅醉人的乡情图画：田园、溪水、茅屋、蛙声、耕牛、牧童、村姑、鸡鸣、花香等普通的村居事物，经过诗人灵性的抚摸后具有了生动的意蕴，幻化成了一幅宁静迷人的村居水墨画，很有王维那种“诗中有画，画中有诗”的神韵，带领读者回到了古典田园的记忆中。而他的《初谒悬棺》却是对故乡历史的缅怀，“站着生的人，死了也在高处”。《悬棺下的流水》，直接、干脆地道出了对僰人祖先的敬仰。永恒的悬棺，瞬间的流水，阐发出时光的流逝带不走永恒的历史，这一静一动间意境深远。《家园》的爱是精神深处最真挚的爱，《家园》的情是精神底层最浓郁的情。诗人守望的“家园”里还饱含了对父母亲人刻骨的思念，《母亲》：“奔丧的路，像潮湿的泪痕／压抑着儿子的绝望和哀恸”；《母亲走了》：“天上一粒沙／是刺骨的冷阳／地下一条河／是亲友的泪光／母亲走了，我要替她活着，把家安在心上”；《哀思》：“袁思的梦牵痛肝肠，醒了又做／妈妈的话语如风，刮过石头的想”；《祭母文》：“肉身化作尘埃／母亲活在心间／灵魂归依天国／骨头堆起雪山”。人世间的聚散无定、生死永隔，诗人的回忆哀痛都化作了凄美的诗句，直抵心灵深处的疼痛。从古至今母亲所代表的都是游子心灵深处的家园，孟郊的《游子吟》千百年来吟唱出了游子对母亲和家园深深的思念。诗人的“家园”里，有故乡英雄的历史，有宁静淳朴的村居，有母亲永远的守望。

诗人经历了亲人的生离死别，加之自身疾病的困扰，以及人情的冷暖，诗人深处世俗社会中的孤独、无助、寂寞，使诗人更加怀念家园的淳朴、亲情的温暖。诗人对生活、生命、人性、命运有了更加透彻的感悟，诗人建构了属于自己心灵的诗歌家园。诗歌是抒情的产物，感情是诗歌的生命，诗歌是诗人最初和最终的家园，每首诗歌都赋予着诗人特定的思想和风格。尽管有时现实生活没有给诗人带来美好的物质，但他仍然无怨无悔地用笔墨坚守着自己的人生，那就是用富于抒情而又蕴含思想的笔墨建构属于自己的诗歌家园，这正是诗人的价值所在。诗人从开始写诗坚持至今，他始终在建构属于自己越来越坚实也越来越美好的诗歌家园。

樊忠慰在诗歌创作的苦旅中一直苦苦寻觅一方心灵的净土和精神的家园，在《星球之爱》中，诗人终于找到了自己的精神家园——纯真和和平。诗人热情地歌颂："我爱滚动的地球／我爱旋转的银河／我爱忙碌的太阳系……我要和她结婚／生两个儿子／一个叫纯真，一个叫和平。"至此诗人的爱已超越了对故土亲人的爱，升华到了对整个人类、宇宙的大爱。诗人终于构建了属于自己的诗歌精神家园。"其实，诗歌，尤其是现代诗歌更需要素朴的智慧。那么，我们若想以诗的途径，在喧嚣的社会生活和时代氛围中找到人类灵魂的家园，肯定不是温柔的意象、语词的张扬可以完成的，那一定需要发乎心灵的、具有'野性'力量的生死歌哭。"我想这也适合对纯粹诗人樊忠慰的评价。

意象　神韵　空灵

——樊忠慰组诗《都是为着爱》的审美特征

赵升奎

好的诗歌，自有一种摄人心魄的艺术魅力，诗中流露的情感与欣赏者的情感能自然交融统一，“异体共化”，形成一种气息相通、“主客同构”、心与情共振和谐的“生命共感状态”。诗中所流露的情感与欣赏者的情感能有效地引起情感共鸣，使欣赏者如痴如醉，获得强烈的美感享受。阅读樊忠慰的诗时，也常常产生这样的共感，其微妙之处，用语言难以表达，用理性无法穷究。我们不禁要问：产生这一切的美感力量是什么？真正打动欣赏者心灵的诗歌因素是什么？我们认为，这个因素不是别的，正是樊诗的意象、空灵、神韵。正是由意象、空灵、神韵幻化而成的一曲曲和谐的“音乐”，一个个充满芳香、色彩、音响的“变异空间”，一段段超常使用的言辞和变化流动的精神“因子”打动了我们，所以我们说，樊诗是意象的、空灵的、神韵的。樊诗最重要的审美特征应是意象美、空灵美、神韵美。下面我们以他的组诗《都是为着爱》来说明这一问题。

先说“意”。在这组诗中，诗人要表达的“意”是什么？是“爱”，诗题也表明：“都是为着爱”。先是相思，然后是相思之痛，接着是相思之快，再就是收获，最后是欢爱之居。全诗也由五首短诗组成，即《相思》《红豆》《温馨童话》《秋天》《宫墙》。诗人的“爱意”首先表现为“相思”，“相思”的诱因是“当你和你一起来”。相思令人心醉，“像几粒燃烧的红豆／

在我朦胧的醉眼晃动”。相思让人热血沸腾，“我的心热了，血烫了／为把感情传染给你／我把春天举过忧伤”。相思令人躁动不安，“浓浓的咖啡像夜色／灌满我燥热的喉咙／吼亮的星子，蛙鸣般为你颤抖”。相思既令人痛苦，也让人幸福，“你是我幸福的瘾病，痛苦的天堂／我多像街头裸露的乞者，一无所有／除了我除了我还是我”。相思的力量无比巨大，它能熔血化骨，它就是红豆，“一粒粒蹦跳的火种／点着体内的血／硬化肉中的骨”。俗话说柔情刻骨，因而，相思也是缠绵的，它是“阳光的晶体，欢叫的精灵／盛满一碗碗柔情”，它让人咀嚼，令人回味，“我是咀嚼你的男人”“你是我咀嚼的女人”。

《都是为着爱》写的是男女之情、男女之爱，又不是男女之情、男女之爱，而确确实实又是爱。我这样说，不是玩什么同义反复的绕口令，而是想在反复的质疑中展开我们释读的行程。正是他说的“我像一粒思维的尘沙／悄悄走过从前”，那是忠实的换骨的感觉，是诗人游动的灵魂。诗人的相思之意就是他那游动的灵魂。

那么，樊诗熔血化骨的相思之意是用什么来进一步表现的呢？诗人把它寄托于“象”上，这个“象”是什么？这个“象”就是“红豆”，“红豆”是诗人整首诗的核心意向，是诗人相思灵魂的存在之所。正因为“红豆”这一“象”有诗人的相思灵魂活动其间，因而，它是活的、灵动的、有生命的。因此，诗中的红豆这一“象”也就成了含有相思之意的“象”，是“象”中含“意”，“意”中有“象”。诗人把刻骨的相思之意寄托于红豆这一“象”上来表现，让欣赏者细细玩味、品尝。诗中也写了其他意象，如朦胧的醉眼、夜色的咖啡、燥热的喉咙、吼亮的星子、颤抖的蛙鸣、幸福的瘾病……然而这一切意象统统都融会到了“红豆”这一中心“意象”之中。这样，红豆的内容就变得丰富无比，红豆的力量就变得巨大无穷。它燃烧着、躁动着、吼叫着、颤抖着。它点燃了血、熔化了骨。它是阳光的精体，它是欢叫的精灵。他变得多么“贫穷”，“贫穷”得“除了我除了我还是我”，然而它又是多么富有，富有得拥有全部相思、全部爱，能将人整个的咀嚼。“象”对于“意”，犹如“花”对于“香气”、“流水”对于“鱼”，如果两者分开，则毫无生气，只有两者紧密结合，才具有自然的灵

动性和活力。因此，我离不开你，“你脱不下我”。

这里，诗意的清醇与诗性的通灵在樊诗的文本中，神不知鬼不觉地进行了有机的结合。有人说，技巧考验着写作者的真诚。樊忠慰以写灵魂的技巧和手段，一方面使中国的这类传统的“情爱诗作”迅速转危为安，另一方面也让他的书写有力地避开了与传统意识形态的眉来眼去。可以把阅读樊诗当作培养艺术敏感力的途径，在阅读中，各种细致入微的滋味会主动撩拨你呆板的神经。淡化世俗因素，注重灵魂展现是樊诗的特点。事实上，生活中的樊忠慰也是一个在白纸内独善其身而常常表现出“不合时宜”的人。因此，一般读者，包括我自己在内，读他的诗，很容易陷入迷惑的困境，读着这些“杂乱”的句子，我们常常产生疑义：他是什么意思？他想说什么？但是同时，我们也会有一种奇怪的感动，在我们的意识深处，似乎有些东西，大概就是荣格说的那种，正与他发生呼应和共鸣。的确，樊诗也许来自我们古人所说的通灵术和泛神论的统一，来自这个我们的先民曾经拥有而又被现代人遗忘的神秘主义文化体系的遗传，只认逻辑的现代人不被弄昏才怪。但是，它唤醒的是超验的感觉，展示的是心灵的奥秘，发现的是世间万物潜在的有机联系。这一点充分地反映在樊诗的语言中。

樊诗的语言是变异的艺术语言，“神似”是它的主要特征。诗中许多“移就”手法的运用，超常的通感和每每涌动着的变异词语搭配，都是诗人追求“神似”，表现艺术之真、情感之真的思想轨迹。诸如“瘾病”“痛苦的天堂”的超常组合；“废墟掏出心来，砸得太阳淌汗”“月光真吵，吵醒了冰雪”“大地发表的秋天，用金黄朗读金黄”“春天躲开秋天，汗珠捉住种子”运用了创造性的“无理而妙”的修辞手段来组合意象，这一切带来了诗歌语言超常的灵动性，也带来了情感上的想象和再创造的无限可能性，取得了“神似”的审美效果。“无理而妙”即说，在表层上这些语言都不符合语法，是无理的，但深层上它符合情感逻辑，表现了无穷的韵味。因此，“神韵美”成了樊诗的审美特征。诗中字字句句都是诗人直觉把握和内心的体验创造，不是理性指导下的科学用语。从“身体淌清泉／眼底飘阳光／抬起素手，白银变乌鸦／／大神放飞彩蝶／心灵呼吸月色／海的丝绸缀满星光”这些句子透出，诗人的灵魂世界已熔铸了自然宇宙，以至视自然万物为活体或人体，达到了“物我同行”“人与万物为一”的深层境界。从诗人“神韵”的体验和把握到“神韵”的刻画和展现，樊忠慰的诗歌给欣赏者留下了补充、想象和再创造的无限可能性。

“摘一朵野花，打开爱情／住进永不凋谢的家／蘑菇房是蚂蚁温馨的童话”“嚼碎蓝天的蹄印／被马群抛弃”“皇上和宫女都不见／宫墙羞红了脸”，这些句子还给人一种空寂的感觉。“温馨的蘑菇房”“蓝天的蹄印”“羞红的宫墙”，空空的宫墙，空空的蹄印，空空的蘑菇房。但又不是纯粹的空。你如果有一种“悟”的心境，你用直觉去体验、去把握，你立即就会感到它的灵动性。正所谓“不可执着，不可告语，妙云从心，随手可变”。这些超常诗句的运用，超越了自然的时空，是诗人审美情感沁透了的时空，其实是一种艺术化的时空，这种心灵的时空感，虽然要受到客观时空规律的制约，但它更是一种艺术灵魂的产物。它虽然和客观时空不相吻合，但它却创造了一个忠实于审美情感的时空情境，因而更富于美的色彩。这种经过诗人心灵映照下的东西，是人化和艺术化了的空灵世界。体现了假定性、流动性、联想性、幻想性和跳跃性，让人从中体味“言外之意”“弦外之音”“味外之旨”“象外之象”。

总之，樊忠慰的诗运用书写灵魂的手段和方法，以情感代替逻辑，以变异代替常规，以“神似”代替“形似”，创造了由通感、比喻、比拟、夸张、象征组合而成的不同意象，形成了意象美、神韵美、空灵美的审美特征，给欣赏者留下了美。

被压抑的自我

——论樊忠慰诗集《家园》

陈　林

有人称樊忠慰为“中国诗坛的凡·高”，也有人喜欢把樊忠慰和海子联系在一起。的确，他们的作品那是献给心灵而非眼睛的。

樊忠慰的独特性与那些被主流文化、大众文化所俘获而丧失其独立自我的作家不同，与那些游离于媚俗大众之外，持有独立批判精神的作家们也不同。那些富有批判精神的作家们大多不满足于自己身处其中的现代性的无根基状态，而企图到人类文化的发展史中去寻得一块精神的栖居之所，是一种还乡冲动的精神诉求，与他们相比，樊忠慰的脚步真的是太慢了。

他似乎还没有步入现代社会，又何谈与现代的游离？尚未走出前现代社会，又何谈对它的追忆？他的诗集《家园》读来让人惊颤，我仿佛在作品中看到一个来自远古时代的人，他的脚步里还裹挟着晚唐抑或大宋的气息。在那里，诗人物质匮乏、贫病交加，有极强的道德自律和伦理诉求，与此同时，诗人还忍受着强烈的生命时空的焦虑和信仰的重压。所以在《家园》这个集子里，诗人的自我主体基本处于一种被压抑的状态，诗作也因这种被压抑的自我而呈现出一种阻滞、凝重、阴郁以及带有古典味的崇高风格。

一、物质的匮乏与肉身的沉重

樊忠慰生长在滇东北落后的盐津县，“小城筑在峡谷中，下面是滔滔翻滚的横江水，两岸是笔立的峭壁……住在城中，推开窗子，对岸高耸入云的吊钟崖迎面扑来，压得人喘不过气”。这种原始、封闭的生存空间在现代化的历史进程中已因难以保持它的自足性而“压得人喘不过气”。诗人的生命经营就在这“压得人喘不过气”的环境中生根、发芽。

然而，不是所有生活在那儿的人都有那样的经验，也不是所有有那样经验的人都能把它化作诗篇，但是诗人还是将“饥饿”“土地”“煤渣”“清贫”等承载着人类最朴素的生存经验的语词魔法般地串联起来，就像大地用一株株小草串起一串串晶莹的露珠。

如果天空让我们渴望飞翔，飞翔又迷惘，那么大地则在默默地给我们滋养，“土地还是土地，养活人间”（《诗篇》）。然而，诗人对乡土世界的感情是复杂的。他不是一个外来的旅游观光者，他的乡土世界是一个和血肉相连的真实的精神空间，而不是供人游玩的农家乐。因此，他一方面对慈母般温厚的大地心怀感激，另一方面又为生活在这片土地上的人们的苦难而感到辛酸：“村庄的火／一半红土，一半秋高粱……天空是你流汗的父亲，泥土是你淌泪的亲娘”（《草叶上的村庄》）。一方面，一个朴素整全的世界生机勃勃；另一方而，诗人承受着大山峡谷的巨大挤压。

在诗人的笔下，物我并不处于二元的敌对状态。相反，诗人没有关注物的价值，而是打开了它们得以成其为自身的明亮空间：“麦子的一生是农人的一岁／我说出的话被泥土照亮”（《秋天》）。在这里，麦子和农人，诗歌和泥土，是互相照亮、互相支撑的统一形式，它们没有被文明的手术刀肢解。然而，诗人并不能为这幸免于难而破涕为笑，因为生存的逼急让人备受煎熬：“撕裂饥寒交迫的时间／野草般贱生贱长，牛粪般相拥取暖”（《田子坊情话》）。故乡盐津的发展史就是一部血泪史：“谁的泪，哭红远嫁的高粱……谁的血，和太阳一起高飞天堂”（《盐津》）。这种背负血泪的生命之重，谁能承受得起呢？又如何能解脱得了呢？

从乡村的农耕文化空间转移到诗国的审美空间，诗人生活的物质条件，并没有得到改变，“油灯一盏，照见诗歌的高贵／乡村的贫寒，母亲的容颜”（《静夜思》）。然而，诗歌是他所能抓到的最后一根救命稻草，“除了清贫和白眼。诗歌给了我虚妄的永恒”（《太阳墓地》）。

如果说物质的匮乏是外部的大军压境，那么肉身的沉重则是内部的叛乱。

肉身的沉重主要来自两个方面的压力。一是樊忠慰长期忍受精神疾病的煎熬，患有严重的幻听症；二是他像一个禁欲主义者一样，对肉身有一种自觉的压制。

和那些为了艺术而活着的人不同，疾病是樊忠慰心中的一块肿痛，甚至是最大的肿痛。他说：“除了病苦，没有什么可以埋怨。”（《静夜思》）疾病的痛苦是身体上的，更是精神上的：“疯病用来治疗／并非用来嘲笑。”（《发现》）但是，诗人对此无可奈何。他只能慨叹：“病魔啊，我还不算太老。”（《生命是血，血是美》）

如果说疾病的沉重是不可避免的事实，那么对身体的压制则完全是诗人自主选择的结果。正如刘小枫所说：“身体的沉重来自于身体与灵魂仅仅一次的、不容错过的相逢。那么，只要我们选择放弃灵魂与肉身的互相寻找、放弃通过灵魂去捉住上帝的衣襟，我们的肉身就容易变得轻逸起来。”然而，诗人并没有这样去做。

相反，当肉体在《家园》中遭遇灵魂时，它必定显得唯唯诺诺、不值一提：“肉体腐烂了千年／灵魂依然残破。”（《天葬》）即使偶尔有灵肉的冲突，最终也必然以肉体的败北告终：“圣洁者在禁欲里苦行／灵的诗歌撑破肉的画皮。”（《鼠年诗草》）他甚至不留情面地对拒斥神灵的欲望大加斥责：“贪婪的人子，无耻的欲望。”（《蓝宝石》）有时候，他像一个教徒一样，视欲望为疼痛的根源：“可我是人，渺小的人，欲望的人，一切痛苦的根源。”（《看见》）

身体像一头被锁在暗室里的千年怪物，一见天光便风行起来。中国当代文学中的“身体写作”以及“下半身写作”在文坛上都曾引起不小的轰动。怎样给身体一个合适的定位并在作品中对它做出恰当的处理曾引起许多人的思考。法国哲学家梅洛·庞蒂把身体提升到一个高位。“精神或文化生活从自然生活获得它的结构，思想的主体必须以主体身体的存在为它的基础。”无论人们怎样去叙述身体，有一个整体的趋势是毋庸置疑的，那就是自文艺复兴以来，西方文化中的身体禁区一直被时隐时现、时强时弱的光线照亮着，甚至到了尼采、弗洛伊德那样的思想家那里，身体已然成为一切人类活动的中心。耐人寻味的是，以这样一股人类思想文化史的发展潮流为参考，樊忠慰被压抑的自我本身成了自我最强有力的表现形式。

疾病的沉重是自然性的，而自我压制的沉重则预示了诗人的伦理道德取向。

二、伦理道德的自律与诉求

王海明从词源上进行考证，认为道德、伦理在西方为同一词，都是指人际行为应该如何的规范：而在中国却是整体与部分的关系——伦理为整体，道德为部分。按照他的说法，我们可以毫不费力地把道德定义为：道德乃是具有社会效用的行为之应该如何的规范。当然，在本文中我将沿袭我们习惯上对两者不加区分的使用。

如果抛开道德的结果和目的而就其自身来说，“道德与法一样，就其自身来说不过是对人的行为的规范、限制、约束，是对人的某些欲望和自由的压抑、侵犯，因而是一种害和恶”。这样说并不意味着否定道德的存在价值，而是客观地承认道德在其实践过程中存在的固有缺陷。这种道德自身的害和恶所带来的伤害，是诗人樊忠慰所不能幸免的。

母子关系是最主要的人伦关系之一，当“子欲养而亲不在时”，“奔丧的路，像潮湿的泪痕／压抑着儿子的绝望与哀恸”（《母亲》）。这种伦理关系的存在让人将自身从动物中区分开来。然而，对这种关系祈求越是强烈，则生命的负荷也就越大。从根本上说，这是人类生命存在的悖论。在这样一个时代，弱肉强食的自然法则让人们不择手段地去为自己谋取福利，而很少有人愿意带着道德的紧箍咒去获取真经。所有的道德符号似乎正沦落为一些外在于我们生命的他者。然而诗人大声疾呼："不，这些我都不爱／我要像氧气般博大而悲悯／滋养水的天堂，青草的自由和人间善良。"（《选择》）诗人这样背负着沉重的十字架，为失魂落魄的人们招魂，选择扛住地狱的大门，给失足的人们放生。

樊忠慰不是一个时代的弄潮儿，他的诗歌整体上并不以对现代社会的直接介入见称。但也有一小部分诗作有很强的现实针对性："法律在沉睡／爱欲在兽化／真理被践踏／这个自由世界　把一切都卖了"。（《悲哀的心跳》）现代人跳出了神和自然的压迫，看上去似乎获得了前所未有的自由。然而，人类可以为所欲为的同时，也就意味着人类所有的作为都失去了它最初的意义，这必然导致价值的虚无。更富有戏剧效果和让人哭笑不得的是，中国社会结构的复杂性使得一面"在街道爬行的老头／手指变脚趾，歌喉变呻吟／乞讨的碗，装满饥寒与轻蔑"，而另一面"婊子们富得只剩下肉体／富豪们穷得只剩下金币"（《无言》）。诗人心中有一个道德伦理的乌托邦，那就是孟子所说的："老吾老，以及人之老；幼吾幼，以及人之幼。"（《孟子·梁惠王上》）他说："把佝偻的老头看作父亲／把苍苍白发看作母亲／把越来越近的流浪汉看作兄弟。"（《恍惚》）尽管要在这样一个乌托邦里挑起良心的重担已经不是一件容易的事情，但是这并不构成诗人自我主体被压抑的全部因素，甚至是主要因素。对生命时空的焦虑以及信仰重压下的恐惧也许更加切中诗人生命的内涵。

三、时空的焦虑与信仰的重压

自古以来，人类就有关于宇宙的看法，所谓："往古来今谓之宙，四方上下谓之宇。"《庄子·齐物论》把两者合起来，曰："旁日月，挟宇宙，为其吻合。”所谓的宇宙，也就是时空。人类对时空的理解经历了一个不断变化的过程。对于洪荒时代的早期人类来说，外界是混沌不分的。主体与客体、我与物之间是没有界限的。人与自己所生活其中的时空融为一体。“在中世纪，时间本质上是按照神学思想来理解的，它被看作人类生命短暂性的证明，是对死亡和死后生活的一种永恒提示。”与中世纪那种循环的时间观不同，近现代的时间观是线性进步的。“它所表观的不是一个超验的、先定的模式，而是内在的各种力之间必然的互相作用。人因而是有意识地参与到未来的创造之中。”近现代以来的时间是曾经、现在和将来都在场的时间得以在其中最大限度地发挥自己的主体创造性的场域。在这种时空下，人从对世界的依附性中摆脱出来，底气十足地宣称：“时间是我的表象。”但是，无论主体在世界面前如何飞扬跋扈、雄心勃勃，被理性点燃的死亡意识始终像一个挥之不去的恶魔威胁着人们。主体生命的短暂与时空存在的永恒是人类面临的又一个悖论。这个悖论是主体生命的时空焦虑感产生的前提。

谁也不能底气十足地矢口否认我们生活在一个没有信仰的时代，不少人正为信仰在这个时代的贬值和流失而悲伤失望。然而，当我们严肃地面对信仰时，就可能遭遇到重重的困境与压力。首先，信仰是个人的、独特的，而伦理规则总是集体的、普遍的，这就难以避免两者之间可能遭遇的矛盾冲突。当亚伯拉罕响应上帝的召唤，把自己的儿子以撒奉献给上帝做祭品时，伦理和信仰不可调和的矛盾给他带来的是巨大的痛苦。其次，持之以恒地坚持自己的信仰并不容易，所以我们既要承担坚守信仰的困难，又要承担因害怕失去信仰而带来的恐惧。这时我们很容易想到陀思妥耶夫斯基碰到的难题——当信仰遭遇面包的挑战，我们将何去何从？最后，对自己所信仰之物的怀疑会导致致命的绝望。生命个体在大众的簇拥中行走而丧失了思考的能力和怀疑的品质，但是当其只身独行在信仰的狭长甬道里，思考的本能就会被从沉睡的惰性状态中激活。而怀疑与思考如影随形。信仰一旦被掺入怀疑的水分，生命便会左顾右盼、如坐针毡，以至于最终失去了决断的勇气和力量而陷入痛苦的泥潭难以自拔。

在诗集《家园》中，“神”“上帝”“佛”“死亡”“时间”等诸多范晦频频出现。它们像一只只无形的手，而诗人在手中行走。

在诗人笔下，时间为生命画下的界限界、定了生命的全部内涵和意义，并使其从无边的时间之海中凸显出来。同时，时间以其摧枯拉朽的力量把人类抛到了恐惧的深渊。在时间面前，我们唯一可以把握的就是不可把握本身。是时间让所有的人戴着“必死的”脚镣行走：“时间的力量从皱纹骷髅……尚未降生的人／我已看清你的命运与归途／所以我有先知的悲哀。”（《时间》）人捅破了时间和生命的真相之后，忧心忡忡。何以解忧？其法有二。其一是回到古人循环的时间观，相信生命有轮回与再造的可能性：“穿过黑暗的水珠……哪一滴是你的来世／哪一粒是我的前生”（《人鬼之间》）；“生死之间，人是思维的露／轮回的泪”（《残简》）。在这种时间观里，死并不是生命的终结：“一个人死了，活在众生的身体里。”（《印象》）其二是直面现实的残酷，在精神上占有宇宙的永恒。古人称“立德”“立功”“立言”为“三不朽”（《左传》语）。作为一个诗人，樊忠慰“崇拜血浆的粮食，语言的幻象”（《鸡鸣扯出长长的炊烟》）。他相信：“有一种语言高于人生，高于死亡。”（《千年后的阳光》）但是语言给诗人的绝望并不比希望轻：“我与世人不同，并不在于我是我／而在于我无力表达，我为何是我。”（《牛年的眼睛》）

大自然一开始就在我们的心灵中植入了对万事万物的好奇和着迷，但是我们在离自然渐行渐远的途中习惯于把自然中所发生的一切视为理所当然的事件，于是我们视而不见，不可避免地在我们习以为常的观念中死去，它成了我们最熟悉的陌生物。而诗人的一个任务就是在我们对世界一望而知的地方发现对它的一无所知，保持一片赤子之心和对素朴自然最初的深情怀恋：“日出月落，昼夜消长，这是神迹……秋天摇晃，枫叶凋零，这是神迹。”（《神迹》）在樊忠慰那里，自然是神秘莫测的：“母亲病重，屋后碗口粗挂果的核桃木枝／凭空折断。我有隐隐的不祥预感”（《母亲》）。母亲的去世和树枝折断根本是风马牛不相及的事情，然而，诗人以类似于原始人“观物取象”的思维方式赋予二者一种神秘的互通性，这种神秘的互通性暗示了人在面对冥冥中不可知的力量时的恐惧与无奈，一种“仰望星空”的恐惧与无奈。

“上帝说要有光，于是就有了光”（《旧约·创世纪》）。在全知全能的造物主面前，人丝毫没有自己独立的价值。既然是“神把生命赐给人类”（《母亲》），人类在上帝面前又算什么呢？在上帝的天平上，一个人未必就比蚂蚁更有分量：“这个人死得比蚂蚁惨/蚂蚁死了，洞穴能看见/人死了，踩成泥草。”（《大象死了》）在上帝的威望之下，“做好一只蚂蚁/这是上帝赐我的小小奇迹”。不仅如此，包括人世间所有的一切都在上帝的掌控之中，“人间的美丑善恶/终将被上帝的口袋收藏”（《草莓》）。而人对上帝的所作所为、所思所想一无所知：“神能看清人的思想/人不能听懂神的语言”。（《羔羊》）人可以竖起向天堂攀爬的梯子，却永远无法抵达天堂，这是人的宿命，“人是些飘不进天堂的种子/注定饮尽尘埃、苦难与忧伤”（《感悟》）。所以“梦想的天堂，是灵魂的自慰/给我们宗教的营养，也给人世无奈的绝望”（《感悟》）。可在这个渎神的时代，神早已被我们杀死，天堂已化成废墟。诗人的可贵在于他对自己所追求的对象始终保持着必要的距离和反思：“也许我一生都在追求虚妄的东西。”（《父亲的梦》）对神的质疑正是从神性的崇高到现代性的荒诞过度的开始，这一艰难的过度，对于一个身处其中的人来说是一次精神的历险。樊忠慰苦苦跋涉其间，颤颤巍巍，步履沉重。

四、结语：何处是归程

诗集《家园》传达出的生命气息发自一个被压抑的自我主体。这种被压抑的自我是这样生成的：物质的匮乏与肉身的沉重，伦理道德的自律与诉求，时空的焦虑与信仰的重压，它们互相联手，安营扎寨，诗人樊忠慰困于它们的鼓乐笙箫之中。诗人身陷重囹，一面因“敌军”兵临城下而惴惴不安，压抑自我不敢妄动；另一面又心甘情愿地迷醉在“敌军”的鼓乐笙箫之中，醉生，忘死，甚至愿意，听随它们的召唤而成为它们的俘虏。

这种自我的生成并不听从意识形态的指挥棒，也不瞄准市场形态的风向标，这就是许多人的存在形式。它让人想起康德那脍炙人口的崇高原则："有两样东西，我们愈经常愈持久地加以思索，它们就愈使心灵充满日新月异、有加无已的敬仰和敬畏：在我之上的星空和居我心的道德法则。""我之上的星空"和"心中的道德法则"是诗人樊忠慰的心灵空间，而诗性的表达则是诗人的情感形式。樊忠慰以诗为舟，摇着情感的双桨，泛舟于经验之海上修行，修行——永远在路上。

樊忠慰：真正回到词语中间，我是快乐的

尹　马

每一次读樊忠慰的诗，都感觉到心口在隐隐作痛。那些埋伏在每一个词语中的光芒，无时无刻不灼痛我的双眼。韩东说："诗到语言为止。"我的理解是，如果你真的认为你写下的哪一句话能触动某个人的内心（包括你自己），那它就是诗了。或者可以这样去想吧，诗歌（这里说的是文学体裁范畴内的诗）作为语言的艺术，它是众多文学艺术门类中最依赖于语言的艺术，换句话说，它是语言的冶炼艺术。

对于樊忠慰来说，一首诗可以精确到一个词语。这在他的《炼丹的人》里可以看出。他把写诗喻作炼丹，意为把生活感悟、人生理想、生存状态这些必须借助于文本刻画的东西放进炼炉里，用语言做柴草，用词语点燃它们，炼成诗。在樊忠慰的诗中，每一个词语都诉说着它的来历，透露出它的本性，可谓字字珠玑、掷地有声。诗人林清曾说："他（樊忠慰）诗歌的灵魂来自中国古代诗词，我们在一些古代的苦吟诗人那里可以发现许多与樊忠慰的相似性，但他的炼字炼意不是去吟风弄月，而是去体会生命中的许多个瞬间。他对文字有着极为准确的理解与把握，但他并不仅仅沉迷于文字，也没有刻意求新的技巧，他让一切故作的技巧都远离了诗，他把一切造作的语言都拒之门外。"

从秋天的口袋漏出
一粒，一粒，

我捡起来，全是金子

我是乞丐
我刻骨地爱
用我一生的牙咬碎你的牙

——樊忠慰《包谷》

一粒包谷对于一个需要它的人来说，就是他的明天。诗人看到的包谷是从秋天的口袋里溢出来的，颗粒饱满，全是金子。前半部分仅仅说出秋天的秘密是他收获了粮食，用“金子”这个似乎有些夸张的比喻做了铺垫，引出它们作为“金子”的理由。接下来，诗人将“秋天里漏出来的一粒一粒的粮食”瞬间缩小成一种接近虚无的希望，那就是从一个乞丐的内心来仰望一粒种子的光芒，“用一生的牙”掐断它在来年春天里吐绿结籽的使命，用“刻骨地爱”感受生命在每个瞬间的别无选择。诗歌从另一个侧面写出了人间的冷暖和那些卑微的生命，同时也让人想起“春种一粒黍，秋收千颗籽；四海无闲田，农夫犹饿死”所表述的诗歌意旨之外的更多东西。

樊忠慰的诗歌让人感到心口疼痛的另一个原因是，他能活生生地将一个词语剥开，让它和生命发生意志上的冲突，带给你另一种充满幻想和神奇的遭遇。在他的早期作品中，有很多诗歌都体现了这一特点，这与时下流行的诗歌语言上的盲目结构有着本质上的区别，几乎可以说是一种意象上的颠覆，比如《红草莓》。

喊我的草莓五颜六色
我喜爱微笑着奔跑的红草莓
……
路边的红草莓
我可怜的，也可怜我的红草莓

——樊忠慰《红草莓》

在这首诗里，“喊”“微笑”“奔跑”之于红草莓，已经不再是简单的主题需要上的拟人行为，而是一种隐藏着巨大疯狂的诗性审美上的突破。爱上红草莓的诗人是痛苦的，微笑的红草莓在蒙太奇式的诗歌画面上奔跑，她是有罪的。你想，微笑着奔跑的红草莓喊他了吗？喊他的是那些五颜六色的草莓，不是能够让他觉得可怜，也不是能够可怜他的红草莓，更不是让人从一首诗里读着读着就突然想哭的红草莓。所以，在诗中，诗人再一次发疯似的写道：“红草莓，我多穷啊／为何我的皮肤是黄金的颜色。”一个“黄金”和一个“穷”表现了内心干净的忧郁和尘世粉饰的虚伪，这对于“我死了也想尝一口的红草莓”来说，她到底需要的是什么呢？

在我看来，樊忠慰的诗可以折射出经文似的倒影，是一种比较神奇的个人哲学思想的呈现。樊忠慰有很多脍炙人口的诗篇，像人们比较熟悉的《红草莓》《我爱你》《包谷》《一口气吹开三千年》《祖国，我的姐姐》等，这些诗有的多次被各类媒体和网络转载，有的甚至成为时下表达感情的手机短信，这也是人们臣服于他的诗歌魅力的证明。近两年来，樊忠慰的诗更趋于深邃、险峻和干净，艺术色彩更为浓烈，那种“被剥离的词语的感伤”再次披上一层寒冷的露水，更叫人哽噎和无语。

捧阳光的峰峦　踏祥云的海
佛用半个风的破麻袋
装下一溜飞禽　两句经文　三滴雨水
和盲人摸不到边的四个天堂

五万湖泊　六千露水
抱起毡房的黄昏　仰望草尖的星光
七座寺庙脱下八件袈裟
九个沙漠和十个我　暖了心肠

——樊忠慰《祈祷》

诗人巧妙地将不同的意象以从一到十的数字结合起来，通过层层递进的构象叠影描述和大肆匹配，把“祈祷”本身写得漂亮而毫无意义，表达到了生活的荒诞和无奈。“阳光的峰峦”和“祥云的海”是人心中的福祉，可惜只用了“半个风的破麻袋”瞬间把跪在谎言堆砌出来的天堂里的人们变成盲人，而“湖泊”和“露水”只不过是“草尖上的星光”，就像你触摸不到梦中的呼吸一样，“七座寺庙”和“八件袈裟”的矛盾，幻化出“九个和尚”和“十个我”，仿佛让你感觉到被逼近绝路时看见悬崖上的罂粟花，可那是“该死的温柔”，却暖了你的心肠。

当母亲为你招魂的时候，每个人的童年都是抽象的，但母亲却很具体。在我们心中，即使是欺骗，也不应该少了自己的一份。那么“祈祷”呢？有谁试过不去祈祷的生活，那将是一纸空白，因为它少了虚假和欺骗，变得毫无血色。

当樊忠慰给了我他的《针尖上的海》的时候，我读完第一首《表达》，就不敢再往下读了。虽然有人曾经说过，生活的本质原本是忧伤的，可除了忧伤，樊忠慰给我的还有一种撕毁着灵魂的呜咽，仿佛有一把利刃直逼内心，轻轻揭开“心灵上的抹布”，再次带给我忧伤。不过，我并未因为这些原因而放弃了对他诗歌的阅读，因为我知道，诗人回到词语中间的时候，一定是快乐的，于是继续哽噎着完成对这组诗的拜谒和招架。

爱情是一件衣裳
婚姻把它穿上
生活是衣服上的一个洞
露出指头与疤伤

我是第一千个读者。那么，第一千零一个会怎么说呢？

众人皆醒谁独醉

——论樊忠慰《精神病日记》的反讽特色

任继敏　杨梦媛

昭通诗人樊忠慰的新诗集《精神病日记》最近由作家出版社出版发行了。全诗共收入诗歌 60 首。正如这本诗集名字所标示的，“精神病”这个意象是这本诗集的主导意象，也是构成这本诗集反讽特色的核心。

樊忠慰在诗集里公开承认自己有精神病，还把它作为主要表现内容，用一种虔诚的疯狂来营造只属于他的、独特的“精神病”意境。幻听、幻觉、幻想之下思维飞舞的轨迹却清晰了然，一个世俗所谓的疯子，蘸着生命的热血写诗，说着“疯话”，在一个幽暗的世界里独行。

他用生命的真诚、渴求和迷狂的声音喊出来的疯话到底有多疯呢？在《精神病日记》的《诗人自语——代自序》中，诗人的第一句话如是说：“精神病和诗人连在一起是颇令人费解的，精神病还写诗，我没病还写不出来，病莫不是装的吧？装病写诗难道会写得更好吗？”这也是大家很费解的事情，诗人自己开宗明义地说出来，他到底疯没疯呢？接下来的这段话可以证明他的状态：

> 诽谤者要么出于嫉妒，这是恶念，要么出于无意，因为完人是没有的，谁的弱点和不足都可能成为别人的谈资，谁都可能谈论别人的弱点和不足，这是琐碎和无聊的表现。
>
> 世俗势力像金钱，你看重它，它重了。你蔑视它，它轻了。

这段剖白心迹的话，表面看起来似乎在说别人谈论自己的精神病时的各种心态以及自己对待他们的态度。但深层次一想，这些话似乎又不仅仅囿于诗人自己的病态，整个世俗都是病态的，而诗人自己也包括其中，就像他在诗集中宣称的一样："我不怕俗，我喜欢俗，我本俗人"。这话一点不假，如果诗人对世俗的看法真如他所言"你看重它，它重了。你蔑视它，它轻了"的话，证明什么呢？不看重抑或看重？如果不看重就没有必要说出来；如果看重而去分辩，那不就是顺应了世俗，真正地变成了俗人？那整部诗集里那些闪烁着智慧光芒的诗句，岂不成了自己谈论自己"弱点和不足"的证明，这难道不是琐碎和无聊的表现？这些矛盾悖反的思想充斥整本诗集，使《精神病日记》表现出特别的反讽意味来。

"反讽"一词最早见之于柏拉图的《理想国》，意思与"让人上当的圆滑而卑下的手段"相近似。苏格拉底与人交谈时佯装无知，故意提出貌似寻常的问题，使对方入其彀中，于是便产生了所谓的"苏格拉底式反讽"。罗马修辞学家则把它视为辞格或叙述方式，指含义与语意相反的语言现象。反讽指示了作家的矛盾处境：既创造又批判，既主观又客观，既热情又求实，既受下意识驱使又清醒、理智而自觉。新批评派认为优秀诗歌的特色有赖于反讽本身而得以长久保留，而宣称反讽是诗歌的本质，或是诗歌的一种普遍的结构原则。

从反讽观察者（作者）来看，"反讽"的原始意义是"假扮"和"佯装"，观察者刻意把自己装扮成与自己不同的模样，或者假装自己不是原来那种样子，比如假装天真、无知、轻信、不掩饰的义愤、无理由的倾泻热诚、愚蠢的自鸣得意或深信不疑。这些"反讽"技巧，在樊忠慰的诗中随处可见。不过樊忠慰在《精神病日记》中固定地把自己放到一个精神病人的角度来与这个世界的悖论，形成诗歌的张力。《精神病日记》的反讽特色主要体现在视点反讽和总体反讽上。

通过异常叙述者的独特视觉进行叙述，与人们所熟知的惯常视觉形成对照，产生反讽意义，就构成了视点反讽。

以精神失常者的视觉表现世界，樊忠慰并非第一个。比如鲁迅的小说《狂人日记》《长明灯》就是以精神失常者的视觉来叙述的。失常者与所谓正常人之间形成反讽效果的构成因素是由于对照而产生的差异：失常者表面的失常与实质的清醒构成了一重反讽；失常者与周围自视清醒的正常者又构成了一重反讽。从而揭示出自以为是的清醒者极力虚造并努力使众人信以为真的所谓“美好现实”，其实质不过如失常者眼中所见到的那样，充斥着伪善、谎言、欺骗等丑恶现象。我们来看樊忠慰的《末日幻觉》。

地球像一枚破蛋壳
当时间敲碎时间
让我从 1991 走进 2039 年
超验人类空前的劫难

东西方的核弹种植废墟和蘑菇云
南北极的企鹅吞下死去的大海和冰原
血腥的战争出席骷髅舞会
绝望的落日点燃九亿吨火焰

坟墓打开、瘟疫流行
白骨滔天、灰烟扑面
人类仿佛走到尽头
泣泪的我想起莫须有的初恋
……
我看见圆明园冲天的火光
撕开清朝恍惚的双眼
古罗马竞技场的鲜血和呐喊
漫上金字塔与空中花园

从孔子到耶稣，从佛教到伊斯兰
你看见了什么，我也看见
从故宫到卢浮宫，你走了多久

可踩到帝王的威仪，艺术的呻唤

你是不是那个告别新娘
匆匆赶考的文弱书生
看见树叶和诗句飘满千年前
灯火凋零的长安

作者在这首诗里表面说的是幻觉。他所标示的时间是“从 1991 走进 2039 年”，48 年的时间里，核弹、战争、恐怖袭击、环境恶化使“地球像一枚破蛋壳”，长久以来我们引以为自豪的文明和科学进步，在诗人的幻觉里褪去美丽的光环；被自诩为清醒的人们描绘得花团锦簇的已经被证实的现代文明病和将来无法回避的灾难露出狰狞的面目。这真的只是幻觉吗？到底谁更清醒呢？正像诗人在这首诗中继续追问的那样：

时间会重合，会过去吗
具体的，抽象的时间
垂直的，弯曲的时间
像夜与昼，紧抱成团

还没有清醒，已经糊涂
还没有拉长，已经缩短
还没有来临，已经发生
时间和时间，神秘而悠远

我们从时间走来
向时间深处走去
不知是消逝，还是出现
不知是堕落，还是升天

这样具有哲学高度的深层思考，让我们不禁想起过去多少年来圣人们追问的所谓此岸彼岸、死生大义等等问题，而这些问题本身所包含的悖论，又有谁能解答呢？这类反映生存悖论的诗歌在《精神病日记》中随处可见，表面的失常与实质的清醒构成了《精神病日记》反讽的主要风格。

悖论是反讽的基本组成要素，这个词大体有两层含义：一、自相矛盾。指一个理论或一个事物的内部有两个相互对立的东西存在，诸如自相矛盾的陈述，自相矛盾的人和事；二、似非而是。指一个与普遍见解相对立的反论。这个反论是异常的、罕有的，却包含着深刻的真理。似是而非的反论意味着在一个理论或一个事物的外部有一种对立物的存在。显然，悖论式思维的主要特点是抓住事物的矛盾，它是对人们通常遵循的单向思维或定向思维的一种反动。而揭示事物本质的关键在于：抓住矛盾。黑格尔指出："矛盾是一切运动和生命力的根源，事物只是因为本身具有矛盾，它才会活动，才有动力和活动。"

世上万事万物的萌发、发展和衰亡，都离不开以本体与他者以及内部诸种矛盾（即对立统一）的形式来体现。同样，"多样性的东西，只有相互被推到矛盾的尖端，才是活泼生动的，才会在矛盾中获得否定性。而否定性则是自己运动和生命力的内在脉搏"。因此，现实经常是以悖论的形式出现的，我们的思维里如果没有悖论概念似乎就不再够用了。而诗歌最具反讽精神。布鲁克斯在《反讽——一种结构原则》中解释为什么反讽会在现代诗中大量运用时，指出："共同承认的象征系统粉碎了，对于普遍性，大家都有怀疑。这是基于一种统一价值体系崩溃的时代状况而言的。"当代诗歌中大量出现的反讽现象也是因为这个原因。反讽，是把字面意义"可能意味着什么"这个问题公之于众，同时它又是"上下文对一个陈述语的明显歪曲"。诗人说某一句话，激活的不是一个意思，而是随之而来的一连串颠覆性解释的无限系列。

从这个意义上说，樊忠慰的《精神病日记》把反讽视为否定的精灵，诗歌所反映的悖论似的情景实际是现实的常态，而这种常态却由一个自称精神病的人来述说，有一种"众人皆醒我独醉"的意味，而这个"醉"者即诗中的精神病患者却有着超乎寻常的视觉，尖锐、深刻地揭示了现实难以克服的矛盾，似乎又是“众人皆醉我独醒”。一个精神病患者时“醉”时“醒”造成了更大的反讽意味，构成了明显的视点反讽。

视点反讽中还常用的一种手法是创造一个天真的主人公，或一个天真的叙述者或代言人。这个人物自身有着无法克服的单纯或者迟钝，导致他对事物的解释始终要求机警的读者——他们早就看穿天真主人公之后的作者没有说明的观点，并且持有同样的观点来加以修正。正如汤普森在《不动声色的反讽》中所说：“在反讽中，情感相互冲突……想要理解它，人们必须保持超然而冷静的态度；想要察觉它，人们必须为出了偏差的任务或者理想而感到痛苦。笑声发了出来，但又凝固在唇吻上。我们观看可笑的事情，却被它刺伤了感情。从这一点推断：严格符合反讽的客观界定的对照，如果没有引起人们的这些矛盾感情，就根本不具有反讽性。”《精神病日记》就是以这样一种方式来引起读者深深的矛盾感情的，一方面，觉得诗人在消耗着生命的热血写诗，振聋发聩的声音警示着世人，充满智慧和灵感。但另一方面，整个世俗包括诗人自己在内，又都成了他自己一再警告和讽刺的对象。在《感悟》一诗中，诗人对人世间很多矛盾概念进行了“感悟”：伟人、杰出的作品、优秀的诗人、真理、谬误、恶棍……不过证明了人生一切皆“幻境”，“一个疯子写就的诗篇／一群庸才也难为／庸才为了证明自己不庸／就说疯子佯疯”，这群庸才看出疯子是佯疯庸才吗？好像不庸。但在诗集开头诗人就有一个概括：“越平庸的人越能发现别人的缺点，越不容易看见自己的不足，哪怕面对镜子亦然。传闻与真实注定有距离，一个好人往往没传闻的好，一个坏人往往没传闻的坏。”其实诗人自己也不能回答谁平庸谁不平庸，反而对这些平庸而卑微的人充满同情，因为诗人并未自视甚高，而是看清了自己更卑微，“我哀怜那些卑微而平凡的生命／其实我比他们更卑微而可怜／我极限地抵抗着疾病／剩下脆弱而恍惚的心灵”“一次诞生便拥有诗歌和母亲／无数次死亡／死到不可再死／便接近了大道和永恒”。这样一个脆弱而恍惚的心灵，却有着无比智慧的发现，渐渐接近了大道和永恒。这里的反讽意味深长，真正是“我们观看可笑的事情却被它刺伤了感情”。

尽管反讽中总是有一个受嘲弄者，但是如果转换一种背景或者视觉，这个受嘲弄者也许恰恰就是我们自己，因为当我们处在一个观察者的位置上看一个无知无觉者的表演时，或许还有一个观察者在看我们的无知与无觉。因此，反讽还具有“形而上”的性质和概括的性质，反讽者认为整个人类即是人类存在状况所固有的那种反讽的受嘲弄者。把反讽提到形而上的高度与人类的现实处境和终极状况联系起来，就构成了总体反讽。米克说：“总体反讽的基础是那些明显不能解决的根本性矛盾，当人们思考诸如宇宙的起源和意向，死亡的必然性，所有生命之最终归于消亡，未来的不可探知性以及理性、情感与本能、自由意志与决定论、客观与主观、社会与个人、绝对与相对、人文与科学之间的冲突等问题时，就会遇到那些矛盾。”一般情况下，诗人对世界、人类进行“总体反讽”时既有从超然的观察者的角度，也有直接置身于受嘲弄者行列之中，因而他们笔下出现的反讽情境具有“形而上”的性质。法国批评家乔治·帕朗特指出：“反讽的形而上原则……存在于我们天性所含的矛盾里，也存在于宇宙或上帝所含的矛盾里。反讽态度暗示，在事物里存在着一种基本矛盾，也就是说，从我们的理性的角度来看，存在着一种基本的、难以避免的荒谬。”这里面包括人自身内部、人与人、人与社会、人与自然都存在着难以克服的缺陷和矛盾，并由此产生的自我反省和批评意识。在统一的价值体系和最高真理解体之后，人们对自身的现实处境和终极状态会表现出越来越多的疑惑和不安。这种焦虑和不安构成了《精神病日记》的主要内容，《诗人自语》里的39段自白似的话语把这种色彩作为基调涂抹到了后面的诗篇上，如：“真正的光荣和尊严是追求真理，永不屈服。”“一切权威在时间面前都是脆弱的。最权威的是时间，只有深刻认识自己的人，才能认识自己的地域和种族、历史和未来。”“认为人生美好的是睁眼瞎。认为人生丑恶的是独眼龙。”“谢谢你读我的诗，但你永远不懂我的病苦，因为我不是你，你不是我。”这些焦虑在诗人那里是一种深沉得让人发疯的痛苦，但这些痛苦又岂止是樊忠慰的痛苦，更是人们不断在找寻答案的天问。在《复活》这首诗中，诗人将复活后所感受到的一切景象描绘得比死亡还痛苦狰狞，同时又因为生存难以克服的矛盾而充满疑惑，因而具有一种特别的反讽效果。

我复活了，像露醒在草间
抖一身污泥和伤痕
向流浪的山沟取水，以几粒玉米充饥
我走出末日，回到岩石的家园

那么多人诅咒我，我看不见
那么多人消逝了，还在眼前
我的思维鸣叫
你们是谁，为什么把我纠缠

那一夜，感觉漫山遍野的鬼魂
光速般遁入我的身体
让我怀疑得忘了害怕
让我害怕得只有怀疑

有一个我是魔鬼的化身
意淫音乐和欢叫的草原
吸天才的脑髓，吃美女的容颜
头枕永恒的时间把诗歌梦见

这些蚂蚁般细语的文字
在纸上修筑易碎的宫殿
时间面前羞答答的一瞬间
却让多情的帝王心痛千年

离开上帝，人类依然存活
偷走时间，我们该怎么办
你问我，我问谁
谁问我，我沉默无言

人在世间生存的困惑，尤其是关于“时间”的来历、去处谁可以解答呢？在《精神病日记》中诗人还表现了很多这种人类难以克服的缺陷和矛盾，并由此产生深刻的自我反省和批评意识，形成总体反讽。这也是这本诗集的另一个重要特点。

总之，反讽生成了《精神病日记》的艺术张力，拓展了意义空间，丰富了意义内涵，也极大地激活了读者的思维，使这本诗集具有一种独特而强烈的艺术感染力。实质上，反讽的精神内核具有严肃的批判性。调侃的叙述、疯狂的想象、悖逆的情境所有这些反讽的喜剧性表征下面，隐匿着诗人对世界的认真思考、对自我的深刻反省，其智慧性的戏谑、嘲讽中，也往往深藏着对人生的艰难、沉重和苦涩的理解，读者在感到精神病的狂乱的同时，又分明体味到一种对难以解决的矛盾进行思考而产生的痛苦和困惑。因而，“笑声发出来了，又凝固在唇吻上”。反讽的喜剧性的外观非但未能冲淡、消解其严肃的批判精神内核，反而让人在戏谑与喟叹的矛盾中更加深刻地领会到这本诗集的实质。

樊忠慰诗歌阅读综述

夏吟儿

“樊忠慰从苦难的大地上得到灵感，写天真纯朴的诗歌，他既是一个故乡大地的歌手，又是独自沉默和漫游的大痛、大梦、大孤独的歌者，他的诗歌因其强烈的情感冲击力、炽热的生命冲击力，因其口语鲜活，意象灵动，激情澎湃，想象飞扬，而受到广泛的欢迎，而让时间出血，美人和骨头出血，诗人和读者为他的诗出血，他是从对大地、对故乡、对世界的倾听中，接近了诗歌之神的真正的诗人，他的诗诞生在以卑微和短暂向往博大与永恒的地方。”这是夏吟 2000 年为推荐樊忠慰的诗歌写给柔刚诗歌奖的文字中的一段，其中“让时间出血……”等诡异的形容词来源于樊忠慰自己的文字，但有“强烈的情感冲击力、炽热的生命冲击力，口语鲜活，意象灵动，激情澎湃，想象飞扬，感染力强”，可以作为樊忠慰前期诗歌的基本特点，而樊忠慰近期诗歌又有了新的变化，他对诗歌的痴迷和执着，堪称赤子。

樊忠慰的诗歌可以有几种阅读方法，第一种方法是一句一句地阅读。

每一粒沙
都是渴死的水

——《沙海》

一滴海水，咬死盐

一滴风沙
吹灭敦煌的诗篇

——《敦煌》

我刻骨地爱
我用一生的牙咬碎你的牙

——《包谷》

两条相交的河流
像把弹弓，我使劲儿拉
鱼射向江海
鸟射向天空

——《河流》

一个死去多年的人
他想飞

——《悬棺》

海，海大，比苦苦的盐大
比男人大
海，海大，比淡淡的水大
比女人大

——《渴望》

比眼睛深邃的海
我走了
你蓝给谁看

——《海》

我和青草一起感动
用眼睛数珍珠

——《谁来埋我》

水的滋味在于
喝了一辈子
就跟没喝过一样

——《水》

我渴，舌头却压住一条河

——《情话》

这些精短的佳句，却有直捣人的灵魂的力量，有一种惊心动魄的穿透力。这些诗句都可以单独传诵，实际上在这个诗歌备受冷落的时代，樊忠慰的这些诗句在云南的文化圈中确实被大家传诵着。这些意境透亮的诗句很有阅读张力，能够快速把读者带到诗意的开阔时空。这些诗句通感运用自然、比喻新奇、意象饱满，动感而跳跃，诗句间连接紧密，给人广阔的想象空间，有让人多次回味的意蕴张力。这些经典诗句的意境是古典唯美的，而写作方法上却是现代的，其中不乏极限心理体验带来的灵感，同时也是诗人炼丹般苦吟炼字炼意的结果，诗人在意象的虚实动静处理上下了功夫，也在诗句的色彩、节奏和语感上下了功夫。这些梦话般的诗句里充满了真诚和渴望。是诗人自己痛过，读者读了才会痛。

不同的读者在不同的心境下，都会在樊忠慰的诗句中找到不同的能连通心灵的句子，能点燃人们心上隐秘的情感星火，不同的读者对这些诗句也有不同的解读方式，比如我对“每一粒沙／都是渴死的水”，就有这样的联想：“我的心也像渴死的水，但渴死的水还是想归队于水，归于大江、大河、大海，归于自由的雨云，渴死的水，还是在等待着水的滋润，渴死的水，还是渴望着进入生命的循环……”

樊忠慰诗的第二种阅读方法就是常规的一首一首地阅读。《红草莓》《红桔》《想你在今夜》《当你老了》等爱情诗让人难忘，在忠慰的爱情诗中，他是痴情的，“我守着你的影子／吻你的鞋子／挨你的鞭子，我牵女人牵过的狗／喝女人剩下的茶／不摘女人嗅过的花／不忘女人说过的话，我的牙是水做的／我死了也想尝一口红草莓”；他是天真的，“谁忍心用爱伤害爱／用纯洁伤害纯洁”；他是痛苦的，“拔一棵草，疼的是心跳／宰一只羊，痛的是钢刀”；他是无奈的，“美摘下美／美让美去死／我的诗和蜜蜂一起号啕”；他也是固执地期待着的“我活着／没有人爱／死了／该会碰见美女的魂//隔世的美女／趁天没亮／快带上你的枯骨／跟我回家”。

樊忠慰的爱情诗感染人的力量，在于他诗歌中的痴情、天真、无奈、单纯、愤怒、原谅、轻信和焦虑都不是想象出来的，而是他经常的处境。在感情上，樊忠慰比别人更敏感，也更脆弱，再加上他在写作中对技巧的运用的成熟，就使得这些诗歌有了不一样的感染力。

樊忠慰曾经坦然表达：“我多么希望有一个姑娘，心甘情愿地嫁给我，让我不再孤单和慌张”。他的诗歌《我爱你》在写作方法上没有多少特殊技巧，是直接的白话式抒情“我爱你，看不见你的时候／我最想说这话／看见了你，我又不敢说／我怕我说了这话就死去／我不怕死，只怕我死了／没有人比我更爱你”。这首诗表达了一个初恋少年的迷茫、羞涩、矛盾，这种纯的、浓的、无奈的爱的表达，已在网上、在大中学生的笔记本上广为流传。但是，我认为诗人应该是能够把各种各样的爱说出来的人，而且说出来并不会让对方为难，而是总是给彼此增加幸福感，诗人的天职之一，就是说出心中各式各样的爱，就是用爱来构建灵魂居住的家园。

樊忠慰还有许多诗歌和神性的象征有关，也和天地万物有关，这些诗歌写作方法上走的是抒情路线，他的有些诗歌充满了童真的趣味，如他写《唢呐》“吹男为叶／吹女作花／结出一串串果子／叫爹唤妈”，他写《细细的雨》“闭上眼睛／更数不清你的秀发／唰唰地爱你／头梳得好看”，写《蜻蜓》“天才的飞机／运输溢彩的阳光／空气轰鸣”，写《公鸡》“我用梦给公鸡孵蛋，只为听见诗歌的啼鸣”，《喊山》“山应了一声／一只鸟从空谷被惊飞／带走草窝里红红的蛋”，《春来了》“我和蚂蚁捉迷藏／和春天打架 // 我要把星星打绿／把小蝌蚪打成大青蛙”……这些诗歌总体是清澈明净的，能把读者带入童话般的境界中，体验自然带给人的喜悦，有时诗人自己就化身为天地万物：“黄河是奔泻的母马／我是它的一根汗毛／跟着它奔跑。”“我是宇宙的孩子／骑着幻想的小鸟／满脑子贪玩的星星……”诗人以孩子般的视角、超时空的自由，从现实生活、现实场景中逃离，和天地万物对话，和风雨雷电、江河山川嬉戏，但也常常表达出一种对美好事物消失的叹惜，一种来自生命深处的孤独，一种饱含爱的忧伤。

他的一些诗歌和对话生死、追问存在有关，在《挽歌》《墓碑指向天国》《悬棺》《荒冢》《墓志铭》《青年诗人遗像》《我死的那天》等诗歌中，樊忠慰出入于生死之间：“我活着／没有人爱／死了／该会碰见美女的魂”“我要在生命的最后一刻／把你仰望／在炼狱里仰望炼狱，在天堂里仰望天堂”“让我用诗歌洗净骨头／抛下悲欢，在你的落日里长眠／永不醒来，就不再孤单”“等我写完传世诗篇就死去／死在比睡眠更漫长的睡眠中”。这类诗歌表达一种压抑、一种抗争，弥漫着浓重真实的生命渴望，有因生命缺失的痛楚和迷茫，有对生命价值的深度追问。

樊忠慰更多的诗歌则和极限想象带来的灵感有关，这时他往返于神灵、魔界、梦乡和人间：“离天堂最近的地方不是天堂／大神的泪是我”“我是魔鬼，我比魔鬼更璀璨／我的暴力不让她们的母亲看见／当少女们的遗骸躺满天山／我地狱的岩石，撕裂江海和雷电”“我睡着了／我的叫声是梦／没有人梦见的梦”。

有的诗歌中充满了飞扬奇异的激情想象：“祖国，我的姐姐／我爱你，你真大／你的美丽大善良大／你的公鸡叫声大//你的海大湖泊大／你的龙大江河大……你的春天比乳房大／你的冬天比雪花大／你的苦难比洪水大……”他也常常乘着想象的翅膀，和《圆明园》《巴比伦金雕》《古栈道》《布达拉宫》等人类历史遗迹通灵，打通五官之间相联系的秘密暗道，调用夸张、变形的手法，使用机变灵动的语言，让我们在体验激情中，去发现事物的美、思考事物后面的真。

樊忠慰诗歌的最后一种阅读方法就是把一本诗集作为一个整体来读。《绿太阳》单纯、热烈、真诚，意象与意象的搭配是纯诗的搭配，《绿太阳》这个书名本身对这本诗集就有一定的概括性，绿太阳是“英雄的头颅／在天空的血泊怒吼／染红了永恒／凋零了时间”，绿的太阳和红的天空的对比，有一定的象征意义，全本诗集的语言风格一致，审美基调有中国古典诗歌的意蕴，有后现代浪漫主义诗歌的情调。

但是在这 时期，樊忠慰的神性书写诗歌中的少数诗歌意象过于繁复黏着，由于樊忠慰的诗歌过于依托想象，修辞和象征过于丰富，致使某些诗歌不舒展。如果一个人的心没有完全静下来，阅读樊忠慰的这一类作品，会感到有些吃力，容易产生阅读疲劳。还有一个问题就是这种多半是依靠想象力抒情的书写方法，本身对写作者的伤害是很大的，而且也是有着高蹈凌空的许多缺陷的，这是诗坛早已经定论了的，这一问题在我的长篇论文《当代诗歌叙事性优劣与辩证运用》前言中已作详细的论述。

樊忠慰的第二本诗集《精神病日记》已经完成了后现代的某种转变，有着和《绿太阳》不一样的风格，我们来看第一首《断章》。“我深爱自己童贞的睾丸／像祖国热爱着台湾和海南／让我们根须相握／握住血脉统一的大树”，有了少儿不宜阅读的“睾丸”这样的词汇，直接切入现实，在想象的不可重复性修辞下，审美特质却更为多元化了。这本诗集少了樊忠慰过去奇诡的密集的形容词句，视角是清晰的，书写角度客观，即使写幻觉，也是清醒的回顾和反思，也有许多内容指向现实，有口语运用的尝试，有叙事性的努力，构思有局外人的冷静。

《精神病日记》在自嘲和反讽的基调上，暗示紧密，指向形而上的追问，总体上在迷幻时空与现实空间的自由穿越中，在现在、过去和未来交叉叙事中进入哲理提示：“东西方的核弹种植废墟和蘑菇云／南北极的企鹅吞下死去的大海和冰原”“人是禽兽与神灵的混种／精血与骨肉的交欢”“人多么渺小，所谓伟人／不过是人类为标高自己／哄抬的物价而已”“弱者奢谈什么道德／人见人爱的只有奴才”“爱情是一件衣裳／婚姻把它穿上／生活是衣服上的一个洞／漏出指头与疤伤”等许多诗句有一针见血书写现实荒谬的锐利，有相当的批判力，“你把天堂当归宿／人间的滋味没尝遍／／人间的事都不明白／怎么能进天堂／快走吧，回去体验人间欢爱／咀嚼爱情的黄连与蜜糖”“医生是为了健康／而不是疾病／信仰是为了仰望／而不是下跪”“神不会永远跟着你／只是偶尔出现”这些文字行文清醒、理智，将深刻和意义蕴含在矛盾的呈现中，让我们对生存有一个多向思维。总体来说，《精神病日记》在经验的力度、思想的深度、技巧的尺度上都走向了更广阔的空间。

一位外地诗友读了《精神病日记》日记后，告诉我说："樊忠慰用精神病日记的方式来总体构思这本诗集，真的是绝妙构思呀……"哈尼族青年诗人泉溪在《边疆文学》2006 年第 4 期的文章中也说："我不知道诗人为什么取一个与诗歌意蕴所背离的题目《精神病日记》。"他们可能以为樊忠慰写《精神病日记》类似于鲁迅先生写《狂人日记》，是在借精神病人的口来说出自己的感悟。

樊忠慰开始直面这个世界的矛盾、可笑、暴力、阴谋与罪恶，直面自己无望的梦想，直面自己对身体和灵魂自由的渴望，他把悲剧当成喜剧来处理。过去在他的诗歌里唯美的爱情，现在，在他的笔下有了另外一番色彩，"我爱好酒，亦爱美女／更爱喝醉了酒的美女／可我不会饮酒／更没碰过美女的芳唇／／连垃圾都有人捡的年代／诗人找不到老婆／由于我并非垃圾／可能永远找不到老婆"。这就有了自我解嘲的色彩，"既然找不到老婆，就要找个好老婆"，"让我在梦里娶个老婆／醒来好有儿子抱"，他在悖论中展示一种幽默的执着，他的这种"没有爱情的人变形为金刚"的智慧和豁达，也让关心他的人们获得了安慰。

"让天才成为被告／让嗜赌的诗人成为笑料／让妓女和艾滋病在棺材里拥抱／让无奈的医生去睡个大觉"的人世悖论，给诗人的生存提供了一个什么样的空间呢？忠慰在诗中说："并非精神不健康／也许是心灵太健康才患病"，如果世相已经非常非常的不正常了，可能会把非常健康的人逼出精神病症来，那么这个世界自身已有了病症。樊忠慰的诗歌"我是天堂外无人打磨的玉石／被抛回人间"，事实上他用自己的心灵打磨了诗歌。这只是他对诗歌的执着虔诚。

精神之上的灵魂
——樊忠慰印象及他的诗歌

茂　戈

樊忠慰寄来他新近出版的诗集《家园》，我再次看到，一个诗人精神之上的灵魂，在我眼前孤独而倔强地舞蹈。

一

樊忠慰是我在鲁迅文学院首届西南作家班上的同学。学习期间，我们寝室对门。如果门都开着，我就会看见他孤独地坐在桌前写着他的诗歌。我早期读过他的诗，也听说过他的故事。有幸跟他成为同学，与他有过深入的交流。交流中，面对这个瘦弱的男人，我的眼前产生出前所未有的幻觉……在我们这个浮躁的时代，我曾听过这样一个事例，说是有两人吵架，一人说，哪个跟你吵哟，你是个诗人嘛！另一个人立即回应，你们全家都是诗人！朋友给我讲时笑得呵呵的，我也在笑。我的笑是苦涩的。在这里，“诗人”跟“精神病”无疑画上了等号！没隔多久，我生活的拉萨发生了一件影响我诗歌创作的事件，拉萨诗人荒流自杀了。我第一次发现诗人的自杀离我是如此近，我是在“诗歌不能养活诗人，而诗人却小心翼翼地养活着诗歌”这样的感悟下创作我的第一部长篇小说《陷入精神病院的诗人》（已全文刊发在《芳草》杂志 2011 年第 5 期）的。我们这个可悲又无奈的时代，到底给了诗人什么样的生活、爱情和命运，以及诗人到底有一种什么样的精神和灵魂，我都想融入这部 17 万字的小说里。

我越来越觉得，樊忠慰极像我的长篇小说《陷入精神病院的诗人》的主人公——诗人柳子的形象。不，应该说是我小说里诗人柳子的形象像他。在长篇小说里，我是把“诗人：精神病”作为一个论题来写的，以此关注诗人的生存和精神状态。樊忠慰听说我这部小说后，像说着别人的故事那样说，我就住过精神病院啊。

他的那段经历，我曾听说过一些。我惊讶的是，樊忠慰并不像其他人那样对那段历史忌讳莫深，他说：“我有精神病，但又不是常人理解的那种，是大脑有时会出现幻听。”“我无论心里想什么，就会同步听到四周回唱着与我想法一模一样的声音，此起彼伏，无处可逃。”“医生对我说这是精神分裂症中的思维鸣响症，我现在仍旧觉得这种病症名字很诗意，你想想，思维在独自鸣响，真有点天马行空的味道。”

我想是你想，我是谁
你说是我想，谁是你
你想是我说，神的灵光
幻听喊瘦了身子和琴
鸟嘴吐出的石头像一座城在肩上飞翔
鱼眼藏着的湖泊在水里含云
我吞下地球，我在我的肚子里嚷叫
想起怀孕的母亲

——《精神病日记（一）》

地球已足够喧闹
可它比我的耳朵安静

——《病中吟·二》

……也许，这就是他患精神鸣响症时的真实写照。

樊忠慰用他诗人的思维来述说他的精神病史，把自己的“伤疤”血淋淋地展现在大家面前，让我们看到一个诗人真正的思想和精神。现在樊忠慰的精神病好了，只是身体仍旧很是瘦弱。在他的新诗集《家园》里，我仍能读到这样的诗：“谁把我放逐在群山之巅／以英雄的渴望傲视苍生和云天”（《渴望英雄》），这首诗里透出的，仍旧是一个精神病患者天马行空的思想；“从眼眶里抠出眼睛／血腥的白天会变黑夜／从眼睛里找到泪滴／一根潮湿的火柴叹息”（《看见》），这仍旧是一位精神病患者的“无拘无束”的行为；“我的喉咙跑出森林、湖泊、星空／还有舌头上的草地与羊群／大漠古堡、赶集的村落／涌现我和我的恋人”（《歌》），这仍旧是一名精神病患者孤独时的喃喃自语……但当读到这些诗歌的时候，我仍旧真有些迷茫，这是一个精神病患者的孤独呓语，还是一个天才诗人对人性良知的考问？

诗人到底是一个什么样的人？

我想到西方文艺和哲学界对诗人的诠释：在古希腊传说中，诗人是被文艺女神赐予能够飞往巴那斯山（希腊最高山）魔毡的人；近代思想家尼采说，诗人是一个酒神；柏拉图认为，诗人是一个神灵附体的人；浪漫主义诗人雪莱认为，诗人有一种至高的才能，其宝座掩隐在看不见的人类天性的帷幕后面；西方不少古典主义、浪漫主义者和现代诗人与思想家都好像觉得，诗是一种神奇得不可捉摸的魔物，而诗人不是疯子就是尤物……

二

这无法游泳的海
只能以驼铃解渴
每一粒沙

都是渴死的水……

我最先知道“樊忠慰”的名字就是看到这首《沙海》的诗。我看到这首诗是在 2000 年前后。我在网上查过，这首诗樊忠慰创作于 20 世纪 90 年代初。读这首诗的时候，我一直在想，这是一位怎样的诗人？是什么让他像一粒“渴死的水”？

难道说，樊忠慰写诗，也跟海子一样，是因为生活缺乏诗意，他像一粒“渴死的水”，在我们这个世俗的生活（沙海）里以“诗”的方式存在。我这样想，也这样认定。

从此，我开始关注樊忠慰和他的诗歌。

十多年的精神疾病加上越来越虚弱的身体，让大家都觉得他会倒下去，可他却没有倒下，他说：“是诗歌拯救了我。”不错，诗歌拯救了他的灵魂：“那个与时间厮杀的人／倒进诗歌的怀抱／喊醒他是虚幻的爱情／喊不醒他是真实的永恒”（《岁末 32 行》）；诗歌拯救了他心灵的那座家园：“乱草的坟墓／埋下人类的天父和亲娘／我是个路人／抱不住你颤抖的鸡鸣和花香”（《家园》）；诗歌拯救了他虚幻而美丽的爱情：“当她读完我血泪浸润的诗篇／凝视高原落日的悲壮／她会爱上我，她会相信／有一种语言高于人生，高于死亡”（《千年后的阳光》）。

在日常生活中，樊忠慰是寂寞的。寂寞的樊忠慰，寂寞的诗，寂寞的世界。这是一个诗人真正的寂寞。据说他经常坐在横江岸边，瞩望滚滚江水从脚下流过，让他自己的思绪顺着河水流向远方，或者，顺着白云飘向远方：“两条相交的河流／像把弹弓，我使劲儿拉／鱼射向江海／鸟射向天空／／我握住的河流／不是时间的河流／是江海与天空的疼痛／和上帝的一些想法。”（《河流》）谁知道上帝的想法，也就知道了诗人樊忠慰的想法。在今天标新立异的“梨花体”“羊羔体”面前，樊忠慰的诗仍旧是那样质朴，仍旧对大自然产生出强烈的亲和力。

樊忠慰又不寂寞。他的内心涌动着足可冲天的波涛。在鲁院首届西南作家班的结业典礼上，他激动地说，在洱海边学习的 20 天里，他已经写下二十多首诗。他还现场为大家朗诵了一首新创作的诗。他朗诵得激情四溢，如他体内奔涌的血液。在他眼里，“太阳”是“英雄的头颅／在天空的血泊怒吼／染红了永恒／凋零了时间”；他的激情让他的诗充满幻想：“我是宇宙的孩子／骑着幻想的小鸟／满脑子贪玩的星星／像一群蜜蜂／吵得我迷路了”（《宇宙的孩子》）；他的激情让他独拥诗意之神：“大地的纸幡卷起秋风／湖泊的天空揉碎云朵／谁把膝盖跪成漫长的道路／谁让头颅装满漏风的思想”（《西藏》）；当我读到这首诗的时候，我曾问过樊忠慰，你去过西藏吗？他摇摇头。我这个在藏区十多年的诗人于是感到惊叹，同时也让我望尘莫及……因为樊忠慰的激情，诗坛大家于坚说：“因为有了樊忠慰，在云南，我不再寂寞。”樊忠慰又是天真的。一天我们在洱海边散步，他居然兴起，对我说：“我想翻一个跟头。”看着他瘦弱的身子，我担心地不让他翻，可他像个孩子一样固执地翻了，连翻了三个。起身后还兴致勃勃地说：“状态好的话，我能翻十多个呢。”这样天真烂漫的性情在他的诗里随处可见：“夜走在天空／星星深一脚浅一脚／不知要去何方”（《夜》），“太阳抖落一身金子／把玉米和民谣埋在心上／村庄的火／一半红土，一半秋高粱”（《草叶上的村庄》），“一群聪慧的蚂蚁／往洞穴搬运糖粒和面包屑／淌汗的我，也想加入蚂蚁的群体”（《蚂蚁》）……读这些诗，就如端详樊忠慰的目光，清澈似泉，纯净如童，没有一丝杂质。

如果说樊忠慰的每一首诗都是“渴死的水”，而他，却在独自流泪。他流出的咸咸的泪，正温润着我们人世中的每一粒“沙”。

三

熟悉樊忠慰的人都知道，人世间，樊忠慰最爱的有三样：一是诗歌，二是孩子，三是美女。

据传，2004 年，樊忠慰荣获第七届“王中文化奖”。在 11 月 1 日的颁奖会上，樊忠慰发表获奖感言，出人意料地当众说：“我多么希望有一个姑娘，能够心甘情愿地嫁给我，让我不再孤单和慌张。”观众一愣，随即爆发出雷鸣般的掌声。

樊忠慰的爱是炽热的。

我爱你，看不见你的时候
我最想说这话
看见了你，我又不敢说
我怕我说了这话就死去
我不怕死，只怕我死了
没有人比我更爱你

——《我爱你》

这首诗曾广为流传，他渴望爱与被爱，但他一直没有爱情，他在《荒冢》里伤感地写道：

我活着
没有人爱
死了
该会碰见美女的魂

隔世的美女
趁天没亮
快带上你的枯骨
跟我回家

在与樊忠慰同窗学习的那段时间，一天我们在洱海边散步，看着这个四十多岁的男人，我问他，你的爱情现在怎么样了？他摇摇头。我劝他说，找一个爱你的人就行了，不要想着她也要懂诗。樊忠慰想了想说：“我只希望她能有一份工作。我的身体已经这样了，如果哪天我走了，她能养活自己，我在下面也不至于担心她。”

听他这样一说，我想流泪。

我注意到了，在我们同班的同学中，是有美女作家的，可樊忠慰从来没有主动跟她们说过一句话，有时不经意间，他的目光落在她们身上，也像一个含羞的孩子一样躲闪开去。

也许，在我们这个爱情随意挥霍的年代，只有像樊忠慰这样的诗人心中，才保留着对爱的那份纯洁、对爱情的那份真情。

在他的新诗集《家园》中，我又读到他许多炽热的关于他心中对爱的倾诉、对爱情呼唤的诗句：“春天在少女脸颊害羞／喉咙掏出歌谣，美酒吹动嘴唇／人间有一种剧毒的病菌／或者叫作火焰，或者叫作爱情”（《火焰或者爱情》）；“你是我咀嚼的女人／在多情的传说里妩媚／化作千年相思泪／苦我，暖我，醉我”（《红豆》）；“轻盈的女孩／像只燕子在云里飘扬／我没有翅膀／摸不到你呢喃的天空”（《女孩，你听我说》）……这些诗歌，撑起了樊忠慰心里那个空虚而又充实的爱情的天空。

可怜的诗人，你在用诗歌大声呼唤的时候，你现实中的爱情在哪里？你的那个值得用诗歌去浸淫的爱人在哪里？

四

海德格尔曾指出：“诗人注定已抛在人神之间了，这便是他的位置。”这一位置将诗人置于一个“极端危险”的境地。一方面他首先看到了别人尚未看到的远古之神灵的指引、听到了神灵的召唤，而不得不执着地追随着神，背离这天神的时代，成为真正的“孤独者”；另一方面他受天命所托向他的同胞传达神的信息，因此不可能抛弃他的“亲人”而远行，他必是“信徒”和“传道者”。

樊忠慰超越世俗，向天堂和地狱探索，向神性聆听和展开，以追求神性、歌吟神性来确定人的本真存在。樊忠慰，无疑成为这个时代诗歌的“孤独者”、虔诚“信徒”和“传道者”。

所以，不要问樊忠慰是诗歌天才还是精神病人，是流泪的沙还是渴死的水，是爱情天使还是爱情木头……这样问，对于樊忠慰个人来说，很残酷；对于整个诗歌来说，很无奈；对于这个时代来说，很无聊。

用生命寂寞捍卫诗歌贞操的歌者

——论樊忠慰及其诗歌

周　梅

昭通人杰地灵、英雄辈出，是融中原文化、巴蜀文化、楚文化和乌蒙文化为一体的朱提文化，是云南文化三大发源地（朱提文化、滇文化、洱海文化）之一。秦开“五尺道”，汉筑“南夷道”，昭通成为“锁钥南滇、咽喉西蜀”的通道，是云贵川三省结合部的物质集散地，是中原与云南沟通的主要门户。唐宋以后由于中原和云南的经济政治文化中心的转移、交通的闭塞和地域条件的制约使得昭通成为经济落后的国家级贫困地。但是从某种程度上，它又成为云南中原文化保存最完好的地区。在这块土地上成长起来的“昭通作家群”成为云南省文学艺术繁荣发展的一张名片，成为当代中国文学的一道亮丽风景。在这个创作群体中有诗人、小说家、散文家、评论家，他们的创作题材广泛，几乎包含了文学的所有领域。“昭通作家群”在诗歌、小说、散文、戏剧、评论方面取得的成就是云南其他地区所不具备的，它甚至被人们誉为“云南当代文学的重镇”。樊忠慰就是在这样一块神奇的土地上展开他寂寞而坚贞的翅膀，在诗歌的殿堂里游弋和歌唱。

作为“昭通作家群”中独树一帜的一位歌者，樊忠慰在云南诗坛乃至中国诗坛都是一个特殊的存在，是云南本土，甚至是中国诗坛一位不可或缺的重要诗人。他的诗是血液和灵魂凝结的晶体、是生命之骨炼成的丹。

评论界认为：在文学艺术不断世俗化和商业化的今天，当一些平面的语言技巧在炒作中日渐占上风的时候，樊忠慰是一个用生命的寂寞和孤单保卫着诗歌贞操的斗士。

樊忠慰，1968 年 2 月生于云南盐津县兴隆乡，1989 年 7 月毕业于云南昭通师专（今昭通学院）政史系，后一直在盐津一中任历史教师。1991 年 8 月以来在《诗刊》发表诗歌 117 余首，在《十月》《人民文学》《诗选刊》《星星》《诗歌报》《大家》《人民日报》《中华文学选刊》《诗潮》《滇池》《作品》《边疆文学》等报刊发表大量作品。参加诗刊社第 14 届青春诗会，有诗被译成英文、俄文、德文，部分作品被电台、网络、选本和评论界关注，创作事迹被《散文》《文学自由谈》《昭通师专学报》《昭通学院学报》《人民日报》《瞭望》《中国文化报》《中国青年报》《春城晚报》《文学报》《云南日报》《文学界》《昆明日报》《滇池》等报刊评介。著有诗集《绿太阳》，曾获云南民间王中文化奖，高黎贡文学节主席奖，云南省文艺基金奖，云南文化精品工程入选奖，《诗刊》提后奖，《星星》诗赛奖，《云南日报》《边疆文学》予以的多项奖项。系中国诗歌学会会员，云南作协签约作家。

1989 年樊忠慰毕业于昭通师专政史系，后一直在盐津一中任教历史。1991 年夏天，樊忠慰突然出现幻听、思维鸣响等症状，经诊断，他患上了精神病。他说："十多年的疾病累及父母和亲友，让我惭愧和自卑。但诗拯救了我。"樊忠慰在云南昭通一个极为偏僻的小县城里教授历史。十多年，诗歌与爱被他一起置在精神方面的疾病的阴霾之下。然而，歌者悲壮地将他的诗歌美化为"一个治病的过程"。樊忠慰生长在滇东北大峡谷中的盐津城，小城筑在峡谷中，下面是滔滔翻滚的横江水，两岸是笔立的峭壁。新修的铁路从盐津县城通过时，因找不到一条可以铺轨的平地，只好从县城下面打穿隧道。住在城中，推开窗子，对岸高耸入云的吊钟崖迎面扑来，压得人喘不过气。这样一种独特的身心经历和另类的诗歌观念必然使其诗歌创作独树一帜。

樊忠慰的诗不属于任何一种潮流、不属于任何一个流派，而任何时代的人都可以读他的诗，不同审美趣味的人都会不约而同地喜爱他的诗歌。很传统的诗评家曾对他的作品给予高度评价，很先锋派的诗人对他的诗作也表示赞赏。由于地理位置和身份的边缘性，樊忠慰的诗歌极少被诗歌的知识所污染。也就是说，他没有把心思放在完善诗歌技巧上去，没有将诗歌写作看成一种修辞活动的竞技表演和争宠。诗人深深体会着生命中的每一个瞬间。他的诗歌不是语言的固有的形式，更没有刻意求新的技巧，他让一切故作的技巧都远离了他的诗歌，他拒绝一切矫揉造作的生硬语言。诗人以自己的方式在诠释着诗歌的贞操和本质。

诗对于樊忠慰而言，犹如呼吸之于生命一样重要。樊忠慰在文学领域行走中，保持了其对文学的纯洁性和神圣性的执着向往，疏远文学的时尚和潮流，不跟风，不屈从，诚实地、真诚地、坚贞地面对生活，面对自己的歌唱。这位诗人一直缄默着坚持自己的方向、自己的孤独，甚至自己痛快淋漓的直白。樊忠慰经过寂寞的坚贞之后，诗人必定能在他的诗歌王国中找到自己捍卫的味蕾。行云流水的诗句中跳出你惊叹的意象组合，展示其深邃的诗意，这些诗意来自诗人生命的体验。他的诗是血液和灵魂凝结的晶体，是生命之骨炼成的丹。他不是用文字来写诗，而是用灵魂和生命来吟诗。这些诗不能够拆开来进行剖析，这是用泣血的心灵和生命写出来的诗作，也只能用心灵去感悟它、从整体上去把握它。正如樊忠慰所言："不要肢解感情，不要肢解诗歌。"他的诗歌就像生命一样不可以肢解，犹如贞操不可亵渎一般。

在文学创作中，数量不能用来作为评判的标准，尤其是诗歌。樊忠慰令人赞叹的不是他创作的数量。他的诗让人回味无穷、让人眼睛潮湿、让人揪心的痛。樊忠慰说："我想是这样，诗歌和人的疼痛，是善良和纯洁的疼痛，也可能是上帝相信的疼痛。"这理应是生命寂寞的歌者为了捍卫诗歌贞操的疼与痛。在一首叫《河流》的诗中，诗人写道："我握住的河流／不是时间的河流／是海与天空的疼痛／和上帝的一些想法。""月亮是黑夜的伤口／黑夜是你的伤口／你是谁的伤口""满地月光／千年难觅的针／意外地刺伤我的骨头／流出好痛的花香"或"每一粒沙／都是渴死的水"……孤独的诗人有一颗善良的心，他渴望人与人之间能相互理解与尊重，这又是何等之难！只有樊忠慰才能理解其中灵魂的疼痛、焦灼与渴望，体会其中的悲剧意味。

樊忠慰是“我们所处的这个时代实属罕见的诗歌赤子”。其对诗歌语言原创性和诗意纯粹性的坚强捍卫，以及他在诗歌写作中所表现出的非凡灵性和卓越想象力，致使他获得云南民间王中文化奖。樊忠慰的诗歌，往往使我们的心灵得到享受和安慰。其诗灵动、纯净、奇诡、象征、隐喻等独特的艺术个性震撼着读者的心。让人不自禁就会热泪盈眶，直接地、不自觉地，被他直抵灵魂的句子所震撼。诗人以其全部的生命和全部的灵魂，投入到他的诗歌中，从而让诗获得灵性和神性，直抵生命和灵魂的深处。令精神得到洗涤，产生愉悦。

如《幻》。

天空到我的眼睛来
一半是夜，一半是昼
中间是泣血的海

时间流进大海
时间是蓝色的
蓝得波光发咸

盲人的泪水绿闪闪
他看见爆炸的春天

诗人通过想象和幻想来塑造自己的艺术世界。没有注重写实或不屑于写实。在虚构的境界中表达自己最真挚、纯真的感情。

还有《家园》：

几捆干柴，半筐猪草，一把弯镰
割痛少年的夏天
没有人娶走流水
没有人嫁给青山

再如《包谷》：

从秋的口袋漏出
一粒，一粒
我捡起来，全是金子

我是乞丐
我刻骨地爱
我用一生的牙咬碎你的牙

在《家园》和《包谷》中，樊忠慰让我们体悟了温暖，在温暖的氛围里有大家感觉亲切的干柴、猪草、弯镰刀和包谷等。这些东西让我们感受到活着劳作的温暖和幸福。这是一首古典、唯美、现代的诗歌，它体现了中国诗歌典雅的精神光芒。樊忠慰的诗歌如清泉淙淙流淌、叮咚有韵，是情感的自然流露，空灵而自然。怀念古迹、热爱自然、思考人生等在他的诗中都得到淋漓尽致的表现。

樊忠慰诗歌的民族色彩和民族精神是十分强烈的，那种对祖国的爱、对母亲的爱、对祖国大地的爱、对自然的爱、对恋人的爱，那种对自然宇宙与生命的追问，时时在诗中坦露。如《祖国，我的姐姐》。

祖国，我的姐姐
我爱你，你真大
你的美丽大善良大
你的公鸡叫声大

你的海大湖泊大
你的龙大江河大
你的星星比天空大
你的我比蚂蚁大

你的春天比乳房大
你的冬天比雪花大
你的苦难比洪水大
你的思念比月饼大

你的樱桃大小米大
你的眼睛大发明大
你的蝴蝶大裙子大
你的国歌比地球大

你的九百六十万皮肤大
你的五千年大
祖国，我亲亲的姐姐
我爱你，你真大

樊忠慰的诗歌使用的语言完全是一种最通俗易懂、最鲜活生动的口语。如同《祖国，我的姐姐》一样，他的文字都很简单、直白，但直白得耀眼，直白之中有一种撼动人心的魄力。诗人还在不经意中运用了一种不需要过多修辞的语言，却能够直达人的生命和灵魂。这是作为一个歌唱者最为可贵的地方，樊忠慰做到了。

熟悉樊忠慰的人都说：人世间，樊忠慰最爱的有三样，一是诗歌，二是孩子，三是美女。诗歌是他安放灵魂的唯一所在，另外的是爱情与童贞。他说："诗人在诗中追赶真理、太阳和少女，我不知道我要去哪儿？"樊忠慰没有爱情，他渴望爱情，在抒写真情的诗中，他写得最好的是爱情诗。

如《我爱你》：

我爱你，看不见你的时候
我最想说这话
我看见了你，我又不敢说

我怕我说了这话就死去
我不怕死，只怕我死了
没有人比我更爱你

还有《荒冢》：

我活着
没有人爱
死了
该会碰见美女的魂

隔世的美女
趁天没亮
快带上你的枯骨
跟我回家

樊忠慰的爱情诗充满无奈和苦闷，但是生命的激情穿透其间，给人一种撼动。这和其他诗人的爱情诗的言说是不一样的。所表达的情绪也是复杂的。

樊忠慰崇高的灵魂闪烁着正义之光，也许正如诗人所说："我写诗，是由于人间的苦难、残忍和血腥浸淫了历史，我无法改变。"但诗心永存、良心未泯，诗人用人格和灵性去表现对人类的关爱。

樊忠慰在《童贞》中反复吟唱：

我是天堂外无人打磨的玉石
被抛回人间
制造人类你就制造了罪孽
抛弃了我，天堂也不完满

还有《宇宙的孩子》中这些善良的诗句：

他们不知道
我要发动一场世界大战
用太阳去攻打寒冷
用面包去攻打饥饿
用药品去攻打疾病
用爱情去攻打仇恨
……
我什么也不要
不要钱　不要阴谋
有月光照我多暖和呀
如果童年那些无辜的青蛙原谅我
我就什么也不怕

诗人借用了孩童的嘴说出了“道”、说出了“理”，以此保持了一个诗人的操守——“我从不赞美没见过的风景，我从没违背许下的诺言”作为一个生命个体，这样的坚守在今天这个物欲横流的世界里就显得弥足珍贵，它彰显了诗人善良的良知和寂寞的正义。

在樊忠慰的《精神病日记》中，诗人表现了很多这种人类难以克服的缺陷和矛盾，比如：社会的污浊无序、生存的困惑沉重和人生的艰难苦涩并由此产生深刻的自我反省和批评意识，形成总体反讽。如其《灵魂像一束光芒》节选：

那颗黄星是汉朝在闪
一边和亲、一边追逐狼烟
民间流淌茅屋和汗水
皇家砖瓦独好儒学经典

那颗红星托起唐朝的丰满
柳枝打水，长安一片艳阳天
仗剑的哥哥抱起出浴的花朵
酒碗里的诗篇醉了千年宫殿

那颗绿星像闪电席卷苍天
马背上流浪，刀锋上厮杀的蒙古汉
向着落日的河山挽弓搭箭
融进中华亘古的血缘

上帝会不会暗笑我的灵感
不管梦里梦外，鬼和玻璃人
也许神宠的孩子
才能透视生命，让时空轮转

我活着像鸟儿跳跃树丫间
嫩绿的春天像我身上发芽的孤单
遥远的雪山和神鹰都亮了
唤醒我梦幻的真理或荒诞

诗人调侃的叙述、疯狂的想象、悖逆的情境，所有这些言说的背后，隐匿着诗人对社会的思考、对自我的反省，其智慧性的戏谑、嘲讽中，也往往深藏着对人生的艰难、沉重和苦涩的理解，读者在感到精神病的狂乱的同时，又分明体味了一种对难以解决的矛盾进行思考而产生的痛苦和困惑。

朱霄华说："在中国当代的诗歌坐标上，樊忠慰也许是最孤独的一位。"他是用生命寂寞保卫诗歌贞操的一个歌者。诗人孤独的姿势是一种诗歌精神的建设和尊严的捍卫。樊忠慰及其诗歌就像他在一个访谈中说的一样，"我想真纯地坦白自己和面对这个时代，这就够了"。也许，这位诗人的寂寞、坚贞、单纯和善良正在纠正着我们对人性的某些偏执的看法。

这是一个歌者从一种使命意识向生命意识的过渡和回归。

樊忠慰印象

毛利辉

那天，特地和几个朋友，大老远地跑到盐津县城去拜访他。

“他性格有点怪，不一定会欢迎你们的来访。”帮我们联系他的盐津朋友有些担心。

没想到，他居然很耿直地表示同意。

秋后的盐津小城下着蒙蒙细雨。云雾缭绕、秋雨缥缈的小山城弥漫着朦胧的诗意，惬意似仙境。

他在自家楼下的街边站着，不时向公路两头左右张望，是在等我们。

看他，和他诗集里、报刊上刊登的照片一样，面色红润，有些简单而随意的穿着，略显羞涩的笑。

穿过狭长、漆黑的楼道，我们走进了他的家。房间空空的，布置很简单，谈不上家具，倒是满屋子的书香。那些书，架子上摆不下了，他就随意地搁放在沙发上，甚至地下。反正，都是随手就能拿的地方。

他邀请我们坐下，似乎有些拘谨。沙发上垫着一块紫色的布，质感略有些硬度，感觉怪怪的，像是特地为我们铺上的。后来我的理解，这本像他的生活，自觉或不自觉地，和周遭保持了一定的距离。

礼节性地泡茶，六个茶杯，“刚好，你们六个人，好像我事先知道的一样”。茶香飘起，他笑着。

同去的本土方言剧《东寺街西寺巷》总编剧、知名网络评论家蔡立老师邀他挨身边坐下。大家开始随意地聊天，他渐渐活跃起来。

他谈诗歌，谈个人的理想，谈个人的生活，谈自己的世界观、人生观和价值观，内心纯粹而简单得像个孩子，却拒绝对他人的作品进行任何评价。“我很少看，也不了解别人写的东西，所以不敢妄加评论。”再看他身边的那些书，不管是《彝良文学》《赤水源》，还是《大家》《诗刊》等，都翻过，多被磨得汗涔涔的，有些旧。那些书，那些别人的诗作和文字，他是看过的。

交谈中，他偶尔随口背诵自己的诗歌，也谈了别人对他诗歌的评论：“多数人对我的评价甚高，我都看了，有时候在书上看到，有时候是在网上。”

他接着说：“也有人说我是精神病。我是有精神病，但又不是常人理解的那种，从不危害社会，只是做自己喜欢的事情，写自己爱的诗歌。”他说自己偶尔会有幻听，心里想的，就会在四周原模原样地回唱，此起彼伏，无处可逃。是生病了，到了昆明，他独自在药店买药，医生听了症状，说这是精神分裂症中的“思维鸣响”症。“你想想，思维在独自鸣响，真有点天马行空的味道。是不是觉得这种病症名字很诗意？”对于自己的“病”，他毫不忌讳，但有时委屈，因为总会被人误读。甚至有一次，他从县城，一个人“散步”到小镇普洱渡，被派出所的人关了起来，并痛打了一顿。后来，还是当中医的父亲去帮他讨回了公道。面对这些，他无奈地选择了心存宽容，“想想你们的孩子将要读我的诗我就原谅了你们”（《祷告》）。

蔡立老师问他的诗歌属于哪个派别。“我不知道是什么派别，根本也不是什么派别，也不需要什么派别。我就是自己写自己的，写好了，因为不会打字，只好请人帮忙，打成电子版的，再通过邮件，发到有关刊物的邮箱。我只在乎能不能刊登，有没有人看，有没有人喜欢。至于评论和分派别，那是评论家的事情，与我无关。”他一直在本能地拒绝，似乎反感别人给他在头上搁放任何的东西。

他说自己比较得意的，是那首《祖国，我的姐姐》。而不太懂得诗歌的我，印象很深的是他的那首《沙海》，“这无法游泳的海 / 只能以驼铃解渴 / 每一粒沙 / 都是渴死的水”。还有《水》，“水的滋味在于 / 喝了一辈子 / 就跟没喝过一样”以及其他的很多首。能让人读懂，并记得几句的，才是好诗，而他的诗歌，很多喜欢的人都会随口朗诵出几句，这才是真正的诗人。

记得第二天我们再到彝良，拜访诗人陈衍强时，谈到《祖国，我的姐姐》，陈老师对祖国又有了另外一种称谓和情怀：《祖国，我的后妈》。“你想想，走一趟亲戚回来，房子就被强拆了；睡一觉醒来，肉价又涨了……祖国啊，您真像我的后妈。”陈衍强和他，风格各异，却都是昭通本土诗人最有力量的代表人物。

或许他最遗憾的是四十多岁了，还没有谈过恋爱。“有过喜欢的人，但不知道人家是否喜欢我，于是就算了。”“曾经也写过诗歌给女孩，但那不算追。”他固执地给我们解释。“找不到相爱的，也就没有必要找了。如果只是为了结婚而找，那也不用找了。”听他说爱情观，依旧是单纯地固执着，以至于不信，说这话时，他已四十不惑。

毋庸置疑，他确实在渴望爱情。2004 年 10 月，他荣获了第七届王中文化奖。在颁奖会上，人们争着用各种方言朗诵他的诗。而他却出人意料地当众大声说出：“我多么希望有一个姑娘，心甘情愿地嫁给我，让我不再孤单和慌张。”而在《荒冢》里，他更伤感地自语：“我活着／没有人爱／死了／该会碰见美女的魂／／隔世的美女／趁天没亮／快带上你的枯骨／跟我回家。”

“王中文化奖是我最钟爱的。”谈到获奖，他最满意的，是这个每届只为一名作家颁奖的民间奖项。“政府奖也获过多次，还当过多年的签约作家。”他说，这些给他带来的是这套面积不大的房子。他有些小得意。

他的生活是寂寞的，但或许他习惯，自在，乐得。“以前朋友还是多的。后来他们玩也不喊我了。我也不好主动，怕人家不喜欢自己。”闲时，他喜欢走路，喜欢爬山。“县城周围的山，没有哪一座我没有爬过。”听他谈这些，很平静。我却不知怎的，居然有些酸酸地，沉重着。是为他的孤寂，还是为这现实的、欲望横流的社会？

在他家的一个小时很快过去了，大家谈得愉快。

昆明和攀枝花来的朋友想看看他的诗集。他从房间里抱出一摞，《绿太阳》《精神病日记》《家园》……“这几本没有了，我这里存有的，都是从朋友那儿找来的。”他说的是《绿太阳》和《精神病日记》，《家园》是刚出的，还多，一人赠一本。

他让每个人都把自己的名字写好给他，他认真地照搬上去。“毛利辉，就是你？”他抬起头，看着我。“我知道你。”都写好了，他认真地合上笔盖，一一把书送到我们五人手里，唯独陪同的盐津朋友没有。“我的呢？”盐津朋友问。“你又没说你要，我以为你不要。”他对这个熟悉的朋友说，“以前我送过人家书，到半路就被丢了。”

然后分别合影留念、依依道别。分别的时候，他照样站在自家楼下的街边，对我们挥手，“欢迎再来”，一脸的诚恳和期待。

他是樊忠慰，中国当代诗坛的传奇人物，云南“昭通作家群”的中坚和骨干，更是“昭通文学的摇篮”昭通师专（今昭通学院）和“岩城”盐津县的一张名片。诗人傅泽刚曾这样评价昭通师专毕业的三位文学奇才：“雷平阳是诗才，樊忠慰是天才，孙世祥是怪才。”

这个世界是纷繁复杂、变幻万千的，而樊忠慰是纯粹的，甚至一尘不染。他一直在坚持，努力把自己的世界缩小，缩小到只有短短几行诗歌。而在和他的谈话中，他一直是小心地、谨慎地维护着自己的领地，生怕一不小心，就被人闯入，或闯出去。

而我在想，我真的会，还会再去拜访他的。和他一起聊天、一起爬山，在他家楼下买菜、在他家里做饭吃。如果可能的话，邀约上仰慕他的女孩子一起。希望他，也能拥有他自己期待已久的，大多数平常人都能拥有的，再平常不过的爱情！

樊忠慰其人

蔡传斌

樊忠慰是昭通的一张文化名片。可是，樊忠慰是谁？很多人不知道，却想知道。因为一句诗——“每一粒沙／都是渴死的水”的荣誉，他获得了著名的“王中文化奖”，他在盐津这个大山里的小城创造了一个诗歌的神话。有人说，看到了樊忠慰，就像看到了多年前的诗人海子，因为他们都属于天才诗人，可是：樊忠慰是谁？他的诗歌书写了一些什么呢？

后来，我见到了樊忠慰，他的样子一点也不张狂，也不另类，他有一张纯净的脸，你看不出它的喜怒哀乐，却被人称作“天使一样的面孔”——前久看世界杯，葡萄牙的球星戈麦斯据说也是有天使面孔的，但是让我看来看去，却看出了许多媚俗的东西来。而樊忠慰的脸却是透明的，你可以看到它有多深，也可以看到它里面藏了一些什么东西。

那一天，我的朋友杨杨在通海一家很安静的小饭馆里为他安排了一个小小的“诗歌晚宴”。我和朋友都朗诵了他的诗歌新作，每个人都凭自己的感觉来读他的诗，有点闹，但却很有诵诗的氛围，很自由。樊忠慰也被我们的情绪感染了，提出要朗诵他的一首旧作《悬棺》：一个死去多年的人／他想飞／他在岩石堆起的天空／咀嚼盐粒和木头／像所有的梦睡在一起／他不知自己死了多久……他诵读的声音一下子激动起来，每个字、每一句诗都像是从他嘴里喷涌出来一样，铿锵有力。也许他写诗就是这样的感觉吧。直到天黑，大家才尽兴而散。

读樊忠慰的诗，读到“大风吹落晚霞，吹落血／吹不落我的红草莓”“鸟声唤少年／骑匹蚂蚁去流浪”之类的诗句的时候，总以为他是追求纯诗写作的，每一首都很民歌、很童话。在通海小城散步时，我提出了我的观点，他却不完全同意，他说他的诗歌以前追求的是一种纯粹、灵动、自然的感觉，但这并不是他的终极追求，他的诗歌有很多能让人产生“刺痛感”。

语言也有“刺痛感”，那是一种什么样的语言，他没有举例，但是当我们读到：“每一粒沙／都是渴死的水／每一滴水／都是流泪的沙”“月亮是黑夜的伤口／黑夜是你的伤口／你是谁的伤口”“满地月光／千年难觅的针／意外地刺伤我的骨头／流出好痛的花香”……这样的诗句时，我们的心难道不会产生一点小小的颤动吗？《诗刊》副主编李小雨说：“读樊忠慰的诗，我总感到是对生命本质提升的极致，有一种向上飞的力量。那种与世隔绝的孤独使他耽于幻想，而饥饿和疾苦又给他带来身心的创伤，使他更能清楚地触摸到生命的颤力。”这也许就是他的诗歌带“刺”的原因吧。

樊忠慰是 20 世纪 80 年代在昭通师专（今昭通学院）上学时开始写诗的，他喜欢的诗人古代的胜于现代的、中国的胜于西方的。中国古代的大诗人如屈原、李白、王维等给他很大的影响。在《诗刊》《十月》《星星》等杂志发表了诗作后，樊忠慰逐渐被全国的读者认识，他的诗歌常常以“手抄本”的形式在校园、网络里流传——民间，也常常是一首好诗得以广泛流传的广大的空间。

诗歌似乎就是樊忠慰生命的全部。他说：“不写诗，我也能活着，但我会活得没有灵魂。诗歌给了我一个广阔的想象空间，我可以自由地、真实地表达自己的情感。”说起他的诗歌为什么能这样“纯”。他说，情感的质量决定人的质量，人的质量决定抒情诗的质量。这句话似乎可以概括樊忠慰诗歌写作的所有“秘密”。

在樊忠慰的诗歌中，爱情是一个重要的主题。他说：“我没有女朋友，也没有爱情，但这并不影响我对爱情的抒发。也正因为我没有那么多爱情，才写了这么多爱情诗。”樊忠慰说诗人都过得很清贫，但大众也是一样的，他喜欢同底层的老百姓生活在一起。这是他没找女朋友的一个原因，还有就是他曾经被人看作“精神病”患者，看过医生，现在还在按医嘱服药，他说他不想连累心爱的人，但他还是希望有一个女朋友。

过去，樊忠慰生活的环境不是很好，常常有人敲击他的头，骂他是神经病。他说，他也曾想过要离开盐津这个地方，这里容不下太大的思想，他的朋友也很少，过得很孤僻。在盐津，他就像一只在笼子里唱歌的鸟，他想到平原、到海边，去那里写一些不同风格的诗。“我不写诗，就是一个病人。但现在越写越少了，很怕重复自己，不重复却是很难做到的。写诗是无法搞计划的，因此也不知道我的诗以后会写得怎么样，争取达到一个新的‘心理’高度吧。”除了诗歌，樊忠慰还喜欢踢足球、翻跟斗——像体操运动员一样，他总是很投入地去做这些事，并且做得很认真。

诗里诗外樊忠慰

刘作芳

作为一个生活于忠慰身边的文学爱好者——他的一个好朋友，凭着这些年的零距离接触，我试图从感性的层面对其人其诗进行一些肤浅的解读。

但凡说来，人都惯于群居的，忠慰也不例外，在生活中，他是一位很好相处的人，没有大诗人的架子，待人真诚、善良。但凡遇上领了稿费或其他悦心的事儿，他总是邀约上如我等一帮袍哥弟兄，到“三千里”酒楼、“李庄白肉”店或者复烤厂下面那家“特色烤鱼”店撮上一顿。大家伙儿无拘无束，未上菜时海阔天空，诗话少，俗话多，但是他言语不很多，在大家杂七杂八、滔滔不绝，甚至扯上一些流行于我们当地的黄段子笑话时，他总是保持沉默和微笑，遇上感兴趣的话题偶尔插上两句，但往往一针见血，往往画龙点睛。菜一上桌，就都没有了文化人的儒雅、斯文与谦让，大家都不约而同地迅速抓起筷子，争先恐后地大快朵颐。他不喜欢喝酒，在大家推杯换盏、觥筹交错之时，他自个儿优哉游哉地喝着茶或者其他饮料自得其乐。我们喝茶最爱去的地方是“望江楼”，雅静舒适，品着茶，可以指点江山，山侃神侃，品评时政，调侃新闻人物，但更多的是论诗谈文。侃累了就放眼江流，看朱提江蜿蜒北上，聆听悠远的阵阵涛声。抑或举首游，目雄伟峻峭的吊钟岩，领悟其伟岸气势。

忠慰是一个眼里掺不进半粒沙子、容不得半点杂质的人，待人不掺丁点儿虚情假意，不矫饰、不做作，疾恶如仇，对恃强凌弱者总是恨不得先手刃而后快。他对万物生灵充满博发之情，特别喜欢小孩子，他和几岁或十多岁的儿童都能找到共同玩要的语言。他认为世间万物都有它们存在的价值，作为万物之灵的人类，不应该对自然万物横加干涉，否则得到报应的最终将是人类。忠慰是一个性情中人，食人间烟火，做凡人俗事，偶尔无聊之时也去牌桌上赌赌手气。听他本人讲，盐津时兴“焖鸡”那会儿，他时不时地去找堂子赌它两把，好胜心还特强，总是力争打入决赛，往往总是输钱。前两年时兴起来的“打胎二”，他也经不住诱惑，“与时俱进”地介入其中，经常感情用事，拿到手中的12张牌明明不咋样，他偏偏要赌赌那六张底牌，终究是把小钱输掉了。这两年，不怎么打了。

应该说，除了写诗，忠慰最喜欢的事就是远游或郊游，只要估计我没有课或者双休日，只要天朗气清，一个电话便打了过来，“今天没有事嘛?我们是不是到外边去转转”。臭味相投，便一同去爬山或者到某地去逛逛走走，去发现一片新的蓝天，去散发久积心中的郁闷，去寻找一份久违了的恬淡、宁静与坦然。启动双脚安步当车，既轻松又踏实，不为利牵，不为名累，走走停停，停停看看，张弛有度，全由心性做主，蓝天白云悠悠，绿水碧波荡漾，青山翠色欲流，岂不就踏入了天地人三象合一的神妙绝境了!

我俩曾经奢望一道去远游，因为据说行万里路胜读万卷书。我们固执地把玩丽江、玩九寨、玩长城、玩张家界、玩江浙、玩八百里洞庭、玩八百里秦川等等诸多名胜纳入了我们尚未起步的游历计划。就在我紧紧张张与我的高中生们打发日子的时候，他却或因公或私自暗地里去了抚仙湖，去了李庄、建水、思茅，去了上海，回来后，每每都要向我汇报汇报他的所见、所闻、所感。与他一同远游的宏愿未能实现，但他时时约我一同郊游，郑家坝农家尔、豆芽沟农家乐、柿子坝农家乐是我们常常光顾的地方，水田坝、张家沟、古坟高桥、县城化果山、豆沙观音阁、僰人风情园、古镇牛街这些地方是我们经常去的，观看石门悬棺、玄武夕照、吊钟雄峙也是我们乐而忘返的事。耍农家乐时是倾情游玩，玩饿了饱餐一顿农家乐里的腊肉，特别是腊猪脚香得十分地道，石磨磨出的豆花特别有豆花味道，乡间的土鸡比城市里的饲料鸡香上十倍……吃饱喝足之后就打道回府了。

观看名寺时是凝神游目、忍气吞声。野外游览时是一路有说有笑，时不时地他还喜欢吼上几嗓子，最喜欢陕北风味的歌曲，他唱的陕北信天游调式的歌曲极具黄土高原山地汉子吼出的风味，很有点陕北汉子的意思，他甚至写了一系列陕北信天游特色的歌曲，记得那年盐津一中举办的“樊忠慰《绿太阳》诗歌朗诵晚会”上，他一动情扯开嗓子就连唱了三支这种风格的歌曲，赢得了阵阵掌声。在郊外野地里，他可以自由自在地翻几个筋斗，侧空翻的那种，他说他少年时代可以翻正翻，现在胆子没那么熊了！

故乡，是游子的心。忠慰是一个热爱自己的家、极其孝敬父母、关爱弟妹的人，父母和弟弟前几年从县城回兴隆老家开了一家门诊，带弟弟把脉问诊，造福桑梓。除了过年回家团圆外，平时也经常回老家看望父母和弟弟，即使未能回去，他也总是要托人捎带一些食品如纯牛奶、牛肉干等回去，随时打电话过问弟弟学医的进展情况。每次去昆明，总是要到妹妹家去探访探访、嘘寒问暖。

电视剧是引不起忠慰的兴趣的，他认为中国的电视剧大多是肥皂剧，打开电视，看得最多的不外乎两样——足球赛和新闻，常常为中国的足球命运扼腕叹息。尽管盐津这地方没有足球场地，他还是喜欢踢足球，甚至专程去宜宾买足球鞋回来踢足球。

有色情嫌疑的宾馆、发廊，忠慰是坚决不去的，因为那地方有的节目很龌龊。

有过被警察误认为是流窜犯而惨遭殴打的经历，有过被欺骗、被侮辱的遭遇，而更多的是诗歌艺术带给他的色彩众多的光环，然而这一切，他似乎早已宠辱偕忘。因为在他心目中比这些更为重要的是诗歌，他正是用诗歌这种最富有情感的表达工具书写自己毫不夸饰的性灵，用自己的生命写诗，可以说诗歌是撑起忠慰生命的一根有力的杠杆。

忠慰的人生有两大乐事，一是寄情山水，一是沉于写诗。由于不断的游历，因而增加了对社会、人生的感悟，即生活积累。有了积累，就要表达，而且他有自己更好的表达方式——写诗。一旦到了不吐不快的时候，就一头扎进写诗的工程之中，可以不管不顾、忘乎所以，纯粹地沉入那种或悲悯或痛快的诗的国度里去了。

他不是孟郊、贾岛式的苦吟诗人，他的诗，诗由情生，笔随情走，情到意到，意到而韵味生，绝不矫揉造作，绝不为文造情，绝不无病呻吟，也绝不拖泥带水。字句像经由清水洗涤过一般，干净浅白，然而韵味深长，耐读、耐咀嚼、回味。他说："诗歌是讲究建筑美和音乐美的，我写诗在这方面没有刻意的追求，但很多的时候我还是在意的，能整齐的尽量整齐，能押韵的尽力押韵。"难怪他的诗许多都是押韵而又整饬的。

一本《绿太阳》，流淌其间的是一种深远而强烈的生命味，这种生命味源自于滇东北大山中的落后与贫穷，源自于童年、少年时期生活的艰辛和窘迫。童年时期曾经从饿饭的边沿挺过来，因而那是真真切切体味了人间苦难和生活艰辛之后的心声，这种生命感是杜甫式的思想情怀——穷达兼济天下（而非穷则独善其身，达则兼善天下）。那是一种至情至善的博爱。既关注自身，更关注芸芸众生。

诗歌是他生命的支撑，很难想象，如果没有诗歌，不知忠慰怎么过下去。这正如他说"诗歌是我救命的稻草"。然而，他似乎又不苦苦地耽溺于诗歌之中，因为他清醒地认识到了诗歌在现行状态下的命运与价值："诗歌换不来金钱和权利，也换不来爱情和女人……"

20 个世纪 90 年代，忠慰就以其诗歌的切入角度新颖、内容意境的深远、透视时空的穿透力，达到"语近情遥"的艺术境地而享誉诗坛。在这个文学艺术走向世俗化与商业化的今天，忠慰和同龄人相对比，他绝对是一个最为纯粹、质朴的人，一个最为本真的人。或许，正是这种做人的纯粹的本质决定了他诗歌的纯粹性、干净感，也从源头上奠定了他诗歌语言的原创性的根基。

散打诗人樊忠慰及其诗歌

艾自由

樊忠慰是中国当代诗坛的传奇人物，是“昭通文学的摇篮”昭通师专（今昭通学院）和“岩城”盐津县的一张名片。在昭通师专2007年的《招生简介》“学校概况”中有这样一段话—— 一部分毕业生走上了学校和党政机关的领导岗位，雷平阳、樊忠慰等毕业生已成为云南“昭通作家群”的中坚和骨干。云南著名诗人傅泽刚在为《昭通师专30年校园文学作品集》所作的序言中认为：“雷平阳是诗才，樊忠慰是天才，孙世祥是怪才。尊贵的缪斯，把三个才全部馈赠昭通师专，真是文学的传奇，这是昭通师专的造化，有了这三个名字，我想说，在全国范围内，可能找不出第二个如此文学的师专，在本科院校也是少有的。”而在2008年盐津县委、县政府编辑、云南人民出版社出版的大型宣传画册《美色盐津》中，在“中国诗坛的凡·高”的醒目标题下，宣传推介樊忠慰的资料就整整占了四页，其中有手写体代表诗作《悬棺》，有樊忠慰漫步古镇抚今思昔在豆沙关的照片，有樊忠慰浪漫白水江压个腿试试柔韧度的照片，忧郁的眼神抵挡不住对未来的美好憧憬。对于盐津来说，“会飞”的豆沙关僰人悬棺和“会飞”的樊忠慰诗歌成为盐津一古一今双绝，给人无限遐想。诗人樊忠慰的多彩诗歌和命运多舛形成的反差，让人在肃然起敬的同时不禁感慨万千，他是爱情天使还是爱情乞丐，他是诗歌天才还是精神病人，他是流泪的沙还是渴死的水？

一

熟悉樊忠慰的人说：人世间，樊忠慰最爱的有三样，一是诗歌，二是孩子，三是美女。1991 年，樊忠慰开始出现幻听，“我有精神病，但又不是常人理解的那种，是大脑有时会出现幻听”。“我无论心里想什么，就会同步听到四周回唱着与我想法一模一样的声音，此起彼伏，无处可逃。”对樊忠慰来说，连思想都被控制和预知，是令他无法接受的。“当时我已经感觉到是生病了，怕父亲着急，就和家里人说有外星人来打扰我，要出去避避。我也真的出去了一段时间，病情不见好转，然后跑到昆明药店买药，说了下症状，医生说这是精神分裂症中的‘思维鸣响’症，到现在，我还觉得这种病症名字很诗意，你想想，思维在独自鸣响，真有点天马行空的味道。”2001 年，樊忠慰的诗集《绿太阳》由云南人民出版社出版后，在全国引起的反响出人意料，有评论认为它是“中国近年来诗歌创作的顶峰之作”。2004 年 1 月，樊忠慰因《绿太阳》获得云南省政府文学奖二等奖。2004 年 10 月，樊忠慰荣获第七届王中文化奖。在 11 月 1 日的颁奖会上，人们争着用各种方言朗诵樊忠慰的诗。而樊忠慰出人意料地当众大声说出：“我多么希望有一个姑娘，心甘情愿地嫁给我，让我不再孤单和慌张。”引起在座的人雷鸣般的掌声。显然，樊忠慰是清醒的。他说：“诗歌换不来金钱和权力，也换不来爱情和女人。但它能唤醒情感，滋养精神，挖掘思想，昭示真理。诗歌使人谦卑而精明，也使人骄傲而愚蠢。”正如他写的《我爱你》：“我爱你，看不见你的时候 / 我最想说这话 / 看见了你，我又不敢说 / 我怕我说了这话就死去 / 我不怕死，只怕我死了 / 没有人比我更爱你。”人的一生不能没有爱，也不能没有爱情。樊忠慰有爱，但没有爱情，他渴望爱情，无论甜蜜还是苦涩。正如他在《荒冢》里伤感地自语：“我活着 / 没有人爱 / 死了 / 该会碰见美女的魂 // 隔世的美女 / 趁天没亮 / 快带上你的枯骨 / 跟我回家。”

二

樊忠慰写诗，是因为生活中缺乏诗意，也有自己不为人知的爱情梦想，他的诗歌是其天真淳朴心性的自然流露。他的许多诗句如同梦呓，极富人生哲理，只可意会不可言传，让人回味无穷。比如在《童贞》里："我从不赞美没见过的风景／我从没违背许下的诺言／我的心灵像黑洞／能容纳一切屈辱、伤害和梦幻。"在《我相信，我会离开人类》里："男人的一生是神的一个白昼／女人的一生是神的一个夜晚／人类是上帝的白日梦／上帝是人类的睡眠。"在《坦白》里："没有爱写爱是无病呻吟／没有死写死是虚伪造作／爱情渺小如蚂蚁／死亡真实如大象。"在《汉字》里："人都会老／汉字永远年轻／多么悲哀／有人敢于面对刀枪／却不敢面对一个汉字。"在《悬棺》里："我没去过这地方／我不想去，去了，也看不见／看不见时间打败的英雄／流水带走的美人／大风吹散的文字。"在《沙海》里："这无法游泳的海／只能以骆铃解渴／每一粒沙／都是渴死的水。"在《海》里："比眼睛深邃的海／我走了／你蓝给谁看。"《诗刊》常务副主编李小雨认为："读樊忠慰的诗，我总感到是对生命本质提升的极致，有一种向上飞的力量。那种与世隔绝的孤独使他耽于幻想，而饥饿和疾苦又给他带来身心的创伤，使他更能清楚地触摸到生命的颤力。"重庆诗评家马立鞭称《沙海》是宋代著名诗人惠洪《冷斋夜话》"诗者，妙观逸想之所寓也"的极好注脚，歌吟浩瀚戈壁的不少，从此角度切入却绝无仅有。以此诗论，显然句句紧扣沙漠无水这一人所共晓的常识做文章，所以幻化程度虽高，仍然真切可感。而一篇题为《渴望与飞翔》的评论文章精辟独到地指出，樊忠慰的诗是血液和灵魂凝结的晶体、是生命之骨炼成的丹。他的诗不是只有到语言为止的形式，也没有刻意求新的技巧，他让一切故作的技巧都远离了诗，他把一切造作的语言都拒之门外。然而他的诗似乎又不属于任何一种潮流，不同审美趣味的人都会不约而同地表现出对他诗作的喜爱。很传统的诗评家曾对他的作品给予高度的评价，很先锋的诗人也十分难得地对他表示赞赏。他不属于任何浪潮，而任何时代的人都可以读他的诗。

三

我与樊忠慰都毕业于昭通师专，打交道已逾 20 年。记得当时我主编的校园刊物《师苑》拟出一期“昭通师专校庆文学专辑”，时任云南省作协主席的晓雪先生还题写了“教育园地欣欣向荣，文艺之花万紫千红”的贺词。记得当时发表的是樊忠慰的《吊钟岩》一诗。诗后的作者简介是这样的——樊忠慰：1968 年生，毕业于昭通师专政史系。1991 年精神病发，几至饿死异乡，并无辜坐牢，备受摧残，幻听至今未除。已在《诗刊》发诗四组，在《星星》《诗歌报》《绿风》发表诗歌若干。《诗刊》《中华少年》等四家刊物对他的诗予以高度评价。他活着，却已写好了墓志铭：“与病魔搏斗的猛士，也许您不以为然的男子汉，一个把名字和命运交给风的人。”之后，我们通过几次信，在昭通文联组织的文代会、研讨会见过几次面。真正在一起敞开心扉畅谈则是 2009 年一个冬日的午后。我在盐津县城出差，午后散步邂逅从乡下弟弟家给他带钥匙来的樊忠慰，原来昨晚他住了一夜宾馆。樊忠慰告诉我，由于不时丢三忘四，他家的钥匙特地放了一把在弟弟家。在进入他三楼的居室后，我发现他冲入书房找到静静躺在书桌上的钥匙，马上把它挂在脖子上，欣慰地笑了，这不由使我想起了梁小斌那首经典名诗《中国，我的钥匙丢了》。我们在一起谈论“昭通作家群”、谈盐津文联刊物《豆沙关》、谈他的诗歌与病情。樊忠慰告诉我，他只是一个诗歌爱好者，外面那些评价太高了，就当鞭策与鼓励，他一直只是为怎样写出好诗而发愁。当我向他索要诗集《绿太阳》和《精神病日记》时，樊忠慰告诉我，《绿太阳》早已销售一空，他手里有一本都是向盐津图书馆借阅的。随后他送了我一本签名本《精神病日记》，要我“正之”，多提缺点与不足。我无法相信自己的肤浅评说，抵达樊忠慰清水出芙蓉、天然去雕饰的诗歌的精神实质，只能散打一下，以表达对诗歌赤子樊忠慰的真诚敬意。当然，就目前而言，我更希望他能尽快邂逅一位心仪的姑娘，这可能比写出几首诗对他更重要！但是要找到一位心仪的姑娘的确不易，正如著名女作家铁凝精辟地感慨：“我见过一些女子，她们真诚地希望嫁给一首诗歌，却得到了一部小说作为最终归宿。”最后，我认为对于 1991 年以来二十多年中国顶级诗歌刊物《诗刊》几乎每年都要推出一组以上、至今已在该刊发表一百多首诗歌的中年诗人樊忠慰来说，的确应该得到社会各界更多的关注、关心和理解。目前国内对于樊忠慰及其诗歌创作进行研究、解析的评论文章已逐渐多起来，也尚未见到结集出版的。在此，我呼吁有远见的文学出版社约请有兴趣的诗歌评论家对他诗歌鲜活的口语、灵动的意象、泣血的咏叹进行深度破译和贴切解读，出一本《解读樊忠慰诗歌》或《樊忠慰诗歌精品赏析》之类的书。我想这是我个人的心愿，也是不少喜爱樊忠慰诗歌读者的共同心愿！

坚守与创造

——评樊忠慰的诗

潘 健

诗歌创作已经步入了非常尴尬的境地。尽管还有着一些执着的诗人和读者始终坚守在这块日渐凄清的阵地上，但他们单薄的力量无法改变这个残酷的现实。在这些坚守阵地的诗人中，云南诗人樊忠慰无疑是一个用诗歌修行的苦行僧，他以特立独行的方式，成为他们中一颗耀眼的星星。有的诗人试图通过对诗歌主题、意象、语言、技巧，甚至格调上的“创新”来改变诗歌阵地的惨淡处境，但这些努力并未达到诗歌创作的预期审美目标，而急躁和盲目的“创新”不仅没有给诗歌带来生机，反而使诗歌失去更多的读者。诗人樊忠慰在面对诗歌这一残酷现实时，显得异常的冷静，他坚守着历史传统的文化、自然界的本质和人类的本真，并对这一切进行理性深刻的思考，注入一种全新的理念和诠释。在他的诗歌中，不断读到“美”“少女”“鱼”“豹”“太阳”等，面对这些并不新鲜的意象，诗人樊忠慰对其进行了审美的再创造，使他的诗具有理性的张力和耐读的价值品格。他的诗集《绿太阳》，一共收录了158首诗，其中有十余首以历史传统题材为背景，通过对历史传统文化的再创造，达到新的更深的审美内蕴，如《祖国，我的姐姐》《巴比伦金雕》《悬棺》等。诗集中描写自然的诗较多，诗人通过对自然界及自然界个体对象的描述，使之达到本质的再造和深化，如《黑豹》《包谷》《沙海》《河流》等，还有部分诗歌是写人类本真中关于“爱”的主题、“美”的主题和“痛”的主题的，诗人力图表达一种生命的苦难意识和疼痛感，如《红桔》《我爱你》《想你在今夜》《家乡》《母亲》等。

以历史传统题材为背景的诗，最具代表性的是《祖国，我的姐姐》。

祖国，我的姐姐
我爱你，你真大
你的美丽大善良大
你的公鸡叫声大

你的海大湖泊大
你的龙大江河大
你的星星比天空大
你的我比蚂蚁大

你的春天比乳房大
你的冬天比雪花大
你的苦难比洪水大
你的思念比月饼大

你的樱桃大小米大
你的眼睛大发明大
你的蝴蝶大裙子大
你的国歌比地球大

你的九百六十万皮肤大
你的五千年大
祖国，我亲亲的姐姐
我爱你，你真大

在这首诗中，诗人坚守着炎黄子孙对祖国的热爱情怀，把中华民族传统文化中的“祖国—母亲”的文化情结转述成了“祖国—姐姐”。诗人并不是对传统文化的反叛，而是对传统文化进行创造性的提升。“母亲”这一意象，在我们的认识中，通常是传统的、善良的、奉献的、博大而无私的，但同时也是和“我”有代沟和距离的。而“姐姐”，给人的印象却是现代的、时尚的、青春的、美丽的、性感而充满生命活力的，和“我”是平等的。由此可见，诗人在诗中把一种深厚的距离的“爱”单纯化，“姐姐”是一个十来岁孩子眼中的姐姐，对姐姐的爱带有羡慕的并有希望可以实现的渴求。我们不难看出，虽然对母亲的爱是尊重的、感恩的，但母亲必定是中年的或是老年的，是失去青春，甚至是苍老的。而姐姐却风华正茂、朝气蓬勃，在时尚的浪尖上魅力十足，是有着更多期待值的青春少女。对祖国的爱，喻母亲、喻姐姐都是爱，我们自然不能从对“母亲”的爱和对“姐姐”的爱中明确出好和不好的标准，但对中国而言，我们更希望她是一个现代的、时尚的、青春的、性感的，有吸引力、有期待值的如“姐姐”般美丽、如“姐姐”般有生命力的祖国。

我想把诗人伊沙的《车过黄河》与《祖国，我的姐姐》做一下平行比较。《车过黄河》这样写道：列车正经过黄河／我正在厕所小便／我深知这不该／我应该坐在窗前／或站在车门旁边左手叉腰／右手作眉瞻／眺望像一个伟人／至少像一个诗人／想点黄河上的事情／或历史的陈账／那时人们都在眺望／我在厕所里／时间很长／现在这时间属于我／我等了一天一夜／只是一泡尿的工夫／黄河已经流远。黄河，作为中华民族的母亲河，有着浓浓的历史厚重感，再加上炎黄子孙对她的特殊感情，使她有着一条普通河流不能比拟的神圣色彩，而诗人作为炎黄子孙的一员，在经过黄河时“正在厕所小便”，“小便”作为正常的生理排泄，不足为怪，但面对黄河这样一个孕育华夏文明的母亲河，“小便”是不雅的、不严肃的、不庄重的。一年前，我乘车北上，途经河南郑州，专门下车去看黄河，在邙山下，我面朝黄河磕了三个响头，边磕头边向黄河大声说：“黄河母亲，您的子孙来朝拜您了。”我缓缓起身、泪流满面，周围的人对我的举动稍许诧异后，温和地投来赞赏的目光。这次的经历，让我深刻地意识到，伊沙在《车过黄河》中的描写，是有悖于炎黄子孙心里的描写。我在这里要说的是，伊沙也是我尊重的诗人，我站在不同的角度解读《车过黄河》，我甚至想伊沙这样叙写黄河，是为了脱去黄河神圣的外衣，把黄河还给自然，把黄河还原成一条普通的河流……然后呢，达到解构传统文化的目的，这样不分青红皂白地解构意义又在哪儿呢？这只是猜测，但无论怎样解读，我始终感觉到我身上的民族认同感受到一次不公平的对待，我拒绝《车过黄河》这样的方式。与之相反，《祖国，我的姐姐》给了我们一个全新的感受和体验，我们认同和接受祖国姐姐，我们喜欢并欢迎这个祖国姐姐。诗人樊忠慰是在坚守传统文化的基础上进行的创造和提升，具有一种崭新的、积极的、向上的、正能量的视野，因此，这样的诗歌有着深刻而厚重的审美价值，这样的诗歌有着理性而深远的积极意义。

自然界之所以丰富多彩、生动神秘，其中一个最重要的原因是其有着无限广阔的文化内涵。这种内涵随着时代的不同、审美主体的不同而不断被提升。樊忠慰的诗歌就是立足于自然内涵的不同加以拓展，通过对自然界和自然界个体对象的描述，赋予其一种独特的想象和寓意，使之有着人性思维的动态意识，并转化、融入进人生意识和生命的困难意识中，从而达到更深层的哲学意义。他在《黑豹》这首诗中写道：

黑豹　苦难的王子
囚笼是宫殿　心脏是石头
当山羊从女人的皱纹叼起小鱼
你饥饿的胃翻卷鼠毛　枯草　湿土
你的病弱是一幕皮影戏

锁比利齿咬得更紧
脚踩到了宇宙的中心
不静止　也不移动
一团渴死的自由
让头颅着火，脑浆哭泣

眼珠里滚飞的鹰呀
像一粒炒爆的黑豆
它的翅膀是不是天空的俘虏
只有梦穿破的栅栏
幽灵般遁入深林

嚎叫吧！诗歌
不幸的生命　因破碎更美
你看夜空那颗黯淡的星
会不会是黑豹的眼睛
在我的手中成为黄金

这只黑豹，是被囚禁在动物园的黑豹。第一节中，诗人写出了作为自然界食物链中的顶级强者黑豹因肉体的不自由，生命这一实体似乎不复存在——“你的病弱是一幕皮影戏”。“山羊”“女人”“小鱼”是黑豹的美食，诗人用“当山羊从女人的皱纹叼起小鱼”这样一个混乱而又不符合逻辑常理的意象群的结合，体现的是黑豹由于肉体的不自由，精神受到严重摧残。在黑豹的思维中，已经失去了常理和逻辑，呈现出来的是混乱与虚幻，诗人通过制造这一“混乱”来体现肉体的不自由给精神带来的重创。第二节里，“锁比利齿咬得更紧”突出自由的遥远和不可期待。“不静止，也不移动”，“不静止”是精神的挣扎，对命运的抗争和对自由的向往从没停止，这是深埋在内心的；“不移动”是因为肉体被禁锢和摧残。诗人通过“静”与“动”的交叠表述，巧妙地从肉体的不自由上升到精神的不自由。第三节里，鹰翱翔天空，天空的博大给了鹰更大的自由空间，那么，它自由了吗？诗人发出了这样的困惑：“它的翅膀是不是天空的俘虏”，这一诘问，道出了肉体的自由不一定就是自由，飞翔的鹰是精神的不自由。“只有梦穿破栏栅，幽灵般遁入深林”，要自由，只有生活在属于自己的世界和王国，实现肉体和精神的双重自由，才能实现真正的自由。然而，这个属于自己的世界和王国，因为囚笼和枷锁的存在显得遥不可及或者说本身就不复存在，要抵达这个属于自己的世界和王国，唯有借助“梦”。第四节里，诗人采用了强势描写的语调。“嚎叫吧！诗歌”，这是一种无奈，在无奈中似乎有了顿悟——“不幸的生命，因破碎更美”，这留给我们的同样是矛盾的审美体验——破碎的生命和美。与此同时，我们又领略到一种全新的美，这个美超越了美本身，是把苦难、困顿与抗争当成美本身，破碎就是残缺，甚至是毁灭，但在诗人眼里，这是一种大美。“你看夜空那颗黯淡的星 / 会不会是黑豹的眼睛 / 在我的手中成为黄金”，这是一种幻想，是期待与追求最终会到来的信念。黄金是可贵的、实实在在的。星星和眼睛是遥远而渺茫的，表象上看是不能成为实实在在的黄金的，诗人看到的是一种宿命的绝望，但这正是诗人对生命的思考及人生理想追求的诗意存在方式。第四节的“矛盾”与第一节的“混乱”形成呼应，体现了生命依托及生存价值的恍惚感和宿命感。

诗人在对人类本真中“爱”的主题、“美”的主题及生命苦难意识的思考中，坚守着的是理想主义的价值观，但最终又回归或是企及于一种“痛感”，这种痛感不是简单理解的痛感，而是人生意识的痛感和生命无常的痛感，这种诗性的痛感，超越了简单意义的幸福、爱和美。在这一类诗歌中，我们很少读到快乐，即使有，快乐之后留给我们的还是苦楚。

桔在脸上走动
走着走着就红了

——《红桔》

我不怕死，只怕我死了
没有人比我更爱你

——《我爱你》

容颜如水，月光般泻下
打湿我薄命的纸，纸的心血

——《想你在今夜》

线是长长的路
从母亲的额头抽出

——《针》

奶奶临终前
一顿比一顿少吃
是怕谷子咬她

——《奶奶》

在《红桔》这首诗中，诗人以出神入化的笔调写出了一个少女的羞涩美。“桔在脸上走动/走着走着就红了”，诗人用“走动”二字，写出了生命变化的空间和时间感，这个空间和时间感巧妙地与少女羞红的脸结合在一起，给我们留下了一个审美的更大的空间，这是羞涩的美、初世之美。或许是第一次与心上人约会的羞涩，或许是第一次接受爱情之吻的羞涩……无论如何，没有人可以拒绝这样的美，诗人通过这样的方式把美表现得含蓄而完整，在樊忠慰的诗歌里，这样的表现方式很多，我们在读诗歌的时候，没有感觉因强调语句，显得造作而生硬，反而成为他诗歌的亮点。我们还得回到《红桔》上来，原本，诗人展现了青春的羞涩美，在我们看来已经很完整、很到位，但诗人并没有仅仅停留在“美”上，他进一步看到了“美”的变化，甚至是美的消亡和短暂，“你的笑会死吗……你纤秀的脚踝会腐败吗”这样的发问，使这样美好的青春之美蒙上了悲剧色彩，这就是我在前面说到的“痛感”，这是樊忠慰诗歌中很特别的东西，我更喜欢这种痛感。面对爱，诗人更多的是一种单相思式的，甚至是自卑式的描写，通过这种单相思式的自卑式的爱的表达，写出了爱的距离和不相融，这也是樊忠慰诗歌的痛感，如《想你在今夜》《女人》等。诗人在感知爱的不相融合不完美的同时，诗人却坚定爱高于一切，不可亵渎，樊忠慰诗歌中的爱，纯粹、狂热，毫无理性可言，“我不怕死，只怕我死了/没有人比我更爱你”（《我爱你》），“如果一个女人给我生孩子/我会为她把仇人杀”

(《女人》)。没有无缘无故的爱，诗人的爱写得纯粹而狂热，感性而随心，最终源于的还是痛，爱的痛感。《很小的孩子》是樊忠慰少有的几首可以读到点快乐的诗歌之一。他这样写道：孩子，浑身散发特殊香味的孩子／很小很小的孩子／比玫瑰动人，比水纯净／……／肉乎乎的小手比麻雀顽皮／在妈妈的发丛跳跃／白胖胖的脚丫／是蚂蚁眼里的大象／……／用眼睛摘星星／用小脑袋编织童话//生命多么纯真无瑕／还有多少孩子／躲在妈妈的肚子里／不想长大。这首诗，写的是孩子天真纯洁、无忧无虑，给我们轻快温馨的感受。但当我们用心去细读，还是会鼻子发酸。诗人对孩子生活的描述，其实是对童年生活的回忆和遐想。天真纯洁、无忧无虑的生活只属于童年、属于孩子，童年是留在成人记忆里的，而记忆的东西大多都被诗化过的，这种诗意化的记忆与现实生活形成反差，有反差就有落差。现实中，生活的压力、爱情的苦恼以及复杂的人际关系这些都是成人要面对的，童年的记忆，让人感到长大的苦恼，美的呈现同时也是苦的叙说，这就是我们在诗歌中找到的共鸣、鼻子酸楚的原因，这也是痛感。

每一粒沙／都是渴死的水(《沙海》)。文学评论家宋家宏先生在《渴望与飞翔》一文中这样写道：樊忠慰生长在滇东北大峡谷中的盐津城，小城筑在峡谷中，下面是滔滔翻滚的横江水，两岸是笔立的峭壁……住在城中，推开窗子，对岸高耸入云的吊钟崖迎面扑来，压得人喘不过气……长长的流水，瘦瘦的天空……樊忠慰被深锁其间，他不安的灵魂一刻也没有停止过对更广阔天空的追求、对自由的渴望。这样的生活环境，也许一个普通迟钝的人可以接受这一切，可樊忠慰是一名诗人，他的心灵极其地敏感，像绳索一样的生活环境捆绑着他的肉体，囚笼般的生活世界紧锁他的灵魂，他无法摆脱这一切，唯有诗歌和梦可以让他放飞，他的肉体和灵魂无时不抗争现实的无奈和残酷。“一个死去多年的人，他想飞”，这是樊忠慰在《悬棺》里的诗句，这何尝不是他的自我写照，超越和解脱是短暂的、是非常态的，最终，他还得回到现实中。樊忠慰这样说：“我从1991年8月生病至今已达10年，是精神方面的病，严重时出现幻听、幻觉、读心症、思维鸣响等病症。最初患病极度怀疑、苦闷和恐惧。对一切怀疑：包括对自己生命的怀疑，对子虚乌有的爱情的苦闷，对人类末日的恐惧。为摆脱幻听控制多次外逃，因身份证遗失，曾两次无辜被巡警非法拘禁和殴打。多次外出住院治疗……是诗歌救了我，使我淡化了一个病人的自卑，增强了战胜疾病的信心……”这是樊忠慰对自己生活的描述。没有爱情，盐津小城里没有一个女人会喜欢一个诗人，何况还是一位“疯子”诗人！在他生活的小城里，找不到朋友和爱情，找不到自由和平等的待遇，樊忠慰怎能不得病！好在，樊忠慰找到了给他地狱般痛苦或是天堂般快乐的诗歌，还好有诗歌！当他被非法拘禁和殴打，他是那么的弱小和无助，宋家宏先生在谈到他的这两次苦难经历时是这样说的：“穿制服的人代表了国家机器，病弱的诗人面对的是强大的国家机器，他能怎样！”他的身体里不具备抵抗的血液，每一次致命的挣扎与反抗都是充满智性的诗歌，还好有诗歌！是诗歌维系了诗人的生命尊严和生存方式。“渴望血与火的目光 / 锯断铁栅的威严 // 又梦见森林 / 钥匙很远 / 锁就在身边。”《虎囚》樊忠慰的诗歌，是困难人生体验的结果，是上帝锤炼生命的结果，是抗争与追求、梦想与破灭的结果。在他的诗歌中，我们找不到颓废与绝望，有的只有“诗歌和人的疼痛”，有的只是单纯和善良纠正着我们对人性的偏激看法，有的只是“炼丹人”一样坚韧和执着的品质。

在樊忠慰的诗歌里，我们找不到他对现代文明的描述，看不到高楼、城市、酒吧、KTV、高速路、工厂……或许，在诗人的世界里，对现代文明持一种观望和保留的态度，或许他的世界原本就没有现代文明。在诗人生活的滇东北，由于过早地、过度地开发，人的生存环境极其脆弱，大地被撕碎在时间长河里，到处是石头堆砌的山顶，水在最低处流，被雨水冲刷过的茅草房毫无生机，尘土满面的农民年复一年地衰老，呆滞的眼神，粗糙的面容，像被遗忘在角落的一撮箕土豆。万物之灵的人类，找不到主宰世界的豪气。地震、洪水、泥石流、山体滑坡……似乎成了这片土地的魔咒，先人在大自然身上获取的暴利，最终是让他们的子孙承担贫穷、恐惧、鲜血、非命的沉重代价。就在诗人居住的小城，好几次被洪水扫荡，据说樊忠慰早期的诗歌全部被洪水带走，可想而知，作为诗人樊忠慰是何等的绝望，这种绝望不亚于白发人送黑发人的绝望。“当高贵的天空敞开心灵 / 一缕光芒穿越时间的陷阱 / 虎从啸叫里吐出金子 / 骨头上站起

的穷人们 / 掏出了眼睛 / 而对永恒的自然，谁在破坏 / 濒临绝境的虎喝下海水 / 星星在胃里闪烁，消耗的是黑夜 / 谁的沉默覆盖了死亡……”（《虎啸》）樊忠慰生活在闭塞偏僻的小城，生存于被现代文明遗忘的世界里，困顿于贫穷落后、无知与无奈的现实里，使得樊忠慰的诗歌或主动或被动地坚守历史传统的文化，自然界的本质和人类的本真。

毫无疑问，在坚守中创造，就成为樊忠慰自觉追求的诗意审美目标。

后 记

诗人樊忠慰是我在云南昭通师专（今昭通学院）教书时的学生，大学时代就表现出诗歌写作的天赋。之后诗歌成了他生命中的重要元素，我猜想忠慰的人生中或者什么都可以没有，就是不能没有诗歌。

樊忠慰的诗歌在诗坛上引起反响是21世纪初，他的诗歌作品以特异的想象和语言内蕴的厚重著称，受到了国内名家的好评。樊忠慰的诗歌在网络上点击率很高，粉丝也特别多。有许多本科生和现当代文学专业的硕士研究生都以他的诗歌作为毕业论文的研究对象，这充分证明了樊忠慰的诗歌对于当代诗坛的重要意义。

基于以上的目的，我编选了《樊忠慰诗歌评论集》。

谢谢樊忠慰提供的资料，谢谢责任编辑的认真审读。

2015年5月27日于昆明荷叶山陋室乱书斋